Peter Ward
INVADERS

PETER WARD

INVADERS

Roman

Aus dem Englischen
von
Michael Koseler

Piper München Zürich

Die englische Originalausgabe erschien 2013 unter dem Titel
»Time Rep« bei Diversion Books, New York City/USA

Deutsche Erstausgabe
ISBN 978-3-492-70313-0

Satz: psb, Berlin
Druck und Bindung: CPI – Clausen & Bosse, Leck
Printed in Germany

Für John Ward

1

Im Großen und Ganzen war das Wohnzimmer des Hauses Woodview Gardens 23 genauso beschaffen wie alle anderen Wohnzimmer in der Straße. Es hatte Wände, einen Fußboden und zwei Nischen, die zu klein waren, um irgendetwas Vernünftiges darin unterzubringen. Es hatte ein Erkerfenster, eine Tür, die zum Flur führte, und eine Deckenlampe – mit anderen Worten, es verfügte über all das, was man bei einem Wohnzimmer erwarten durfte. Im Gegensatz zu den anderen Wohnzimmern in der Straße war dieses hier jedoch der reinste Saustall. Auf dem Teppich lagen zertretene Chips, das Sofa war mit Zeitungen übersät, der Fernseher diente als Wäscheständer – eine Installation, die einen äußerst muffigen Geruch verströmte. Die Tapete löste sich allmählich von den Fußleisten, und wenn man den Lichtschalter anfasste (sogar wenn man es nicht tat), lief man Gefahr, sich einen Schlag einzufangen, während in den Ecken ein seltsamer Dunst hing, der irgendwie gespenstisch wirkte. Wären die Vorhänge nicht ständig zugezogen gewesen, so hätte jemand, der am Haus vorüberging und ins Zimmer spähte, auf den Gedanken kommen können, in die Höhle eines Tieres zu blicken.

In gewisser Weise handelte es sich tatsächlich um die Höhle eines Tiers, bloß dass das Tier, das hier hauste, ein

Mensch war – ein Mensch namens Geoffrey Stamp. Geoffrey war mittelgroß, sah durchschnittlich aus und hatte blasse Haut, ein rundes Gesicht und olivgrüne Augen. Er war von magerer Statur, mit schmalen Schultern und Armen, die unverhältnismäßig dünn wirkten. Auf den ersten Blick war es schwer, sein Alter zu schätzen. Mit seinem dunklen Siebentagebart und den strähnigen kastanienbraunen Haaren, die ihm wie Gestrüpp in die Stirn hingen, hätte er ebenso gut fünfundzwanzig wie vierzig Jahre alt sein können.

Tatsache war aber, dass Geoff vor ein paar Wochen siebenundzwanzig geworden war, was ihn jedoch nicht veranlasst hatte, eine große Geburtstagsparty zu schmeißen oder auch nur ein paar Freunde auf einen Drink einzuladen. Stattdessen war der Tag so ereignislos verlaufen wie eine Folge aus der Serie *Ice Road Truckers*. Immerhin hatte er ein paar Geburtstagskarten bekommen. Einige stammten von alten Freunden, mit denen er den Kontakt zu verlieren drohte, andere von entfernten Verwandten, die er zum letzten Mal in der Pubertät gesehen hatte, und eine kam von einer Versicherungsgesellschaft, die irgendwie sein Geburtstagsdatum herausgefunden hatte. »Alles Gute zum Geburtstag, *Mr. Stamp*«, hieß es in zwei verschiedenen Schriftarten auf dem unpersönlichen Vordruck. »Man wird bekanntlich nicht jünger. Haben Sie schon einmal daran gedacht, eine unserer supergünstigen Lebensversicherungen abzuschließen?« Er hoffte, dass diejenigen, die solche Schreiben verschickten, selber eine Lebensversicherung hatten – das hatten sie offenbar bitter nötig.

Seine Eltern hatten ihm ebenfalls eine Geburtstagskarte geschickt, aus dem fernen Amerika. Vor ein paar Jahren hatten sie ihr Haus verkauft und waren aus London weggezogen, weil sich seinem Vater eine einmalige berufliche Chance bot – er machte irgendwas Langweiliges, das mit Informationstechnologie zu tun hatte –, die er einfach nicht ungenutzt lassen durfte. Deshalb waren sie nach Amerika übergesiedelt und hatten Geoff zurückgelassen. Schließlich sei er jetzt alt genug, um allein zurechtzukommen, hatten sie gesagt. Das würde ihm nur guttun. Geoff besuchte sie einmal im Jahr und telefonierte ab und zu mit seiner Mutter, obwohl die Gespräche immer gleich verliefen: Hatte er sich schon entschieden, was er mit seinem Leben anfangen wollte? Hatte er einen Job gefunden? Und hatte er endlich eine Freundin?

Dass sich seine Mutter Sorgen machte, war verständlich. In Geoffs Alter hatten die meisten beruflich schon längst ihren Weg gefunden. Hatten vielleicht sogar eine feste Beziehung und fingen allmählich an, übers Heiraten nachzudenken. Hatten eine Hypothek aufgenommen, um ein Haus zu kaufen. Dinge dieser Art. Aber bei Geoff war das anders. Er war immer noch Single. Und arbeitslos. Der einzige Job, den er je über längere Zeit gehabt hatte, war der eines Zeitungsausträgers gewesen (zehn Jahre), und den hatte er verloren, weil man der Ansicht gewesen war, dass er zu alt dafür sei. Warum er so lange Zeitungsausträger geblieben war, wusste er selbst nicht. Vielleicht aus demselben Grund, aus dem er seitdem keine ernsthaften Anstrengungen unternommen hatte, einen anderen Job zu finden. Was ihn davon abhielt, war nicht Mangel an Ehrgeiz – nein, ihm fehlte nur ein konkretes Ziel, ganz abgesehen davon, dass er keinerlei Fertigkeiten oder Qualifikationen aufzuweisen hatte. Eines war allerdings sicher – er konnte sich nicht vorstellen, in einem Büro zu arbeiten, den ganzen Tag am Schreibtisch zu hocken, einen Computer mit Daten zu füttern und ab und zu einem Kollegen den Tacker zu reichen. Das war nicht sein Ding. Er wusste zwar, dass er mehr konnte, aber bis er herausgefunden hatte, was das sein mochte, wollte er sich nicht unnötig mit einem Job belasten. Einstweilen zog er es vor, ein Leben zu führen, das ihn zufriedenstellte und hauptsächlich darin bestand, Computerspiele zu machen.

Unmengen von Computerspielen.

Zum gegenwärtigen Zeitpunkt spielte Geoff jedoch nicht, sondern lag schlafend auf dem Sofa, die Beine über der Armlehne, den Kopf auf einen Stapel alter Zeitschriften gebettet. Auf seiner Brust hob und senkte sich bei jedem Atemzug eine leere Cornflakespackung. Sein linker Arm hing schlaff nach unten und war kurz davor, eine Tasse mit kalt gewordenem Tee umzustoßen, die auf dem Fußboden stand. Von Zeit zu Zeit murmelte er etwas Unverständliches vor sich hin oder fuhr sich mit dem Handrücken übers Gesicht. Er träumte, allerdings von nichts, das mit einem Job zu tun hatte. Um die Wahrheit zu sagen, er träumte vom Angeln.

Davon träumte er immer wieder, obwohl ihm schleierhaft war, warum. Er war kein begeisterter Angler, kannte niemanden, der angeln ging, und war selbst in jüngeren Jahren nicht angeln gegangen. Seine Kindheit hatte er damit verbracht, auf den Schaukeln von zementierten Spielplätzen zu sitzen, mit seinen Freunden auf dem Fahrrad durch die Straßen von Ost-London zu rasen oder in seinem Zimmer zu hocken, um *Sonic the Hedgehog* zu spielen. Er vermutete zwar, dass es in *Sonic the Hedgehog* eine Unterwassersequenz gab, die ihm Albträume beschert hatte, aber das war die einzige Verbindung, die ihm einfiel. Ansonsten hatte er nicht den geringsten

Grund, vom Angeln zu träumen. Außerdem mochte er Fisch überhaupt nicht.

Und trotzdem saß er in seinem Traum wieder einmal an einem See, in der einen Hand die Angelrute, in der andern ein Sandwich, während ihm in der kühlen Morgenluft die Zähne klapperten. Wie gewöhnlich kauerte er auf einer Bank, die Füße in dem grauen Matsch, der sich unter ihm ausbreitete. Der See war ziemlich ausgedehnt und hatte ungefähr die Größe eines Fußballplatzes. In der Mitte lag eine kleine, dicht bewachsene Insel mit hohen Bäumen. Das Wasser, in dem sich der bedeckte Himmel widerspiegelte, war still und ruhig, und am Ufer standen spärliche Gruppen von Schilf, was so aussah, als hätte man dem See eine Haartransplantation verpasst, die nicht ganz geglückt war.

Was Geoff seit einiger Zeit beunruhigte, war die Tatsache, dass er wusste, dass er träumte. Möglicherweise lag das daran, dass er so oft schlief und sich mittlerweile an diesen Zustand gewöhnt hatte, vielleicht aber ... Da! Eben hatte etwas angebissen! Geoffrey ließ sein Sandwich fallen und packte die Angel mit beiden Händen, was eine Überreaktion war, da das, was er gefangen hatte, kaum Widerstand leistete. Während er seinen Fang einholte, überlegte er, welches Symbol des Scheiterns wohl heute aus dem Wasser auftauchen werde. Vielleicht ein alter Schuh? Ein Autoreifen? Oder ein Rucksack? Wenn er vom Angeln träumte, endete das immer damit, dass er irgendwelchen Plunder aus dem Wasser zog. Man kann sich also seine Überraschung vorstellen, als er feststellte, dass er einen Fisch am Haken hatte.

Geoff betrachtete den Fisch, der sich verzweifelt am Haken hin und her wand und ins Wasser zurückzugelangen versuchte. Was hatte das zu bedeuten? Sollte es heißen, dass ihm heute tatsächlich mal was gelang? Dass sein Leben in der nahen Zukunft von etwas beeinflusst werden würde, das mit Fischen zusammenhing? Oder hatte er einfach nur einen Fisch gefangen? Jetzt sprach der Fisch.

»Geoff?«

Das fand Geoff überhaupt nicht befremdlich, denn in seinen Träumen geschahen immer die seltsamsten Dinge.

»Geoff?« Die Stimme kam ihm bekannt vor. Eigentlich klang sie wie die von Tim.

Als er noch Zeitungsausträger gewesen war, hatte Geoff dem Haus Woodview Gardens 23 sieben Jahre lang gewissenhaft die *Times* zugestellt – oder eher der Person, die dort wohnte, einem Mann namens Tim, der ein größeres Interesse an der Zeitungslektüre hatte als das Haus. Tim war es zu verdanken, dass Geoff so lange hatte arbeitslos bleiben können, denn er hatte ihm eine Unterkunft angeboten, nachdem er gefeuert worden war. Tim war ein bisschen älter und ein bisschen größer als Geoff und hatte außerdem einen Job. Letzteres nahm Geoff zumindest an, da sie nie darüber sprachen, womit sich Tim seinen Lebensunterhalt verdiente. Geoff wusste lediglich, dass Tim meistens zu Hause arbeitete und am Computer Daten analysierte. Die Wände seines kleinen Arbeitszimmers im ersten Stock waren mit Liniencharts bepflastert, sein Schreibtisch mit Diagrammen und komplizierten, handgeschriebenen Gleichungen übersät. Von alldem verstand Geoff überhaupt nichts. Tim ging sehr oft auf Reisen, was offenbar mit seinem Job zusammenhing. Nie sagte er, wohin er fuhr – er verschwand einfach und kam ein paar Tage später wieder zurück. Für Geoff war diese Situation ganz wunderbar – es interessierte ihn nicht, was Tim für einen Beruf hatte, und Tim machte keinerlei Anstalten, es ihm zu erzählen.

Bereits im ersten Jahr von Geoffs Tätigkeit als Zeitungsausträger hatten sich die beiden angefreundet. Tim hatte Geoff nämlich dabei erwischt, wie er von draußen zum Wohnzimmerfenster hereinstarrte. Tim saß gerade an einem Computerspiel, und Geoff war stehen geblieben, um ihm zuzusehen. Zunächst war das Ganze ein bisschen peinlich gewesen, weil Geoff erklären musste, warum er vor Tims Haus herumlungerte, doch dann hatten sie schnell festgestellt, dass sie zahlreiche gemeinsame Interessen hatten – die vor allem darin bestanden, dass sie beide gern Computerspiele machten und anderen gern dabei zusahen.

Über Tim als Hauswirt konnte Geoff sich wahrlich nicht beklagen. Er tolerierte Geoffs Abneigung gegen jegliche Form von Arbeit im Haushalt, fragte ihn nie, ob er nach einem Job suche, und brachte das Thema »Miete« – mit der Geoff schon zwei Jahre im Rückstand war – nur selten zur Sprache. Wenn Tim nicht gewesen wäre, hätte Geoff gar keine andere Wahl gehabt, als sich beruflich mit dem abzufinden, wovor er den größten Horror hatte, nämlich in einem grauen Anzug in einem grauen Büro zu sitzen, um graue Gedanken zu denken. Es war wirklich ein toller Zufall, dass er in diesem Haus gelandet war und hier wohnen durfte, ohne irgendetwas dafür tun zu müssen. Manchmal konnte er sein Glück einfach nicht fassen.

Doch im Moment verdross es ihn, dass er geweckt worden war.

»Was gibt's denn?«, fragte Geoffrey den Fisch. Er nahm an, dass Tim in der Realität mit ihm sprach und seine Stimme in seinem Traum zur Stimme des Fischs wurde.

»Steh auf, Geoff. Nun mach schon …«

Geoff rieb sich die Augen. Jetzt hatte der Fisch Haare.

»Du bist ein Fisch.«

»Klar bin ich ein Fisch. Aufwachen!«

Plötzlich wurde Geoffrey von einem geradezu unerträglichen Licht geblendet. Offenbar hatte Tim die Vorhänge zurückgezogen. Geoff spürte, wie jemand an seinem Fuß zerrte.

»Du musst aufwachen, Geoff«, sagte der Fisch.

Geoffrey stieß ein Murren aus, öffnete widerstrebend die Augen und schirmte sie sofort mit der Hand gegen das grelle Sonnenlicht ab. Der pittoreske See verwandelte sich allmählich in das ästhetisch nicht ganz so ansprechende Wohnzimmer, und der sprechende Fisch nahm die Gestalt von Tim an, den Geoff aber noch nicht deutlich sehen konnte. Er nahm lediglich seine verschwommenen Umrisse wahr sowie den braunen Haarschopf und die schwarz geränderte Brille. Geoff schloss die Augen und öffnete sie wieder, als müsste er sein Gehirn rebooten. Das war schon besser. Jetzt vermochte er auch Details zu erkennen: Tims unerbittlichen Gesichtsausdruck, den Spruch auf seinem T-Shirt, der für diese frühe Morgenstunde viel zu witzig war, und – vor allem! – die Tasse Tee in seiner Hand.

»Ist der Tee für mich?«, fragte Geoffrey in hoffnungsvollem Ton, schob die Cornflakespackung von seiner Brust und setzte sich auf.

»Was ist denn mit deinem?«, erwiderte Tim, indem er auf die Tasse vor dem Sofa zeigte.

»Der ist inzwischen gefroren.«

»Verstehe«, sagte Tim und reichte ihm die eigene Tasse.

Tim drehte sich in Richtung Fernseher und nahm die

Kleidungsstücke herunter, die Geoff darüber ausgebreitet hatte.

»Du musst wirklich aufhören, den Fernseher als Wäschetrockner zu benutzen«, sagte er. »Sonst erhitzt er sich wieder.«

Unter fünf T-Shirts und einer Jeans kam ein staubiger Bildschirm zum Vorschein, auf dem die Worte standen:

GAME OVER
Continue? Y/N

»Oh, ich hatte ganz vergessen, dass ich das spiele«, sagte Geoff. Er kramte zwischen den Sofakissen herum, bis er ein Joypad zutage förderte. »Bis wohin bin ich eigentlich gekommen?«

»Was ist denn das für ein Spiel?«, erkundigte sich Tim, nachdem er Geoffs Kleidungsstücke in eine Ecke geworfen hatte.

»*Space Commando*«, erklärte Geoff, schob sich ein Kissen hinter den Rücken und trank einen Schluck von Tims Tee.

»Aha. Und worum geht's da?«

»Darum, die Welt zu retten.« Geoff griff nach einem Headset und stöpselte sich den Ohrhörer ins Ohr. »Du bist ein Typ, der zu einem Kommandotrupp gehört und vor allem damit beschäftigt ist, Außerirdische abzuknallen.«

»Und was hast du da aufgesetzt?«, fragte Tim. »Hast du neuerdings einen Job in einem Call Center oder was?«

»Das?«, erwiderte Geoff, indem er das Mikrofon des Headsets vor seinem Mund in Position brachte. »Damit kann man über das Internet mit den anderen Spielern reden.«

»Klingt faszinierend«, sagte Tim, schnappte sich einen Stapel benutzter Teller und trug ihn in die Küche.

»Ich weiß ja nicht, ob dich das interessiert«, rief er aus der Küche, »aber in der Zeitung ist ein Job inseriert. Ich finde, da solltest du dich bewerben.«

»Weg da!«, schrie Geoffrey ins Mikrofon. »Wenn du im Weg stehst, kann ich nicht schießen!«

»Was?«, erwiderte Tim.

»Nichts«, sagte Geoff, »hab nur mit diesem Idioten gesprochen, der gerade online ist.«

»Ich verstehe nicht, warum du dich so aufregst«, meinte Tim. »Ist doch nur ein Spiel.«

Aber ob nun Spiel oder nicht, Geoff regte sich auch weiterhin auf. So kurz nach dem Aufwachen haperte es bei ihm immer mit der Hand-Auge-Koordination, außerdem bereitete es ihm einige Mühe, den Außerirdischen mit der ultimativen Waffe seiner Figur, dem Todesbringer, an seiner Schwachstelle zu treffen.

»Also, was hältst du davon?«, fragte Tim.

»Wovon?«

»Von dem Job.«

»Welchem Job?«

»Dem, der in der Zeitung inseriert ist!«

Geoffrey hörte kaum zu, weil er gerade versuchte, einen besonders großen Außerirdischen ins Visier zu nehmen. Doch ehe er sichs versah, wurde er von feindlichen Schüssen getötet, und der Bildschirm zeigte erneut »Game Over« an. Nachdem er das Joypad frustriert auf den Fußboden geworfen hatte, dachte er über das nach, was Tim gerade gesagt hatte.

»In der Zeitung ist also ein Job inseriert?«, sagte er. Seltsam. Tim hatte noch nie über Jobsuche mit ihm gesprochen. Warum fing er dann ausgerechnet heute damit an?

»Ja«, erwiderte Tim. »Weiß zwar nicht genau, worum

es sich handelt, aber jedenfalls braucht man keine Qualifikationen. Und du hast doch keine, stimmt's?«

Da er bei den meisten Schulprüfungen durchgefallen war, weil ihn keines der Fächer interessiert hatte, bestanden die einzigen Qualifikationen, die Geoff vorweisen konnte, darin, dass er bei den Pfadfindern ein Abzeichen fürs Knotenbinden erhalten, bei einer Talentshow den dritten Preis gewonnen und ein T-Shirt mit der Aufschrift »Sieger bei *Doom*« bekommen hatte.

»Stimmt«, gestand Geoff.

Tim kam wieder ins Zimmer. »Ich habe das Inserat rot angestrichen«, sagte er und warf Geoff eine Zeitung zu. »Warum spielst du nicht mehr?«

»Ich glaube, ich muss erst mal richtig wach werden«, antwortete Geoff und nahm das Headset ab. »Ich drücke dauernd die falschen Tasten.« Er warf einen Blick auf die Zeitung und las die Anzeige laut vor.

»Renommiertes Touristikunternehmen sucht Reiseführer für die Betreuung einer vielfältigen Klientel. Erfahrungen oder Qualifikationen nicht erforderlich.«

»Na?«, sagte Tim.

»Also, ich weiß nicht. Reiseführer?«

»Dass in einer Stellenanzeige *Erfahrungen oder Qualifikationen nicht erforderlich* steht, kommt jedenfalls nicht allzu oft vor.« Er streckte die Hand aus, weil er seinen Tee zurückhaben wollte.

Statt die Tasse Tim zu reichen, hielt Geoff sie der Kleidung hin, die Tim in die Ecke geworfen hatte.

»Wegen dieser Probleme mit der Visuomotorik solltest du wirklich mal zum Arzt gehen«, meinte Tim, während er Geoffreys Arm in seine Richtung drehte und ihm die Tasse abnahm. »Wie lange dauert es denn meistens, bis sich das wieder gibt?«

»Keine Ahnung«, erwiderte Geoffrey. »Ich hab es noch nie geschafft, dabei auf die Armbanduhr zu blicken.«

Das gefiel Geoffrey überhaupt nicht. Er wollte keinen Job. Er war vollauf damit zufrieden, den ganzen Tag zu schlafen und die Nacht mit Computerspielen zu verbringen. Dieser anspruchslose Lebensstil sagte ihm rundum zu, zumindest so lange, bis er herausfand, was er mit seinem Leben anfangen wollte. Doch im Laufe des Vormittags raffte er sich tatsächlich dazu auf, einen Bewerbungsbrief an dieses Touristikunternehmen zu schreiben. Wenn er seinen guten Willen zeigte, würde das Tim hoffentlich davon abhalten, mit ihm über das Thema »Miete« zu sprechen – ein Thema, das Geoff immer Schuldgefühle einjagte.

»Der Brief ist fertig«, rief er die Treppe hoch.

»Gut«, erwiderte Tim, der offenbar gerade in seinem Arbeitszimmer war. »Dann geh und steck ihn in den Briefkasten, ja?«

»Was denn? Soll ich ihn dir gar nicht vorlesen?«

»Nicht nötig. Umschläge liegen auf dem Tisch im Flur.«

Da Geoff immer noch Koordinationsschwierigkeiten hatte, brauchte er einige Minuten, um eine Briefmarke auf den Umschlag zu kleben und den Brief einzutüten.

Als er auf der untersten Treppenstufe saß und seine Turnschuhe anzog, sah er durch das geriffelte Glas der Haustür die Silhouette einer Frau näher kommen. Auf der Schwelle machte sie halt, kramte kurz in einer großen Schultertasche herum und schob einen Brief durch den Briefschlitz.

Für diese Silhouette hatte Geoff sehr viel übrig. Es war die von Zoë, der Postbotin, die er schon seit Jahren kannte, noch aus seiner Zeit als Zeitungsausträger. Damals hatten sie sich oft Gesellschaft geleistet, wenn sie ihre morgendliche Runde durch die Straßen machten – Geoff, um Zeitungen auszutragen, Zoë, um Post zuzustellen. Zoë war ziemlich jungenhaft. Sie trug ständig ausgebeulte Jeans, schmuddlige Turnschuhe und weite Pullover, die ihre schlanke Gestalt verbargen. Nie hatte sie ein Kleid oder einen Rock an, benutzte selten Make-up und ließ sich die dunklen Haare extrem kurz schneiden. Ihre Stimme war tiefer, als man es erwartet hätte, wenn man sie ansah. Im linken Ohr hatte sie vier Piercings, auf der rechten Schulter das Tattoo einer kleinen Eule. In ihrer Freizeit spielte sie in einer Band Gitarre. Ihre großen Augen und der breite Mund machten sie nicht gerade zur klassischen Schönheit, aber Geoff fand sie trotzdem außerordentlich attraktiv. Und es fiel ihm leicht, sich mit ihr zu unterhalten. Die Gespräche waren immer völlig ungezwungen. Er schaffte es mühelos, sie zum Lachen zu bringen, und sie war immer gern bereit, ihm Ratschläge zu erteilen oder ihm ermunternd zuzureden. Irgendwie kam er sich in ihrer Gegenwart wie jemand ganz anderes vor, als wäre sie in der Lage, in seinem Innern auf einen Schalter zu drücken und ihm Selbstvertrauen einzuflößen. Er hatte schon oft mit dem Gedanken gespielt, sie um ein Date zu bitten, aber nie den Mut dazu aufbringen können.

Geoff sprang hoch und riss lächelnd die Haustür auf. Zoë stand direkt vor ihm. Sie waren sich einige Wochen lang nicht begegnet, und die Wiedersehensfreude ließ ihn derart aus dem Häuschen geraten, dass er gar nicht mitbekam, dass er sie gerade zu Tode erschreckt hatte.

»Meine Güte, Geoff! Ich krieg ja gleich einen Herzinfarkt!« Sie lachte und presste sich die Hand gegen die Brust.

»Oh, tut mir leid«, sagte Geoff. »Ich ... äh ... wollte gerade gehen. Witzigerweise um einen Brief einzustecken.« Er hielt den Brief hoch, als müsste er sein Vorhaben aus irgendeinem Grund beweisen.

»Wie geht's denn so?«, fragte sie. »Hast du schon einen Job gefunden?«

Das war, als fragte man einen Kühlschrank, ob er jetzt Tennis spiele.

»Nein, noch nicht«, erwiderte Geoff. »Aber ich hab mich gerade um einen beworben. Daher der Brief.«

»Und was ist das für ein Job?«

»Reiseführer.«

»Reiseführer?«

»Glaub ich jedenfalls. Die Anzeige ist nicht sehr präzise.«

»Hört sich toll an. Würde ich auch gern machen. Man kann viel reisen und lernt ständig neue Leute kennen. Wenn du den Job bekommst, kannst du mich ja mal mitnehmen!«

Geoff grinste verlegen.

»Dieser Brief ist übrigens für dich«, sagte Zoë, indem sie auf das Schreiben zeigte, das sie gerade zugestellt hatte. »Viel Post bekommst du ja nicht gerade ...«

»Für mich?« Er hob den Brief auf. Das war ungewöhnlich. Er hatte schon seit Wochen keine Post mehr erhalten.

»Hast du dich in der letzten Zeit noch um andere Jobs beworben? Vielleicht ist das ja eine Zusage.«

»Ach was. Wahrscheinlich ist das nur ein Brief von der Bank, die wissen will, ob ich noch am Leben bin.« Er klemmte sich den Umschlag zwischen die Zähne, zog seine Jacke an, trat nach draußen und ließ die Tür hinter sich zuschnappen.

Zoë lachte. »Also echt«, sagte sie, »willst du denn gar nicht nachsehen, von wem der Brief ist?«

»Nicht unbedingt«, entgegnete Geoff und stopfte den Brief in seine Jackentasche. Seit er vor ein paar Monaten sein Dispolimit erreicht hatte, war er nicht mehr an einem Geldautomaten gewesen. Da Banken beim Gewähren von Krediten immer sehr vorsichtig sind, war es ganz natürlich, dass seine Bank unruhig geworden war und herausfinden wollte, ob er okay sei.

Während Zoë Geoff durch den Vorgarten und auf die Straße folgte, sortierte sie ein paar Briefe. Da sie nicht in Richtung Briefkasten ging, trennten sie sich und verabredeten lose, irgendwann mal wieder zusammenzukommen. Geoff hoffte, dass dieses »irgendwann« nicht allzu lange auf sich warten ließ.

Kaum war er ein paar Schritte gegangen, da schwappte ihm eine Ladung Seifenwasser über die Füße. Das konnte nur eins bedeuten: Darren Bell, der Nachbar im Nebenhaus, wusch sein Auto, vermutlich zum dritten Mal in dieser Woche. Als Geoff in die Richtung sah, aus der das Wasser gekommen war, erblickte er in der Tat Darren, der mit nacktem Oberkörper, eine Sonnenbrille in die Stirn geschoben, in seinem Vorgarten stand und einen Eimer voller Wasser in der Hand hatte.

Als Darren letztes Jahr eingezogen war, hatten Geoff und Tim instinktiv gewusst, dass es besser war, ihm aus dem Weg zu gehen – so wie ein Kind instinktiv weiß, dass es besser ist, nicht von einer Klippe zu springen. Er spielte Musik, die sich wie ein Zementmixer anhörte, fuhr einen Wagen mit abgedunkelten Scheiben und nuschelte beim Sprechen derart, dass man den Eindruck hatte, er hätte einen Golfball im Mund. Außerdem war er jemand, der nur auf Äußerlichkeiten achtete, und war rasch mit seinem Urteil bei der Hand, wenn andere nicht so aussahen, wie es seinen Vorstellungen entsprach. Er ging zweimal am Tag ins Fitnessstudio, hatte künstliche Sonnenbräune, ließ sich mehr als einmal im Monat die Haare schneiden und wirkte im Großen und Ganzen so, als halte er sich ständig bereit, bei einer Reality-Show im Fernsehen aufzutreten.

»'schuldigung, Geoff!«, rief Darren und stellte den Eimer ab. »Hab dich nicht gesehen!« Das Grinsen in seinem Gesicht verriet, dass das eine Lüge war. Außerdem stand sein Auto gar nicht da, wo er das Wasser hingegossen hatte.

»Red kein Blech!«, erwiderte Geoff und schüttelte das Wasser von seinen Schuhen. »Das hast du absichtlich gemacht!«

Darren zuckte die Achseln, als wäre die Sache damit erledigt.

»Hab gesehn, wie du gerade mit Zoë gesprochen hast«, sagte er grinsend. »Die gefällt dir, was?«

»Das hast du also gesehen, ja? Aber nicht, dass ich an deinem Haus vorbeikomme!«

»Verstehe nicht, warum du diesem Mädchen nachläufst«, sagte Darren und hob einen hellgelben Schwamm auf, der vor seinen Füßen lag. »Die ist doch einige Nummern zu groß für dich. Glaubst du allen Ernstes, ein heißer Feger wie die würde sich für einen arbeitslosen Gammler wie dich interessieren?« Er warf den Schwamm so lässig in den Eimer, dass man annehmen konnte, er habe das vorher lange geübt.

»Ich bin kein *arbeitsloser Gammler*«, empörte sich Geoff.

»Ah ja? Dann hast du also einen Job?«, erwiderte Darren und schob sich die Sonnenbrille auf die Nase.

Geoff tat so, als hätte er ihn nicht verstanden.

»Wie?«, gab er zurück.

»Natürlich hast du keinen«, fuhr Darren fort. »Du hast ja gar keine Zeit, nach Arbeit zu suchen, weil du ständig deine beknackten Computerspiele machst.«

»Wenn du's genau wissen willst: Ich bin gerade dabei, mich um einen Job zu bewerben«, sagte Geoff und hielt den Brief hoch, den er zum Briefkasten bringen wollte.

»Und was ist das für ein Job?«, fragte Darren. »Bettentester? Haussitter? Pyjamamodel?«

»Hör mal, was ist eigentlich dein Problem?«, erkundigte sich Geoff. »Warum bist du immer so fies?«

»Es geht mir einfach gegen den Strich, dass ich mit meinen Steuern dein Leben finanziere«, erklärte Darren. »Den ganzen Tag sitzt du zu Hause und hast nur deine stupiden Computerspiele im Kopf. Willst du denn gar nichts mit deinem Leben anfangen? Dir einen ordentlichen Job suchen?«

»Sich einen ordentlichen Job zu suchen und was mit seinem Leben anzufangen sind zwei völlig verschiedene Dinge«, sagte Geoff. Dann trat er über die Wasserpfütze und ging triumphierend davon, obwohl er sich nicht ganz sicher war, ob das eine schlagfertige Antwort gewesen war.

Innerhalb von zehn Minuten hatte Geoff seinen Brief eingeworfen, sich im Laden an der Ecke einen Schokoriegel gekauft und war nach Hause zurückgekehrt – auf Umwegen, weil er Darren nicht noch einmal begegnen wollte. Tim war in der Küche, aß Cornflakes und sah einen Stapel Papiere durch, die auf dem Tisch lagen.

»Wie ist es gelaufen?«, fragte er, ohne von der Arbeit aufzusehen.

»Wie es gelaufen ist?«, erwiderte Geoff. »Ich habe einen Brief eingeworfen, aber nicht an einem Marathon teilgenommen. Wieso fragst du mich da, wie es gelaufen ist?«

Tim legte seinen Löffel auf den Tisch und blickte hoch.

»Was ist denn in dich gefahren?«

»Nichts.« Geoff seufzte und setzte sich neben Tim. »Bin vorhin Darren begegnet.«

»Oh.«

»Hör mal ... glaubst du, Zoë ist einige Nummern zu groß für mich?«

»Hast du Zoë gesehen?«

»Ja. Sie hatte einen Brief für mich.«

»Einen Brief?« Tim zog eine Augenbraue hoch. »Für dich? Von wem denn?«

»Keine Ahnung«, sagte Geoff und zog den Brief aus der Jackentasche. »Aber das können wir ja rausfinden.« Er riss den Umschlag auf und zog ein Blatt aus dickem, kostspielig wirkendem Papier heraus. Es fühlte sich so weich an, dass es die Fingerspitzen geradezu liebkoste.

Schweigend las Geoff den Brief.

»Na?«, fragte Tim.

»Lieber Mr. Stamp«, las Geoff mit leicht zittriger Stimme vor. »Danke für Ihre Bewerbung auf die Stelle eines Reiseführers. Ich freue mich, Ihnen mitteilen zu können, dass Sie in die engere Wahl gekommen sind. Bitte finden Sie sich heute Nachmittag um fünf Uhr zu einem Einstellungsgespräch in unserem Londoner Büro ein, dessen Lage Sie dem beigefügten Plan entnehmen können. Wir freuen uns darauf, Sie kennenzulernen. Mit freundlichen Grüßen – Ruth Ashmore ...«

Der Brief war handgeschrieben, und zwar in so krakeliger Schrift, als hätte die Verfasserin keine feste Unterlage gehabt. Geoff sah noch einmal in den Umschlag, holte einen kleinen Plan heraus und legte ihn auf den Tisch. Der Plan zeigte einen Ausschnitt von Westminster im Herzen Londons. Ein Gebäude in einer Nebenstraße war mit einem roten Pfeil markiert.

Geoff war extrem verwirrt. Wie um alles in der Welt hatten diese Leute es geschafft, ihm zu antworten, noch bevor er sein Bewerbungsschreiben abgeschickt hatte? Er kratzte sich verdutzt den Kopf. Glücklicherweise klappte jetzt wieder alles mit seiner Hand-Auge-Koordination.

»Äh ... das ist *mein* Kopf«, sagte Tim.

2

»Ich bin wegen eines Einstellungsgesprächs hier«, teilte Geoff der hübschen jungen Frau am Empfang mit. Sie war ungefähr Anfang dreißig, hatte ein schmales Gesicht, hohe Wangenknochen und Wimpern, die man auch als Markise hätte verwenden können.

»Sie müssen Geoffrey Stamp sein«, sagte sie, während sie ihn von oben bis unten musterte. In ihrem Blick lag eine gewisse Skepsis, als inspizierte sie ein Stück Gemüse, um festzustellen, ob es noch in Ordnung war.

»Äh ... stimmt«, erwiderte er. Plötzlich wurde ihm sein Äußeres siedend heiß bewusst. Die junge Frau war makellos gekleidet und trug einen dunklen Hosenanzug sowie eine cremefarbene Bluse. Ihr schulterlanges Haar war so gleichmäßig geschnitten, als hätte man dazu eine Wasserwaage benutzt. Geoff hingegen sah aus, als hätte er in seinen Sachen geschlafen. Was auch der Fall war.

Die Empfangsdame griff nach dem Telefon und wählte eine Nummer.

»Bitte nehmen Sie doch Platz«, sagte sie lächelnd und zeigte auf eine Gruppe schwarzer Ledersessel am anderen Ende des Raums. »Wir stehen Ihnen gleich zur Verfügung.«

Außer Geoff und der Empfangsdame war niemand

im Raum. Er setzte sich in einen der Sessel und starrte zur Decke hoch, die aus Milchglas bestand. Als er sich umsah, bemerkte er, dass der ganze Empfangsbereich aus Milchglas war: der Fußboden, die Wände und sogar die Tische. Genau genommen bestanden hier so viele Dinge aus Milchglas, dass das Wort eine geradezu inflationäre Bedeutung annahm.

»Geoffrey Stamp ist da«, flüsterte die Empfangsdame in das Telefon, das ebenfalls aus Milchglas war. »Ich mach nur schnell einen Test, dann bring ich ihn nach oben.« Sie legte auf.

Plötzlich leuchtete der ganze Raum eine Sekunde lang grün auf. Wenn Geoff in dem Moment gezwinkert hätte, hätte er es gar nicht mitbekommen. Was hatte denn das zu bedeuten?

»Sehr gut«, konstatierte die Empfangsdame, schob ihren Stuhl zurück und stand auf. »Wenn Sie mir jetzt bitte folgen würden.«

Am anderen Ende des Raums glitt leise zischend ein Teil der Wand zur Seite. Dahinter kam ein hell erleuchteter Fahrstuhl zum Vorschein.

Geoff erhob sich.

»Ich bin übrigens Ruth«, sagte die Empfangsdame, während sie ihn zum Lift führte. »Diejenige, die Ihnen den Brief geschickt hat.« Ihre hohen Absätze klackten über den Milchglasboden, was im ganzen Raum widerhallte und sich anhörte, als machte eine Stepptanztruppe ihre Übungen.

»Milchglas«, murmelte Geoff vor sich hin.

Über den Fahrstuhl ließ sich nicht viel sagen. Er war ziemlich groß, hatte Wände aus mattem Metall und einen weiß gefliesten Fußboden. Die Decke bestand aus vier Gitterfeldern, die man öffnen und durch die man hindurchklettern konnte, falls man zufällig in einen Actionfilm geriet. Kurzum, es war alles genau so wie in jedem anderen Fahrstuhl auch. Doch dann fiel Geoff etwas Merkwürdiges auf. Es gab keine Knöpfe. Keine Tafel, die die Stockwerke anzeigte. Keinen Alarmknopf. Mit anderen Worten: Der Fahrstuhl hatte noch weniger Extras als ein Toyota Prius. Was war das denn für ein Ding?

»Bitte nennen Sie Ihr Ziel«, verlangte eine synthetische Frauenstimme.

»Oberstes Stockwerk«, antwortete Ruth.

Die Tür schloss sich, der Fahrstuhl setzte sich in Bewegung.

»Darf ich Sie mal was fragen?«, sagte Geoff, während er sich über die Bartstoppeln strich. Wenn er diesen Job wirklich hätte haben wollen, hätte er sich wahrscheinlich die Mühe gemacht, sich zu rasieren.

Ruth wandte sich ihm zu.

»Falls es darum geht, wie wir wissen konnten, dass Sie sich um den Job bewerben, bevor Sie Ihren Brief abgeschickt hatten – das werden Sie erfahren, wenn Sie die Stelle bekommen.«

»Das wollte ich eigentlich gar nicht fragen«, log Geoff. Er mochte es nicht, wenn man ihn durchschaute. Jetzt musste er sich schnell eine andere Frage einfallen lassen.

»Sorry«, sagte Ruth. »Das haben mich nämlich all die anderen Bewerber gefragt.«

»Die anderen Bewerber? Wie viele sind denn schon da gewesen?«

»Neunzehn. Sie sind der letzte.« Sie knöpfte sich ihre Jacke zu und schob sich ein paar verirrte Haarsträhnen hinter die Ohren. »Wir sind da. Im obersten Stockwerk.«

Die Fahrstuhltür öffnete sich, und sie traten in einen riesigen leeren Raum mit Fenstern, die vom Boden bis zur Decke reichten und durch die man auf London hinunterblicken konnte. Es war, als käme man in ein Großraumbüro, bloß dass es hier weder Möbel noch Aktenschränke noch Automaten gab, die nichts als überteuerte Kekse verkauften. Auf dem Fußboden lagen ein paar Kabel, an der Wand lehnten zwei Leitern, und neben einer Säule aus nacktem Beton standen einige Farbeimer. Entweder diese Leute waren gerade erst hier eingezogen, oder sie hatten sich bei der Frage, wie viel Stellfläche sie brauchten, ernsthaft verschätzt.

In der hintersten Ecke saß ein alter Mann mit dem Rücken zum Fenster an einem großen Eichenschreibtisch und war in Akten vertieft. Durch das Fenster hinter ihm hatte man einen spektakulären Blick auf London, inklusive Big Ben und London Eye, sodass man, falls man wollte, die Uhrzeit feststellen und gleichzeitig Touristen die Zunge rausstrecken konnte.

»Mr. Knight wird das Einstellungsgespräch mit Ihnen führen«, flüsterte Ruth, während sie Geoffrey in Richtung Schreibtisch führte. Sie schien jetzt ein wenig langsamer als vorhin zu gehen, fast als zögerte sie aus irgendwelchen Gründen.

»Irgendwas nicht in Ordnung?«, fragte Geoff.

»Nein, nein«, erwiderte Ruth, ihren Schritt beschleunigend. »Es ist nur ...«

Bevor Ruth weiterreden konnten, sah der Mann am Schreibtisch auf.

»Ah!«, brüllte er. »Das ist sicher unser letzter Bewerber!« Seine Stimme dröhnte wie die eines extrem aufgekratzten Onkels durch den Raum, der bei einer Hochzeitsrede an der falschen Stelle »Bravo« ruft.

»Ja«, sagte Ruth mit lauter Stimme. »Das ist Geoffrey Stamp.«

»Sehr gut!« Mr. Knight sprang vom Stuhl und eilte ihnen entgegen. Er war groß und schien für einen Mann seines Alters ziemlich agil zu sein, da er mit beeindruckender Geschwindigkeit auf sie zukam. Sein dichtes weißes Haar hatte einen Seitenscheitel, und die tiefen Fältchen um seine Augen ließen vermuten, dass er oft lächelte. Er trug einen braunen Dreiteiler aus Tweed, glänzende braune Schuhe und eine gelbe Seidenkrawatte. Geoff schätzte, dass er schon in den Siebzigern war.

»Sie müssen entschuldigen, dass hier alles so leer ist«, sagte er, während er Geoff fest die Hand drückte, »aber wir sind gerade erst eingezogen. Bitte setzen Sie sich.«

Ruth machte kehrt.

»Viel Glück«, sagte sie über die Schulter und ging.

Geoff begab sich zum Schreibtisch und nahm in einem bequemen Ledersessel Platz.

»Also, dann wollen wir mal«, begann Mr. Knight, nachdem er sich wieder auf der anderen Seite des Schreibtischs niedergelassen hatte. Er rückte sich die Krawatte zurecht, schob seine Akten zur Seite und legte ein Blatt Papier vor sich hin. Geoff erkannte den Kaffeefleck am oberen Rand wieder – das war der Brief, den er erst vor ein paar Stunden abgeschickt hatte.

»Sehr geehrte Damen und Herren«, las Mr. Knight vor. »Hiermit bewerbe ich mich um die Stelle, die Sie in der Zeitung inseriert haben. Mein Name ist Geoffrey Stamp. Mit freundlichen Grüßen – Geoffrey Stamp.«

»Wie kommt es, dass Sie diesen Brief so schnell erhalten haben?«, fragte Geoff.

»Das ist die nichtssagendste Bewerbung, die mir je untergekommen ist«, erwiderte Mr. Knight, ohne auf Geoffs Frage einzugehen. »Weil Sie mir überhaupt nichts über Sie verrät. Weder über Ihre Hobbys noch über frühere Tätigkeiten. Sie ist völlig nutzlos.« Er knüllte den Brief zusammen und warf ihn über die Schulter.

»Aber das macht nichts«, sagte er und holte ein Klemmbrett sowie einen Kugelschreiber aus der Schreibtischschublade. »Da Sie ja hier sind, können wir nun vielleicht mehr über Sie herausfinden. Zum Beispiel über Ihre Hobbys.«

»Hobbys hab ich eigentlich keine.«

»Aber Sie müssen doch ein Hobby haben! Fußball vielleicht? Oder Lesen? Was machen Sie denn in Ihrer Freizeit?«

Geoff dachte angestrengt nach.

»Also, zur Zeit versuche ich gerade, *Space Commando* bis zum Ende durchzuziehen.«

»*Space Commando*?«

»Das ist ein Computerspiel.«

»Sie machen also gern Spiele?«

»Computerspiele.«

»Und sonst nichts?«

»Nicht, dass ich wüsste.«

»Sie wollen also sagen, außer Computerspielen haben Sie keine Hobbys?«

»Richtig.«

»Sehr gut«, sagte Mr. Knight. »Wie oft verlassen Sie denn so Ihre Wohnung?«

»Haben Sie gerade *sehr gut* gesagt?«

»Das tut im Moment nichts zur Sache. Wie oft gehen Sie aus dem Haus?«

»Nicht sehr oft.«

»Könnten Sie das präzisieren?«

»Ach, ich weiß auch nicht. Ich würde sagen, heute bin ich zum ersten Mal in diesem Monat rausgegangen.«

»Heute haben wir den ersten September«, erklärte Mr. Knight mit einem Blick auf seine Armbanduhr. »Da bin auch *ich* zum ersten Mal in diesem Monat aus dem Haus gegangen.«

»Wir haben September?«

Mr. Knight wandte sich seinem Klemmbrett zu und machte sich eine Notiz. »Sie besuchen also keine Clubs?«

»Nein.«

»Gehen Sie shoppen?«

»Nein.«

»Spazieren?«

»Nein.«

»Wenn Sie nicht rausgehen, wie halten Sie es dann mit Ihren Freunden?«

»Mit den meisten von denen habe ich den Kontakt verloren. Der Einzige, den ich regelmäßig sehe, ist mein Mitbewohner.«

»Sonst niemand?«

»Na ja, da ist noch Zoë, unsere Postbotin. Und der Typ, der nebenan wohnt ...«

»Verstehe.«

»Aber das ist nur ein Nachbar.«

»Ihr Mitbewohner, die Postbotin und Ihr Nachbar sind also die einzigen Personen, mit denen Sie Verbindung haben.«

»Glaub schon ...«

»Keine Freunde ... sehr gut«, murmelte Mr. Knight vor sich hin. Dann machte er sich eine weitere, wesentlich längere Notiz.

»Stimmt was nicht?«, fragte Geoffrey und versuchte, einen Blick auf das Klemmbrett zu werfen. »Ich meine, ich sage dauernd negative Dinge, und Sie sagen dauernd *sehr gut.*«

»Alles bestens«, erwiderte Mr. Knight, indem er das Klemmbrett umgekehrt auf den Tisch legte. »Jetzt erzählen Sie mir doch mal, was Sie schon für Jobs gehabt haben.«

»Eigentlich habe ich nur einen gehabt. Ich bin Zeitungsausträger gewesen«, gestand Geoff. »Und den hab ich vor zwei Jahren verloren, weil ich zu alt dafür war.«

»Und wofür waren Sie da zuständig?«

»Ich war Zeitungsausträger, mehr nicht.«

»Zeitungsausträger, ja, ja«, entgegnete Mr. Knight in ungehaltenem Ton. »Aber wofür waren Sie zuständig?«

»Also, wenn ich sage *Zeitungsausträger*, dann meine ich nicht *Polizist*. Ich habe Zeitungen vor die Haustüren geworfen. Entscheidungen auf Leben und Tod habe ich dabei nie getroffen, wenn ich mich recht erinnere.«

Mr. Knight lehnte sich auf seinem Stuhl zurück und verschränkte die Hände hinter dem Kopf.

»Sie haben also nie einen richtigen Job gehabt«, sagte er, während er zur Decke blickte. »Sie gehen nicht aus dem Haus, Sie haben keine nennenswerten Hobbys, und außer Tim haben Sie keine Freunde.«

Geoff nickte.

»Außerdem sind Sie nicht sehr aufmerksam.« Mr. Knight erhob sich und drehte sich zum Fenster, um einen Blick auf London zu werfen. »Ist Ihnen bei dem, was ich gerade gesagt habe, nichts Merkwürdiges aufgefallen?«

»Eigentlich nicht«, erwiderte Geoff.

Mr. Knight wandte sich um. »Sie haben mir überhaupt nicht erzählt, dass Ihr Mitbewohner Tim heißt.«

Geoff war so überrascht, dass er vom Sessel hochschnellte. Nachdem er einen Moment dagestanden hatte, beschloss er, sich wieder zu setzen.

»Sind Sie vom MI6?«, fragte er.

»Nein.«

»Ach.« Geoff verzog enttäuscht das Gesicht.

»Wir lassen Sie schon seit einer ganzen Weile beobachten«, erklärte Mr. Knight und nahm wieder Platz. »Sagen Sie – wollen Sie diesen Job *wirklich* haben?«

»Moment mal.« Geoff stand wieder auf, weil er hoffte, auf diese Weise seine Empörung zum Ausdruck zu bringen. »Was soll das heißen, dass Sie mich schon seit einer ganzen Weile beobachten lassen?«

»Genau das, was es ausdrückt.«

»Und wie lange geht das schon?«

»Das spielt keine Rolle. Vergessen Sie, was ich gesagt habe.«

»Das soll ich vergessen? Sie haben mir nachspioniert!«

»Stört Sie das?«

»Natürlich! Was ist das hier eigentlich für ein Touristikunternehmen?«

»Ein ganz normales«, sagte Mr. Knight. »Mehr kann ich Ihnen erst erzählen, wenn Sie den Job annehmen.«

»Da ist noch etwas, das Sie mir erklären müssen.«

»Was denn?«, erwiderte Mr. Knight und trommelte ungeduldig mit den Fingern auf die Tischplatte.

»Den Job. Was ist das für ein Job? Oder können Sie mir das auch nicht verraten?«

Mr. Knight schwieg.

»Okay. Ich muss den Job also annehmen, bevor ich erfahre, worum es sich bei diesem Job handelt.« Geoff dachte kurz nach. »Hört sich irgendwie verdreht an.«

»Niemand zwingt Sie, hier zu arbeiten.«

»Prima. Ich will den Job nämlich nicht«, sagte Geoff und wandte sich ab, um zu gehen.

»Setzen Sie sich«, sagte Mr. Knight. »Sie sind eingestellt.«

Geoff gehorchte und ließ sich langsam wieder auf dem Sessel nieder, der wirklich sehr bequem war. »Was?«

»Sie haben den Job«, verkündete Mr. Knight und lockerte seine Krawatte.

»Aber ich habe den Job doch gerade *abgelehnt*.«

»Ich weiß.« Mr. Knight warf einen Blick auf seine Armbanduhr. »Deshalb stelle ich Sie ja ein.«

»Pling!«, sagte Geoff.

Das war bizarr. Ursprünglich hatte er etwas wie »Was zum Teufel läuft hier eigentlich ab?« sagen wollen. Stattdessen hatte er »Pling!« gesagt. Er runzelte die Stirn und machte den Mund wie ein Fisch auf und zu, bis ihm dämmerte, dass das Geräusch nicht von ihm, sondern vom Fahrstuhl gekommen war. Die Tür glitt auf, und Ruth trat heraus.

»Ruth! Hervorragendes Timing!«, rief Mr. Knight. »Mr. Stamp hier hat den Job. Den *richtigen* Job, meine ich.«

»Na wunderbar«, sagte sie und lehnte sich gegen die Kante des Schreibtischs. »Irgendwie hatte ich es im Gefühl, dass Sie ihn nehmen.«

Geoff war verwirrt. »Das hier ist irgendeine Spaßsendung im Fernsehen, stimmt's?«, fragte er und ließ den Blick zwischen Ruth und Mr. Knight hin und her wandern. »Die komischsten Einstellungsgespräche, Teil drei oder so.«

»Nein, nein, nein. Das ist kein Joke, Geoff«, erwiderte Mr. Knight.

Geoff ließ erneut den Blick zwischen den beiden hin und her wandern und wartete darauf, dass ihm jemand erklärte, was zum Teufel hier eigentlich ablief.

»Wie würden Sie reagieren, wenn wir Ihnen sagten, dass wir aus der Zukunft kommen?«, fragte Mr. Knight.

»Wie war das eben?« Geoff beugte sich vor und legte den Kopf schräg, weil er hoffte, dass sich die Frage irgendwie verändern würde, wenn sie in einem anderen Winkel an sein Ohr drang.

»Wie würden Sie reagieren, wenn wir Ihnen sagten, dass wir – ich und Ruth – aus der Zukunft sind?«, wiederholte Mr. Knight.

»Aus der Zukunft?«, hakte Geoff nach.

»Ja.«

»Der Zukunft als solcher?«

»Der Zukunft als solcher, ja.«

»Wie ich da reagieren würde? Weiß ich nicht«, sagte Geoff. »Solche Fragen werden mir nicht sehr oft gestellt. Ich bin's eher gewöhnt, auf Dinge wie *Hier herrscht Krawattenzwang, Sir* oder *Wir haben keine Milch mehr* zu reagieren.«

»Gut, gut. Dann sage ich es noch einmal: Wir sind aus der Zukunft. Der fernen Zukunft.«

Wie sich herausstellte, bestand Geoffs Reaktion darin, dass er die Augenbrauen hochzog, tief einatmete und die Luft dann langsam wieder ausstieß.

»Ich werde versuchen, es Ihnen im Schnelldurchlauf zu erklären«, fuhr Mr. Knight fort. »Das funktioniert immer am besten. Wir arbeiten für die ZeitReisen GmbH.«

»ZeitReisen GmbH?«, sagte Geoff. »Nie gehört.«

»Natürlich nicht. Das ist eine Reiseagentur mit Sitz in der Zukunft, die Urlaubsreisen in unterschiedliche Epochen anbietet. Jedenfalls möchten wir *Sie* als Reiseführer für das frühe einundzwanzigste Jahrhundert gewinnen – als *Zeitreiseführer*, wenn Sie so wollen. Ihre Aufgabe wird genauso aussehen, als würden Sie Touristen aus einem anderen Land betreuen, bloß dass die Touristen, mit denen Sie zu tun haben, aus der Zukunft kommen. Sie werden Ihnen die Sehenswürdigkeiten zeigen und sie herumführen. Mehr haben Sie nicht zu tun.«

Mr. Knights Ausführungen hörten sich so routiniert an, als hätte er sie schon x-mal vorgetragen.

Geoff stieß immer noch langsam die Luft aus. Von dem, was Mr. Knight gerade gesagt hatte, hatte er so gut wie gar nichts verstanden.

»Haben Sie noch Fragen?«, erkundigte sich Ruth.

»Ja«, sagte Geoff. »Mich würde interessieren, ob Sie beide vor Kurzem aus der Klapsmühle entlassen worden sind.«

»Nein«, antwortete Ruth. »Wir sind ganz normale Menschen.«

»Aus der Zukunft«, fügte Mr. Knight hinzu.

»Würden Sie es als grob unhöflich empfinden, wenn ich sage, dass ich Ihnen nicht glaube?«

»Sie glauben uns nicht?«, entgegnete Mr. Knight.

»Nein.«

»Warum nicht?«

»Warum nicht? Weil Zeitreisen unmöglich sind!«

»Das haben die Leute auch mal über Teleportation gesagt.«

»Das sagen die Leute *immer noch* über Teleportation!«

»Offen gestanden«, mischte sich Ruth ein, »haben alle Zeitreiseführer so reagiert wie Sie und uns zunächst nicht geglaubt. Deshalb haben wir uns den Trick mit dem Bewerbungsschreiben ausgedacht.«

»Um zu verhindern, dass erfolgreiche Bewerber einen Rückzieher machen«, erklärte Mr. Knight.

»Wovon reden Sie eigentlich?«, stammelte Geoff.

»Nun denken Sie doch mal nach«, forderte Ruth ihn auf und bückte sich, um Geoffs zerknüllten Brief aufzuheben, den Mr. Knight auf den Fußboden geworfen hatte. »Wie hätten wir es denn schaffen sollen, Ihnen eine Antwort zu schicken, noch bevor Sie Ihren Brief in den Kasten gesteckt hatten?«

»Na ja, Sie hätten zum Beispiel ... äh ... tja ...«

»Das wäre gar nicht möglich gewesen«, sagte Ruth, »es sei denn, wir können durch die Zeit reisen.«

Geoff blickte aus dem Fenster. Draußen wurde es allmählich dunkel, und die untergehende Sonne tauchte die Londoner Skyline in mattes rötliches Licht. In der Ferne flammten unzählige Straßenlaternen auf wie Feuerzeuge bei einem Rockkonzert.

»Sind Sie jetzt überzeugt, dass wir die Wahrheit sagen?«, fragte Mr. Knight.

»Eigentlich nicht«, erwiderte Geoff und stand auf. »Außerdem ist es schon spät. Ich muss gehen.«

»Warten Sie!«, bat Mr. Knight und schnellte von seinem Stuhl hoch. »Okay, Mr. Stamp, okay. Normalerweise machen wir so etwas nicht, aber wenn Sie uns wirklich nicht glauben, dann werden wir Ihnen den Beweis liefern.«

Er fasste in eine Schreibtischschublade und holte zwei kleine Ohrhörer heraus.

»Stecken Sie sich die in die Ohren«, verlangte er.

»Was ist denn das?«, fragte Geoff und inspizierte die Ohrhörer, die wie ganz normale, billige In-Ear-Ohrhörer aussahen, bloß dass sie kein Kabel hatten.

»Machen Sie einfach, was ich sage«, entgegnete Mr. Knight, der der Schublade ein zweites Paar Ohrhörer entnahm und sie sich selbst in die Ohren stöpselte. »Sehen Sie? Geht doch prima.«

Ruth holte ein Paar Ohrhörer aus der Hosentasche und steckte sie sich ebenfalls in die Ohren.

»Keine Bange, Geoff«, sagte sie lächelnd.

Nachdem Geoff Mr. Knight angesehen hatte, warf er einen weiteren Blick auf die Ohrhörer, die er in der Hand hatte. Da er sich nicht vorstellen konnte, dass die Dinger gefährlich waren (es sei denn, sie dudelten ihm irgendwelche Meditationsmusik ins Ohr), gehorchte er und steckte sie sich in die Ohren.

Dann lauschte er, konnte aber keinerlei Geräusche vernehmen.

»Gut«, sagte Mr. Knight. »Sind Sie bereit?«

»Bereit wofür?«, erwiderte Geoff, der sich irgendwie blöd vorkam.

»Um durch die Zeit zurückzureisen«, erläuterte Ruth.

»Ist das die Funktion dieser Ohr...«

Doch bevor Geoff seinen Satz beenden konnte, spürte er ein Prickeln und Kribbeln, als würde er elektrisch aufgeladen. Vor seinem Blick verschwamm alles, seine Handflächen wurden feucht, sein Herz schlug schneller. Plötzlich blitzte etwas auf. Geoff schloss die Augen und schlang die Arme um den Kopf. Was ging denn hier vor sich?

Dann war alles vorüber, und er fühlte sich wie immer.

»Geoff?«, sagte Ruth.

»Äh ... ja?«

»Nehmen Sie die Arme runter, Geoff.« Er spürte, wie sie ihn anfasste, und zuckte zusammen.

»Alles in Ordnung, Geoff. Wir sind angekommen. Nehmen Sie die Arme runter.«

Geoff nahm die Arme runter, wagte es jedoch nicht, die Augen zu öffnen.

»Und jetzt machen Sie die Augen auf ...«

Ganz langsam öffnete Geoff die Augen. Was er vor

sich sah, war unbeschreiblich. Unglaublich. Unmöglich. Einfach irre.

Mr. Knight, der neben Geoff stand, legte ihm den Arm um die Schultern.

»Willkommen«, sagte er, »im Jahr fünfundsechzig Millionen vor Christus.«

3

Geoff konnte einfach nicht begreifen, wie es kam, dass er nicht mehr in einem leeren Großraumbüro mit Blick auf London stand, sondern auf der Kuppe eines hohen felsigen Berges, um den sich üppiger Regenwald ausbreitete. Seine Knie zitterten, als würden sie gleich einknicken. Das alles konnte kein Zauberkunststück, kein Trick sein – denn unter seinen Füßen knirschte echte Erde, als er ein Stück vortrat, um seine Umgebung genauer in Augenschein zu nehmen. Außerdem knallte ihm die Sonne heiß ins Gesicht, und die warme, feuchte Luft hüllte ihn ein wie eine schwere unsichtbare Decke.

Vorsichtig näherte sich Geoff dem Rand des Abhangs und blickte nach unten: Sie befanden sich in großer Höhe, schätzungsweise mehrere Hundert Meter über dem Meeresspiegel. Unter sich vermochte er eine vielfältige, äußerst seltsame Vegetation zu erkennen – Baumarten, die er noch nie zuvor gesehen hatte und die weit über das Blätterdach des Regenwalds hinausragten, riesige Pflanzen mit gigantischen Blättern von der Größe eines Bettlakens und dicke grüne Ranken, die in alle Richtungen wuchsen. Das war Natur pur, ein dichter, wuchernder Dschungel, an dem sich noch keines Menschen Hand zu schaffen gemacht hatte. In gewisser Weise erinnerte Geoff der Anblick an den Garten hinter Tims

Haus, den er wirklich irgendwann mal in Angriff nehmen musste, wenn er nicht wollte, dass er sich über die ganze Welt ausbreitete.

Geoff drehte sich um und sah Mr. Knight an, dessen Nähe ihm, da er so dicht am Abhang stand, Unbehagen bereitete. Deshalb entfernte sich Geoff ein Stück von ihm und setzte sich auf einen Felsbrocken.

»Na?«, sagte Mr. Knight, nachdem er sich die Ohrhörer aus den Ohren genommen hatte. »Wie finden Sie das?«

Geoff wusste nicht, wie er das finden sollte. Sein Gehirn kam ihm so zermatscht vor, als hätte er gerade eine Sendung im Fox News Channel gesehen.

»Bin ich ... verrückt geworden?«, stieß er hervor.

»Nein, Geoff, Sie sind nicht verrückt geworden. Sie sind in der Kreidezeit gelandet. Übrigens können Sie die Ohrhörer jetzt herausnehmen.«

»In der ... Kreidezeit?«, erwiderte Geoff und zog die Ohrhörer aus seinen Ohren.

»Ja«, bestätigte Mr. Knight und blickte zu einem seltsamen Vogel hoch, der über ihnen schwebte. Er war klein, hatte blaue Flügel und einen langen Schnabel. Einen solchen Vogel hatte Geoff noch nie gesehen. »Am Ende des Maastrichtiums, um genau zu sein. Sind Sie mit der Einteilung der Urgeschichte vertraut?«

Geoff schüttelte den Kopf. Er hatte zwar mehrmals *Jurassic Park* gesehen, aber das war's dann auch schon. Jetzt bemerkte er, wie sich in der Ferne der Kopf eines Diplodocus durch das Blätterdach schob. Der schlangenartige Hals reckte sich immer weiter nach oben, bis er den Wipfel eines hohen Baums erreicht hatte. Der Dinosaurier biss in einen Ast, streifte mit dem Maul die Blätter ab und kaute.

»Das ... das ist unglaublich!«, sagte Geoff, während er zwei Stegosaurier beobachtete, die gerade aus einem großen See tranken, der am Fuße eines anderen Bergs lag. »Ich meine ... das sind echte Dinosaurier! Ich sehe echte Saurier!«

»Sind Sie jetzt überzeugt, dass wir die Wahrheit sagen?«, fragte Ruth und setzte sich neben ihn.

»Mir ... mir fehlen die Worte«, stammelte Geoff. »Ich hätte nie gedacht, dass ich je so etwas sehen würde. Das ist ... wunderschön.«

»Gewöhnen Sie sich nicht allzu sehr an den Anblick«, empfahl Mr. Knight und schaute auf seine Armbanduhr. »In acht Minuten und neunundzwanzig Sekunden wird sich das alles hier nämlich in Staub und Asche verwandeln.«

»Was soll das heißen?«

»Dass Sie gleich miterleben werden, wie die Dinosaurier aussterben«, erklärte Mr. Knight und blickte zum Himmel hoch.

»Aussterben?«

»Sehen Sie diesen hellen Fleck dort oben?«, fragte Mr. Knight, indem er auf einen Lichtpunkt am Himmel zeigte.

Geoff nickte.

»Das ist ein Asteroid. Ein sehr großer Asteroid. Und er wird gleich mit solcher Wucht auf der Erde einschlagen, dass fast alles Leben auf dem Planeten ausgelöscht wird. Sobald er auftrifft, wird eine Wolke heißen Staubs in die Luft geschleudert und die Sonne jahrelang verdunkeln. Gigantische Flutwellen werden sich über den Planeten ergießen, und weltweit werden kolossale Druckwellen Vulkane ausbrechen lassen und Erdbeben auslösen.«

Geoff schluckte schwer.

»Darf ich Sie was fragen?«, sagte er.

»Nur zu ...«

»Wo genau wird dieser Asteroid denn einschlagen?«, erkundigte er sich, während er nervös zum Himmel hochblickte.

»Direkt vor uns«, erklärte Mr. Knight und zeigte nach unten auf den Regenwald. »Nach meinen Berechnungen sind wir ungefähr fünfzig Kilometer von der Einschlagstelle entfernt.«

»Verstehe«, erwiderte Geoff und dachte kurz nach. »In acht Minuten, sagen Sie?«

»In sieben Minuten und dreiundfünfzig Sekunden«, stellte Mr. Knight nach einem weiteren Blick auf seine Armbanduhr richtig.

»Darf ich Sie noch was fragen?«

»Selbstverständlich«, sagte Mr. Knight. »Worum geht's denn?«

»Also, verstehen Sie mich jetzt bitte nicht falsch – das alles ist natürlich wahnsinnig interessant und so, aber ist das nicht ein klitzekleines bisschen gefährlich? Ich meine, sollten wir uns nicht schleunigst in Sicherheit bringen? Zum Beispiel in einen Atombunker?«

»Unsinn«, antwortete Mr. Knight. »Uns kann überhaupt nichts passieren. Wir warten nur so lange, bis der Asteroid einschlägt, dann kehren wir in die Zukunft zurück. Alles kein Problem.«

Geoff rieb sich die Hände. Das machte er immer, wenn er nervös war.

»Wenn es Ihnen nichts ausmacht, würde ich aber lieber sofort aufbrechen«, sagte er und stöpselte sich schnell die Ohrhörer wieder ein. »Ja?«

»Aber das ist doch der Beweis, den ich Ihnen versprochen habe, Mr. Stamp. Sie sind im Begriff, das verheerendste Ereignis in der Geschichte des Planeten mitzuerleben. So was ließe sich wohl kaum faken, oder?«

»Stimmt schon, aber meinetwegen brauchen wir wirklich nicht hierzubleiben«, sagte Geoff, während er an seinen Ohrhörern herumfummelte. »Was muss man denn machen, damit diese Dinger funktionieren?«

Ruth drehte sich zu Geoff und legte ihm die Hand auf die Schulter.

»Kein Grund zur Panik«, sagte sie. »Alles wird bestens klappen.«

Geoff atmete mehrmals tief durch.

»Sie zwei ... Sie kommen also wirklich aus der Zukunft?«

»So ist es.«

»Und Sie organisieren tatsächlich Urlaubsreisen in unterschiedliche Epochen?«

»Ja.«

»Und mich brauchen Sie als Reiseführer ... für das einundzwanzigste Jahrhundert?«

»Als *Zeit*reiseführer«, präzisierte Mr. Knight.

»Aber ... warum gerade mich?«, fragte Geoff, während über ihm eine Gruppe von Pterodaktylen durch die Luft glitt. Der Lichtpunkt am Himmel war mittlerweile ein wenig größer geworden.

»Oh, weil Sie etwas Besonderes sind. Etwas ganz Besonderes«, sagte Mr. Knight und zog das Einstecktuch aus seiner Brusttasche, um sich den Schweiß von der Stirn zu wischen. »Unser Supercomputer hat Jahre gebraucht, um eine Shortlist von profilgerechten Kandidaten zu erstellen. Zu denen gehörten auch Sie.«

Noch nie zuvor hatte jemand behauptet, Geoff sei etwas Besonderes. Seine Neugier war geweckt.

»Ihr ... Supercomputer?«, hakte er nach und beugte

sich interessiert vor. Hier war es wirklich ganz schön heiß, da die Sonne direkt auf ihre Köpfe knallte.

»Vielleicht greife ich jetzt zu weit vor, also sagen Sie bitte *stopp*, wenn Sie etwas nicht verstehen. In unserer Zukunft gibt es einen Supercomputer.«

»Stopp.«

Mr. Knight ignorierte ihn. »Dieser Computer hat einen derart starken Prozessor, dass er Kausalzusammenhänge vorhersagen kann. Mit anderen Worten: Er teilt uns genau mit, welche Auswirkungen es haben wird, wenn wir auf diese oder jene Weise in das Raum-Zeit-Kontinuum eingreifen.«

»Und dieser Computer hat mich als Zeitreiseführer ermittelt?«

»Zumindest hat er Sie auf die Shortlist gesetzt.«

»Aber warum?«

»Weil er berechnet hat, dass Sie völlig bedeutungslos sind.«

Geoff war so verblüfft, dass er einen Moment lang sogar den Asteroiden vergaß.

»Bedeutungslos?«

»Ja«, bestätigte Mr. Knight und stellte sich unter einen Baum, um ein bisschen Schatten abzubekommen. »Jeder Zeitreiseführer muss völlig bedeutungslos sein. Stellen Sie sich doch mal vor, wir böten den Job einer wichtigen oder berühmten Person aus dem einundzwanzigsten Jahrhundert an – da liefen wir ja Gefahr, den Gang der Geschichte zu ändern. Indem wir uns aber ausschließlich an Leute wenden, die für den Verlauf des Raum-Zeit-Kontinuums keine Rolle spielen, gehen wir diesem Risiko aus dem Wege.«

»Außerdem vermeiden wir es auf diese Weise, Aufmerksamkeit zu erregen«, fügte Ruth hinzu. »Es versteht sich sicher von selbst, dass der Zeittourismus absolut geheim gehalten wird und in den Zielepochen niemand etwas davon erfahren darf.«

»Ich bin bedeutungslos?«, fragte Geoff und erhob sich. *»Ich spiele keine Rolle?«*

»Jedenfalls nicht für das Raum-Zeit-Kontinuum. Für uns sind Sie allerdings besonders wichtig«, erklärte Mr. Knight und lehnte sich gegen den Baumstamm. »Sehen Sie, weil die meisten Menschen den Gang der Geschichte beeinflussen, können wir ihnen diesen Job nicht anbieten, denn das hieße, in die Vergangenheit einzugreifen. Sie hingegen sind *derart* unbedeutend, dass sich auch dann nichts an der Geschichte ändern würde, wenn ich Sie auf der Stelle umbrächte. Deshalb wollen wir Sie als Zeitreiseführer gewinnen. Sie sind einer der wenigen Menschen, die dafür infrage kommen, weil Ihre Existenz keine Rolle spielt. Nicht die geringste.«

Geoff blickte nach unten und scharrte mit seinem rechten Fuß in der Erde herum.

»Noch nicht mal eine klitzekleine?«, fragte er.

»Je weniger Menschen Sie kennen, desto besser, weil Sie dann kaum aus dem Haus gehen. Unser Computer hat sieben Jahre gebraucht, um eine Liste von Leuten aus Ihrer Zeit zu erstellen, die so bedeutungslos sind, dass sie für den Job in Betracht kommen.«

»Aber Ihr Computer könnte sich geirrt haben«, erwiderte Geoff, der sich ein wenig gekränkt fühlte. »*So* bedeutungslos kann ich ja wohl kaum sein.«

»Doch, das sind Sie, Geoff«, sagte Ruth. »Das können Sie uns ruhig glauben. Abgesehen von Ihrer Eignung zum Zeitreiseführer sind Sie eine Null. Sie sind für die Welt unwichtiger als bestimmte Pilzarten. Außer Ihnen gibt es im einundzwanzigsten Jahrhundert nur noch neunzehn andere Menschen, die so unwichtig sind, dass sie für den Job infrage kommen. Menschen, die absolut unauffällig sind. Faul. Verschroben. Einsam. Arbeitslos. Uninteressant. Unattraktiv ...«

»Moment mal!«, fiel ihr Geoffrey ins Wort und blickte erneut nach oben. Inzwischen hob sich der Lichtpunkt deutlich vom klaren blauen Himmel ab. »Unattraktiv auch?«

»Na ja, vielleicht nicht unattraktiv ... sondern einfach nichtssagend. Keiner von Ihnen zeichnet sich durch irgendetwas aus.«

»Und was macht *mich* dann zu etwas Besonderem?«, fragte Geoff. »Bin ich besonders nichtssagend? Uninteressanter als alle andern? Bin ich der langweiligste, ungeselligste Mensch der Welt?«

»Nein, nein, nein. Das Einzige, was Sie von den anderen Kandidaten unterscheidet, ist der Umstand, dass Sie den Job abgelehnt haben. Alle anderen haben ihn angenommen.«

»Darum geht es also?«, fragte Geoff. »Warum soll das denn so wichtig sein?«

»Als Sie den Job abgelehnt haben, haben Sie sich vorsätzlich um eine Chance gebracht. Das zeigte uns, dass Sie keinerlei Ehrgeiz haben – nicht daran interessiert sind, Ihre Lage zu verbessern. Alle anderen Bewerber haben den Job als Chance verstanden, ihre Fähigkeiten unter Beweis zu stellen, als Chance, ihr Leben zu verändern. Und genau das können wir nicht brauchen – wir wollen, dass Sie bleiben, wie Sie sind. Wir wollen, dass Sie möglichst bedeutungslos bleiben.«

»Was haben Sie denn den anderen erzählt?«

»Den anderen?«

»Ja. Nachdem sie den Job angenommen hatten.«

»Jeder von denen hat einen Job bekommen«, sagte Ruth. »Nur eben nicht diesen.« Sie drehte sich zur Seite und ließ den Blick über den Regenwald schweifen. Auf einer Lichtung in der Ferne war gerade ein Tyrannosaurus Rex aus dem Dschungel aufgetaucht. »Wir haben sie alle nach Spanien geschickt, damit sie dort als ganz normale Reiseführer arbeiten. Sie haben keine Ahnung, dass sie den Test in Wirklichkeit gar nicht bestanden haben.«

»Also, eins versteh ich nicht«, sagte Geoff, während er beobachtete, wie der Tyrannosaurus auf eine Gruppe kleinerer Dinosaurier zustapfte. »Wenn diese ganze Zeittourismussache so supergeheim ist, warum haben Sie den Job dann in der Zeitung inseriert?«

»Haben wir gar nicht.« Mr. Knight lächelte und trat unter dem Baum hervor. »Wir haben Ihre Zeitung speziell für Sie drucken lassen. Die Anzeige ist nur in dem einen Exemplar erschienen, das Sie erhalten haben.«

»Aber woher wussten Sie, dass ich sie zur Kenntnis nehmen würde?«

»Weil wir Tim damit beauftragt haben, Sie darauf aufmerksam zu machen.«

Geoff wandte seinen Blick abrupt von dem Tyrannosaurus Rex ab und sah Mr. Knight an.

»Was?«

»Tim. Ihr Mitbewohner. Er arbeitet für uns. Er ist derjenige, der Ihnen nachspioniert hat.«

Ruth runzelte die Stirn. »*Nachspionieren* ist vielleicht nicht der richtige Ausdruck«, sagte sie zu Mr. Knight.

»Wie würden Sie es denn nennen?«, entgegnete dieser.

»Moment mal«, warf Geoff ein, der langsam begriff, was ihm da mitgeteilt wurde. »Tim?«

»Ja. Tim.«

»Mein Mitbewohner Tim?«, hakte er nach und ging ein paar Schritte auf Mr. Knight zu. »Nicht irgendein anderer Tim?«

»Ihr Mitbewohner Tim.«

Geoff dachte eine Weile nach.

»Sind Sie sicher?«, fragte er.

»Selbstverständlich bin ich sicher!«, gab Mr. Knight ungehalten zurück.

»Und er kommt vermutlich auch aus der Zukunft?«

»So ist es.«

»Okay. Und Sie sind noch mal aus welchem Jahr?«

»Das hatte ich noch gar nicht erwähnt. Ich denke, ungefähr 3050, obwohl wir die Zeit dann nicht mehr nach Erdenjahren messen.«

»Nein?«

»Nein. Wir bedienen uns der mittleren galaktischen Spiralnebelzeit.«

»Na klar«, erwiderte Geoff. »Ist ja auch ein viel einfacheres System. Ich frage mich, warum wir auf der Erde nicht schon längst dazu übergegangen sind ...«

»Hören Sie, Tim ist kein Spion«, schaltete Ruth sich ein, »sondern eher so was wie ein Headhunter. Er hat die Aufgabe, mit potenziellen Zeitreiseführern Kontakt aufzunehmen und sie auf ihre Rolle vorzubereiten. Außerdem achtet er darauf, ob es aufgrund unserer Einmischung zu irgendwelchen Brüchen im Raum-Zeit-Kontinuum kommt. Stimmt schon, er musste Ihnen einige Jahre lang die Wahrheit vorenthalten, aber anders konnten wir nun mal nicht herausfinden, ob Sie für den Job geeignet sind. Und jetzt, da Sie eingestellt wurden, wird er ein großartiger Mentor für Sie sein, genau wie für alle anderen Zeitreiseführer, die er in den einzelnen Jahrhunderten ausfindig gemacht hat.«

»Ich glaub das einfach nicht«, sagte Geoff. Er war so vor den Kopf geschlagen, dass er gar nicht bemerkte, dass der Lichtpunkt noch größer geworden war und inzwischen wie eine zweite, wenn auch kleinere Sonne am Himmel stand.

»Denken Sie doch mal nach. Als Sie Ihren Job verloren hatten, hat er Ihnen angeboten, bei ihm zu wohnen, stimmt's? Und zwar mietfrei.«

»Na und?«

»Sehr praktisch, was?«

»Wieso praktisch?«

»Verstehen Sie denn nicht?«, sagte Mr. Knight mit einem Blick auf seine Armbanduhr. »Er hat Ihnen das Angebot deshalb gemacht, weil er zu dem Schluss gekommen war, dass Sie das Zeug zum Zeitreiseführer haben.«

»Unsinn«, entgegnete Geoff. »Das hat er doch nur gemacht, weil ich meinen Job verloren hatte. Weil ich ihm leidgetan habe.«

»Er wusste bereits, dass Sie Ihren Job verlieren würden«, erklärte Mr. Knight. »Deshalb hat unsere Firma in der Gegend, in der Sie Zeitungen austrugen, ein Haus gekauft. Auf diese Weise konnte Tim Kontakt zu Ihnen aufnehmen und Sie dazu überreden, bei ihm einzuziehen, als Sie gefeuert wurden, statt ... das zu machen, was Sie sonst gemacht hätten.«

»Wollen Sie damit sagen, dass mein Leben eigentlich ganz anders verlaufen wäre? Dass gar nicht vorgesehen war, dass ich mit diesem Typ zusammenwohne?«

»Aber Sie haben wirklich nichts verpasst«, versicherte Ruth, »das können Sie uns ruhig glauben.«

»Nachdem Sie eingezogen waren«, fuhr Mr. Knight fort, »hat er weitere Spielkonsolen gekauft, damit Sie sich nicht langweilen, und sich um den ganzen Haushalt gekümmert. Er hat Sie so weit wie möglich von der Außenwelt abgeschottet und Ihren Kontakt zu anderen Menschen auf ein Minimum beschränkt. Mit anderen Worten: Er hat Sie von Anfang an auf den Job vorbereitet.«

»Verstehe ich nicht«, meinte Geoff. »Wäre es nicht viel einfacher gewesen, mich direkt zu fragen? Und alle Zeitreiseführer auf einmal zu testen?«

»Das ist nicht erlaubt«, sagte Ruth. »Wenn man mit jemandem aus einer anderen Epoche Kontakt aufnehmen will, muss das äußerst langsam vor sich gehen. Man kann nicht einfach jemanden ansprechen und ihn fragen, ob er Zeitreiseführer werden möchte.«

»Warum nicht?«

»So sind nun mal die Vorschriften.« Sie seufzte. Offenbar war sie mit all diesen Vorschriften nicht unbedingt einverstanden. »Für Zeitreisen gibt es Hunderte von Vorschriften.«

»Was für Vorschriften?«

»Zum Beispiel, dass jede Veränderung, die wir vornehmen, so behutsam wie möglich erfolgen muss. Aus heiterem Himmel jemanden zu bitten, Zeitreiseführer zu werden, wäre viel zu direkt. Wie schon gesagt, Leute wie Tim achten ständig auf Veränderungen im Raum-Zeit-Kontinuum, wenn sie mit Kandidaten interagieren. Deshalb müssen wir *extrem* vorsichtig sein und die Dinge sehr langsam angehen. Erst wenn wir völlig sicher sind, dass ein Kandidat für die Rolle geeignet ist, laden wir ihn zu einem Vorstellungsgespräch ein.«

»Jedenfalls«, sagte Mr. Knight und stöpselte sich die Ohrhörer ein, »bleiben uns nach meiner Uhr noch genau fünfzehn Sekunden, bis die Erde vollkommen verwüstet wird. Wir sollten uns also zum Aufbruch bereit machen.«

Geoffs Ohrhörer waren bereits an Ort und Stelle. *Gerat jetzt bloß nicht in Panik*, redete er sich gut zu und blickte zum Himmel hoch. Der Asteroid befand sich direkt über ihnen und schickte sich an, wie ein gigantischer schwarzer Finger des Todes auf sie niederzusausen.

Geoff geriet in Panik.

Das Nächste, was er mitbekam, war ein Mordsknall. Alle Lebewesen in der Umgebung hielten in ihrem Tun inne und blickten nach oben, als der Asteroid in die Atmosphäre eintrat und mit einem Schweif aus Rauch und Flammen über den Himmel fegte. Ehe Geoff sichs versah, schlug der Asteroid in den Regenwald ein, genau wie Mr. Knight es vorhergesagt hatte. Im Nu waren alle Bäume, Pflanzen und Tiere verdampft. Druckwellen ließen die verbrannte Erde erbeben, die in gewaltigen Fontänen aufspritzte, und der Himmel wurde schwarz, weil die Sonne hinter einer dichten Aschewolke verschwand.

»Zeit zum Aufbrechen!«, schrie Mr. Knight, als der Berg, auf dem sie standen, in sich zusammensackte.

Doch Geoff bekam schon nicht mehr mit, was Mr. Knight sagte. Er war bewusstlos zu Boden gesunken.

4

Was keineswegs ungewöhnlich war. Geoff schlief oft ein, wenn andere mit ihm redeten. Vor allem Verwandte. Das hier war jedoch etwas anderes – die massenhafte Vernichtung, deren Augenzeuge er geworden war, hatte ihn offenbar überfordert und in Ohnmacht fallen lassen. Vielleicht lag es aber auch daran, dass aus den Ohrhörern einschläfernde Musik erklungen war, die ihn ins Koma versetzt hatte – zum Beispiel Lieder von Celine Dion. Jedenfalls hatte er eben noch das Ende der Dinosaurier miterlebt, um sich schon im nächsten Moment in dem Traum wiederzufinden, den er häufig hatte. Er schlenderte gerade einen Hügel hinunter und steuerte auf den See zu.

Obwohl kein Zweifel daran bestand, dass dieser See nur in seiner Einbildung existierte, war sich Geoff gleichzeitig bewusst, dass er vage Ähnlichkeit mit einem echten See hatte, um den er früher öfter zusammen mit Zoë herumspaziert war, nachdem sie jeweils ihre morgendliche Runde hinter sich gebracht hatten. Dort hatte er sich immer sehr wohl gefühlt, und wenn er gestresst war, kehrte er im Traum stets zu diesem See zurück, um sich zu entspannen.

Das war auch diesmal der Fall. Seine Phantasie hatte sich alle Mühe gegeben, einen Tag herbeizuzaubern, der wie geschaffen zum Angeln war: Die frühmorgendliche Luft war frisch und würzig und von Nebelschwaden durchzogen. In gewisser Weise kam es ihm so vor, als sei er wieder in einem Sommerferienlager, bloß dass er nicht mehr elf war und die älteren Jungen ihn nicht losschicken konnten, um den Lagerleiter um einen »Sackkratzer« zu bitten, nachdem sie ihm gemeinerweise eingeredet hatten, dabei handle es sich um ein Küchengerät.

Nein, dieser Traum war höchst angenehm. Obwohl er wusste, dass er schlief, hatte er das Gefühl, wach zu sein oder zumindest mehr Energie zu haben als normalerweise. Statt sich wie sonst auf die Bank zu fläzen, trat er ans Ufer und warf die Angelschnur weiter aus als je zuvor. Unmittelbar darauf wurde ihm die Angelrute fast aus der Hand gerissen – eine gewaltige Überraschung, die ihm seine Phantasie da bereitete. Er stemmte die Füße in den Schlamm und versuchte, die Angel besser in den Griff zu bekommen. Was immer da angebissen hatte, musste riesig sein, und Geoff war sich nicht sicher, wie lange er die Angel noch würde festhalten können, die sich jetzt wild hin und her bewegte und ihm zu entgleiten drohte. So etwas war ihm noch nie zuvor in seinen Träumen passiert. Rostige Radkappen und alte Stiefel leisteten in der Regel nicht so viel Widerstand, es sei denn, es hing noch ein Auto oder ein Mensch daran.

In dem Moment tauchte etwas aus dem Wasser auf. War das ... ein Kopf? Geoff kniff die Augen zusammen – ja, es sah aus wie ein Kopf, der unter einer Art schwarzer Kapuze verborgen war. Doch er hatte nicht nur einen Kopf gefangen. Als er noch stärker zog, kamen Arme und ein Oberkörper zum Vorschein. Das war ja ein ganzer Mensch! Schwer genug war er jedenfalls. Vor Anstrengung begannen Geoff die Augen zu tränen. Und dann war plötzlich alles vorüber. Die Angel riss sich aus seinen Händen los, segelte über den See und platschte ins Wasser. Die Gestalt mit der Kapuze verschwand wieder, und nur ein paar Luftblasen erinnerten noch an den Kampf, der eben stattgefunden hatte.

Geoff stiefelte durch den Schlamm und ließ sich auf die Bank plumpsen. Was hatte das, was er gerade erlebt hatte, bloß zu bedeuten? Hatte es überhaupt eine Bedeutung? Warum träumte er davon, dass er eine Gestalt mit Kapuze aus dem Wasser zog? Er massierte sich die verkrampften Hände, um den Blutkreislauf wieder in Schwung zu bringen.

»Da«, sagte eine Stimme, »er kommt wieder zu sich. Jetzt müsste er uns auch hören können.«

»Wer spricht da?«, fragte Geoff und drehte den Kopf, konnte jedoch nichts erkennen.

»Sprechen kann er ebenfalls wieder.«

»Wie lange dauert es, bis er wieder sehen kann?«, erkundigte sich eine andere Stimme, die wie die von Tim klang.

»In ein paar Minuten müsste er völlig wiederhergestellt sein.«

»Da bin ich mir nicht so sicher«, sagte Tims Stimme. »Dieser Bursche hat es schon mal fertiggebracht, die ganze Zeit zu schlafen, als im Haus eingebrochen wurde.«

»Na und? Die meisten Einbrecher sind schließlich sehr leise.«

»Das waren die auch«, erwiderte Tim. »Bloß dass sie das Bett gestohlen haben, in dem er schlief.«

Die Stimmen kamen aus keiner bestimmten Richtung, sondern schienen von überall und nirgends zu ertönen.

»Was ist hier eigentlich los?«, fragte Geoff.

»Wir holen dich ins Raum-Zeit-Kontinuum zurück«, erklärte Tims Stimme. »Deine Sinneswahrnehmungen stellen sich nacheinander wieder ein.«

Plötzlich erstarrte sein ganzer Körper. Er konnte seine Arme und Beine nicht mehr bewegen.

»Ich kann mich nicht mehr bewegen!«, schrie Geoff.

»Bleiben Sie ganz ruhig!«, sagte die andere Stimme. »Das bedeutet nur, dass Ihr Tastsinn zurückkehrt. Wir haben Sie auf dem Tisch festgeschnallt.«

»Sie haben mich auf dem Tisch festgeschnallt?«

»Nur bis sich dein Sehvermögen wieder einstellt, Geoff«, sagte Tim. »Wir wollen ja nicht, dass du gegen eine Tür rennst oder so.«

An diesem Punkt hätte sich Geoff normalerweise gekniffen, um sicherzustellen, dass er nicht träumte. Das Problem war nur, *dass* er träumte und sich nicht bewegen konnte, um sich zu kneifen. Er schloss die Augen und hoffte, dass dies alles vorüber sein würde, wenn er sie wieder öffnete.

5

»Geoff?«

»Was ist?«

»Mach die Augen auf.«

»Nein.«

»Wir glauben, dein Sehvermögen ist zurückgekehrt.«

»Na toll«, erwiderte Geoff. »Und was ist mit meinem Verstand? Wann stellt der sich wieder ein?«

»Nun mach schon die Augen auf«, verlangte Tim.

»Wie wär's, wenn ich erst mal *eins* aufmache?«

Tim schwieg einen Moment.

»Na schön«, sagte er schließlich. »Wenn du dich dann besser fühlst.«

Vorsichtig öffnete Geoff sein linkes Auge. Er schien flach auf dem Rücken zu liegen. Seine Arme und Beine waren auf einer Art Operationstisch festgeschnallt. Mehr konnte er bedauerlicherweise nicht sehen, da sich eine große, kompliziert konstruierte Lampe über ihm befand, deren grelles Licht ihm direkt ins Gesicht schien.

»Ich hab's mir anders überlegt«, verkündete Geoff. »Ich glaube, ich mach auch das eine Auge lieber wieder zu.«

»Warte«, sagte Tim. »Ich schalte die Lampe aus, damit du richtig sehen kannst.«

Die Lampe setzte sich in Bewegung und glitt mit derart elegantem Schwung nach oben in die Decke, als hätte sie heimlich Ballettstunden genommen.

»Ist es jetzt besser?«

Da ihn das Licht nicht mehr blendete, vermochte Geoff zu erkennen, dass er sich in einem nahezu leeren Raum befand. Es gab keine Sofas, keine Bilder an den Wänden – nichts. Abgesehen von der Tür in der hintersten Ecke hatte der Raum keinerlei besondere Kennzeichen. War von durchschnittlicher Größe und völlig weiß. Kurzum, ein Raum, dem es ernsthafte Schwierigkeiten bereiten würde, sich in einer Kontaktanzeige zu beschreiben.

In einer der Ecken stand Tim, den Geoff zunächst jedoch gar nicht erkannte, denn er trug einen langen weißen Laborkittel, und sein Gesicht war unter einer großen Schutzbrille aus Plastik verborgen, von der Art, wie Geoff sie immer aufsetzte, wenn er seine Wäsche wusch. Neben Tim stand ein alter Mann – vermutlich der Besitzer der anderen Stimme, die Geoff in seinem Traum gehört hatte. Das Gesicht des Mannes war von tiefen Furchen durchzogen. Außerdem hatte er einen dichten weißen Bart und buschige weiße Augenbrauen. Er stützte sich auf einen alten Krückstock aus Holz und trug ebenfalls einen weißen Kittel sowie eine Schutzbrille.

»Na, dann wollen wir ihm mal hochhelfen«, sagte Tim, indem er sich enthusiastisch die Hände rieb.

Die zwei Männer traten zum Tisch und machten sich daran, die Lederriemen, mit denen Geoff festgebunden war, aufzuschnallen.

»Was ist das Letzte, woran du dich erinnerst?«, fragte Tim, während er Geoffs rechten Arm losmachte.

»Dinosaurier!«, antwortete Geoff. »Ich habe ... ich meine, da war ein Asteroid und Feuer und ein Erdbeben! Und Feuer und ein Asteroid! Und ein Erdbeben!«

»Gut ... sonst noch was?«

»Ein Asteroid!«

»Nun beruhige dich doch, Geoff.«

Geoff versuchte sich zu sammeln.

»Mir fällt gerade noch ein, dass mir jemand erzählt hat, du seist ein Spion«, sagte Geoff mit finsterer Miene.

»Dass Knight mich immer noch so nennt, ist einfach unglaublich«, brummte Tim und ging um den Tisch herum, um Geoffs anderen Arm loszuschnallen. »Hat er dir denn nicht erklärt, was ich tue?«

»Das hat mir diese junge Frau erzählt. Ruth. Sie hat gesagt, du seist ein Anwerber oder so ...«

»Eher eine Art Headhunter«, erwiderte Tim und nahm seine Schutzbrille ab.

Geoff setzte sich auf und massierte sich die Handgelenke, die derart brannten, als hätte jemand seine Zigaretten darauf ausgedrückt.

»Na, das ist ja hervorragend«, sagte der bärtige Mann und nahm ebenfalls die Schutzbrille ab. »Er scheint sich an alles zu erinnern. Hört sich so an, als wäre es zu keinerlei Gedächtnisverlust gekommen.«

»Wer ist das?«, fragte Geoff Tim.

»Ich bin Dr. Skivinski«, erklärte der Mann. »Aber Sie dürfen Eric zu mir sagen.«

»Sieh mich bitte mal an, ja?«, bat Tim und holte eine Minitaschenlampe aus seinem Kittel.

»Was hast du denn vor?«, erkundigte sich Geoff und drehte sich zu Tim.

»Will dir nur das Gehirn rausnehmen«, erwiderte Tim.

Geoff sah ihn schweigend an. Obwohl er Tim schon seit mehreren Jahren kannte, wusste er nie, wann dieser es ernst meinte oder nur eine sarkastische Bemerkung machte. Im Moment hätte er es sehr gern gewusst.

»Das war ein Scherz«, erklärte Tim, während er Geoff in die Augen leuchtete. »Mit dir scheint alles in Ordnung zu sein. Jetzt muss ich dir nur noch ein paar einfache Fragen stellen, um mich zu vergewissern, dass du wirklich okay bist. Dann können wir gehen.«

»Was denn für Fragen?«, wollte Geoff wissen und stützte sich auf die Ellbogen.

»Hör auf, dich zu bewegen. Bist du irgendwie durcheinander?«

»Ja.«

»Verwirrt?«

»Sehr.«

»Ist dir schlecht?«

»Könnte gleich kotzen.«

»Erzählst du jetzt Blödsinn? Oder ist dir wirklich schlecht?«

»Könnte mir vielleicht endlich mal jemand erklären, was zum Teufel hier eigentlich abläuft?«, entgegnete Geoff.

»Ich habe den Eindruck, dass er wütend ist«, sagte Eric. »Könnte damit zusammenhängen, dass wir ihn zurückgeholt haben, als er bewusstlos war.«

»Könnte auch damit zusammenhängen, dass ich entführt und auf einem Tisch festgeschnallt worden bin«, sagte Geoff.

»Du bist nicht entführt worden«, stellte Tim fest. »Wir haben dich in die Zukunft gebracht, damit du dir ein besseres Bild vom Zeittourismus machen kannst.«

Geoff blickte zu Boden.

»Tim, hast du mich wirklich die ganze Zeit über angelogen?«

»Nicht im eigentlichen Sinne des Wortes«, sagte Tim und steckte die Taschenlampe wieder weg. »Du hast mich nie gefragt, womit ich meinen Lebensunterhalt verdiene, und ich hab es dir nie erzählt. Ich habe dich also nicht wirklich angelogen, sondern dir nur bestimmte Informationen vorenthalten.«

Geoff setzte eine möglichst unbeeindruckte Miene auf. So hatte er auch vor einigen Jahren ausgesehen, als Tim versucht hatte, ihn dazu zu überreden, ein Stück Quiche zu essen.

»Hör mal, es tut mir leid, dass ich dich getäuscht habe, Geoff. Ehrlich. Aber mir blieb nichts anderes übrig. Und ich hoffe, du wirst unser Vorgehen zu schätzen wissen, wenn du erfährst, was es mit alldem auf sich hat – was für Dinge und Orte du zu sehen bekommen, was für Leute du kennenlernen wirst. Dein Leben ist gerade dabei, unvorstellbar aufregend zu werden. Ich kann verstehen, dass du im Moment sauer auf mich bist, aber du wirst feststellen, dass sich die Sache lohnt, das kannst du mir glauben.«

Geoff wusste nicht so recht, was er sagen sollte. Einerseits war er wütend auf seinen Freund. Der ihm außerdem ein bisschen unheimlich war. Andererseits musste er sich eingestehen, dass er neugierig geworden war. Herrgott noch mal, er war gerade im Jahr fünfundsechzig Millionen vor Christus gewesen!

»Wo sind wir denn jetzt?«, fragte er.

»In der Zukunft«, antwortete Tim und half Geoff vom Tisch herunter. »Das hier ist eine unserer Ankunftskammern.«

»Ankunftskammern?«

»Ja. Von einer Abreisekammer aus brechen die Zeittouristen zu ihrem Ziel auf, in einer Ankunftskammer kehren sie zurück.«

»Meinen Sie, Sie können jetzt gehen?«, fragte Eric.

»Glaub schon«, sagte Geoff, drehte den Kopf hin und her und reckte die Arme in die Höhe.

»Gut. In dem Fall brauchen wir Sie bloß noch durch den Zoll zu schleusen, danach können wir Sie dann rumführen.«

Geoff runzelte die Stirn.

»Den Zoll?«

Tim ging zur Tür und öffnete sie.

»Du musst dir diesen Ort hier wie einen Flughafen vorstellen«, erklärte er, während er Geoff mit einer Geste aufforderte, ihm zu folgen. »Wenn Zeittouristen aus dem Urlaub zurückkommen, müssen sie erst mal durch den Zoll. Danach holen sie ihr Gepäck in der Ankunftshalle ab, begrüßen Verwandte, die sie dort erwarten, und so weiter und so fort.«

Tim führte Geoff einen langen breiten Korridor entlang. Eric folgte ihnen. Dieser Korridor war architektonisch völlig anders gestaltet als die kalte, unpersönliche Ankunftskammer. Seine Wände bestanden aus dunklem Stein, von der Decke hingen reich verzierte Kandelaber herab, und die hohen Torbogen, durch die sie kamen, waren im gotischen Stil gehalten. An den Wänden klebten Plakate, auf denen die unterschiedlichsten Reiseziele angepriesen wurden. Auf einem stand: »Erleben Sie die Invasion der Varsarianer im zweiundzwanzigsten Jahrhundert mit und werden Sie Augenzeuge ihrer endgültigen Vernichtung im achtundzwanzigsten Jahrhundert. Packagetour zum Schnäppchenpreis!« Auf dem Plakat war das Gemälde einer riesigen fliegenden

Untertasse zu sehen, die gerade mit Big Ben kollidierte. Oder war das eine Fotografie?

»Wer sind die Varsarianer?«, fragte Geoff.

»Das ist eine lange Geschichte«, antwortete Eric. »Die Varsarianer waren eine Rasse von Außerirdischen, die vor Jahrhunderten versuchten, die Menschheit auszulöschen. Das ist unser beliebtestes Reiseziel ...«

Nachdem sie ein paar Minuten gegangen waren, bog der Korridor nach rechts ab. Sie schienen sich einer großen Menschenmenge zu nähern, deren Gemurmel immer deutlicher an Geoffs Ohr drang.

»Wir sind gleich da«, erklärte Tim. »Hört sich an, als wäre gerade eine ganze Anzahl von Leuten von irgendwo zurückgekehrt.«

Der Korridor führte zu einer weitläufigen Halle mit einer spektakulären Buntglasdecke, durch die Sonnenlicht fiel, das die gesamte Umgebung in mannigfaltige Pastelltöne tauchte – ein phantastischer optischer Effekt. Die Wände der Halle bestanden aus hellem Stein, die Decke säumte ein kunstvoll gearbeiteter, abgeschrägter Fries, und der Fußboden war mit Marmorplatten ausgelegt, die so glänzend poliert waren, dass Geoff sein Spiegelbild sehen konnte, als er nach unten blickte. Gleichzeitig bemerkte er, dass der Reißverschluss seiner Hose offen stand, und bemühte sich, ihn zu schließen, ohne dass es jemand mitbekam.

Was hatte Tim da eigentlich für einen Unsinn von sich gegeben? Dieser Ort hier hatte keinerlei Ähnlichkeiten mit einem Flughafen, sondern sah eher so aus, als hätte man die Grand Central Station mit einer Kathedrale gekreuzt. Wo waren denn die gelben Hinweisschilder, die einen ständig in die Irre führten, wenn man einen Papierkorb suchte? Wo war der sandpapierartige

Teppichboden, den es nur auf Flughäfen und in Klassenzimmern gab? Und wo waren die Läden, die es für angemessen hielten, für einen Liter Milch fünf Pfund zu verlangen?

In der Halle mussten sich annähernd tausend Menschen befinden. Sie hatten mehrere lange Warteschlangen gebildet, die sich bis zu den bewachten Ausgängen am anderen Ende des Raums hinzogen.

»Und wie geht's jetzt weiter?«, fragte Geoff.

»Jetzt müssen wir warten, bis wir dran sind«, sagte Tim und stellte sich zusammen mit Geoff und Eric am Ende einer Schlange an. »Dann können wir dir die Abreisehalle zeigen, die Scanning-Anlage und all die anderen Kontrollvorrichtungen, von denen die Leute überprüft werden, bevor sie reisen dürfen.«

Geoff warf einen Blick auf die Leute in seiner Schlange.

Irgendetwas stimmte da nicht.

Die Familie unmittelbar vor ihm war in zerfetzte braune Lumpen gekleidet.

Davor stand ein Paar, das wie jemand aus *Stolz und Vorurteil* aussah.

Je genauer er hinsah, desto klarer wurde ihm, dass jeder irgendwie ungewöhnlich gekleidet war. Das traf zwar auch auf Geoff zu, der *üblicherweise* einen Pyjama trug. Trotzdem sah man nicht oft Leute in Togen, die geduldig in einer Warteschlange standen. Oder Männer in Pluderhosen. Irgendwie kam es ihm so vor, als wäre er hier in eine große Faschingsparty geraten.

Eines der Kinder der zerlumpten Familie drehte sich um und starrte Geoff an, als sei dieser der interessanteste Mensch, den der Junge je gesehen hatte. Erst starrte er Geoffs Schuhe an. Dann seine Kleidung. Sein Gesicht.

Seine Beine. Als Geoff schon leicht genervt war, zupfte der Junge seine Mutter am Ärmel.

»Mum«, sagte er laut, ohne Geoff aus den Augen zu lassen, »sieh dir mal die Kleidung von diesem Mann an!«

Die Frau warf einen flüchtigen Blick auf Geoff.

»In welcher Epoche war der wohl, Mum? Was meinst du?«

»Keine Ahnung, Ollie«, erwiderte die Mutter, deren erschöpfter Ton darauf schließen ließ, dass dies ungefähr die hundertste Frage war, die der kleine Ollie heute stellte.

»Hey, Mister«, sagte der Junge und legte den Kopf schief. »In welcher Zeit sind Sie gewesen?«

»Äh ... was?«, erwiderte Geoff.

»In welcher Zeit sind Sie gewesen?«, wiederholte der Junge und kniff die Augen zusammen, als überlegte er, welche am ehesten infrage käme.

»Das ist Geoffrey Stamp«, mischte sich Eric ein, um Geoff aus der Verlegenheit zu helfen. »Ein neuer Zeitreiseführer.«

»Meine Güte«, sagte die Mutter, die ihren Sohn rasch wegzog. »Doch nicht etwa *der* Geoffrey Stamp?« Ihr Mann und ein paar andere Leute in der Schlange drehten den Kopf in Geoffs Richtung.

»Nein, nein«, erwiderte Geoff. »Ich nehme an, es gibt noch einen anderen Geoffrey Stamp, oder?«, wandte er sich an Tim und Eric.

Die zwei sahen sich nur vielsagend an.

Geoff drehte sich wieder der Frau zu. »Sie haben schon von mir gehört?«

»Sie sind der neue Zeitreiseführer«, sagte sie, »für das einundzwanzigste Jahrhundert.«

»Woher weiß sie denn das?«, wollte Geoff von Tim und Eric wissen.

»Ihr Name wird seit einer Woche ständig in den Nachrichten erwähnt«, erklärte Eric.

»In den Nachrichten?«, hakte Geoff nach.

Die Frau vor ihm drehte sich den anderen in der Schlange zu.

»Könnten bitte mal alle zur Seite treten und Geoffrey Stamp durchlassen!«, rief sie.

Das Gemurmel rundum erstarb. Weitere Köpfe drehten sich in Geoffs Richtung.

»Machen Sie sich keine Gedanken um mich«, sagte Geoff und trat verlegen zurück. »Ich kann warten.«

»Aber Sie brauchen nicht zu warten, Mr. Stamp«, sagte einer der Höhlenmenschen. »Bitte gehen Sie doch durch!«

Geoff sah Tim fragend an.

»Was hat das zu bedeuten?«, flüsterte er.

»So was hatte ich befürchtet«, erwiderte Tim. »Die Leute neigen immer mehr dazu, Zeitreiseführer wie *Botschafter* zu behandeln.«

»Was?«

»Sie sind jetzt eine ziemlich wichtige Persönlichkeit«, schaltete sich Eric ein. »Hat Mr. Knight Ihnen schon erläutert, wofür Sie als Zeitreiseführer zuständig sind?«

»Er hat nur gesagt, dass ich den Leuten die Sehenswürdigkeiten zeigen solle«, antwortete Geoff. »Wie ein ganz normaler Reiseführer, wissen Sie. Geht's dabei auch um internationale Diplomatie?«

»Das nun nicht«, sagte Tim. »Trotzdem besteht der Job nicht nur daraus, Leute rumzuführen. Das Ganze ist schon ein bisschen komplizierter.«

»Inwiefern?«

»Also, nehmen wir mal an, einer deiner Touristen bekommt Schwierigkeiten mit der Polizei, weil er ein Gesetz übertreten hat, das es in seiner Zeit nicht mehr gibt. Dann ist es deine Aufgabe als Zeitreiseführer, eine Kaution zu zahlen und für einen Rechtsbeistand zu sorgen.«

»Oder sagen wir, einer Ihrer Touristen wird von einem Bus angefahren«, setzte Eric hinzu. »Dann wird von Ihnen erwartet, dass Sie innerhalb von Minuten am Unfallort erscheinen und den Betreffenden in die Zukunft zurückbringen, damit er dort die richtige medizinische Behandlung bekommt.«

»Ein guter Zeitreiseführer ist von großer Wichtigkeit, wenn es um Leben und Tod geht«, fuhr Tim fort, »und das wissen diese Touristen sehr gut. Deshalb wird man dich mit ungeheurem Respekt behandeln, während du hier bist.«

Geoff warf einen Blick auf die Umstehenden, die ihn jetzt fast alle anstarrten. Als er zögernd ein paar Schritte vorwärtsging, traten rasch alle zur Seite, was ihn einigermaßen nervös machte.

»Das ist Geoffrey Stamp«, erklärte ein Mann in viktorianischem Kostüm seiner Tochter. »Ein sehr wichtiger Mann aus dem einundzwanzigsten Jahrhundert.« Das kleine Mädchen blickte kurz zu Geoff hoch, vergrub das Gesicht dann aber verschämt in ihrem Teddybären.

Geoff wurde immer unbehaglicher zumute. Er hatte es noch nie erlebt, dass ihn so viele Leute auf einmal fixierten, abgesehen von damals, als er eines Nachts zufällig in einem Zug eingeschlafen und am nächsten Morgen inmitten unzähliger Pendler aufgewacht war, die sich nicht darüber schlüssig werden konnten, ob er tot war oder nicht.

Jedenfalls musste er so schnell wie möglich von hier weg.

»Mr. Stamp!«, rief jemand. »Mr. Stamp!«

Geoff blieb stehen und blickte in die Richtung, aus der die Stimme gekommen war. Sie schien zu einem mittelalterlichen Ritter zu gehören, der sich in scheppernder Rüstung einen Weg durch die Menge bahnte.

»Ich möchte nur sagen, wie sehr ich mich freue, Sie kennenzulernen«, teilte ihm der Ritter mit und schob sein Visier hoch, um Geoff kriecherisch anzugrinsen. »Ich darf Ihnen versichern, dass mein nächster Trip auf alle Fälle ins einundzwanzigste Jahrhundert gehen wird!« Er streckte seinen Panzerhandschuh aus, um Geoff die Hand zu schütteln.

Da Geoff nicht wusste, wie er sich verhalten sollte, schüttelte er dem Ritter die Hand, lächelte verkrampft und setzte seinen Weg zum Zollschalter am Ende der Halle fort. Mehr und mehr Leute um ihn herum erwähnten jetzt seinen Namen, der die Gespräche so stark beherrschte, dass er von dem, was die Leute sonst noch sagten, kaum etwas verstand. Nur vereinzelte Gesprächsfetzen schnappte er auf – jemand sagte, er habe den Job abgelehnt, ein anderer wies darauf hin, er sei früher Zeitungsausträger gewesen. Doch hauptsächlich hörte er seinen Namen: »Geoffrey Stamp ... Geoffrey Stamp ... Geoffrey Stamp ... Geoffrey Stamp«, tönte es, immer lauter werdend und fast zum Sprechchor anschwellend, von allen Seiten, bis Geoff der Kopf dröhnte. Um dieser akustischen Marter zu entgehen, eilte er am Rest der Schlange vorbei und steuerte auf einen Zollbeamten zu.

»Name?«, fragte der Mann und leckte seinen Bleistift an.

»Dreimal dürfen Sie raten«, erwiderte Geoff und starrte den Beamten mit ausdrucksloser Miene an.

»Das ist Geoffrey Stamp«, sagte Tim. »Der neue Zeitreiseführer fürs einundzwanzigste Jahrhundert.«

»Noch'n Zeitreiseführer?«, erwiderte der Beamte, während er etwas auf seinem Klemmbrett notierte. »Das ist schon der vierte, den ihr Jungs heute hier anschleppt! Hab grad einen Pharao aus dem Jahr 3000 v. Chr. abgefertigt. War auch ein neuer Zeitreiseführer.«

»Na ja, wir wollen dieses Jahr eine Menge neuer Reiseziele anbieten«, teilte Tim dem Beamten mit. »Wie lange wird das hier denn dauern?«

»Tja, wir brauchen eine DNA-Probe von ihm. Außerdem müssen Sie ihn impfen.«

»Impfen?« Erschrocken blickte Geoff seine beiden Betreuer an.

»Bei uns gibt es ein paar Viren, mit denen das Immunsystem im einundzwanzigsten Jahrhundert nicht fertig wird«, erklärte Eric. »Das ist alles schon erledigt«, informierte er den Zollbeamten. »Ich habe Mr. Stamp gleich bei seiner Ankunft geimpft, und Proben seines Bluts, seiner Haare, seines Speichels, seines Samens und seines Gewebes haben wir ebenfalls schon entnommen.«

»Sie haben *was?*«, fragte Geoff, dem förmlich der Unterkiefer runterklappte.

»Nur keine Aufregung«, beruhigte ihn Tim. »Das ist nichts als eine Vorsichtsmaßnahme. Wir brauchen Unterlagen über jeden, der hier ein und aus geht.«

Geoffrey war entsetzt. Das war ja eine schreiende Verletzung der Menschenrechte. Im Vergleich dazu nahmen sich die Bedingungen, die in seinem Vertrag mit dem Onlineservice für Computerspiele standen, richtig harmlos aus. Gerade als er im Begriff war zu protestieren, nahm er aus den Augenwinkeln eine Gruppe bewaffneter Securityleute wahr.

Er drehte sich um und sah sie sich näher an. Es waren insgesamt zehn, alle in hellblauen Uniformen. Jeder hatte eine Sonnenbrille auf, einen Minisender im Ohr und hielt ein großes Gewehr in den Händen. Ihre Gesichter waren so ausdruckslos, als bestünden sie aus Stein.

»Wozu all diese Sicherheitsmaßnahmen?«, erkundigte sich Geoff.

»Bei uns ist es in diesem Monat zu etlichen versuchten Terroranschlägen gekommen«, antwortete Eric, schob sich seinen Krückstock unter den Arm und nahm dem Beamten das Klemmbrett ab. »Heutzutage kann man gar nicht vorsichtig genug sein ...«

»Wovon zum Teufel reden Sie da eigentlich?«, fragte Geoff.

»Es gibt hier Leute, die nicht nur auf Reisen gehen wollen, sondern noch etwas anderes vorhaben«, erklärte Eric, während er irgendetwas abhakte. »Diese Leute versuchen, die Zeitreiseeinrichtungen zu benutzen, um die Vergangenheit nach ihren politischen Vorstellungen zu verändern.« Nachdem er noch ein paar Punkte überprüft hatte, reichte er Tim das Klemmbrett und stützte sich wieder auf seinen Krückstock.

»Es gibt Leute, die versuchen, die Vergangenheit zu verändern?«

»Ja, leider«, sagte Tim, der irgendetwas auf das Klemmbrett kritzelte. »Seit der Eröffnung dieser Einrichtung hat es mehrere Versuche gegeben, sich der Zeitreisetechnik zu bedienen, um den Lauf der Geschichte zu ändern. Da waren zum Beispiel Leute, die in die Vergangenheit zurückkehren und Guy Fawkes helfen wollten, das Parlament in die Luft zu sprengen. Oder entfernte Verwandte von Holocaustopfern, die die Absicht hatten, Hitler zu ermorden. Friedensaktivisten, die versuchten, den Vierten Weltkrieg zu verhindern. Es kursiert sogar das Gerücht, dass einige Leute versuchen …« Er verstummte, als hielte er es für klüger, nicht weiterzusprechen.

»Die was versuchen?«, hakte Geoff nach.

»Nichts. Sagen wir einfach, dass jeder Versuch, den Gang der Geschichte zu ändern, als terroristischer Akt angesehen wird.« Er gab dem Beamten das Klemmbrett zurück.

»Hat Ihnen Mr. Knight von meinem Supercomputer erzählt?«, wandte sich Eric an Geoff. »Der vorhergesagt hat, dass Sie als menschliches Wesen völlig bedeutungslos sind?«

»Kann sein, dass er es kurz erwähnt hat«, erwiderte Geoff. Daran wollte er nicht unbedingt erinnert werden. »Hören Sie, sind Sie da absolut sicher? Bin ich wirklich so bedeutungslos? Vielleicht hat dieser *Super*computer ja einen Fehler gemacht!«

»Ich habe siebzehn Jahre meines Lebens damit verbracht, den aus sechs Milliarden Zeichen bestehenden Algorithmus zu schreiben, auf dessen Basis der Computer diese Vorhersagen macht«, sagte Eric und strich sich über den Bart. »Meinen ersten Nobelpreis habe ich allein dafür bekommen, dass ich das Ganze mal in einer Kneipe theoretisch entwickelt habe. Der Computer ist jetzt seit fünfzehn Jahren in Betrieb. In dieser Zeit hat er nicht einen einzigen Fehler gemacht, das kann ich Ihnen versichern. Schon die Tatsache, dass sich nichts geändert hat, als wir Sie aus dem einundzwanzigsten Jahrhundert geholt haben, beweist das zur Genüge.«

»Trotzdem könnte ihm ein Irrtum unterlaufen sein«, entgegnete Geoff.

Eric holte tief Luft.

»Der Computer kann *alles* vorhersagen. Er ist hundertprozentig zuverlässig. Er hat noch nie einen Fehler gemacht und sagt sogar vorher, dass er nie einen machen *wird*. Er ist unfehlbar. Deshalb lassen wir jeden, der auf Zeitreise gehen will, von ihm scannen. Wenn der Computer ermittelt, dass es aufgrund einer bestimmten Reise zu beabsichtigten oder zufälligen Veränderungen im Raum-Zeit-Kontinuum kommt, darf der betreffende Tourist nicht in die Abreisekammer und wird sofort wieder nach Hause geschickt.«

»Wie das alles funktioniert, zeigen wir dir später«, sagte Tim, der den Eindruck hatte, dass sie gerade ein wenig zu weit vorgriffen.

»Sie drei dürfen jetzt in die Ankunftshalle gehen«, sagte der Zollbeamte und winkte sie durch, wobei er Geoff eine kleine Plakette reichte. »Stecken Sie sich die an, bevor Sie irgendwelche Sperrzonen betreten«, sagte er und wandte sich dem Nächsten in der Schlange zu.

Geoffrey betrachtete die Plakette, auf der ein Hologramm seines Gesichts sowie eines seiner Fingerabdrücke zu sehen war. Außerdem trug sie die Aufschrift: GEOFFREY STAMP – ZEITREISEFÜHRER – 21. JH. Da er keine Lust hatte, dass ihn noch mehr Leute ansprachen, um ihm die Hand zu schütteln, ließ er die Plakette rasch in seiner Jackentasche verschwinden und folgte Tim und Eric.

In der Ankunftshalle wimmelte es ebenfalls von seltsam gekleideten Touristen, deren unterschiedliche Outfits Aufschluss darüber gaben, wo man überall hinreisen konnte. Links von Geoff holten gerade ein paar Leute im

Kostüm der Tudorzeit ihr Gepäck von einem der zahlreichen Förderbänder. Rechts von ihm tollten Kinder herum, die nur mit Feigenblättern bekleidet waren. Tim und Eric drängten sich durch die Menge und blickten ab und zu zurück, um sich zu vergewissern, dass sie Geoff nicht verloren hatten. Sie schienen auf eine Reihe hell erleuchteter Fahrstühle am anderen Ende der Halle zuzusteuern. Vorsichtig bahnte sich Geoff einen Weg durch die Leute und folgte Tim und Eric in einen der Fahrstühle.

»Bitte nennen Sie Ihr Ziel«, verlangte eine synthetische Frauenstimme. Wenn sich Geoff nicht täuschte, war es ebendie Stimme, die er im Fahrstuhl gehört hatte, als er mit Ruth zu seinem Einstellungsgespräch gefahren war.

»Abreisehalle«, sagte Tim.

6

Der Lift setzte sich nach unten in Bewegung.

»Diese Lifts«, sagte Geoff, während er sich in der Kabine umsah. Auch hier fehlten die Knöpfe. »Die erkennen die menschliche Stimme, ja?«

»Richtig«, erwiderte Tim.

»Sind die leicht zu verwirren?«

»Was?«

»Sind die leicht zu verwirren?«, wiederholte Geoff.

»Wie meinst du das?«

»Na, sagen wir mal, wir unterhalten uns über jemand im Souterrain und erwähnen dabei das Wort *Souterrain*. Würde der Fahrstuhl dann denken, dass wir zum Souterrain wollen? Oder weiß er, dass wir einfach nur so *Souterrain* gesagt haben?«

»Ist das irgendwie wichtig?«, fragte Tim. »Wieso willst du das wissen?«

»Aus reiner Neugier.«

»Der Fahrstuhl ist so programmiert, dass er bei der Entscheidung, ob es sich um einen Befehl handelt, den Kontext des Wortes berücksichtigt«, erklärte Eric. »Er weiß, ob man mit ihm spricht.«

»Man kann ihn also nicht reinlegen?«

»Keine Ahnung«, sagte Eric. »Ich habe Besseres zu tun, als einen Fahrstuhl auszutricksen und mich von ihm zu einem Stockwerk bringen zu lassen, in das ich gar nicht will.«

»Ist wahrscheinlich albern«, gab Geoff zu, um sogleich hinzuzufügen: »Souterrain!«

Der Fahrstuhl setzte seinen Weg unbeirrt fort.

»Vielleicht gibt es hier gar kein Souterrain«, vermutete Geoff.

»Oder vielleicht weiß der Fahrstuhl, dass Sie versuchen, ihn reinzulegen.«

»Woher sollte er das wissen?«

»Weil Sie seit gut zwei Minuten davon reden, ob man den Fahrstuhl konfus machen kann, indem man *Souterrain* sagt, und anschließend *haben* Sie es gesagt. Da muss man kein Genie sein, um rauszufinden, dass das nichts als Verarschung ist.«

»Aber das würde ja heißen, dass der Fahrstuhl alles, was wir sagen, versteht!«, schlussfolgerte Geoff.

»Völlig korrekt«, erwiderte Eric.

»Aber ... finden Sie das nicht unheimlich?«, sagte Geoff, dem plötzlich ein wenig unbehaglich zumute war. »Mir wäre es jedenfalls lieber, wenn der Fahrstuhl unserm Gespräch nicht zuhören würde!«

»Und *mir* wäre es lieber, wenn ich unserm Gespräch nicht zuhören müsste«, sagte Tim.

»Abreisehalle«, verkündete der Fahrstuhl und machte abrupt halt.

Die Tür öffnete sich, und sie traten in eine weitere riesige Halle, die wie der Ankunftsraum im gotischen Stil gestaltet war. Die Menschenmenge hier war noch größer als in der Ankunftshalle und musste in die Zehntausende gehen. Viele saßen auf Bänken und blickten erwartungsvoll zu großen Anzeigetafeln hoch, die in der Luft zu schweben schienen. Andere hatten es eiliger und drängten sich mit ihrem Gepäck im Schlepptau durch die Menge.

»Die Abreisehalle ist der Ausgangspunkt für alle Zeittouristen«, erklärte Tim mit erhobener Stimme, um das Gemurmel der Menge zu übertönen.

Hier war wirklich *sehr* viel los. Zahllose fremdartig gekleidete Touristen eilten an Geoff vorbei, der sich einen Spaß daraus machte, die unterschiedlichen Kostüme zu betrachten und zu raten, welche Epoche die Leute wohl aufsuchen wollten. In den meisten Fällen war das ziemlich einfach. Die als Cowboys verkleidete Gruppe da drüben wollte offenbar in den Wilden Westen, und die Soldaten in Uniformen aus dem Zweiten Weltkrieg reisten sicher in die Vierzigerjahre des zwanzigsten Jahrhunderts. Andere Kostüme waren schon kniffliger. Silberne Overalls? Bodysuits aus Latex? Entweder diese Leute wollten sich einem Zirkus anschließen – oder sie reisten in eine Zeit, die nach dem einundzwanzigsten Jahrhundert kam und mit deren Mode Geoff nicht vertraut war. Nicht dass er mit der Mode seiner eigenen Zeit vertraut gewesen wäre ...

»Wir sollten versuchen, uns an die nächste Gruppe, die aufgerufen wird, dranzuhängen«, sagte Eric zu Tim.

»Einverstanden«, erwiderte Tim und bahnte sich einen Weg durch die Menge. »Bleib dicht hinter mir, Geoff«, rief er über die Schulter zurück.

Geoff folgte seinen Gastgebern durch die Abreisehalle und kam dabei an Gruppen von Zwanzigerjahregangstern, Astronauten und Hippies vorbei.

»ACHTUNG, ACHTUNG!«, quäkte eine Stimme aus dem Lautsprecher. »DIE REISENDEN INS JAHR 1666 NACH CHRISTUS WERDEN AUFGEFORDERT, SICH UNVERZÜGLICH ZU QUARANTÄNEKAMMER SECHZEHN ZU BEGEBEN!«

Am anderen Ende der Halle kam Leben in eine Gruppe von Leuten, die als Bauern verkleidet waren. Sie erhoben sich, reckten sich und steuerten auf einen Ausgang zu, über dem das Schild *Quarantänekammern 0–50* hing.

»Auf geht's«, sagte Tim. »Denen schließen wir uns an.«

Geoff zupfte Tim am Ärmel. »Quarantänekammer sechzehn?«

»Vor der Abreise müssen alle Touristen kurz in Quarantäne«, erklärte Tim, »um sicherzustellen, dass sie keine Krankheiten haben, die in der Vergangenheit nicht geheilt werden können.«

»Warum das?«

»Weil wir nicht wollen, dass jemand in die Vergangenheit reist und dort den heutigen Erkältungsvirus verbreitet«, sagte Tim. »Das wäre so, als würde wieder die Pest ausbrechen.«

Die Quarantänekammer kam Geoff irgendwie vertraut vor.

Denn sie bestand aus Milchglas.

Die Touristen saßen geduldig auf Bänken aus Milchglas, blickten ab und zu zur Milchglasdecke hoch und lehnten mit dem Rücken an Wänden aus Milchglas.

»Milchglas!«, entfuhr es Geoff.

»Was?«, sagte Tim.

»Hier ist alles aus Milchglas!«

»Das ist kein Milchglas«, erwiderte Eric, »sondern ein spezielles sensorisches Material, das dazu dient, körperfremde Organismen aufzuspüren. Viren. Bakterien.«

»Dauert nur ein paar Sekunden, um alle durchzuchecken«, sagte Tim mit einem ungeduldigen Blick auf seine Armbanduhr.

»Die Türklinken sind aus Milchglas! Der Fußboden ist aus Milchglas! Hier gibt es nichts, was nicht aus Milchglas wäre!«

»Ja, Geoff, alles ist aus *Milchglas.*«

»Ist euer Empfangsbereich, wo ich heute Nachmittag gewesen bin, auch eine Quarantänekammer?«, fragte Geoff.

»Offen gesagt, ja«, erwiderte Tim, den es zu überraschen schien, dass Geoff überhaupt auf diesen Gedanken gekommen war. »Wir werden alle überprüft, bevor wir uns in die Außenwelt begeben.«

Geoff dachte kurz nach.

»Moment mal«, sagte er. »Wurde ich etwa überprüft, bevor ich zu Mr. Knight nach oben gefahren bin?« Das kränkte ihn ein wenig. »Haben die geglaubt, ich sei krank oder was?«

»Das möchte ich bezweifeln«, antwortete Tim. »Wenn Ruth den Eindruck gehabt hätte, dass du krank bist, hätte sie sich gar nicht die Mühe gemacht, dich zu überprüfen.«

Für den Bruchteil einer Sekunde leuchtete der ganze Raum grün auf.

»Sieht so aus, als dürfte die Gruppe abreisen«, meinte Eric.

Im hinteren Teil der Quarantänekammer öffnete sich eine große zweiflüglige Tür. Die Touristen erhoben sich und verließen den Raum auf halbwegs disziplinierte Weise.

»Jetzt müssen wir zum Zoll«, verkündete Tim, während sie den Touristen durch einen hell erleuchteten Korridor folgten.

»Zum Zoll?«, fragte Geoff.

»So ist's.«

»Aber sind wir da nicht eben schon durch?«

»Das war für Leute, die zurückkehren. Jetzt geht es um abreisende Touristen.«

Der Korridor führte zu einem großen Raum, in dem sich die Touristen anstellten, um nacheinander durch eine hohe quadratische Konstruktion zu gehen, die Geoff an die Metalldetektoren auf Flughäfen erinnerte. Danach begaben sie sich zu einer Gruppe von Zollbeamten, die an einzelnen Kostümen hier und da etwas nachbesserten – wenn die Kleidung zu sauber aussah, wurde ein bisschen Dreck darauf geschmiert, wenn die Frisur zu ordentlich war, wurde sie verstrubbelt. Es war wirklich erstaunlich, wie man hier auf Einzelheiten achtete.

»Das dürfte nichts Neues für dich sein«, sagte Tim.

»Verdreckte Kleidung und verstrubbelte Haare?« Geoff hatte es satt, dass sich Tim ständig über seine Vorstellungen von Sauberkeit mokierte.

»So hat er das nicht gemeint«, warf Eric ein. »Was sich hier abspielt, ähnelt den Kontrollen, die man im einundzwanzigsten Jahrhundert über sich ergehen lassen muss, bevor man an Bord eines Flugzeugs darf. Wenn ich mich richtig erinnere, suchte man damals nach potenziell gefährlichen Dingen wie spitzen Gegenständen und Feuerzeugen, außerdem natürlich nach Bomben, Waffen und anderen Utensilien, die in einem Flugzeug fehl am Platze sind. Wir hingegen vergewissern uns, ob jeder so gekleidet ist, dass er nicht aus dem Rahmen fällt, und überprüfen jeden, um festzustellen, ob er Objekte bei sich hat, die es in der Zielepoche gar nicht gibt.«

»Das musst du dir folgendermaßen vorstellen«, sagte Tim, der merkte, dass Geoff nicht ganz mitkam. »Bist du schon mal in Australien gewesen?«

»Nein«, antwortete Geoff. Er war noch nicht mal am andern Ende des Gartens hinter Tims Haus gewesen.

»Natürlich nicht«, murmelte Tim, dem einfiel, dass er wahrscheinlich mehr über Geoff wusste als dieser selbst. »Also, wenn du nach Australien einreist, darfst du kein ausländisches biologisches Material einführen, das das einheimische Ökosystem aus dem Gleichgewicht bringen könnte. Bei Zeitreisen folgt man demselben Prinzip: Alles, was es in der Zielperiode nicht gibt, muss vor der Abreise zurückgelassen werden. Wir wollen nämlich nicht, dass irgendein technologisches Artefakt den Gang der Geschichte ändert oder die ganze Zeittourismusindustrie in der Vergangenheit auffliegen lässt.«

»Spielt das wirklich eine so große Rolle?«, fragte Geoff.

»Und ob!«, sagte Eric. »Letzte Woche haben wir zum Beispiel jemanden erwischt, der eine Packung Viagra zur Schlacht von Waterloo mitnehmen wollte. Wenn der Betreffende die Packung versehentlich zurückgelassen und jemand herausgefunden hätte, welche Wirkung das Mittel hat, hätte sich die Weltbevölkerung nach unseren Schätzungen bis zum Jahr 3000 verdoppelt ...«

»Wow! Da wär ja wirklich gewaltig was in die Höhe geschnellt!« Geoff grinste.

Eric ignorierte Geoffs Kalauer.

»Aber Moment mal«, fuhr Geoff fort. »Wenn Sie so strikt darauf achten, dass niemand, der eine bestimmte Zeit aufsucht, aus dem Rahmen fällt, wie kommt es dann, dass ich ohne all diese Kontrollen ins Jahr fünfundsechzig Millionen vor Christus reisen konnte?«

»Das war was anderes«, erklärte Tim. »Von einem Tyrannosaurus Rex erwartet man nicht unbedingt, dass er einen anspricht und sagt: *Entschuldigen Sie, Sir, aber warum tragen Sie diese merkwürdige Kleidung?* Außerdem ging ja sowieso bald alles in Rauch auf. Wenn du also eine Uhr oder ein Handy zurückgelassen hättest, wären diese Sachen ebenfalls zerstört worden.«

»Hinzu kommt, dass dieser Trip eine einmalige Sache war«, sagte Eric. »Dieses Reiseziel gehört nicht zu unseren regulären Angeboten. Wenn Sie jedoch irgendeinen Punkt der *Menschheits*geschichte aufsuchen wollen, dürfen Sie nur ein einziges technologisches Artefakt mitnehmen: die Ohrhörer, die Sie brauchen, um zurückzukehren. Abgesehen davon dürfen Sie nicht das geringste ...«

PIEP! PIEP! PIEP! PIEP!

Ein lautes Piepen fiel Eric ins Wort. Verglichen mit anderen Geräuschen dieser Art hörte es sich ziemlich höflich an, war jedoch so durchdringend, dass man es nicht einfach ignorieren konnte, weil man hoffte, es würde von selbst wieder aufhören. Das Piepen kam von der quadratischen Konstruktion und wurde immer lauter. Der Vollständigkeit halber blinkten auch noch ein paar Lämpchen auf. Der Tourist, der gerade durch den Detektor gegangen war, hatte offensichtlich etwas dabei, das den Alarm ausgelöst hatte. Er blieb stehen und blickte betreten zu den Zollbeamten hinüber, die den Kopf in seine Richtung gedreht hatten.

»Meine Güte«, stieß Eric leise hervor und umklammerte seinen Krückstock ein wenig fester. »Noch so ein Idiot.«

»Ich hatte gehofft, dass wir dir so was vorführen können«, flüsterte Tim Geoff zu. »Sieht so aus, als würde dieser Typ versuchen, etwas in die Vergangenheit zu schmuggeln ...«

Die anderen Touristen starrten den Mann an. Einige wichen nervös ein Stück zurück, Eltern zogen ihre Kinder weg. Einer der Zollbeamten trat auf ihn zu.

»Entschuldigen Sie, Sir«, sagte er, »aber haben Sie vielleicht etwas bei sich, das nicht zu der Epoche gehört, die Sie besuchen wollen?«

»Wer? Ich?«, erwiderte der Mann.

»Wenn Sie bitte mitkommen würden, Sir«, sagte der Beamte, packte den Touristen beim Arm und zog ihn zur Seite. Ein anderer Beamter regulierte etwas am Detektor, damit er aufhörte zu piepen, dann winkte er die restlichen Touristen durch.

»Dass manche Leute so was immer noch versuchen, macht mich wirklich wütend«, sagte Eric zu Tim. »Wie viele Bekanntmachungen sind eigentlich noch erforderlich, um diese Typen von solchem verbrecherischen Unsinn abzuhalten?«

»Ich frage Sie noch einmal, Sir«, sagte der Beamte zu dem Touristen. »Versuchen Sie, etwas in die Vergangenheit mitzunehmen, das im Jahr 1666 noch nicht erfunden war?«

»Das ist doch lächerlich«, erwiderte der Mann. »Welchen Schaden könnte so ein kleines, harmloses Ding denn anrichten?«

»Das weiß ich nicht, Sir«, sagte der Beamte. »Aber wenn Sie es mir geben, verrate ich es Ihnen.«

Der Mann kramte in seiner Tasche herum und holte eine kleine Metallscheibe hervor. »Sehen Sie?«, sagte er. »Nur ein Hologramm.«

Der Beamte drehte die Scheibe hin und her und drückte auf einen Knopf an der Seite. Sofort projizierte die Scheibe ein kleines, flimmerndes Bild mitten in die Luft, das den Mann zusammen mit einer Frau und zwei Kindern zeigte.

»Meine Familie«, erklärte der Tourist.

»Entzückend«, meinte der Zollbeamte. »Trotzdem

dürfen Sie das nicht mitnehmen«, fuhr er fort, während er das Gerät ausschaltete. »Wär viel zu gefährlich.«

Der Mann sah den Beamten verständnislos an. »Aber wieso denn?«

»Stellen Sie sich doch mal vor, Sie verlieren das Ding, und es fällt jemandem in der Vergangenheit in die Hände, der herausfindet, wie man es anstellt ...«

»Na und?«, fiel ihm der Mann ins Wort. »Selbst wenn ich es verliere und jemand anders es findet – was würde das denn ausmachen?«

»Sagen Sie mal, sind Sie schwachsinnig oder was?«, schnauzte Eric den Touristen an und fuchtelte mit seinem Krückstock herum. »Im siebzehnten Jahrhundert steht auf Hexerei noch die Todesstrafe!«

»Hexerei?«, erwiderte der Tourist. »Was hat dieses blöde Hologramm mit Hexerei zu tun?«

»Oh, für uns heutzutage ist ein Hologramm nichts Besonderes«, sagte Eric. »Aber können Sie sich vorstellen, was im siebzehnten Jahrhundert mit jemandem geschehen würde, der in der Lage ist, ein flimmerndes Bild in die Luft zu projizieren? Das würden die Leute für Zauberei halten. Man würde den Betreffenden beschuldigen, mit bösen Geistern Umgang zu haben, und ihn hinrichten. Was, wenn es sich bei dieser Person um Ihren Vorfahren handelt? Oder um meinen Vorfahren? Oder um den Vorfahren von sonst wem?«

»Genau. Besser hätte ich es auch nicht ausdrücken können«, schaltete sich der Zollbeamte ein.

»Ich werd es ganz bestimmt nicht verlieren«, sagte der Tourist ungehalten und versuchte, sich das Gerät wieder zu schnappen. »Ich pass schon auf. Großes Ehrenwort.«

»Ich kann Ihnen garantieren, dass der Computer Sie damit nicht passieren lässt«, sagte der Beamte und warf das Gerät einem seiner Kollegen zu. »Wenn Sie sich jetzt bitte mit Ihrer Gruppe zur Scanning-Anlage begeben. Das hier wird Ihnen bei Ihrer Rückkehr wieder ausgehändigt.«

»Blöder Computer«, murmelte der Tourist, folgte aber der Anweisung des Beamten.

Blöder Computer. Das kann man wohl sagen, dachte Geoff. Das war der Computer, der ihn für bedeutungsloser hielt als bestimmte Pilzarten. Der behauptete, er sei unbeliebt. Uninteressant. Unattraktiv. Selbst wenn der Algorithmus, der ihn zu diesem Schluss gebracht hatte, aus sechs Milliarden Zeichen bestand, konnte das trotzdem alles Quatsch sein.

Um zur Scanning-Anlage zu gelangen, mussten die Touristen einen schummrig beleuchteten Korridor entlang, an dessen Wänden Plakate hingen, auf denen Vorträge und Ratgeber empfohlen wurden, die den Zweck hatten, die Leute besser auf den Scanning-Test vorzubereiten. »Letztes Jahr wurden dreißig Prozent aller Touristen zurückgewiesen, weil es ihnen an Kenntnissen über die Sitten und Gebräuche ihrer Zielperiode mangelte«, hieß es auf einem der Plakate. »Diese Leute hätten das Buch *Trinkgelder in Restaurants: 1950–2150* lesen sollen.« Offenbar war das ein Bestseller.

Geoff merkte, dass er seinen Schritt ein wenig beschleunigte. Warum, wusste er nicht. Es war fast so, als zöge ihn eine unsichtbare Kraft den Korridor entlang. Und nicht nur ihn – auch alle anderen schienen irgendwie in Trab zu fallen.

»Was hat denn das zu bedeuten?«, fragte Geoff. »Ich hab das Gefühl, als würde ein aufgeregter Hund an der Leine zerren.«

»Das kommt von dem Computer«, erklärte Eric. »Er besteht nämlich aus einem mit Neutronium umkleideten Verbund künstlicher Schwarzer Mikrolöcher. Den gibt es auf der ganzen Welt nur einmal. Unglücklicherweise hat diese Konstruktion die Nebenwirkung, dass sie einen gewissen Sog erzeugt.« Er fuhr mit der Hand über die Wand und versuchte, sein Tempo abzubremsen.

»Muss ja eine gewaltige Leistungskraft haben, das Ding«, erwiderte Geoff.

»Sie haben's erfasst.«

»Ob man auf dem wohl *Nascar Racing* spielen könnte? Mit allen Schikanen, meine ich. Auf meinem alten 486 DX 4 hat sich das Ganze immer wie blöd hingezogen ...«

»*Nascar Racing*?«

»Ein altes Computerspiel. Nie davon gehört?«

»Dieser Computer dient NICHT dazu, Spiele zu machen«, stellte Eric in empörtem Ton fest. »Seine einzige Funktion besteht darin, Informationen zu speichern. Unmengen von Informationen.«

»Und Sie haben noch nie versucht, Spiele drauf laufen zu lassen?«

»Dafür ist dieser Computer nicht gedacht!«, schnaubte Eric. »Wissen Sie eigentlich, zu welchen zeitlichen Berechnungen dieser Computer fähig ist? Haben Sie auch nur die leiseste Vorstellung, wie schwierig es ist, trotz der Hawking-Strahlung solche Berechnungen anzustellen? Glauben Sie allen Ernstes, wir würden diese ungeheure Leistungskraft darauf verschwenden, irgendwelche läppischen Computerspiele zu machen?«

»Ich wollte Sie schon lange fragen, was es eigentlich mit diesen *zeitlichen Berechnungen* auf sich hat.« Geoff gab sich keine Mühe, den skeptischen Ton in seiner Stimme zu unterdrücken. Er war fest entschlossen zu beweisen, dass sich dieser Computer in Bezug auf seine Person geirrt hatte.

»Ganz einfach«, erwiderte Eric, den es erleichterte, dass Geoff endlich vernünftige Fragen stellte. »Der Computer ist im Grunde ein Simulator, der ein genaues Modell des Raum-Zeit-Kontinuums nachbilden kann.

»Und wie genau ist dieses *Modell*?«

»So genau, dass es für die nächsten hunderttausend Jahre die Vibrationen jedes Moleküls auf diesem Planeten erfassen kann.«

»Also ziemlich genau«, meinte Geoff.

»Das können Sie laut sagen«, erwiderte Eric. »Der Computer macht einen Schnappschuss von der letzten Nanosekunde dieses Modells, die in hunderttausend Jahren verstreichen wird. Ausgehend von diesem Bezugspunkt lässt er das Modell noch einmal durchlaufen und arbeitet die Variablen ein, die sich daraus ergeben, dass jemand durch die Zeit reist und einen bestimmten Punkt aufsucht. Wenn sich die letzte Nanosekunde dann in irgendeiner Weise von dem ursprünglichen Schnappschuss unterscheidet, darf der Betreffende nicht reisen.«

»Ist das auch bei mir so abgelaufen?«, fragte Geoff. »Sie haben den Computer simulieren lassen, dass ich aus meiner eigenen Zeit geholt werde, und die letzte Nanosekunde war genauso wie der ursprüngliche Schnappschuss?«

»So ist es.«

»Also, eine kleine Abweichung gab es schon«, warf Tim ein. »Aber der Computer ist zu dem Schluss gekommen, dass die noch innerhalb des Toleranzbereichs lag.«

»Und was war das für eine Abweichung?«

»Der Umstand, dass eine Möwe in Brighton nach rechts statt nach links blickte.«

Geoff runzelte die Stirn. »Das war alles?«

»Ja.«

»Sonst keine Abweichungen?«

»Nein.«

»Eine Möwe?«

»Eine Möwe.«

»Was hat sie sich denn angesehen?«

»Soweit wir feststellen konnten, nichts«, sagte Tim. »Alles andere auf dem gesamten Planeten war genauso wie sonst. Bloß dass diese eine Möwe eben in eine andere Richtung blickte.«

»Aber warum denn?«

»Das entzieht sich unserer Kenntnis. Es ist einfach so.«

»Du meinst, alle anderen befanden sich genau da, wo sie sich ursprünglich befanden? Und machten genau das, was sie ursprünglich machten?«

»Nicht ganz«, sagte Eric.

»Was heißt das?«

»Das ist ziemlich kompliziert. In hunderttausend Jahren wird die Erde völlig anders aussehen als heute. Unseren Simulationen zufolge wird die Menschheit zu anderen Galaxien aufgebrochen und die Erde zu ihrem natürlichen Zustand zurückgekehrt sein. Alle Städte werden zu Staub zerfallen sein, es wird keine Luftverschmutzung mehr geben, die Polkappen werden sich neu gebildet haben. Der gesamte Planet wird letzten Endes zu einem einzigen großen Naturreservat werden. Was eigentlich wunderschön ist.«

Bevor Geoff dazu kam, darüber nachzudenken, was für einen Einfluss er wohl auf eine Möwe haben könnte, bemerkte er, dass sich der Korridor, durch den sie gingen, allmählich veränderte. Das nichtssagende Grau der

Wände wich einem glänzenden schwarzen, metallischen Material. Der Sog, der seinen Körper vorwärtszog, ließ nach.

»Das da an den Wänden ist Neutronium«, sagte Eric. »Wir sind auf dem Weg ins Zentrum des Computers.«

»Sobald wir die dortige Scanning-Anlage erreicht haben, wird sich die Anziehungskraft wieder normalisieren«, fügte Tim hinzu.

Vor sich erblickte Geoff eine Öffnung. Und in der Tat schien sich jetzt wieder jeder in fast normalem Tempo zu bewegen.

»Wie groß ist dieser Computer noch mal?«, erkundigte sich Geoff und streckte die Hand aus, um die Wand zu berühren. Sie fühlte sich warm an. Wenn er es recht bedachte, wurde es immer wärmer, je weiter sie in den Korridor vordrangen.

»Im Grunde genommen ist der Computer eine riesige Kugel«, erklärte Eric, während er seinen weißen Kittel auszog und ihn sich über den Arm legte. »Von oben betrachtet hätte er vermutlich die Form eines überdimensionalen Fußballs. Bloß dass man ihn nicht von oben betrachten kann, da wir uns hier unter der Erde befinden.«

Endlich endete der Korridor, und sie kamen in einen weitläufigen, gewölbten Raum. Wände und Decke bestanden offenbar ebenfalls aus dem glänzenden metallischen Material, das Geoff bereits im Korridor gesehen hatte. Wie hieß es noch mal? Neutronium? Ansonsten war der Raum völlig leer. Für Beleuchtung sorgte einzig und allein ein senkrechter Lichtstrahl, der auf ein Podest in der Mitte des Raums gerichtet war. Geoff zerrte am Ausschnitt seines T-Shirts herum. Er schwitzte wie verrückt.

Am Eingang nahm ein übergewichtiger Beamter die

Touristen in Empfang und sagte ihnen, wie sie sich aufstellen sollten. Der Mann hatte eine Halbglatze, rote Wangen und eine Nase, die ein wenig zu groß für sein Gesicht war. Seine Kleidung platzte fast aus den Nähten, sein gewaltiger Wanst hing wie ein Sack über den Gürtel seiner Hose. Unter seinen Achseln breiteten sich immer größer werdende Schweißflecken aus.

»Ladys und Gentlemen«, rief der Mann, dessen Stimme im ganzen Raum widerhallte. »Zunächst eine Information für diejenigen von Ihnen, die noch nie hier gewesen sind: Dies hier ist die Scanning-Anlage. Gleich werde ich jeden von Ihnen in alphabetischer Reihenfolge aufrufen. Wenn Sie Ihren Namen hören, steigen Sie bitte auf das Podest hinter mir und treten in den Lichtstrahl, damit der Computer Sie scannen kann.« Der Mann hielt einen Moment inne, um sich mit dem Ärmel den Schweiß von der Stirn zu wischen.

»Die ganze Prozedur dauert gewöhnlich nicht länger als zehn bis fünfzehn Sekunden«, fuhr er fort. »Wenn das Licht grün wird, ist alles in Ordnung, und Sie dürfen zur Abreisekammer weitergehen.« Er zeigte auf einen hell erleuchteten Korridor, der von der gegenüberliegenden Seite des Raums abging. »Wenn Sie den Test jedoch nicht bestehen, färbt sich der Lichtstrahl rot. Falls dies geschieht, treten Sie bitte aus dem Strahl und kommen in diesen Teil des Raums zurück. Als Vorsichtsmaßnahme gegen Zeitterroristen wird der Zugang zur Abreisekammer dann automatisch gesperrt. Irgendwelche Fragen?«

»Was passiert denn, wenn wir den Test nicht bestehen?«, rief jemand. »Erfahren wir dann auch, warum wir ihn nicht bestanden haben?«

»Und bekommen wir unser Geld zurück?«, wollte ein anderer Tourist wissen.

»Eins nach dem andern«, sagte der Mann, der ziemlich erschöpft klang. »Falls Sie wissen möchten, warum Sie nicht reisen dürfen, kann ich Ihnen mitteilen, zu welchem Befund der Computer gekommen ist. Zur zweiten Frage: Ja, Sie würden von Ihrem Reiseveranstalter eine kleine Rückzahlung erhalten.« Er ließ den Blick über die Gruppe schweifen. »Sonst noch Fragen?«

Diese Auskünfte schienen alle einigermaßen zufriedenzustellen.

Geoff dachte immer noch über die Möwe nach.

»Gut«, sagte der Mann und schaute auf den Tablet-PC, den er in der Hand hielt. »David Atkin. Sie sind als Erster dran. Bitte treten Sie in den Strahl.«

Ein großer dünner Mann drängte sich nach vorn und begab sich in die Mitte des Raums, wo er kurz stehen blieb, als wäre dies ein bedeutender Moment für ihn. Dann stieg er aufs Podest. Die anderen Anwesenden starrten ihn erwartungsvoll an.

Zehn Sekunden verstrichen.

David Atkin fing an zu zittern. Ob er nervös war?

Fünfzehn Sekunden.

Zwanzig Sekunden.

Das dauerte ungewöhnlich lange. Der Mann sah die andern an, zuckte die Achseln und wurde rot. Offenbar war ihm die Verzögerung peinlich. Plötzlich wurde der Lichtstrahl grün.

»Jawoll!«, rief er triumphierend aus. Ein paar Touristen applaudierten. Der Mann verließ das Podest und ging federnden Schrittes in Richtung Abreisekammer.

»Andrew Baker«, verkündete der Beamte.

Andrew Baker war der Mann, dem man das Hologramm abgenommen hatte. Er stieg aufs Podest und stellte sich mit verschränkten Armen in den Lichtstrahl.

Irgendwie sah er bedrückt aus, fast als erwartete er, den Test nicht zu bestehen.

Im Nu färbte sich der Lichtstrahl grün, was wiederum mit Applaus quittiert wurde. Über das Gesicht des Mannes huschte ein überraschter Ausdruck. Er trat aus dem Licht und eilte auf die Abreisekammer zu, als befürchtete er, der Computer könnte es sich doch noch anders überlegen.

»Christine Bennett«, sagte der Beamte.

Eine junge Frau in der vordersten Reihe stieß einen aufgeregten Schrei aus und ging auf den Lichtstrahl zu. Geoff fielen fast die Augen aus dem Kopf – diese Frau sah einfach umwerfend aus. Obwohl ihr Gesicht verschmutzt war, Stroh aus ihren Haaren hing und ihre bäuerliche Kleidung sehr unvorteilhaft wirkte, war sie mit ihrem kecken Blick, dem strahlenden Lächeln, den großen Brüsten und dem verführerischen Hüftschwung die reinste Augenweide. Geoff merkte, wie ihm der Sabber übers Kinn lief, während er ihr hinterherstarrte. Oder war das Schweiß? Er beschnupperte seine Achselhöhlen.

»Stinke ich ein bisschen?«, flüsterte er Tim zu.

»Ein bisschen?«, erwiderte Tim.

Die junge Frau schloss die Augen, legte den Kopf in den Nacken und wartete auf das Ergebnis.

Plötzlich wurde das Licht rot. Die anderen stießen im Chor einen enttäuschten Seufzer aus. Wie der Beamte es angekündigt hatte, schob sich sofort eine große Metalltür vor den Zugang zur Abreisekammer.

»Was ist denn?«, sagte die junge Frau mit leicht zittriger Stimme. »Was hab ich falsch gemacht?« Sie stieg vom Podest und ging völlig aufgelöst zu dem Beamten hinüber.

»Tut mir leid, Miss«, sagte dieser nach einem Blick

auf seinen Tablet-PC. »Hier steht, dass fünf Familien ausgestorben wären, wenn Sie heute in die Vergangenheit gereist wären.«

»Aber ... aber das ist doch nicht möglich«, stammelte die junge Frau. »Ich habe wochenlang die Sitten und Gebräuche studiert. Ich weiß genau, wie ich mich verhalten muss, um nicht aufzufallen. Ich ...«

Der Beamte unterbrach sie und las vor, was der Computer seinem Tablet-PC überspielt hatte. »Fünf verschiedene Gentlemen hätten sich aus der Ferne in Sie verliebt und sich daraufhin von der für sie bestimmten Partnerin abgekehrt«, sagte er und hielt der jungen Frau seinen Tablet-PC hin, damit sie es selbst lesen konnte. »Laienhaft ausgedrückt: Der Computer ist der Ansicht, dass sie zu attraktiv sind, um im siebzehnten Jahrhundert nicht aufzufallen.«

Die Frau nahm den PC an sich und las weiter. »Ein Earl, drei Markthändler und ein Schmied würden alle unverheiratet und ohne Kinder sterben, weil sie sich in mich verknallt und ihre anderen Beziehungen aufgegeben haben? Das glaube ich einfach nicht!«

»Computer!«, sagte der Beamte ins Leere hinein. »Könnten wir bitte eine Videosimulation dieser Vorhersage zu sehen bekommen, damit Miss Bennett überzeugt ist?«

»Eine Videosimulation?«, fragte die Frau.

Innerhalb von wenigen Sekunden materialisierte sich mitten in der Luft ein großer 3-D-Bildschirm, auf dem eine lebensechte Darstellung von alldem ablief, was der Beamte gerade umrissen hatte. Während die junge Frau nichtsahnend durch das London des siebzehnten Jahrhunderts spazierte, tauchten im Hintergrund einige Gentlemen auf, die sie lüstern anstarrten. Geoff konnte sich nicht vorstellen, dass das nur eine Simulation war –

die Bildqualität war so gut, als handelte es sich um einen Film. Außerdem hatte er den bizarren Eindruck, er könne hören, was die Menschen auf dem Bildschirm dachten – was zum Beispiel dem Schmied zu Miss Bennett durch den Kopf ging, war höchst unanständig. War diese Simulation irgendwie in der Lage, ihnen auch auf ... unterschwelliger Ebene etwas zu übermitteln?

»Das reicht mir«, stellte die Frau fest. »Sie können aufhören.«

Mit einem leisen »Puff« löste sich der Bildschirm in nichts auf.

»Tut mir leid«, sagte der Beamte und nahm seinen Tablet-PC wieder an sich. »Ich fürchte, Sie müssen umkehren. Nehmen Sie sich auf dem Weg nach draußen doch eines unserer Informationsblätter über temporäre plastische Chirurgie mit.«

Schweigend ging die junge Frau davon und zog sich das Stroh aus dem Haar, das sie resigniert zerknickte.

»Nun mal nicht so trübsinnig, Leute!«, rief der Beamte, der merkte, dass die Stimmung der anderen auf den Nullpunkt gesunken war. »Matt Davies! Sie sind als Nächster dran!« Die Tür zur Abreisekammer öffnete sich wieder.

Geoff sah zu, wie die restlichen Touristen vom Computer gescannt wurden. Viele durften reisen, ebenso viele auch nicht. In einem Fall wurde eine fünfköpfige Familie zurückgeschickt, weil der älteste Sohn den Test nicht bestand. Wie sich herausstellte, hatte er sich die im siebzehnten Jahrhundert üblichen Flüche nur unzureichend angeeignet und hätte großes Aufsehen erregt, als er sich versehentlich die Finger in einer Scheunentür einklemmte. Seine Mutter war so wütend, dass sie, als die Familie abgewiesen wurde, keineswegs mit den Flüchen geizte, die im einunddreißigsten Jahrhundert üblich waren. Geoff grinste in sich hinein. Zumindest an *einigen* Dingen hatte sich nicht viel geändert.

»Nun, unsere kleine Führung ist fast vorüber«, sagte Eric, als der letzte Tourist auf das Podest trat. »Hätten Sie Lust, das Jahr 1666 zu besuchen?«

»Ehrlich gesagt hat das nie auf meiner To-do-Liste gestanden«, erwiderte Geoff. »Der einzige Ort, den ich dieses Jahr mal aufsuchen wollte, ist dieser neue Fish-and-Chips-Laden, der in unserer Gegend aufgemacht hat.«

»Trotzdem. Was halten Sie davon?«, fragte Eric. »Wäre sehr nützlich für Sie, eine dieser Reisen selbst zu erleben.«

»Aber ich war doch schon im Jahr fünfundsechzig Millionen vor Christus«, sagte Geoff. Nach diesem traumatischen Erlebnis riss er sich nicht gerade darum, wieder in der Zeit zurückzureisen. »Ist es denn wirklich nötig, auch noch woandershin zu reisen?«

»Ich denke schon«, antwortete Tim. »Der Besuch in der Kreidezeit war ja sicher hochinteressant, aber damals hattest du keine Möglichkeit, einen unserer Zeitreiseführer in Aktion zu erleben.«

Geoff dachte eine Weile nach. »Brauche ich da eine Zahnbürste?«, erkundigte er sich. »Ich hab nämlich keine dabei.«

»Nein, Sie brauchen keine Zahnbürste«, erwiderte Eric. »So etwas dürften Sie übrigens gar nicht mitnehmen. Außerdem werden wir uns nur kurze Zeit dort aufhalten – gerade mal so lange, dass Sie einen anderen Zeitreiseführer kennenlernen und sich ein Bild von Ihren Aufgaben machen können.«

»Na, was meinst du?«, sagte Tim. »Oder hast du schon was anderes vor?«

Geoff schwieg eine Weile. Er hatte in der Tat allerlei anderes vor – zum Beispiel irgendwo gemütlich rumzusitzen, Tee zu trinken und alle größeren Anstrengungen zu vermeiden. Andererseits musste er zugeben, dass er neugierig geworden war.

»Tja, warum eigentlich nicht?«, sagte Geoff.

»Großartig«, erwiderte Tim. »Dann tritt schnell in den Lichtstrahl, damit wir uns auf den Weg machen können.«

Geoff zögerte. »Ist das auch ungefährlich?«, fragte er.

»Natürlich ist es ungefährlich!«, fuhr ihn Eric an. »Wenn es *gefährlich* wäre, könnten wir den Laden hier gleich dichtmachen.«

»Anzunehmen«, antwortete Geoff und stieg vorsichtig auf das Podest. Überrascht stellte er fest, dass der Lichtstrahl im Vergleich zu der Temperatur, die im Raum herrschte, angenehm kühl war. Auf seinen Armen bildete sich sogar eine Gänsehaut. Er machte die Augen zu und beschloss, das Ganze zu genießen.

»Wie kommt es eigentlich, dass ich nicht gescannt wurde, bevor ich zu den Dinosauriern gereist bin?«, erkundigte sich Geoff, während er darauf wartete, dass das Licht grün wurde.

»Das war nicht erforderlich«, erwiderte Eric. »Diese Reise hat der Computer schon berücksichtigt, als er Ruth und Mr. Knight scannte – er wusste bereits, dass sie Sie dorthin mitnehmen würden, als die beiden von hier aus zu dem Einstellungsgespräch mit Ihnen aufbrachen.«

»Der Computer kann zeitlich so weit zurückgehen?«, fragte Geoff, dem plötzlich sehr heiß wurde. Er öffnete die Augen. Das Licht hatte sich grün gefärbt.

»Das ist schließlich ein *Super*computer«, sagte Tim. »Na, bist du bereit, ins Jahr 1666 zu reisen?«

»Glaub schon«, erwiderte Geoff. »Vorausgesetzt, ich muss nicht wieder das Ende der Welt miterleben. Du weißt schon – Tod, Zerstörung, Feuer und so was.«

»Hmm ... Ich fürchte, da wirst du kein Glück haben«, sagte Tim.

»Wie meinst du das?«

»Hast du denn gar keine Geschichtskenntnisse?«

»Tja, äh, also ich weiß, dass es hier und da Krieg gegeben hat, aber das wär's dann auch schon. Was ist denn 1666 passiert?«

»1666 ist das Jahr des großen Brands von London.«

»Des großen Brands von London? Und um sich so was anzusehen, reisen die Leute in die Vergangenheit?«

»Verheerende Katastrophen sind immer ein Verkaufsschlager«, erklärte Eric, der jetzt ebenfalls auf das Podest stieg. »Ein bisschen Tod und Zerstörung gibt jedem Urlaub erst die richtige Würze.«

Na toll, dachte Geoff. Zumindest würde er sich nicht mühsam etwas ausdenken müssen, wenn er Postkarten schrieb.

7

In Anbetracht all des Aufwands, den man getrieben hatte, um das Äußere der Zeitreisenden dem der Einwohnerschaft im London des siebzehnten Jahrhunderts anzupassen – man hatte ihnen die Armbanduhren und den Schmuck abgenommen, hatte ihnen zusätzlich Dreck auf die Kostüme geschmiert und dafür gesorgt, dass niemand zu gut frisiert war –, hätte man erwarten können, dass auch an Geoffs Garderobe einige Veränderungen vorgenommen würden. Wie sich herausstellte, herrschte unter den zuständigen Beamten jedoch die einhellige Meinung, dass Geoffs Erscheinung nahtlos ins siebzehnte Jahrhundert passen würde. Seine Haare waren zerzaust und ungepflegt, seine Schuhe so verschmutzt, dass sich die Machart nicht mehr erkennen ließ, die Sachen, die er trug, schäbig und zerknittert. Während sich Eric und Tim völlig neu einkleiden mussten, durfte Geoff die Zeitreise in dem Zustand, in dem er war, antreten. Einer der Beamten sagte sogar zu ihm: »Starkes Kostüm. Geradezu vorbildlich!«

Wie schon bei Geoffs Trip in die Kreidezeit ging auch diesmal alles blitzschnell – nachdem er sich die Ohrhörer in die Ohren gesteckt hatte, verspürte er ein leichtes Kribbeln und Prickeln, sein Herzschlag beschleunigte sich, und schon im nächsten Moment befand er sich in einer dunklen, mit Kopfsteinen gepflasterten Gasse. Jetzt, da er wusste, was mit ihm passierte, empfand er das Ganze sogar fast als angenehm. Er entfernte die Ohrhörer und sah sich um. Die Gasse war ziemlich eng und wurde von hohen Holzgebäuden gesäumt. Es roch nach verfaultem Gemüse. Als er nach oben blickte, stellte er fest, dass es Nacht war. Hier und da zogen ein paar Wolken über den dunklen, mit Sternen übersäten Himmel. Das Pflaster unter ihm war feucht, als hätte es vor Kurzem geregnet. Ein paar Meter vor ihm ragte ein Stapel Holzkisten auf, vor dem sich die Touristen, die zu seiner Gruppe gehörten, versammelt hatten und aufgeregt miteinander schwatzten.

Kurze Zeit später trafen auch Eric und Tim ein. Ihre Umrisse erschienen in der Luft und verdichteten sich zu dreidimensionalen Gestalten. Geoff musste zugeben, dass ihr Auftauchen vom ästhetischen Standpunkt aus zu wünschen übrig ließ. Der ganze Rematerialisierungsprozess dauerte nur wenige Sekunden und ging ohne das spektakuläre Drum und Dran vor sich, das Geoff bei einer derart erstaunlichen technologischen Leistung erwartet hätte. Zumindest ein paar Funken oder ein Aufblitzen hätte er hier für angebracht gehalten. Offenbar wollte man das Erscheinen eines Zeitreisenden aber so unauffällig wie möglich halten.

»Alles in Ordnung?«, fragte Tim derart nonchalant, als wären sie gerade aus einem Bus gestiegen. Im ersten Moment erkannte Geoff seinen Freund gar nicht wieder – ohne seine Brille und in etwas gehüllt, das man nur als Kartoffelsack mit Ärmeln bezeichnen konnte, sah er ziemlich lächerlich aus.

»Tolles Kostüm«, spottete Geoff. »Du siehst aus, als

wolltest du dich für die Rolle der Vogelscheuche in *Der Zauberer von Oz* bewerben.«

»Bei mir war es immerhin nötig, mich vorher umzuziehen«, entgegnete Tim, während er seine Ohrhörer in die Tasche steckte.

»Wollen wir nicht zu den anderen gehen?«, schlug Eric vor und führte sie zum Rest der Gruppe. Es schien ihm nicht ganz leichtzufallen, mit seinem Krückstock auf dem Kopfsteinpflaster Halt zu finden. Nachdem er es geschafft hatte, zu der Gruppe zu gelangen, stützte er sich auf einer der Kisten ab.

»Und was passiert jetzt?«, fragte Geoff.

»Jetzt warten wir«, erklärte Tim. »William muss gleich hier sein, um uns abzuholen.«

»William?«

»William Boyle. Einer unserer Zeitreiseführer für diese Epoche.«

»*Einer* eurer Zeitreiseführer?«, hakte Geoff nach. »Wie viele habt ihr denn?«

»Oh, ein paar Hundert.«

»Ein paar Hundert?«

»Du darfst nicht vergessen, dass es den großen Brand von London nur einmal gab, Geoff. Tausende von Touristen wollen ihn sehen. Glaubst du allen Ernstes, wir hätten nur einen einzigen Zeitreiseführer, um eine derartige Nachfrage abzudecken? Ein Einzelner kann ja nicht an mehreren Orten zugleich sein.«

»Na ja, könnte er schon«, warf Eric ein. »Wir bräuchten bloß ständig ein und denselben Zeitreiseführer in die Vergangenheit zu schicken, damit er wieder und wieder Gruppen durch das brennende London führt. Dabei würden wir allerdings riskieren, dass man ihn an zwei Orten gleichzeitig sieht. Nicht sehr empfehlenswert, wenn man versucht, die ganze Sache geheim zu halten.«

»Besonders fair wäre es für den Betreffenden auch nicht«, fügte Tim hinzu. »Das wär so wie in *Und täglich grüßt das Murmeltier.* Kannst du dir vorstellen, jahrelang immer wieder denselben Tag zu durchleben?«

Das konnte sich Geoff durchaus vorstellen. Schließlich hatte er die letzten sieben Jahre seines Lebens damit verbracht, sich nachmittags Talkshows anzusehen, die einander glichen wie ein Ei dem andern.

»Aber wie funktioniert das Zeitreisen nun eigentlich?«, wollte Geoff wissen.

Eric blickte auf.

»Wie meinen Sie das?«, fragte er.

»Ich meine, ist es kompliziert?«

Eric schloss die Augen und seufzte.

»*Kompliziert* ist gar kein Ausdruck«, sagte er. »Was wissen Sie über Quantenphysik? Ist Ihnen bekannt, dass das gesamte Universum im Grunde genommen eine komplexe Art von Hologramm ist?«

»Nicht wirklich. Könnten Sie mir das Ganze vielleicht erklären?«

»Völlig unmöglich«, erwiderte Eric. »Ich würde allein zwei Jahre brauchen, um Ihnen darzulegen, wie man ein Quantenkonglomerat so manipuliert, dass man ein Photon zeitlich um eine Nanosekunde zurückversetzt, von organischer Materie ganz zu schweigen. Vergessen Sie's.«

»Ach, nun machen Sie schon«, sagte Geoff. »Können Sie es nicht kurz zusammenfassen?«

»Zusammenfassen?«, wiederholte Eric. »Die Theorien, die dem Zeitreisen zugrunde liegen, kann man nicht *kurz zusammenfassen*!«

»Sprich ein bisschen leiser«, bat Tim und legte Eric die Hand auf die Schulter.

»Aber ich bin doch jetzt durch die Zeit gereist«, sagte Geoff. »Da habe ich doch wohl das Recht, etwas darüber zu erfahren, oder?«

»Nein, haben Sie nicht!«

»Auch nicht ein kleines bisschen?«

Eric schloss erneut die Augen und holte tief Luft.

»Können Sie Auto fahren?«, fragte er.

»Ähm ... also einen Führerschein hab ich.«

»Und wissen Sie, wie man einen Verbrennungsmotor baut?«

»Nein.«

»Na bitte. Genauso ist es beim Zeitreisen, nur zig-mal komplizierter. Glauben Sie mir – einem Zeitreisenden die Regeln des Zeitreisens zu erklären wäre so, als würde man einem Golfball die Golfregeln erklären.«

Geoff beschlich das Gefühl, dass Eric, wenn er ihn noch länger mit Fragen nervte, den Vergleich höchstwahrscheinlich weiter ausführen würde und mit dem nächstbesten Gegenstand, der Ähnlichkeit mit einem Golfschläger hatte, auf ihn losginge. Geoff blickte die Straße auf und ab und suchte krampfhaft nach einem anderen Gesprächsthema.

»Ah«, sagte Tim und zeigte auf einen jungen Mann, der auf sie zukam. »Da ist William.«

Geoff musterte ihn von oben bis unten, weil es ihn interessierte, wie ein anderer Zeitreiseführer aussah. Wie sich herausstellte, wirkte William wie ein Durchschnittstyp – er hatte weder besondere Kennzeichen, noch war er irgendwie attraktiv. Ansonsten war er mit alldem ausgestattet, was man beim Standardmodell eines Menschen erwarten durfte, nämlich mit Haaren, Augen,

Armen und Beinen. Kurzum, alles an ihm war ganz ... normal. Er war ziemlich klein und vielleicht zwei oder drei Jahre jünger als Geoff. Das einzige leicht Ungewöhnliche war vielleicht die Tatsache, dass er wie ein Bauer gekleidet war. Aber das lag vermutlich daran, dass er ein Bauer *war*. Sein Gesicht war schmutzig, seine Lippen aufgesprungen, und in seinem dichten Haar hing Stroh, als hätte er sich vor Kurzem in einer Scheune herumgewälzt.

»Guten Abend allerseits«, flüsterte er, während er sich vorsichtig nach allen Seiten umsah und der Gruppe mit einer Geste zu verstehen gab, näher zusammenzurücken. »Herzlich willkommen im siebzehnten Jahrhundert. Mein Name ist William Boyle, ich werde für die Dauer Ihres Aufenthalts in London Ihr Zeitreiseführer sein.«

»Pass gut auf«, schärfte Tim Geoff ein. »William ist *sehr* kompetent.«

»Wir schreiben das Jahr 1666«, fuhr William in raunendem Ton fort, als erzählte er am Lagerfeuer eine Geschichte, »und die Glocke hat gerade zehn Uhr abends geschlagen. In ungefähr zwei Stunden wird in der Pudding Lane ein Feuer ausbrechen, und zwar in der Bäckerei von Thomas Farynor. Zunächst werden die zuständigen Autoritäten diese Gefahr ignorieren, doch in den nächsten vier Tagen wird sich das Feuer dann über ganz London ausbreiten, die Royal Exchange sowie die St. Paul's Cathedral zerstören und erst kurz vor dem Palast in Whitehall haltmachen, wo gegenwärtig Charles II. als König von England residiert.«

»Meine Güte«, sagte einer der Touristen. »Könnte das irgendwie gefährlich werden ... für uns?«

»Überhaupt nicht«, versicherte William. »Während des großen Brands selbst gab es nur wenige Todesfälle.

Die Mehrzahl der Opfer starb erst hinterher, als Zehntausende von Menschen obdachlos waren und Hunger litten. Solange wir alle zusammenbleiben, werden Sie den Brand völlig ungefährdet als lehrreiches Spektakel erleben können.«

»Der ist ja echt redegewandt«, stellte Geoff fest. »Der sollte zum Radio gehen.«

»Bei einigen der früheren Zeitreiseführer war ein bisschen Nachhilfeunterricht nötig«, sagte Tim. »Aber William hat alles sehr erfolgreich gemeistert.«

William ließ den Blick über die Gruppe schweifen und bemerkte Tim und Geoff.

»Wenn Sie mich bitte einen Moment entschuldigen würden«, sagte er zu den anderen und trat auf die beiden zu. »Tim, alter Freund!«, rief er aus und schüttelte Tim die Hand. »Wie schön, dich wiederzusehen!«

»William, darf ich dir Geoffrey Stamp vorstellen?«, erwiderte Tim, indem er Geoff auf den Rücken schlug. »Du wirst dich sicher erinnern, dass ich dir vor ein paar Wochen von ihm erzählt habe.«

»Ah ja. Das ist der, den du als Zeitreiseführer fürs einundzwanzigste Jahrhundert gewinnen wolltest, nicht?«

»Genau.«

»Dann hat er die Stelle angenommen?«

»So ist es. Und da heute sein erster Tag ist, hab ich gedacht, ich bring ihn mit zu dir, damit er mal einen guten Zeitreiseführer in Aktion erleben kann. Sozusagen zur Einführung. Macht dir doch nichts aus, oder?«

»Natürlich nicht.« William lächelte. »Nach allem, was du für mich getan hast – wie könnte ich da Nein sagen?«

»Hey, ich hab doch gar nichts für dich getan«, wiegelte Tim ab, der aussah, als werde er gleich rot.

»Unsinn. Tim war derjenige, der mir diesen Job verschafft hat«, erklärte William Geoff. »Ohne ihn wüsste ich überhaupt nicht, was ich jetzt machen würde.«

»Ich schon«, sagte Tim. »Deshalb hab ich dich ja ausgesucht.«

»Diesen Typ hast du also auch angeworben?«, fragte Geoff.

»Nicht angeworben«, stellte Tim richtig. »Ich hab dir doch schon erzählt, dass ich selbst niemanden einstelle. Ich halte nur nach potenziellen Zeitreiseführern Ausschau, bereite sie auf ihre Rolle vor und rege an, dass man sie in Betracht zieht. Ob sie den Job dann wirklich bekommen, liegt allein bei ihnen.«

»Wie viele Zeitreiseführer hast du denn in der Vergangenheit schon gefunden?«

»Mit dir zusammen zwölf.«

»Zwölf? Aber ... aber ist das nicht eine ganze Menge, wenn man bedenkt, wie viele Jahre es dauert, bis wir so weit sind? Ich meine, wie lange hast du dich noch mal um mich gekümmert? Sieben Jahre?«

»Stimmt. Aber gewöhnlich kümmere ich mich um zwei oder drei Kandidaten gleichzeitig, in unterschiedlichen Epochen. Deshalb musste ich immer mal wieder für ein paar Tage verreisen. Wenn ich nicht bei dir war, war ich bei einem der anderen Kandidaten.«

»Verstehe«, erwiderte Geoff. »Immer wenn du in viktorianischer Kleidung nach Hause gekommen bist, hast du mir erzählt, du hättest einen Freund, der dauernd bizarre Kostümpartys schmeißt. Warst du dann in Wirklichkeit in der Vergangenheit, um einen deiner anderen Kandidaten aufzusuchen?«

»Du hast es erfasst.«

»Und all diese langweiligen Liniencharts in deinem Zimmer«, fuhr Geoff fort, »was war das?«

»Analytische Darstellungen des Raum-Zeit-Kontinuums«, erklärte Tim. »Die mir dazu dienen, eventuelle Paradoxa oder Lücken im Auge zu behalten, die als Folge einer Kontaktaufnahme im Zeitablauf auftreten könnten.«

»Aha.« Geoff lächelte. »Hört sich eigentlich wie ein ganz interessanter Job an.«

»Oh, ich liebe meinen Job«, sagte Tim. »Du kannst dir gar nicht vorstellen, was für eine dankbare Aufgabe es ist zu beobachten, wie sich ein Zeitreiseführerkandidat im Laufe der Jahre entwickelt. Zu beobachten, wie sich jemand, den die Gesellschaft für nutzlos hält, als jemand erweist, der viel mehr kann, als man angenommen hat. Das ist höchst befriedigend.«

»Also, ich glaube, wir sollten lieber weitermachen«, schlug William vor, indem er sich wieder der Gruppe zuwandte. »Ladys und Gentlemen, das Feuer wird kurz nach Mitternacht ausbrechen, und ich nehme an, Sie alle brennen darauf, ein bisschen vom alten London zu sehen, bevor es in Flammen aufgeht. Zum Schluss noch ein warnender Hinweis: Bitte achten Sie darauf, worüber Sie sich unterhalten, wenn wir unter Menschen sind. Ich möchte auf keinen Fall hören, dass zum Beispiel jemand über die Talkshow von gestern Abend redet, okay?«

Die Reisenden kicherten leise und folgten William, der sie aus der Gasse führte.

»Ihr Kostüm ist übrigens großartig, Mr. Stamp«, flüsterte William, als sie an die Hauptstraße kamen. »Schön, dass da mal jemand sorgfältig recherchiert hat.«

Das meiste im London des siebzehnten Jahrhunderts sah aus, als hätte jemand aufs Geratewohl Bauklötze übereinandergestapelt. Während Geoff den Touristen durch die engen Straßen folgte, blickte er immer wieder nervös zu den hohen Holzgebäuden empor, die links und rechts von ihm standen. Er hatte Zweifel an deren Stabilität. Die meisten Häuser bestanden ausschließlich aus Holz und wirkten so windschief und zusammengeschustert, dass es ihn erstaunte, dass sie nicht längst eingestürzt waren. Eins war jedenfalls sicher: Da die Schwerkraft bisher offenbar versagt hatte, würde das bald ausbrechende Feuer diesen Gebäuden zweifellos den Garaus machen.

»Also, das ist eine typische Londoner Straße«, erklärte William der Gruppe. »Bitte beachten Sie, dass alle Gebäude ein sehr schmales Fundament haben, nach oben hin aber immer weiter vorragen. Im siebzehnten Jahrhundert war Überbevölkerung ein echtes Problem, und wie Sie selbst sehen können, schreckten manche Menschen vor nichts zurück, um mehr Wohnraum zu gewinnen.« Er zeigte nach oben. Die zwei Gebäude links und rechts von ihnen kragten im obersten Stockwerk so weit vor, dass sie praktisch zusammenstießen. Möglicherweise fand zwischen den Besitzern ja ein Wettbewerb statt, bei dem es um die Frage ging, welches Gebäude als Erstes einstürzen werde.

»Wollen wir dann weiter?«, sagte William, machte auf dem Absatz kehrt und lotste die Gruppe durch das Gedränge der Passanten in Richtung Pudding Lane.

Da es im London des siebzehnten Jahrhunderts weder Autos noch Busse noch Radfahrer noch Leute gab, die Unterschriften für irgendwelche Organisationen sammelten, hatte Geoff irgendwie erwartet, dass es hier wesentlich ruhiger zuginge als zu seiner Zeit. Doch das war nicht der Fall. Obwohl es schon fast Mitternacht war, wimmelte es auf der Straße noch immer von Kaufleuten, Prostituierten, Bauern, Adligen und vielen anderen. Manche waren so seltsam gekleidet, dass Geoff nicht zu erraten vermochte, wie sie sich ihren Lebensunterhalt verdienten – was ihn an Leute erinnerte, die im PR-Bereich arbeiteten.

Er wollte unbedingt aus William herausbekommen, wie es denn so war, Zeitreiseführer zu sein. Deshalb überholte er die Touristen und gesellte sich zu ihm.

»Ähm ... hallo«, sagte Geoff.

»Ah! Mr. Stamp!«, erwiderte William. »Nun, was halten Sie von London? Prächtige Stadt, nicht wahr? Schade, dass es sie bald nicht mehr geben wird.«

»Ja, ganz nett«, entgegnete Geoff, der sich nicht sicher war, ob er Williams überschwängliche Begeisterung nicht doch ein bisschen irritierend fand. »Ich komme übrigens auch aus London.«

»Tatsächlich? Und wie ist es so? Hat sich viel geändert?«

In Anbetracht der Tatsache, dass die gesamte Stadt bald niederbrennen würde, hielt Geoff das für keine sonderlich intelligente Frage. Erwartete William etwa, dass London zu Geoffs Zeit immer noch brannte?

»Ich glaube, hier und da hat man einige Verbesserungen vorgenommen«, erklärte Geoff, während er über einen großen Haufen Pferdemist trat. »Elektrisches Licht, Kanalisation, breitere Straßen, ein unterirdisches Eisenbahnsystem – im Grunde genommen Kleinigkeiten.«

»Hört sich ja wunderbar an«, sagte William. »Vielleicht seh ich es mir eines Tages mal an.«

»Sie dürfen auch andere Orte besuchen?«

»O ja. Ich habe schon in vielen unterschiedlichen Epochen Urlaub gemacht. Der Wilde Westen Amerikas ist mein Favorit – spätes neunzehntes Jahrhundert.«

»Dann macht es Ihnen also Spaß, Zeitreiseführer zu sein?«, erkundigte sich Geoff.

»Oh, es ist großartig«, antwortete William und warf einen Blick über die Schulter, um sich zu vergewissern, dass die Gruppe ihm noch folgte. »Schlichtweg großartig. Bevor ich Zeitreiseführer wurde, hatte ich nichts zu essen, kein Geld und kein Zuhause. Jetzt hingegen ...«

»... sind Sie reich, haben eine wunderschöne Frau und ein Haus auf dem Lande?«, ergänzte Geoff in hoffnungsvollem Ton.

»Nein, nein«, erwiderte William und führte die Gruppe um eine Ecke. »Ich darf nie heiraten, weil das von vornherein nicht vorgesehen war. Wenn ich es doch täte, würde ich mich damit in das Schicksal von jemand anderem einmischen. Und ein Zuhause darf ich auch nicht haben, weil ich dann in einem Haus wohnen würde, das jemand anderem gehört hätte. Dasselbe gilt für Geld – besäße ich welches, würde ich damit Dinge kaufen, die jemand anders hätte kaufen sollen.«

»Moment mal«, warf Geoff ein. »Wollen Sie damit sagen, dass wir nicht bezahlt werden?«

William schüttelte den Kopf. »Hat man Ihnen das denn nicht erklärt?«

»Nein.« Geoff kniff die Augen zusammen. »Aus irgendeinem Grund blieb das unerwähnt ...«

»Machen Sie sich keine Sorgen«, sagte William. »So schlimm ist das gar nicht.«

»Sind Sie da sicher?«, fragte Geoff. »Ist die Tatsache, dass wir nicht bezahlt werden, nicht ziemlich ... beschissen?«

»Begreifen Sie denn nicht? Bevor ich Zeitreiseführer wurde, hatte ich absolut nichts.«

»Aber das ist doch immer noch so!«

William schüttelte erneut den Kopf, als entginge Geoff irgendwie der Kern des Ganzen.

»Sie hätten mich damals sehen sollen, Mr. Stamp. Ich hatte unzählige Krankheiten und konnte kaum laufen. Um mich am Leben zu erhalten, musste ich tote Ratten essen. Dann ist Tim auf mich aufmerksam geworden. Jetzt bekomme ich jederzeit etwas zu essen und kann in alle Epochen reisen, die mich interessieren. Man hat mich sogar gegen die Beulenpest geimpft, die letztes Jahr ausgebrochen ist. Auch wenn dieser Job nicht bezahlt wird – er ist hundertmal besser als das, was ich von früher gewohnt bin. Er hat mir das Leben gerettet.«

»Ja, ja, das ist natürlich großartig«, entgegnete Geoff. »Trotzdem gefällt es mir nicht, all das für ... gar nichts zu machen.«

»Sehen Sie es doch mal so«, sagte William. »Ihre Bezahlung mag zwar nicht in Gold oder Silber bestehen, aber dafür haben Sie die Genugtuung, etwas ganz Besonderes zu machen, faszinierende Leute kennenzulernen und ihnen etwas über die Vergangenheit beizubringen. Wenn man bedenkt, was Sie sonst mit Ihrem Leben angefangen hätten – ist das dann nicht Bezahlung genug?«

»Nicht wirklich«, meinte Geoff. »Ich kann doch schlecht in einen Laden gehen und sagen: *Hören Sie, ich hab zwar kein Geld, aber einen sehr befriedigenden und interessanten Job. Könnte ich jetzt bitte einen Fernseher haben?*«

»Fernseher? Was ist das?«, fragte William.

»Etwas, auf dem man seine Wäsche trocknen kann«, erwiderte Geoff. »Sehr nützlich, diese Dinger.«

Nach kurzer Zeit erreichten sie die Bäckerei von Thomas Farynor, die in einem Gebäude untergebracht war, das so wacklig und unstabil aussah, als hätte der Architekt beim Zeichnen des Bauplans den Tatterich gehabt. Es erinnerte Geoff an die Vexierkabinette in Vergnügungsparks, in denen man abschüssige Gänge entlangstolpern, Treppen mit ungleichmäßigen Stufen hinunterfallen und sich in Zerrspiegeln betrachten kann – und die man mit dem Gefühl verlässt, dass man mehr für sein Geld bekäme, wenn man betrunken durch die eigene Wohnung liefe.

William trieb die Touristen in einer dunklen Ecke der Straße zusammen. Dort fielen sie nicht weiter auf, hatten das Gebäude aber gut im Blick. Geoff sah sich um. Wenn er sich nicht irrte, stand auf der anderen Seite der Straße eine weitere Touristengruppe plus Zeitreiseführer und gab sich alle Mühe, kein Aufsehen zu erregen. Und auf einem zur Straße gehenden Balkon erblickte er noch eine Gruppe. Ihm fiel ein, dass Tim gesagt hatte, es gebe für den großen Brand von London ein paar Hundert Zeitreiseführer. Wie viele andere Touristen aus der Zukunft sich wohl noch in der Nähe versteckt haben mochten?

»Wir sind da«, flüsterte William. »Das ist die Bäckerei von Thomas Farynor. Zurzeit befindet sich die Familie im oberen Stockwerk und schläft tief und fest. Doch in wenigen Sekunden wird ein Stück glühendes Holz aus dem Kamin im Erdgeschoss fallen und einen Stapel Papier auf dem Fußboden in Brand setzen. Die Flammen werden auf den Teppich, die Vorhänge, die Möbel und schließlich auf das ganze Haus übergreifen. Was dann folgt, ist Ihnen sicher bekannt: Innerhalb weniger Tage wird dieses Feuer die gesamte Innenstadt von London zerstören, sogar über das Flüsschen Fleet springen und schließlich das benachbarte Westminster bedrohen.«

»Könnte ich mir wohl ein Brot aus der Bäckerei holen, bevor der ganze Zauber losgeht?«, fragte Geoff. »Ich hab einen Bärenhunger.«

»Auf gar keinen Fall«, sagte Tim und packte Geoff bei der Schulter.

»Jetzt ist es sowieso zu spät«, bemerkte William und zeigte auf das Gebäude.

Geoff blickte hinüber. Hinter dem Fenster war ein heller roter Schein zu sehen.

»Von mir aus kann es auch getoastet sein«, sagte Geoff.

Erstaunt verfolgte er, wie schnell sich der Brand ausbreitete. Schon nach wenigen Stunden stand die ganze Straße in Flammen. Es war so, als hätte das Feuer die umliegenden Gebäude davon überzeugt, dass es total angesagt sei zu brennen und man diese Mode unbedingt mitmachen müsse. Thomas Farynor und seine Familie waren von den Flammen im oberen Stockwerk eingeschlossen worden, hatten es aber gerade noch geschafft, vom Schlafzimmerfenster aus ins Nachbarhaus zu entkommen. Unglücklicherweise hatte sich das Dienstmädchen der Familie nicht getraut, den anderen zu folgen, sodass die Touristen mit ansehen mussten, wie es zum ersten Opfer des Feuers wurde.

Mittlerweile hatte sich eine große Anzahl von Schaulustigen versammelt, und auch die Feuerwehr von London war auf den Brand aufmerksam geworden. Nach einer Weile trafen mehrere Holzkarren mit Wasserbehältern, an denen Pumpschwengel angebracht waren, am Ort des Geschehens ein.

»Was sind das denn für Dinger?«, flüsterte Geoff William zu.

»Die neueste Erfindung zur Feuerbekämpfung«, erläuterte William. »Damit wird Wasser durch einen Schlauch gepumpt, um das Feuer zu löschen.«

Geoff dachte kurz nach. Was er hier vor sich sah, waren Feuerwehrautos des siebzehnten Jahrhunderts. Diese Vehikel hatten jedoch einen grundsätzlichen Fehler – einen Fehler, den man eigentlich schon bei der Planung hätte beseitigen müssen. Sie bestanden nämlich aus Holz, und wenn Geoff sich richtig erinnerte, neigte Holz dazu, schnell Feuer zu fangen. Sollte es einen Preis für die Verwendung des ungeeignetsten Baumaterials geben – der Erfinder dieser Maschinen hätte ihn zweifellos erhalten.

Einige der Feuerwehrleute stritten sich gerade mit einer Gruppe von Hausbesitzern aus den angrenzenden Straßen herum. Geoff spitzte die Ohren, um trotz des lauten Prasselns der Flammen mitzubekommen, worum es in dieser Auseinandersetzung ging.

»Begreifst du denn nicht?«, schrie einer der Feuerwehrmänner einen Schmied an. »Wenn wir dein Haus nicht niederreißen, breitet sich das Feuer immer weiter aus! Also hol alles Wertvolle raus und lass uns unsere Arbeit machen!«

»Ich kenne meine Rechte!«, erwiderte der Schmied und baute sich vor seinem Haus auf, die muskulösen Arme vor der Brust verschränkt. »Ihr seid überhaupt nicht befugt, mein Haus niederzureißen! Dazu ist nur Bloodworth befugt! Ich will sofort mit Bloodworth sprechen!«

Geoff zupfte William am Ärmel.

»Warum wollen sie denn sein Haus niederreißen?«, fragte er.

»Damit das Feuer nicht weiter um sich greift«, sagte William. »Wenn es keine neue Nahrung bekommt, erlischt es von selbst.«

»Und wer ist Bloodworth?«

»Thomas Bloodworth. Oder *Sir* Thomas Bloodworth. Das ist der Oberbürgermeister von London. Er wird gleich hier sein.«

In der Tat traf kurz darauf eine von Pferden gezogene Kutsche ein und machte in sicherer Entfernung halt. Der Kutschenschlag öffnete sich, und ein großer Mann mittleren Alters stieg aus. Geoff beobachtete, wie er auf die Feuerwehrleute zuging. Er hatte einen gewaltigen Schnurrbart und trug elegante Kleidung, die aus einem geschlitzten Wams mit Spitzenmanschetten, einer dunkelgrauen Kniehose, einem mit Pelz besetzten Talar und einem breitkrempigen Hut bestand. Seine Erscheinung war so extravagant, dass man den Eindruck hatte, er käme gerade von einer Geburtstagsparty Elton Johns.

»Das ist Thomas Bloodworth«, informierte William die Gruppe. »Die Feuerwehrleute wollen die umliegenden Gebäude niederreißen, um eine Ausbreitung des Feuers zu verhindern, aber das gilt als Zerstörung von Eigentum, ein sehr gravierendes Vergehen. Deshalb musste man den Oberbürgermeister holen, damit er einschätzt, wie groß die Gefahr ist, und entscheidet, ob die Feuerwehrleute so verfahren dürfen, wie sie es für richtig halten.«

Geoff lauschte dem Gespräch zwischen Bloodworth und den Feuerwehrleuten, denen es nicht so recht zu gelingen schien, den Oberbürgermeister davon zu überzeugen, dass dieses Feuer ein bisschen heikel werden könnte, wenn sie es nicht rechtzeitig eindämmten.

»Und deshalb habt ihr mich aus dem Schlaf gerissen?«, sagte Bloodworth mit einem Blick auf die Flammen.

»Milord«, erwiderte einer der Feuerwehrmänner und wischte sich den Ruß aus dem Gesicht. »Wir müssen unverzüglich alle umliegenden Gebäude niederreißen! Das Feuer ist außer Kontrolle geraten! Meine Männer ...«

»Aber, aber«, erwiderte Bloodworth und strich seinen Spitzenkragen glatt. »Damit werden Ihre Männer doch wohl spielend fertig.«

»Sie werden denen doch sicher nicht erlauben, mein Haus niederzureißen, nicht wahr, Milord?«, schrie der Schmied von der anderen Seite der Straße herüber. »Dieses Haus ist alles, was ich habe!«

»Hier wird niemand irgendein Haus niederreißen«, versprach Bloodworth. »Das untersage ich.«

Über diese Entscheidung schien der Feuerwehrmann nicht sonderlich glücklich zu sein – verständlicherweise, da es eindeutig die falsche war.

»Gott segne Sie, Sir!«, rief der Schmied. »Lord Bloodworth lebe hoch!«

Bloodworth lächelte dem Schmied zu und wandte sich zum Gehen.

»Milord, ich flehe Sie an, die Sache noch einmal zu überdenken«, sagte der Feuerwehrmann und hielt Bloodworth am Talar fest. »Bei allem Respekt, Sir – ich glaube, Sie machen einen schrecklichen Fehler! Das ist einer der schlimmsten Brände, die ich je erlebt habe!«

»Mumpitz!«, schnauzte Bloodworth und entriss seinen Talar der Hand des Feuerwehrmanns. »Dieses Feuer könnte ja eine Frau auspissen!«

Jedem war klar, dass das ein leichtes Understatement war.

Schweigend beobachteten die Touristen, wie Bloodworth zu seiner Kutsche stürmte, den Schlag hinter sich zuschmetterte und den Kutscher anwies, ihn nach Hause zu bringen. Der Feuerwehrmann stand wie vernichtet da, während sich hinter ihm die Flammen immer weiter ausbreiteten. Erst nach einer Weile erlangte der Mann seine Fassung zurück und wies seine Leute an, ihre nutzlosen Bemühungen fortzusetzen.

»Jetzt haben Sie also miterlebt«, sagte William zu der Gruppe, »wie der große Brand von London anfing. Die Inkompetenz eines einzigen Mannes führte dazu, dass die Stadt weitgehend zerstört wurde.«

Just in diesem Moment stürzte ein großes Gebäude in der Straße ein. Krachend fielen die verkohlten Holzbalken auf die Erde, eine Wolke aus Asche und Qualm stieg auf. Gellende Schreie ertönten, als zwei weitere Häuser Feuer fingen, und alle sahen entsetzt zu, wie das Feuer mehr und mehr außer Kontrolle geriet.

Mitten in diesem Chaos gab es jedoch einen Mann, der völlig gelassen wirkte; einen Mann, der nicht schrie, nicht kopflos umherrannte und das Feuer keines Blickes würdigte.

Stattdessen schien er Geoff anzustarren.

Geoff konnte ihn nicht genau erkennen, da sein Gesicht von einer dunklen Kapuze verschattet wurde und er auf der anderen Seite der Straße stand. Die Gestalt erinnerte ihn an etwas, aber er kam nicht drauf, was es war.

Zunächst dachte Geoff, er bilde sich das Ganze nur ein. Warum sollte ihn denn jemand beobachten, während die ganze Stadt gerade niederbrannte? Doch als er sich durch die anderen Touristen drängte, um Tim ausfindig zu machen, bemerkte er, dass die Gestalt mit der Kapuze langsam den Kopf drehte und jeden seiner Schritte verfolgte.

»Tim?«, sagte Geoff und tippte seinem Freund auf die Schulter.

»Eine unglaubliche Geschichte, was?«, sagte Tim, der wie gebannt auf das Feuer starrte. »Erinnert mich daran, wie du damals beim Grillen Öl auf die Holzkohle gegossen hast.«

»Ja, ja«, erwiderte Geoff. »Sag mal, kann es sein, dass mich jemand beobachtet?«

Tim drehte sich zu Geoff um.

»Was?«

»Siehst du den Typ da auf der anderen Straßenseite?« Geoff nickte unauffällig in Richtung des Kapuzenmanns. »Der starrt mich dauernd an. Siehst du ihn?«

Als Tim über die Straße blickte, bemerkte auch er die geheimnisvolle Gestalt, die ihnen gegenüberstand und sie fixierte.

»Das geht schon ein paar Minuten so, da bin ich mir ganz sicher«, flüsterte Geoff, »und allmählich finde ich das ein bisschen unheimlich. Hast du eine Ahnung, was das soll?«

»Nein«, antwortete Tim und kniff die Augen zusammen. »Aber ich kann dir versichern, dass ich es nicht zulassen werde, dass *meine* Zeitreiseführer von jemandem provoziert werden. Wollen wir rübergehen und ihn fragen, warum er sich so für dich interessiert?«

»Ach nein, lass mal«, sagte Geoff und hielt Tim am Arm fest. »Ich meine, ich will hier keinen unnötigen Wirbel machen ...«

»Das ist kein unnötiger Wirbel«, entgegnete Tim, machte sich von Geoff los und ging auf die Gestalt mit der Kapuze zu. »Ich würde nur gern herausfinden, was dieser Typ im Schilde führt ...«

Doch als Tim die Straße überquerte, schien der Kapuzenmann mitzubekommen, dass man ihn bemerkt hatte, und wich in die Menschenmenge hinter sich zurück.

»Hey!«, rief Tim und beschleunigte seinen Schritt. »Sie da!«

Der Kapuzenmann drehte sich um und setzte sich in Trab.

»Halt!«, schrie Tim, der ebenfalls losrannte.

Geoff folgte ihm, wobei er das Gesicht mit den Händen abschirmte, um nicht von den brennenden Holzteilchen getroffen zu werden, die durch die Luft flogen. Der Kapuzenmann raste in eine Nebenstraße und flüchtete sich in ein brennendes Gebäude, das jeden Moment einzustürzen drohte. Nachdem er darin verschwunden war, krachte ein brennender Balken auf den Fußboden.

Tim machte halt. Aus der Tür schlugen ihm Flammen entgegen, die Hitze war unerträglich.

Kurz darauf hatte Geoff ihn eingeholt.

»Wo ... ist er denn?«, stieß Geoff keuchend hervor. So schnell war er das letzte Mal vor zwölf Jahren gerannt, als er versucht hatte, einen abfahrenden Bus zu erwischen.

»Da drin«, sagte Tim und zeigte auf das brennende Gebäude. »Mitten im Feuer. Siehst du ihn?«

Trotz der sengenden Hitze beugte Geoff sich vor, bis es ihm gelang, den Kapuzenmann zu erspähen, der mitten in den Flammen kauerte. Sein Umhang hatte bereits Feuer gefangen. Er schien verloren zu sein.

»Mein Gott!«, sagte Geoff und blickte einen Moment weg, um sich ein paar Aschepartikel aus den Augen zu reiben. »Er wird bei lebendigem Leibe verbrennen!«

Doch als Geoff wieder hinsah, bemerkte er, dass der Kapuzenmann immer durchsichtiger wurde und sich innerhalb weniger Sekunden in nichts auflöste.

»Verdammter Dreckskerl!«, sagte Tim und trat wütend gegen einen Stein auf dem Boden.

»Hab ich das eben richtig mitbekommen?«, fragte Geoff. »Wo ist er denn hin?«

»Keine Ahnung«, gestand Tim. »Aber es sieht so aus, als wäre er in eine andere Epoche entkommen. Offenbar hatte der schlaue Typ unter der Kapuze schon seine Ohrhörer in den Ohren.«

»Ohrhörer? Du meinst, der war aus der Zukunft?«

»Höchstwahrscheinlich. Aber die entscheidende Frage ist: Warum hat er dich beobachtet?«

Geoff und Tim gesellten sich wieder zu den Touristen, die William inzwischen zum Ufer der Themse gebracht hatte, wo es nicht ganz so gefährlich war. Das Feuer hatte sich mittlerweile so weit ausgebreitet, dass der nächtliche Himmel wie von einem makabren Feuerwerk erleuchtet wurde. Prachtvolle Wohnhäuser aus Holz waren zu Schutt und Asche geworden, der Boden war mit einer dicken Rußschicht bedeckt, schwarze Qualmschwaden verpesteten die Luft. Geoff hatte das Gefühl, er erlebe noch einmal die Vernichtung der Dinosaurier mit, diesmal allerdings in Zeitlupe.

Eric lehnte an einem Baumstumpf in der Nähe des Flusses und sah zu, wie in der Ferne ein weiteres Gebäude einstürzte. Mit seinen Gedanken schien er jedoch ganz woanders zu sein.

»Eric!«, rief Tim.

Eric blickte auf.

»Wo seid ihr zwei denn gewesen?«, fragte er.

»Könnte sein, dass wir ein Problem haben«,sagte Tim, während er sich einen Rußfleck von der Stirn wischte.

»Ein Problem?«

»Wir glauben, dass Geoff von jemandem beobachtet wurde. Wie lange, wissen wir nicht. Geoff hat es erst bemerkt, als das Feuer schon ausgebrochen war. Aber irgendetwas steckte sicher dahinter.«

»Woher willst du das wissen?«, entgegnete Eric, während er sich den Rauch aus dem Gesicht wedelte. »Ich meine, vielleicht war es ja reiner Zufall.« Er wandte sich zu Geoff um. »Möglicherweise hat Sie jemand einfach nur so angesehen.«

»Das bezweifle ich«, sagte Tim. »Als ich den Typ zur Rede stellen wollte, ist er davongerannt und hat sich in ein brennendes Gebäude geflüchtet. Das gefällt mir nicht.«

»Hmm. Konntet ihr feststellen, wie er aussah?«

Tim schüttelte den Kopf. »Der Typ trug einen Umhang mit Kapuze. Das Gesicht war nicht zu erkennen.«

Eric schwieg einen Moment und blickte durch Tim und Geoff hindurch, als wären sie ein in der Hitze entstandenes Trugbild.

»Was meinst du?«, fragte Tim und strich sich ein paar Funken von der Kleidung.

»Diesen Vorfall muss ich melden«, verkündete Eric. Er kramte in seinen Taschen herum und holte seine Ohrhörer heraus. »Außerdem müssen wir sowieso woandershin.«

»Tatsächlich?«, sagte Geoff.

»Ja. Heute Abend findet die zehnte Einführungsparty für Zeitreiseführer statt«, erklärte Tim und steckte sich einen seiner Ohrhörer ins Ohr. »So eine Party gibt Mr. Knight jedes Jahr, um neue Zeitreiseführer willkommen zu heißen. Dabei wirst du alle anderen Zeitreiseführer, wichtige Investoren, Politiker und Wissenschaftler kennenlernen.«

»Wird ein tolles Fest werden«, fügte Eric hinzu.

»Moment mal«, sagte Geoff. »Ist das jetzt wirklich die richtige Zeit, um zu einer Party zu gehen? Ich meine, sollten wir nicht erst mal herauszufinden versuchen, warum mich dieser Typ beobachtet hat? Was, wenn ich irgendwie in Gefahr bin?«

»Keine Bange«, erwiderte Eric. »Alle, die über diesen Vorfall in Kenntnis gesetzt werden müssen, werden ohnehin auf der Party sein. Wenn wir der Sache auf den Grund gehen wollen, ist diese Veranstaltung also bestens dafür geeignet.«

»Habt ihr irgendeine Ahnung, wer dieser Typ war?«, fragte Geoff.

»Eric, ich sage das nur ungern, aber es könnte einer von *ihnen* gewesen sein«, stellte Tim fest.

»Einer von wem?«, hakte Geoff nach.

»Einer der Leute, die die Lücke in meinem Algorithmus ausfindig gemacht haben«, erklärte Eric. »Zeitterroristen, die wissen, wie man die Scanning-Anlage überlistet.«

8

Zu Geoffs Überraschung wartete bei ihrer Rückkehr aus dem London des siebzehnten Jahrhunderts eine luxuriöse Stretchlimousine mit abgedunkelten Scheiben, glänzender Karosserie und grellen Halogenscheinwerfern auf sie, um sie zu der Einführungsparty zu bringen. Er kam sich wie ein Star vor, der zu einer Filmpremiere gefahren wurde, oder wie ein Politiker auf dem Weg zu einem Gipfeltreffen – jedenfalls wie eine wichtige Persönlichkeit, obwohl er doch, wie er inzwischen erfahren hatte, das genaue Gegenteil davon war.

Er ließ sich in die weiche Lederpolsterung des Rücksitzes sinken, streckte die Beine weit von sich und seufzte wohlig – seit mindestens drei Stunden hatte er nicht gesessen, was so etwas wie ein persönlicher Rekord war. Eric nahm neben Geoff Platz und gab etwas in ein kleines, handyartiges Gerät ein. Tim saß ihnen gegenüber, mit dem Rücken zum Fahrer.

»Okay«, sagte Eric und verstaute das Gerät wieder in seiner Jackentasche. »Gerade habe ich Mr. Knight und einigen anderen maßgeblichen Personen einen Bericht über den Vorfall geschickt. Mal sehen, was sie dazu sagen werden ...«

Tim richtete den Blick auf Geoff.

»Wie fühlst du dich?«, fragte er.

Diese Frage vermochte Geoff nicht eindeutig zu beantworten. Einerseits jagte es ihm ein bisschen Angst ein, dass er beobachtet worden war, andererseits fühlte er sich gerade deswegen seltsam erleichtert. Wenn ihn dieser Kapuzenmann tatsächlich beobachtet hatte, hieß das doch, dass er nicht so bedeutungslos sein konnte, wie Erics Computer behauptete, oder?

Geoff setzte sich auf und sah Eric an.

»Könnte es sein, dass sich Ihr Computer geirrt hat?«, fragte er. »Ich meine, wenn es in Ihrem Algorithmus eine Lücke gibt, könnte das bedeuten, dass ich doch kein *Niemand* bin?«

Eric seufzte. »Ich habe keine Lust, das alles noch mal durchzugehen«, sagte er und schloss die Augen. Er sah jetzt erschöpft aus, und die Furchen in seinem Gesicht schienen noch tiefer geworden zu sein. »Wie ich schon ausgeführt hatte, gibt einem die Lücke im Algorithmus die Möglichkeit, den Computer so zu manipulieren, dass er seine Vorhersagekraft gegen sich selbst anwendet. Mehr kann ich dazu nicht sagen. Das hat überhaupt nichts mit der Einschätzung Ihrer Person zu tun, die er vorgenommen hat. An der gibt es nichts zu rütteln.«

»Dann beweisen Sie es mir«, entgegnete Geoff. »Wenn Sie so sicher sind, dass Ihr Computer keinen Fehler gemacht hat, dann erklären Sie mir doch, was es mit dieser Lücke auf sich hat.«

Eric rutschte auf dem Rücksitz hin und her. Er sah aus, als fühlte er sich nicht ganz wohl in seiner Haut.

»Tut mir leid, aber darüber darf ich mit niemandem sprechen, bis ich den Algorithmus umgeschrieben habe. Das wäre einfach zu gefährlich.«

»Nimm das nicht persönlich, Geoff«, fügte Tim hinzu. »Selbst ich darf nichts über diese Lücke erfahren.«

»Das versteh ich nicht«, sagte Geoff. »Woher wissen Sie denn überhaupt, dass diese *Zeitterroristen* einen Fehler in Ihrem Programm gefunden haben?«

»Weil ich vor ein paar Monaten eine erschreckende Entdeckung gemacht habe – ich habe festgestellt, dass ein Hacker in den Computer eingedrungen war und verschiedene Simulationen hat ablaufen lassen, um zu eruieren, wozu bestimmte Veränderungen führen würden. Normalerweise wäre das kein Problem – der Computer würde merken, dass eine Veränderung vorgenommen wurde, und jeden, der versucht, sich in die Vergangenheit zu begeben, um diese Veränderung in der Realität vorzunehmen, an der Abreise hindern. Doch in diesem Fall hatten wir es mit einem anderen Szenario zu tun. Jemand hatte herausgefunden, wie man den Lauf der Geschichte ändern kann, ohne dass der Computer es registriert. Das Szenario war in jeder Hinsicht perfekt. Brillant ausgedacht. Und absolut katastrophal.«

»Und worum ging's dabei?«

Eric starrte aus dem Fenster der Limousine.

»Darüber darf ich, wie ich schon sagte, nicht sprechen. Aber es drehte sich um den Besuch in einer Epoche, die gegenwärtig noch nicht zu den Reisezielen gehört, die wir anbieten.«

»Und Sie haben keine Ahnung, wer der Hacker war?«

»Nein. Aber wer auch immer es war, muss Hilfe von einem Insider erhalten haben. Anders wäre es gar nicht möglich gewesen, sich Zugang zu dem Computer zu verschaffen und den Algorithmus zu analysieren.«

»Vielleicht war es ja dieser fette Typ«, sagte Geoff.

Eric runzelte die Stirn.

»Welcher fette Typ?«, fragte er.

»Na, der fette Typ im Hauptbereich des Computers.«

»In welchem *Hauptbereich*?«

»Tja, äh ... na eben im Hauptbereich.«

»Sie meinen die Scanning-Anlage?«

»Ja. Der Typ, der so geschwitzt hat. Vielleicht war er nervös, weil er befürchtete, dass man ihm auf die Schliche kommt.«

»Was reden Sie denn da?«, erwiderte Eric. »Da drin war es tropisch heiß! Wir alle haben geschwitzt! Das ist doch absurd, einfach jemanden so zu beschuldigen!«

»Ist es nicht!«, gab Geoff patzig zurück. »Vielleicht war es ja auch die Putzfrau.«

»Stopp, stopp, stopp«, sagte Eric und hob die Hand. »Dieser Algorithmus ist nichts, zu dem eine Putzfrau oder ein Securitybeamter Zugang hätten. Er ist durch eine Abrollverschlüsselung geschützt, sodass ihn nur jemand auf oberster Sicherheitsebene abrufen könnte – zum Beispiel ein leitender Physiker oder ein Mitglied des Vorstands.«

»Was ist eine *Abrollverschlüsselung*?«

»Eine Verschlüsselung, die man abrollen muss.«

Geoff nickte eifrig, als wäre ihm jetzt alles sonnenklar.

»Bis ich den neuen Algorithmus geschrieben habe, ist meine Arbeit jedenfalls top secret.«

Gerade als Geoff eine weitere nervige Frage stellen wollte, erblickte er draußen etwas, das ihn stutzig machte. Er beugte sich vor und spähte durch die Windschutzscheibe. Da war er nun über tausend Jahre in die Zukunft gereist – und was sah er? Einen Ford Focus. Entweder dieser Autotyp war extrem robust, oder hier stimmte was nicht. Er warf einen Blick aus dem Seitenfenster. Gerade wurden sie von zwei Audis und einem BMW überholt. Auf der anderen Straßenseite hatte sich ein VW Golf einem Chrysler an die Stoßstange geheftet. Was lief denn hier ab? Und wenn er es recht bedachte: Warum fuhren *sie* überhaupt mit einem Auto? Hätten sich die Leute in der jetzigen Zeit nicht eigentlich in Schuhen mit Düsenantrieb vorwärtsbewegen müssen? Und hatte Mr. Knight nicht was von Teleportation gesagt? Wie stand es eigentlich damit?

Und es waren nicht nur die Autos. Je länger sich Geoff umsah, desto vertrauter schien ihm alles – die Gebäude, die Laternen, die Straßenschilder, die Läden, die Briefkästen. Zu vertraut, um genau zu sein. Hatte sich denn in über tausend Jahren gar nichts geändert?

»Bekomm ich hier irgendwas nicht ganz mit?«, fragte er, während er immer noch aus dem Fenster starrte. »Soll das hier das Jahr 3050 sein? Warum sieht dann alles genauso aus, wie ich es in Erinnerung habe?«

»Ich frage mich die ganze Zeit schon, wann es dir wohl endlich auffällt«, sagte Tim. »Was du hier siehst, ist nicht das London deiner Zeit, sondern eine vollständige Nachbildung der Stadt, originalgetreu bis zum letzten Ziegelstein.«

»Eine Nachbildung?«

»Können Sie sich noch erinnern, dass Sie mich mal nach den Varsarianern gefragt haben?«, sagte Eric.

»Sie meinen, als ich dieses Plakat gesehen hab, auf dem für Urlaub im zweiundzwanzigsten Jahrhundert geworben wurde? Und auf dem Big Ben in die Luft flog?«

»Genau. Nun, bei dieser Invasion wurde der größte Teil des damaligen London zerstört.«

»Mannomann«, sagte Geoff. »Diese Varsarianer mochten die Erde wohl nicht besonders, was?«

»Oh, die Erde mochten sie schon«, erwiderte Eric.

»Bloß dass sie eine Erde ohne Menschen vorzogen – sie wollten den Planeten nämlich für sich selbst haben. Sie müssen wissen, dass die Varsarianer eine ausgesprochen aggressive Rasse von Außerirdischen waren und unbedingt jeden Planeten im Universum kolonisieren wollten, auf dem organisches Leben möglich ist.«

»Und Sie sagen, dass die Leute dorthin in den Urlaub fahren? Dass es eines Ihrer beliebtesten Reiseziele ist?«

»Es ist *das* beliebteste Reiseziel«, erklärte Tim. »Wie du weißt, verkaufen sich Tod und Vernichtung immer gut, und in dieser Hinsicht kommen die Leute bei der Invasion voll auf ihre Kosten, das kann ich dir versichern. Es ist zwar nicht ganz ungefährlich, dort hinzureisen, aber die Schlacht war eine der spektakulärsten in der Geschichte der Menschheit.«

»Wirklich sehenswert. Kann ich Ihnen nur empfehlen«, fügte Eric hinzu.

Geoff dachte einen Augenblick nach.

»Können Sie mir nicht einfach kurz erzählen, was da passiert ist?«, fragte er.

»Wie Sie wünschen«, antwortete Eric und holte tief Luft. »Im Jahr 2181 fiel eine riesige Flotte varsarianischer Raumschiffe völlig überraschend über die Erde her und radierte innerhalb von wenigen Stunden mehrere große Städte aus – New York, Peking, London, Basingstoke, Berlin. Von diesen Städten blieb praktisch nichts mehr übrig.«

»Basingstoke?«

»Die Historiker sind sich immer noch nicht ganz einig, warum die Varsarianer auf Basingstoke verfallen sind«, sagte Eric. »Der neuesten Theorie zufolge bedeutete der Name in ihrer Sprache *Kartoffeln im Überfluss*, und da sie nicht wussten, was Kartoffeln sind, und annahmen, es könne sich um etwas Gefährliches handeln, beschlossen sie offenbar, die Stadt zu vernichten.«

»Das ist doch dämlich.«

»Das ist eine kulturelle Sache. Anscheinend waren bestimmte Wörter und Ausdrücke von großer Bedeutung für die Varsarianer und brachten sie dazu überzureagieren. Und zu diesen Wörtern gehörte auch Basingstoke.«

»Der Gegenangriff seitens der Erde war schlichtweg lachhaft«, fuhr Tim fort. »All die Nuklearraketen, Wasserstoffbomben und Protonenstreubomben, die eingesetzt wurden, vermochten den Außerirdischen so wenig anzuhaben, dass sie dachten, die Menschen feuerten diese Geschosse ab, um ihnen ein Friedensangebot zu machen.«

»Und was ist dann passiert?«, fragte Geoff. »Was hat die Erde gerettet?«

»Wie weder die Varsarianer noch die meisten Menschen wussten, war es einer kleiner Universität auf Malta gerade gelungen, einen entscheidenden wissenschaftlichen Durchbruch zu erzielen«, sagte Eric. »Dort hatte man nämlich entdeckt, wie man einen Zeitwirbel herbeiführt.«

»Einen was?«

»Man hatte entdeckt, wie es möglich ist, durch die Zeit zu reisen.«

»So lange ist es schon her, dass das Zeitreisen entdeckt wurde?«, fragte Geoff. »Auf Malta?«

»Entdeckt, ja«, sagte Eric, »aber ohne praktische Anwendungsmöglichkeiten. Wir mussten erst einen Supercomputer mit ungeheurer Leistungskraft entwickeln, bevor wir uns diese Entdeckung zunutze machen konnten. Die Zeittourismusbranche zum Beispiel ist erst zehn Jahre alt. Damals – im zweiundzwanzigsten Jahrhundert – beschloss man an der Universität, die Entdeckung geheim zu halten, weil man das Ganze für zu gefährlich hielt. Doch da die Vernichtung der Menschheit drohte, setzte die Universität ihren Partikelbeschleuniger ein, machte den Orbit der Varsarianer im Weltraum ausfindig und projizierte einen Zeitwirbel in die Anflugbahn der Invasionsflotte. Daraufhin wurde die ganze Flotte sofort sechshundert Jahre in die Zukunft katapultiert. Vom Standpunkt der Menschheit aus war das ausgesprochen erfreulich – man hatte nicht nur die akute Bedrohung abgewendet, sondern wusste auch genau, wann die Flotte wieder auftauchen würde, in welchem Jahr, an welchem Tag, zu welcher Uhrzeit. Als die Flotte also im Jahr 2781 wieder aufkreuzte, war die Menschheit darauf vorbereitet. Zu dieser Zeit hatten die Menschen schon reichlich Erfahrungen mit intergalaktischen Reisen gesammelt. Deshalb waren sie in der Lage, eine riesige Raumschiffflotte zu bauen, um den Angriff abzuwehren. Nicht zuletzt wollte man diejenigen rächen, die vor langer Zeit ihr Leben verloren hatten, und in den vergangenen sechshundert Jahren war es der Menschheit geglückt, einige ziemlich fiese Waffen zu entwickeln. Die Varsarianer hingegen bekamen gar nicht mit, dass sie um sechshundert Jahre in die Zukunft versetzt worden waren, und setzten ihren Angriff einfach fort. Zu ihrem Leidwesen mussten sie allerdings bald feststellen, dass ihre Gegner ihnen auf einmal ebenbürtig waren. Die Energiestrahlen, die die Erde gerade noch verheert hatten, wurden nun auf sie zurückgelenkt. Mutterschiffe erlitten Schäden, Spacefighter wurden abgeschossen. Die Schlacht dauerte viele Tage, doch am Ende siegte die Menschheit. Alle Invasionsschiffe wurden zerstört, die Varsarianer waren endgültig geschlagen.«

»Da haben sie ja wirklich Pech gehabt«, meinte Geoff.

»Das Pech wäre noch größer gewesen«, entgegnete Eric, »wenn die maltesische Universität sie *zweitausend* Jahre in die Zukunft geschickt hätte. Dann wären sie nämlich innerhalb von wenigen Sekunden vernichtet worden. Zu dem Zeitpunkt werden die meisten Staubsauger mehr Leistungskraft haben als die Waffen der Außerirdischen.«

»Und was ist mit London geschehen?«, wollte Geoff wissen.

»Also, das ist wirklich interessant«, erwiderte Eric, als wäre das, was er zuvor über die Bedrohung der gesamten Menschheit erzählt hatte, stinklangweilig gewesen. »Gegen Ende der Schlacht gelang es einem der beschädigten varsarianischen Raumschiffe, in die Erdatmosphäre einzutreten und in Nordamerika zu landen. Als das Militär das Raumschiff barg, entdeckte man eine erstaunliche außerirdische Vorrichtung: einen molekularen Umstrukturierungsstrahl.«

»Einen was?«

»Einen Partikelstrahl, der die Fähigkeit hat, Materie beliebig umzuformen.«

Wieder dachte Geoff kurz nach.

»Einen was?«, wiederholte er.

Eric seufzte. »Im kleinen Rahmen heißt das: Wenn man diesen Strahl auf einen Apfel richtet, kann man ihn in eine Apfelsine verwandeln. Im großen Rahmen bedeutet es: Wenn man ihn auf die radioaktiven Überreste einer von Außerirdischen zerstörten Stadt richtet, kann man diese Stadt wiedererstehen lassen.«

»Und das ist mit London passiert?«

Eric nickte. »Nachdem die Wissenschaftler herausgefunden hatten, wie man diesen Strahl einsetzt, flogen sie mit dem Raumschiff ins All und richteten den Strahl auf London. Innerhalb von wenigen Minuten war die Stadt wieder da.«

»Aber warum sieht sie genauso aus wie das London des einundzwanzigsten Jahrhunderts? Warum gibt es noch Autos?«

»Weil sich die Wissenschaftler, als sie ihre Berechnungen aufstellten, nur auf das Aussehen Londons vor der Zerstörung beziehen konnten. Deshalb beschloss die damalige Regierung, London genauso nachzubilden, wie es im frühen einundzwanzigsten Jahrhundert ausgesehen hatte. Dann verabschiedete man ein Gesetz, das es untersagte, irgendetwas zu verändern oder Neues zu bauen. Auf diese Weise wurde die Stadt zum Denkmal, zum Symbol des Widerstands in Notzeiten. Seitdem ist London unverändert geblieben: Big Ben ist immer noch Big Ben, die Busse sind immer noch rot, die U-Bahn kommt immer noch zu spät. Die Zeittourismus-Gebäude in London durften wir nur unter der Bedingung bauen, dafür einen alten Bahnhof umzugestalten und den Rest unterirdisch anzulegen. Selbst der Supercomputer befindet sich unter der Erde«, sagte Eric.

»Meine Fresse«, meinte Geoff. »Ist ja eine irre Geschichte.«

»Bedauerlicherweise ist sie noch nicht zu Ende«, sagte Eric.

»Nein?«

»Nein. Es gibt bis heute etwas, das wir noch nicht in den Griff bekommen haben.«

»Meinen Sie damit diese aufdringlichen Leute, die auf der Straße gratis Zeitungen verteilen?«

»Keineswegs. Als die Wissenschaftler damals den molekularen Umstrukturierungsstrahl testen wollten, wandten sie ihn zunächst bei einem Affen an. Das Ergebnis war erschreckend.«

»Inwiefern?«, fragte Geoff. »Wurde er irgendwie entstellt oder verstümmelt?«

»Nein«, sagte Eric. »Der Affe verwandelte sich in einen Menschen.«

»In einen Menschen?«, wiederholte Geoff. »Was ist daran so erschreckend?«

»Denken Sie mal nach. Warum sollte sich der Affe in einen Menschen verwandeln?«

Geoff zuckte ratlos die Achseln.

»Weil die Varsarianer den Strahl so programmiert hatten. Es wird vermutet, dass einige von ihnen den Absturz überlebten, sich in Menschen verwandelten und sich davonmachten, bevor das Raumschiff entdeckt wurde. Und was noch schlimmer ist: Wir haben Grund zu der Annahme, dass Nachfahren dieser Varsarianer heute noch unter uns leben und vorhaben, den Zeittourismus zu nutzen, um das Ergebnis ihrer fehlgeschlagenen Invasion zu verändern. Vielleicht sind das sogar diejenigen, die sich Zugang zum Computer verschafft haben.«

»Mit anderen Worten: Sie wollen die Technologie, die für ihre Niederlage verantwortlich war, gegen uns anwenden«, sagte Tim und blickte aus dem Fenster. Draußen wurde es allmählich dunkel.

»In fünf Minuten sind wir da«, erklärte Eric Geoff. »Sie sollten sich jetzt lieber die Hose ausziehen.«

»Wie bitte?«

»Ziehen Sie sich die Hose aus. Ihre Kleidung riecht vom großen Brand von London immer noch nach Rauch, und vor dem Gebäude wartet wahrscheinlich ein ganzer Schwarm von Holografen auf Sie. In dieser Kleidung dürfen wir Sie nicht auf die Leute loslassen.«

»Aber ich kann doch nicht ohne Hose aussteigen«, erwiderte Geoff.

»Immer mit der Ruhe«, sagte Tim. »Das verlangt ja auch niemand von dir. Unter dem Sitz findest du einen Abendanzug in deiner Größe. Gib mir deine Sachen und zieh ihn an.«

»Könnte ich nicht einfach diese Sachen hier anbehalten?«, fragte Geoff. »Irgendwie wäre es mir peinlich, mich vor euch beiden auszuziehen.«

»Wir gucken auch nicht hin, wenn dich das beruhigt«, sagte Tim, »aber du redest hier mit zwei Leuten, die dir vor ein paar Stunden eine Samenprobe abgenommen haben. Wir haben also schon alles gesehen, was es zu sehen gibt.«

Geoff musste sich geschlagen geben. Er griff unter den Sitz und zog einen ziemlich teuer aussehenden Smoking hervor.

Kurz darauf machte die Limousine vor dem Gebäude halt, das Geoff vor über tausend Jahren für sein Einstellungsgespräch aufgesucht hatte. Es sah noch genauso aus, wie er es in Erinnerung hatte, das heißt, es war hoch, kastenförmig und mit Glas verkleidet. Der einzige Unterschied zu damals bestand darin, dass diesmal ein hellblaues Schild mit der Aufschrift »ZeitReisen GmbH« über dem Haupteingang hing. Wenn er sich richtig erinnerte, hatte im einundzwanzigsten Jahrhundert nichts darauf hingewiesen, dass dieses Haus der Hauptsitz der Zeittourismusbranche war. Die Treppe, die zum Eingang führte, war mit einem roten Teppich ausgelegt, links und rechts spannte sich ein dickes Seil, hinter dem sich Unmengen von Menschen drängten. Was hatte das denn zu bedeuten?

»Vergiss das hier nicht«, sagte Tim und reichte Geoff seine Plakette. »Die anderen Zeitreiseführer werden ihre auch tragen.«

»Warum sind denn hier so viele Menschen?«, erkundigte sich Geoff, während er sich die Plakette an den Smoking steckte. »Wird jemand Wichtiges erwartet?«

Eric zupfte sich seine Krawatte zurecht.

»Wie schon gesagt, wir rechnen damit, dass ein paar Politiker und vielleicht auch einige Prominente kommen, aber deswegen sind die Leute nicht hier. Sie sind hier, um die neuen Zeitreiseführer zu sehen.«

Geoff brauchte eine Weile, bis er begriff, was Eric da gerade gesagt hatte.

»Moment mal. Sie meinen, die sind hier, um *mich* zu sehen?«

»Keine Bange«, schaltete sich Tim ein. »Du brauchst den Leuten nur zuzuwinken, während du hineingehst. Ruth müsste uns in der Eingangshalle erwarten, um uns nach oben zu bringen.«

Geoff presste das Gesicht gegen die Scheibe und blickte nach draußen. Er konnte es einfach nicht fassen. All diese Leute hatten sich hier versammelt, um *ihn* zu sehen. Einige versuchten bereits, ihn zu holografieren.

»Warum sollte mir denn bange sein?«, erwiderte Geoff und rieb sich begeistert die Hände. »Ich finde das großartig! Die Limousine, die Menschenmenge – kannst du dir vorstellen, was für ein Gesicht Darren Bell machen würde, wenn er mich jetzt sehen könnte? Ich werde behandelt wie ein gottverdammter Filmstar! Ich kann's kaum erwarten, Zoë das alles zu erzählen!«

»Das versteh ich jetzt nicht«, sagte Eric und sah Tim mit hochgezogenen Augenbrauen an. »In seiner Akte stand doch, dass er es nicht mag, im Mittelpunkt der Aufmerksamkeit zu stehen. Außerdem habe ich darin ...«

»Ich weiß, was in seiner Akte stand«, fiel ihm Tim ins Wort. »Jetzt hör mir mal gut zu«, wandte er sich mit gedämpfter Stimme an Geoff. »Ich weiß, es ist schwierig, aber du musst versuchen, all die Aufmerksamkeit, die man dir schenkt, zu ignorieren. Du darfst dich nicht davon beeinflussen lassen.«

»Was redest du denn da?«

»Weißt du noch, was Mr. Knight dir erklärt hat? Du hast diesen Job nur deswegen bekommen, weil Mr. Knight meinte, er würde dich nicht verändern. Es ist unbedingt erforderlich, dass du der einfalls- und ehrgeizlose Geoffrey Stamp bleibst, mit dem er heute Nachmittag das Einstellungsgespräch geführt hat. Wenn dieser ganze Glamour bewirkt, dass du dich auf einmal für wichtig oder für was Besonderes hältst, könnte das deine Position als Zeitreiseführer gefährden. Und von alldem darfst du im einundzwanzigsten Jahrhundert niemandem etwas erzählen, Herrgott noch mal. Weder Darren noch Zoë noch sonst wem. Das muss absolut geheim bleiben.«

»Aber ...«

Bevor Geoff weitersprechen konnte, öffnete ein Bediensteter die Wagentür. Die Menge brach in lautes Gejohle aus, die Leute in der vordersten Reihe drängten sich gegen die Absperrung und hielten ihm ihre Autogrammbücher hin. Geoff stieg aus dem Wagen und machte ein paar Schritte vorwärts. Tim und Eric folgten ihm.

»Wie soll ich so was denn bitte ignorieren?«, flüsterte Geoff Tim zu. »Die sind ja alle ganz verrückt nach mir!«

»Gib dir Mühe«, erwiderte Tim.

»Meiner Ansicht nach ist das die Schuld der Medien«, sagte Eric. »Die hypen Sie schon die ganze Woche.«

»Die hypen mich?«, sagte Geoff.

»Könnten Sie mal hersehen, Geoff?«, rief jemand.

»Nein, hierher!«, verlangte eine andere Stimme.

»Jetzt lächle mal für die Holografen«, bat Tim, der Geoff die Hände auf die Schultern legte und ihn auf eine Gruppe von Journalisten zuschob. »Lass ein paar Aufnahmen von dir machen und geh weiter. Und beantworte bloß keine Fragen.«

Geoff gehorchte und lächelte in die kameraähnlichen Apparate, die die Holografen auf ihn richteten.

»Was halten Sie von der Zukunft, Mr. Stamp?«, fragte ein Journalist und hielt Geoff ein Mikrofon hin.

»Ich ...«

»Nicht antworten!«, befahl Tim.

»Mr. Stamp!«, rief ein anderer Journalist. »Wie stehen Sie zu der Behauptung, dass man Sie angelogen hat ...«

»Jetzt reicht's«, mischte sich Eric ein und zog Geoff weiter.

»Was war das eben?«, fragte Geoff. »Man hat mich angelogen? Was soll das heißen?«

Ohne ein Wort zu sagen, führten Tim und Eric Geoff in aller Eile über den roten Teppich in das Gebäude.

9

In der Eingangshalle aus Milchglas wurden sie von Ruth erwartet, die auf der Kante ihres Milchglasschreibtischs saß. Ihre Haare hatte sie mit Nadeln, die wie überdimensionale Essstäbchen aussahen, zu einem kunstvollen Knoten hochgesteckt. Ihre Lippen waren von dezentem Pink, und sie trug ein eng anliegendes, orientalisch wirkendes Gewand in Schwarz und Rot. Geoff überlegte, wie viel Zeit und Mühe es sie gekostet haben musste, sich so aufzubrezeln; er selbst hatte ja schon eine Ewigkeit gebraucht, um sich in der Limousine die Schnürsenkel zuzubinden.

»Ah, da seid ihr ja endlich«, sagte sie und erhob sich von der Schreibtischkante. »Bist du für alles gewappnet?«, fragte sie Eric.

»Denke schon«, erwiderte dieser.

»Gut. Nun, alle anderen sind bereits oben. Wollen wir uns zu ihnen gesellen?«

»Wie viele Leute sind denn da?«, fragte Tim.

»Ein paar Hundert«, antwortete Ruth und führte sie in Richtung Fahrstuhl.

»Moment mal«, sagte Geoff. »Was hat dieser Typ da draußen eben gesagt? Dass man mich angelogen hat?«

Ruth blieb stehen.

»Ihr habt ihn mit den Holografen reden lassen?«,

wandte sie sich an Tim. »Nach all den Gerüchten, die in den Nachrichten über ihn verbreitet wurden?«

»Gerüchte?«, fragte Geoff. »Was denn für Gerüchte?«

Tim seufzte. »Gerüchte, dass du vielleicht nicht ganz so bedeutungslos bist, wie man dir zu verstehen gegeben hat«, sagte er. »Einige Journalisten glauben, alles sei so eingefädelt worden, dass du als Zeitreiseführer in eine Verschwörung einbezogen wirst, die darauf abzielt, den Lauf der Geschichte zu ändern.«

»Diese Leute sind also der Ansicht, dass ich nicht bedeutungslos bin?«

»Mehr noch«, erwiderte Tim. »Sie glauben sogar, dass du etwas Besonderes bist.«

»Etwas Besonderes«, wiederholte Geoff. »Das gefällt mir. Meinst du, da ist was dran?«

»Alles Quatsch«, empörte sich Eric. »Wenn der Computer tatsächlich einen Fehler gemacht hätte und Sie wirklich etwas *Besonderes* wären, dann hätte sich die Geschichte längst schon verändert!«

»Aber meine Herren«, sagte Ruth, die sich bemühte, die Wogen zu glätten. »Hat das nicht Zeit bis später? Mr. Knight wartet auf uns. Er will seine Rede erst halten, wenn wir da sind.« Sie scheuchte die drei Männer in den Fahrstuhl.

»Bitte nennen Sie Ihr Ziel«, verlangte die synthetische Frauenstimme.

»Oberstes Stockwerk«, sagte Ruth.

Die Tür schloss sich, der Fahrstuhl setzte sich in Bewegung.

Eric lehnte seinen Krückstock in die Ecke des Lifts und zog ein weißes Taschentuch aus der Tasche. »Ich hoffe, seine Rede ist kürzer als das letzte Mal«, sagte er. Nachdem er sich die Stirn abgetupft hatte, faltete er das

Taschentuch zu einem perfekten Dreieck zusammen und steckte es sich in die Brusttasche. »Hattest du die Gelegenheit, sie vorab zu lesen?«

»Keine Bange«, erwiderte Ruth. »Sie dauert nur ein paar Minuten.«

»Und worum geht es diesmal?«

»Um das Übliche. Dass der Zeittourismus der Aufklärung dient und die Leute dazu bringt, die Vergangenheit zu würdigen ... Ach ja, und da heute Abend ein paar Spitzenpolitiker anwesend sein werden, wird er öffentlich versichern, dass vom Zeittourismus trotz aller Versuche, ihn zu missbrauchen, nach wie vor keine Gefahr ausgehe – dank dir.« Ruth klopfte Eric auf die Schulter. »Möglicherweise erwähnt er dich sogar namentlich.«

»Kann's kaum erwarten.«

»Dabei fällt mir ein«, fuhr Ruth fort, »Mr. Knight möchte, dass du dem Verteidigungsminister die neuen Sicherheitsmaßnahmen erklärst, die du gerade ausarbeitest. Könntest du vorher noch schnell in dein Labor gehen und die Unterlagen holen?«

Eric nickte. Er sah bleich aus.

»Labor«, sagte er mit leicht zittriger Stimme.

»Danke«, sagte der Fahrstuhl. »Dieser Lift wird am Labor haltmachen, bevor er ins oberste Stockwerk weiterfährt.«

»Sie haben hier Ihr eigenes Labor?«, fragte Geoff.

Tim stieß Geoff an. »Heute Abend werden an dieser Stelle eine ganze Menge anderer Zeitreiseführer versammelt sein«, erklärte er. »Du solltest versuchen, mit einigen von ihnen ins Gespräch zu kommen. Die können dir sicher ein paar Tipps zu deinem Job geben, die du von uns nicht bekommen kannst.«

Geoff schwieg und zerrte an seiner Fliege herum, die Tim ein wenig zu fest gebunden hatte.

»Geoff?«

Keine Antwort.

»Geoff! Sag doch was!«

»Souterrain!«, sagte Geoff.

»Danke für Ihr Feedback«, antwortete der Fahrstuhl. »Nachdem dieser Lift das oberste Stockwerk erreicht hat, wird er zum Souterrain fahren.«

Tim seufzte.

»Bist du jetzt zufrieden?«, fragte er.

Mr. Knight klopfte mit einem Löffel gegen sein Weinglas.

»Verehrte Anwesende!«, rief er. Er schien ein wenig außer Atem zu sein. »Darf ich um Ihre Aufmerksamkeit bitten?«

Die Gespräche ringsum verstummten, und alle Blicke richteten sich auf Mr. Knight, dem Ruth gerade half, auf seinen Schreibtisch zu steigen – vermutlich, damit alle ihn sehen konnten, denn Mr. Knight wirkte nicht gerade wie jemand, der dazu neigte, auf dem Tisch zu tanzen, noch nicht mal bei einer Party. Durch die Fenster hinter ihm konnte man die vom Mond beschienene Londoner Skyline ausmachen, die genauso aussah, wie Geoff sie aus seiner Zeit in Erinnerung hatte. Die Nachbildung war wirklich äußerst gelungen.

Die oberste Etage hingegen hatte sich seit seinem ersten Besuch hier beträchtlich verändert und war kein leeres Großraumbüro mehr, nur mit einem einsamen Schreibtisch in der Ecke. Mit ihrem glänzenden Marmorfußboden, den über den Raum verteilten Springbrunnen und den wuchtigen, bis zur Decke reichenden Säulen ähnelte sie heute eher einem römischen Palast. Geoff klopfte gegen eine der Säulen. Massiver Stein. Er konnte kaum glauben, dass dies der Raum sein sollte, den er schon einmal aufgesucht hatte.

Er wandte sich Tim zu, der auf einer Art Chaiselongue saß. »Wo kommt denn die ganze Ausstattung her?«, flüsterte er.

»Oh, die ändert sich von Mal zu Mal«, erwiderte Tim und warf sich eine Weintraube in den Mund. »Die jährliche Einführungsparty wird jeweils von einem anderen Zeitreiseführer ausgerichtet, der sich um Essen und Dekor kümmern muss. Dieses Jahr ist der Zeitreiseführer aus dem antiken Rom dran.«

»Ladys und Gentlemen«, rief Mr. Knight und ließ den Blick von seinem erhöhten Standort aus über die Menge schweifen. »Willkommen auf der zehnten jährlichen Zeitreiseführereinführungsparty!«

Die Gäste spendeten lautstark Beifall.

Mr. Knight wartete, bis sich der Lärm gelegt hatte. »Heute Abend«, fuhr er fort, »haben wir die Ehre, vier neue Zeitreiseführer in unserer Organisation begrüßen zu dürfen. Sie werden später noch die Gelegenheit haben, sie alle kennenzulernen. Von heute an sind wir in der Lage, Urlaubsreisen in über hundert verschiedene Epochen anbieten zu können, die von der Renaissance bis zum alten Ägypten und sogar bis zur Urgeschichte reichen. Das sind gewaltige Fortschritte, wenn man bedenkt, dass wir anfangs, also vor fünfzehn Jahren, nur eine Handvoll Reiseziele anbieten konnten. Heute Abend sind wir hier versammelt, um das phantastische Wachstum der Zeittourismusbranche im vergangenen Jahr zu feiern. Wir sind hier, um die Tatsache zu feiern, dass es uns gelungen ist, der Menschheit ein tieferes Verständnis für ihre Vergangenheit zu vermitteln. Vor allem aber sind wir hier, um die Zeitreiseführer zu feiern, diese Botschafter der Vergangenheit.«

Geoff bohrte in der Nase und schmierte den Popel an eine der Säulen.

»Doch leider«, setzte Mr. Knight seine Ausführungen fort, »gibt es da draußen eine kleine Gruppe von Leuten, die die Segnungen des Zeitreisens missbrauchen möchte. Diese Leute wollen diese unsere neue Freiheit dazu benutzen, den Lauf der Geschichte nach ihren egoistischen Vorstellungen umzugestalten. In einer solchen Krisensituation dürfen wir all jene nicht vergessen, die unermüdlich daran arbeiten, uns vor dieser Gefahr zu schützen. Ich sage es ganz deutlich: Zeitreisen sind immer sicher gewesen, und dass dies so bleibt, haben wir vor allem einem Mann zu verdanken. Ich bitte um Applaus für den zweifachen Nobelpreisträger, unseren Chefphysiker Dr. Eric Skivinski!!!«

Wieder applaudierten alle wie wild.

»Wo ist denn Eric?«, rief Mr. Knight und blickte suchend umher. Einige der Anwesenden drehten den Kopf, doch Eric war nirgends zu sehen.

»Macht nichts«, erklärte Mr. Knight, obwohl ihm Erics Abwesenheit ein wenig peinlich zu sein schien. »Sicher werden Sie alle ihn später noch begrüßen können. Bitte holen Sie sich einen Drink, machen Sie sich miteinander bekannt, vor allem aber: Genießen Sie den Abend!«

Die Menge spendete erneut Applaus, der diesmal nicht ganz so enthusiastisch ausfiel. Offenbar hatten die Leute das ständige Klatschen satt. Mr. Knight kletterte von seinem Tisch herunter und mischte sich unter die Gäste. Die Anwesenden nahmen ihre unterbrochenen Gespräche wieder auf.

Geoff ging zu Tim hinüber, der mit gerecktem Hals Ausschau hielt.

»Was machst du denn da?«, fragte Geoff.

»Ich suche nach Eric«, erwiderte Tim. »Hast du ihn gesehen? Mr. Knight wird ganz schön sauer sein, wenn er sich heute Abend nicht blicken lässt ...«

»Was hat Mr. Knight eigentlich für eine Funktion?«, erkundigte sich Geoff.

»Mr. Knight? Er ist der Präsident der Firma. Befasst sich hauptsächlich mit den organisatorischen Aspekten des Geschäfts. Er kümmert sich um die Finanzierung, handelt mit der Regierung Bestimmungen für den Zeittourismus aus, legt unsere unternehmerischen Prinzipien fest und hält die Aktionäre bei Laune. Auf dieser Ebene musst du dich oft mit ziemlich aalglatten Typen herumschlagen, aber das gelingt ihm ausgezeichnet.«

Geoff sah zu Mr. Knight hinüber, der in der hintersten Ecke des Raums stand und sich mit einem übergewichtigen, gut angezogenen Mann unterhielt.

»Komm, lass uns mit ihm reden«, schlug Tim vor. »Dann wirst du verstehen, was ich meine.«

Geoff nahm ein Glas Wein von einem Tisch und folgte Tim durch den Raum, indem er sich durch die zahlreichen Gruppen gut gekleideter Männer und Frauen drängte, die angeregt miteinander plauderten.

»Das ist der Verteidigungsminister, mit dem er da gerade spricht«, erklärte Tim, während er sich an einigen Männern vorbeischlängelte, die mit Togen bekleidet waren. »Wahrscheinlich streiten sie sich wieder mal darüber, wie groß die Gefahr ist, die von den Terroristen droht.«

Der Verteidigungsminister hatte den Umfang eines ausladenden Polstersessels. Er hatte fette rote Wangen, ein fliehendes Kinn und einen Hals, der über den Rand seines Kragens quoll. Sein kurzes hellbraunes Haar erinnerte von der Textur her an einen Klettverschluss, und sein Gesicht wirkte so, als kaute er beim Sprechen ständig auf einem Stück Gummi herum.

Während sie sich Mr. Knight und dem Minister näherten, schnappte Geoff einen Teil ihres Gesprächs auf.

»... wenn Sie uns zwingen, den Laden dichtzumachen, bis Sie diese Terroristen geschnappt haben, wäre das eine mutige Entscheidung von Ihnen«, sagte Mr. Knight, der ganz entspannt wirkte. »Eine sehr mutige Entscheidung.«

»Aber Ernest«, entgegnete der Minister und trank einen kleinen Schluck Brandy. »Wir haben immer noch ernsthafte Zweifel hinsichtlich der Sicherheit dieses Unternehmens – vor allem nach dem, was heute passiert ist. Sie haben doch Erics Bericht über den Vorfall im Jahr 1666 gelesen. Warum sollte jemand einen Ihrer Zeitreiseführer verfolgen?«

»Keine Ahnung«, sagte Mr. Knight. »Aber es gibt wirklich keinen Grund zur Besorgnis. Dr. Skivinski steht kurz davor, seinen neuen Algorithmus zu vollenden, und wie ich gehört habe, ist er absolut fehlerfrei.«

»Und was, wenn er doch nicht rechtzeitig damit fertig wird? Was, wenn vorher jemand die Vergangenheit verändert?«

»Eric wird es schaffen«, behauptete Mr. Knight im Brustton der Überzeugung. »Eigentlich sollte er hier sein, um Ihnen einige der anderen Vorsichtsmaßnahmen, an denen wir arbeiten, zu erklären, aber bedauerlicherweise scheint er vorübergehend verschwunden zu sein. Soviel ich weiß, ist seine Arbeit jedoch schon so weit gediehen, dass er den neuen Algorithmus gegen Ende der Woche in den Computer eingeben kann. Sie brauchen sich also wirklich keine Gedanken zu machen.«

In diesem Moment bemerkte Mr. Knight Tim und Geoff und forderte sie mit einer Handbewegung auf, sich zu ihm und dem Minister zu gesellen.

»David, das ist Timothy Burnell, der unter Dr. Skivinskis Anleitung Zeitreiseführer für uns ausfindig macht. Tim, du kennst ja den Verteidigungsminister.«

»Natürlich«, sagte Tim und schüttelte dem Mann die Hand.

»Und das ist Geoffrey Stamp«, fuhr Mr. Knight fort und legte Geoff die Hand auf die Schulter. »Einer unserer neuen Zeitreiseführer für das einundzwanzigste Jahrhundert. Heute eingestellt, um genau zu sein.«

Geoff schüttelte dem Minister ebenfalls die Hand, die sich so feucht und kalt wie ein Klumpen Rindfleisch anfühlte.

»Sie beide sind diejenigen, die Eric in seinem Bericht erwähnt, nicht wahr?«, sagte der Verteidigungsminister. »Die 1666 diesen Mann gejagt haben.«

»Ob es ein Mann war, wissen wir nicht mit Sicherheit«, erwiderte Tim.

»Sehr besorgniserregend«, murmelte der Minister. »Wirklich sehr besorgniserregend ...«

»Der Verteidigungsminister hat noch ein paar Zweifel, was die Sicherheit angeht«, erklärte Mr. Knight Tim, ohne den Minister dabei aus den Augen zu lassen. »Er spielt mit dem Gedanken, unsern Laden dichtzumachen.«

»Ich verstehe wirklich nicht, warum Sie etwas dagegen haben, ein paar Tage lang zuzumachen«, sagte der Minister und ließ den Brandy in seinem Glas kreisen. »Zumindest so lange, bis der neue Algorithmus fertig ist.«

Mr. Knight dachte einen Moment nach.

»Es wäre kein Problem, vorübergehend zu schließen, David«, entgegnete er lächelnd. »Überhaupt kein Problem.«

»Gut. Freut mich, dass wir uns da einig ...«

»Aber Sie sollten bedenken, wie die Allgemeinheit das aufnehmen würde«, fügte er hinzu, »und wie diese verdammten Varsarianer es ausschlachten könnten. Wenn wir jetzt zumachten, hieße das doch, dass wir uns geschlagen geben. Man muss diesen Terroristen aber klarmachen, dass ihre Versuche, unsere Freiheit zu beschneiden, fehlgeschlagen sind. Man muss ihnen klarmachen, dass sie nichts erreicht haben. Machten wir aber zu, wäre das zumindest ein Teilsieg für sie. Damit würden wir ihnen zeigen, dass wir Angst haben. Haben Sie Angst, David?«

»Ja, hab ich«, antwortete der Minister und starrte in sein Glas. »Schreckliche Angst. Wenn irgendwas passieren sollte ...«

»Wird es aber nicht«, sagte Mr. Knight, während er eine Zigarre aus der Tasche nahm. »Sie haben gesehen, was für Sicherheitsvorkehrungen wir getroffen haben. Tim und Geoffrey haben es vorhin selbst miterlebt.« Er wandte sich den beiden zu. »Wie viele Leute haben wir heute zurückgewiesen?«

»Sechzehn«, erwiderte Tim.

»Sehen Sie? Sechzehn! Sie wissen doch, dass man diesen Computer nicht hinters Licht führen kann. Das ist praktisch unmöglich.« Er steckte sich die Zigarre in den Mund und zündete sie an.

»Aber die Lücke im Algorithmus ...«

»... lässt sich schließen«, behauptete Mr. Knight und stieß eine dicke Rauchwolke aus. »Und selbst wenn nicht, wären die Chancen, dass sie sich jemand zunutze macht, verschwindend gering.«

»Trotzdem bleibt ein Restrisiko, das ich nicht gern eingehen würde«, sagte der Minister und trank seinen Brandy aus. »Die kleinste Veränderung im Raum-Zeit-Kontinuum könnte katastrophale Folgen haben.«

»Niemand wird irgendwas verändern. Das garantiere ich Ihnen.«

»Fünfundzwanzig Jahre in der Politik haben mich gelehrt, dass es so was wie Garantien nicht gibt«, entgegnete der Minister.

»Glauben Sie, was Sie wollen, David«, gab Mr. Knight zurück, »aber wie ich schon sagte: Unsern Laden dichtzumachen wäre sehr ... mutig.«

»Es nicht zu tun, könnte noch mutiger sein«, konterte der Minister. »Ich weiß auch nicht, Ernest. Ich muss die Sache erst mal überschlafen. Morgen reden wir weiter darüber. Wenn Sie mich jetzt entschuldigen würden, meine Herren ...« Er reichte einem vorbeikommenden Kellner sein Glas und ging davon.

Mr. Knight stand schweigend da und verfolgte mit starrem Blick, wie sich der Minister durch die Menge drängte, sich seinen Mantel schnappte, auf den Fahrstuhlknopf drückte, auf den Fahrstuhl wartete, hineinging und in der Kabine stand, bis sich die Tür hinter ihm schloss. Als hätte er noch nicht genug gestarrt, fixierte Mr. Knight die geschlossene Tür einige Sekunden länger, sozusagen der Vollständigkeit halber. Geoff fand dieses Starren ein bisschen übertrieben, bis ihm bewusst wurde, dass auch er dem Minister hinterhergestarrt hatte.

»Sucht nach Eric«, sagte Mr. Knight, ohne die Fahrstuhltür aus den Augen zu lassen. Er nahm dem Kellner das leere Glas des Ministers wieder ab und klopfte seine

Asche hinein. »Er sollte wirklich dabei sein, wenn ich in solche Gespräche verwickelt werde.«

»Ich habe ihn nicht mehr gesehen, seit wir hochgefahren sind«, sagte Tim. »Er ist verschwunden.«

Mr. Knight zog genüsslich an seiner Zigarre. »Nun, wenn du ihn siehst, dann schick ihn zu mir. Wir müssen uns heute Abend noch überlegen, wie wir uns verhalten, falls sie versuchen, unsern Laden morgen dichtzumachen.« Er nickte Tim und Geoff kurz zu und schlenderte, von Zigarrenqualm umwölkt, davon.

Tim wedelte sich den Rauch aus dem Gesicht. »Ich werde nach Eric suchen«, verkündete er.

»Warte mal«, sagte Geoff und packte ihn beim Arm. »Was soll ich denn machen, während du weg bist?«

»Wie?«

»Ich bin schon jahrelang nicht mehr auf einer Party gewesen. Auf der letzten Party, auf der ich war, wurde ein Spiel gespielt. Man musste seine Schuhe und Strümpfe ausziehen und in verschiedene Kartons tun. Wer es als Erster schaffte, seine Schuhe und Strümpfe wieder anzuziehen, hat einen Wackelpudding gewonnen.«

»Einen Wackelpudding? Wie alt warst du denn da?«

»Zwölf.«

»Zwölf? Mit zwölf warst du das letzte Mal auf einer Party?«

»Du hast ja schließlich dafür gesorgt, dass ich die ganze Zeit zu Hause bleibe und Computerspiele mache. Wie verhält man sich denn auf einer Party? Was soll ich machen, wenn mich jemand anspricht?«

»Antworten.«

»Antworten?«

»Ja.«

»Und wie soll ich das anstellen?«

»Du wartest, bis der Betreffende seinen Satz beendet hat. Dann erwiderst du etwas.«

»Das kann ich nicht.«

»Und was meinst du, was du gerade machst? Man nennt das *sich unterhalten*. Das wirst du doch wohl schaffen.«

»Aber das ist was anderes. Wir unterhalten uns nicht, wir haben eine Auseinandersetzung.«

»Dann setz dich halt mit jemand auseinander«, erwiderte Tim grinsend, machte sich von Geoff los und ging davon.

Geoff warf einen Blick auf die anderen Gäste, die alle angeregt miteinander plauderten. Das war überhaupt nicht sein Ding – am allerwenigsten mit Fremden. Unglücklicherweise unterhielten sich alle, die er kannte, gerade mit jemandem: Mr. Knight, Ruth, selbst William Boyle aus dem siebzehnten Jahrhundert. William Boyle? Wie um alles in der Welt hatte William es eigentlich so schnell hierher geschafft?

Geoff brauchte nicht lange, um zu dem Schluss zu kommen, dass ihm nicht der Sinn danach stand, mit jemandem Konversation zu treiben. Nachdem er sich ein paar Weintrauben genommen hatte, zog er sich in eine ruhige Ecke zurück und achtete strikt darauf, die ganze Zeit zu Boden zu starren, um jeglichen Blickkontakt zu vermeiden. Die anderen Gäste würden diese Körpersprache hoffentlich richtig zu deuten wissen und sich von ihm fernhalten.

»Hey! Sind Sie Geoffrey Stamp?«, sagte eine Stimme mit amerikanischem Akzent.

Geoff blickte beunruhigt auf und sah einen großen, äußerst hageren Mann, der einen eleganten Nadelstreifenanzug trug, mit langen Schritten auf sich zukommen.

»Sie sind der Gammler, stimmt's?«, fragte der Mann.

»Der Gammler?«, erwiderte Geoff, während er an einem Stück Schale herumpulte, das ihm zwischen die Zähne geraten war.

»Ja. Dieser arbeitslose Typ, der nie aus dem Haus geht. Sind Sie das?«

»Anscheinend«, sagte Geoff.

»Miles Wentworth«, stellte sich der Mann vor und streckte Geoff eine Hand entgegen, während er mit der anderen auf seine Namensplakette zeigte. »Zeitreiseführer für das Amerika der Dreißigerjahre des zwanzigsten Jahrhunderts.«

Geoff schüttelte ihm die Hand. Miles hatte einen ziemlich festen Händedruck. Der Mann war ungefähr Anfang vierzig, hatte ein langes, glatt rasiertes Gesicht, einen Unterkiefer, der wie aus Granit gemeißelt aussah, und eingefallene Wangen. Unter seinem weichen Filzhut lugten graue Haare hervor, und seine Augenbrauen waren so buschig, dass man den Eindruck hatte, auf seinem Gesicht hätten sich zwei kleine Dachse niedergelassen.

»Tja, mach den Job jetzt schon seit vier Jahren«, erklärte er. »Ist 'ne große Attraktion, die Depression der Dreißigerjahre.«

»Tatsächlich?«, sagte Geoff. »Aber ist die Depression der Dreißigerjahre nicht ein bisschen ... na ja ... deprimierend?«

»Sie haben's erfasst, Kumpel. Hohe Arbeitslosigkeit, in der Wall Street springen Geschäftsleute aus dem Fenster, und man rechnet damit, dass es bald wieder Krieg gibt. Warum sollte sich jemand so was ansehen wollen?«

»Keine Ahnung«, erwiderte Geoff und aß seine letzte

Weintraube. »Möglicherweise aus demselben Grund, aus dem sich die Leute Realityshows ansehen.«

»Realityshows?«, fragte Miles. »Was ist das denn?«

»Nichts von Bedeutung.«

»Heute ist also Ihr erster Tag, ja?«, wechselte Miles das Thema. »Hat's Ihnen bisher gefallen?«

Geoff dachte kurz nach.

»Ich fand's eher ungewöhnlich«, antwortete er.

»Ungewöhnlich? Inwiefern?«

»Tja, also ... ich bin durch die Zeit gereist, habe den großen Brand von London miterlebt, bin in einer Limousine durch eine Nachbildung Londons gefahren und unterhalte mich gerade mit einem Mann aus den Dreißigerjahren ... solche Kleinigkeiten eben. War Ihr erster Tag nicht ungewöhnlich?«

»Vermutlich«, entgegnete Miles, während er sich ein paar Fusseln von der Krawatte klaubte. »Obwohl er eigentlich wie jeder andere Tag angefangen hat. Ich bin aufgestanden, hab gefrühstückt, bin zur Arbeit gegangen, hab an meinem Schreibtisch gesessen und ein paar Telefonate geführt. Tägliche Routine, wissen Sie. Gegen Mittag kommt dann mein Boss rein und sagt, er habe sich die Aktien, die ich in den letzten Jahren gekauft hab, angesehen und festgestellt, dass diese Wertpapiere keinerlei Auswirkung auf den Aktienmarkt haben.«

»Keinerlei Auswirkung?«

»Genau. Und er hatte recht. Er hatte mich immer mehr Überstunden machen lassen, bis ich schließlich kein Privatleben mehr hatte. Aber sosehr ich mich auch dahinterklemmte – der Wert der Aktien, die ich gekauft hatte, blieb konstant. Verstehen Sie mich nicht falsch – es gab natürlich Schwankungen, aber immer wenn wir sie verkaufen wollten, hatten sie genau denselben Wert wie zu dem Zeitpunkt, als wir sie gekauft hatten. Hat mich ganz fertiggemacht. Deshalb dachte ich an dem Tag, als er zu mir reinkam, dass er jetzt endgültig die Geduld mit mir verloren hätte. War aber nicht der Fall. Stattdessen schlug er mir vor, in eine neue Firma zu investieren, die *Ohrhörer* erfunden hatte. Er legt mir also zwei davon auf den Schreibtisch und meint, eines Tages würden die von allen gekauft werden.«

»Ohrhörer?«

»Ja. Und er möchte wissen, was ich davon halte. Ich sage, klar, warum nicht, aber erst mal möchte ich sie ausprobieren. Deshalb stöpsle ich mir die Dinger in die Ohren. Und eh ich michs verseh, wach ich auf einem verdammten Tisch auf, auf dem ich festgeschnallt bin. Den Rest kennen Sie wahrscheinlich. Es stellte sich raus, dass mein Boss, für den ich sieben Jahre gearbeitet hatte, zu dem Verein hier gehörte. Die Überstunden hatte er mir aufgebrummt, um mich so weit wie möglich von der Welt draußen abzuschotten.«

»Offenbar läuft das immer so«, sagte Geoff. »Ich habe heute rausgefunden, dass mein einziger Freund mich bespitzelt hat und die letzten sieben Jahre nichts als eine Inszenierung waren. Ich meine, verstehen Sie mich nicht falsch – das mit dem Zeittourismus ist schon sehr aufregend, aber gleichzeitig komm ich mir ein bisschen verarscht vor.«

»Was sagt denn Ruth dazu?«

»Ruth? Was hat die damit zu tun?«

»Sie haben nicht mit Ruth gesprochen?«

»Ruth ... die Empfangsdame?«

»Das ist keine Empfangsdame.« Miles lachte und zupfte die Manschetten seines Hemdes so zurecht, dass sie gleichmäßig aus den Jackettärmeln ragten. »Wenn

Sie mich fragen: Sie ist das Gehirn dieses ganzen Unternehmens. Ein echtes Wunderkind. Wenn es sie nicht gäbe, wären Sie und ich nicht hier, das steht fest.«

»Meinen Sie?«

»Klar.« Miles beugte sich vor und fuhr im Flüsterton fort: »Soviel ich weiß, war diese ganze Zeitreiseführergeschichte ihre Idee.«

»Was Sie nicht sagen ...«, murmelte Geoff.

Nach einiger Zeit gelang es Geoff, Ruth ausfindig zu machen, die entspannt auf dem Rand eines pseudorömischen Springbrunnens saß und in ihr Weinglas starrte.

»Darf ich mich vorstellen?«, sagte Geoff, indem er neben ihr Platz nahm. »Ich bin der *Gammler.*«

Ruth blickte auf. »Der Gammler?«

»Ja. Jedenfalls nennen mich alle so. *Hey! Sind Sie nicht dieser Gammler? Sie sind doch der Gammler, stimmt's?*«

»Das kommt daher, dass Sie tatsächlich ein Gammler *sind.*«

»Ich weiß das. Sie wissen das. Aber warum wissen das auch die anderen Zeitreiseführer? Warum weiß es Colin, der Rübenbauer aus dem dreizehnten Jahrhundert?«

»Weil Sie Zeitreiseführer sind«, erklärte Ruth und stellte ihr Weinglas auf dem Fußboden ab. »Sie haben doch draußen die Menschenmenge gesehen. Sie sind hier berühmt! Jeder weiß alles über Sie.«

»Und wie ich hörte, hab ich das Ihnen zu verdanken.«

»Was?«

»Dass ich hier bin. Dass ich Zeitreiseführer bin.«

»Ja, so ist es wohl«, erwiderte Ruth und lehnte sich zurück.

»Diese ganze Angelegenheit war also Ihre Idee?«

»Es war meine Idee, Leute aus unterschiedlichen Epochen anzuwerben, ja.«

»Und wie sind Sie darauf gekommen?«

»Weil wir unbedingt etwas brauchten, um die Zeittourismusbranche zu beleben, etwas, das die Sache interessanter machte. Sehen Sie, als wir damit anfingen, Urlaubsreisen in die Vergangenheit anzubieten, schlug das Ganze nicht so ein, wie wir angenommen hatten – was uns ziemlich schockierte. Wir waren davon ausgegangen, dass Zeitreisen zu *dem* Renner werden würden. Und eine Weile war das auch der Fall – Urlaub in der Vergangenheit war genauso beliebt wie Urlaubsflüge zu fernen Galaxien. Doch nach ein, zwei Jahren ließ das Interesse merklich nach, weil die Leute anfingen sich zu langweilen.«

»Sich zu langweilen?«, fragte Geoff erstaunt zurück. »Wie kann man sich denn bei etwas so Unglaublichem langweilen? Das ist ja fast so schlimm wie damals, als *Firefly* schon nach ein paar Folgen wieder aus dem Programm genommen wurde ...«

»Das Problem war, dass die Leute einfach nicht wussten, was sie machen sollten, wenn sie zum Beispiel ins Jahr 1595 zurückreisten«, sagte Ruth. »An den meisten Reisezielen gab es keine Hotels, ganz zu schweigen von dem Komfort, den sie gewöhnt waren. Deshalb kamen die Leute immer mehr davon ab, längere Reisen anzutreten. Die meisten begnügten sich damit, nur Trips in die Vergangenheit zu machen, um sich kurz alles anzusehen.«

»Was spricht denn gegen solche Kurzreisen?«

»Nichts«, erwiderte Ruth, »sofern man bereit ist, bei jeder Urlaubsreise, die man verkauft, finanzielle Verluste zu erleiden. Es ist nämlich nicht gerade billig, jemanden in die Vergangenheit zu schicken. Wenn man Gewinn machen will, müssen die Leute mindestens eine Woche bleiben. Deshalb habe ich mir die Frage gestellt, warum diese Leute die Vergangenheit nicht richtig erkunden. Warum sie nicht vor Ort bleiben, um bedeutenden historischen Ereignissen beizuwohnen oder berühmte Wahrzeichen der betreffenden Epoche aufzusuchen. Und dann dämmerte es mir – diese Leute hatten niemanden, der sie führen konnte, niemanden, der ihnen alles Wissenswerte über die jeweilige Zeit mitteilen konnte. Nehmen Sie zum Beispiel die Epoche, die Sie vertreten. Wenn wir die Leute dazu bringen wollen, längere Zeit im einundzwanzigsten Jahrhundert zu bleiben, brauchen wir dort einen Experten, der sich auskennt und über die damaligen Sitten und Gebräuche bestens Bescheid weiß; jemanden, der rund um die Uhr zur Verfügung steht.«

»Oder Sie nehmen einfach jemand wie mich«, sagte Geoff in scherzhaftem Ton, obwohl ihm nicht gerade nach Scherzen zumute war. Rund um die Uhr zur Verfügung zu stehen? Ohne Bezahlung? Toller Job!

Ruth lachte, nahm das Glas vom Boden auf und trank einen Schluck Wein.

»So ist jedenfalls die Idee mit den Zeitreiseführern entstanden«, sagte sie.

»Die offenbar erfolgreich war, oder?«

Ruth nickte.

»Unglaublich erfolgreich. Als wir den Kunden mitteilten, dass sie sich mit Leuten aus der Vergangenheit unterhalten und allerlei über das damalige Leben erfahren könnten, schnellten die Verkaufszahlen in ungeahnte Höhen. Schulen fingen an, Bildungsreisen für ganze Klassen zu buchen, fünfunddreißig Tickets auf einmal,

Universitäten organisierten für ihre Studenten ausgedehnte Feldforschungsaufenthalte, und auch Familien bekundeten endlich wieder Interesse. Bevor wir's uns versahen, hatte sich unser Marktwert innerhalb weniger Monate verdreifacht, und ich wurde als Retterin der Firma gefeiert. Von da an verlief mein Leben in völlig anderen Bahnen. Ich war nicht mehr bloß eine von Mr. Knights zahlreichen Assistentinnen, eine junge Frau, die auf der Universität gerade ihren Abschluss in BWL gemacht hatte, die den Kopf voller Ideen hatte und davon träumte, es ganz nach oben zu schaffen. Ich wurde befördert und zum jüngsten Vorstandsmitglied in der Geschichte der Firma ernannt – zur *Leiterin der Abteilung für innovative Strategien*, um genau zu sein.« Sie beschrieb mit den Fingern zwei Anführungszeichen, als wollte sie zu verstehen geben, dass es mit dem Titel nicht viel auf sich habe.

»Ist das gut?«, fragte Geoff, der keinen blassen Schimmer von der Hierarchie in Firmen hatte.

»Ja, ist es – besonders für jemand in meinem Alter. Aber wissen Sie, was mich am meisten befriedigt hat? In einer Umgebung voller männlicher Egos, in der die Luft von Testosteron geschwängert war, mit einer Idee aufzuwarten, auf die von den Herren der Schöpfung noch keiner gekommen war.«

»Hört sich wirklich großartig an«, meinte Geoff, »aber darf ich Sie mal fragen, ob Sie manchmal Schuldgefühle haben?«

Ruth, die gerade einen Schluck Wein trinken wollte, setzte ihr Glas wieder ab und sah Geoff an.

»Schuldgefühle?«, erwiderte sie. »Warum sollte ich Schuldgefühle haben?«

»Na ja, zum Beispiel weil Sie in den vergangenen sieben Jahren in meinem Leben Gott gespielt haben. Sie haben dafür gesorgt, dass ich ständig zu Hause hocke, haben mich von der Welt draußen abgeschottet, mich angelogen – und das alles, damit man bequem ins einundzwanzigste Jahrhundert reisen kann, das alles, um die ...«

»... Rentabilität zu steigern?«, ergänzte Ruth.

»Und es geht ja nicht nur um mich«, fuhr Geoff fort. »Ich habe mit anderen Zeitreiseführern gesprochen. Offenbar läuft das immer gleich ab. Sie schirmen sie jahrelang von allem ab, bevor sie erfahren, was los ist. Bereitet es Ihnen denn überhaupt keine Schuldgefühle, das Leben anderer Menschen zu manipulieren?«

»Wenn das Leben eines Zeitreiseführers verspräche, einen interessanten und nützlichen Verlauf zu nehmen, bevor wir eingreifen, ja, dann würde ich mich schon schuldig fühlen. Aber Sie wissen doch, wie die Dinge liegen – Sie hätten sich nicht gerade zum Atomphysiker entwickelt, wenn wir uns nicht in Ihr Leben eingemischt hätten. Sie dürfen nicht vergessen, dass Sie alle völlig bedeutungslos sind. Möchten Sie wissen, was Sie jetzt gerade machen würden, wenn wir uns nicht in Ihr Leben eingemischt hätten?«, fragte Ruth.

»Bin ganz Ohr.«

»Sie wären immer noch arbeitslos und würden gerade vor dem Computer sitzen und versuchen, selbst ein Computerspiel zu programmieren. Damit würden Sie Stunde um Stunde verplempern, kaum Fortschritte machen und das Ganze schließlich aufgeben, um für den Rest Ihres Lebens zwischen banalen Kurzzeitjobs hin und her zu pendeln. Wäre Ihnen das lieber, als hier zu sein?«

Geoff schluckte schwer.

»Vermutlich nicht«, gab er zu.

»Sie sehen also, dass ich keinen Grund habe, mich schuldig zu fühlen, denn ich weiß, wie Ihr Leben sonst verlaufen wäre. Ich verstehe es eher so, dass ich andere positiv beeinflusse. Wissen Sie, was Colin der Rübenbauer gemacht hätte, wenn wir ihn nicht angeworben hätten?«

Geoff schüttelte den Kopf.

»Er wäre Pastinakenbauer geworden.«

»Trotzdem gefällt es mir nicht, so hintergangen worden zu sein«, entgegnete Geoff und rieb sich den Nacken. »Die ganze Zeit habe ich gedacht, Tim sei mein Freund. Ich habe mich immer gefragt, warum er meine ganze Schlampigkeit einfach hinnimmt und es ihm nichts ausmacht, dass ich ihm zwei Jahre Miete schuldig bin. Jetzt weiß ich es – er wurde dafür bezahlt, mit mir zusammenzuleben.«

»Hören Sie – Sie beide kennen sich schon ziemlich lange«, sagte Ruth und fasste Geoff beim Arm. »Wenn ihm das Zusammenleben mit Ihnen nicht gefallen hätte, wäre er nicht die ganze Zeit bei Ihnen geblieben. Warum reden Sie nicht mal mit ihm darüber?«

»Er ist nicht da«, erwiderte Geoff. »Er sucht nach Eric.«

In diesem Moment stellte sich Mr. Knight zu ihnen und warf den Stummel seiner Zigarre in den Springbrunnen.

»Alles in Ordnung?«, fragte er.

Ruth stand abrupt auf.

»Geoff möchte mit Tim sprechen«, sagte sie und strich ihren Rock glatt. »Hast du ihn irgendwo gesehen?«

»Tim?«, gab Mr. Knight zurück. »Ja, mit dem hab ich gerade geredet. Er sagte, er wolle nach unten ins Labor gehen, um dort nach Eric zu suchen.«

»Eric ist also immer noch verschwunden?«, sagte Ruth und verdrehte die Augen. »Überrascht mich nicht«, fügte sie leicht sarkastisch hinzu.

Mr. Knight hörte nur mit halbem Ohr zu und schien sich mehr für eine Gruppe von Leuten zu interessieren, die in einer anderen Ecke des Raums stand. »Sicher wird er bald wieder auftauchen«, erklärte er noch, während er den Leuten in der Ecke zuwinkte. »Würdet ihr mich jetzt bitte entschuldigen?«

Geoff drehte sich zu Ruth.

»Wo ist dieses Labor?«, erkundigte er sich.

»Eine Etage tiefer.«

»Hören Sie, ich bin gleich wieder da«, sagte Geoff und stand auf. »Das könnte eine gute Gelegenheit sein, Tim allein zu erwischen.«

Als er sich zum Gehen wandte, hielt ihn Ruth am Handgelenk fest.

»Geoff?«, sagte sie.

»Ja.«

»Ach, nichts«, sagte sie nur und ließ ihn wieder los. »Jedenfalls viel Glück.«

10

Erics Labor befand sich – genau wie Ruth gesagt hatte – direkt unter dem Partyraum. Von oben waren undeutlich die dumpfen Bässe der Musik und die Stimmen der Gäste zu hören. Das Labor selbst sah völlig anders aus, als Geoff es sich vorgestellt hatte. Er hatte erwartet, große Reagenzgläser vorzufinden, in denen eine grüne Flüssigkeit brodelte, Metallkonstruktionen, aus denen blaue Blitze zuckten, sowie Regale voller Glasbehälter, die abnormale biologische Präparate enthielten. Stattdessen erblickte er mehrere Reihen summender Rechner und einen Aktenschrank. Erics Schreibtisch stand, mit Papieren überhäuft, im hinteren Teil des Raums.

»Tim?«, rief Geoff, während er zu Erics Schreibtisch hinüberging. »Bist du hier irgendwo?«

Er lauschte. Die Rechner summten weiter vor sich hin. Der Aktenschrank gab nach wie vor die Geräusche eines Aktenschrankes von sich. Tim war nicht da. Offenbar hatte Geoff ihn verpasst.

Geoff setzte sich an Erics Schreibtisch, trommelte mit den Fingern auf die Schreibtischplatte und ließ den Blick über die Papiere und Diagramme schweifen, die in kunterbuntem Durcheinander auf dem Tisch lagen. Inmitten dieses Chaos entdeckte er einen Aktenordner, auf dessen Rücken der Name *Geoffrey Stamp* stand. Auf der Vorderseite klebte ein Foto von ihm. Als er den Ordner in die Hand nahm, stellte er fest, dass er erstaunlich schwer war und von Dokumenten überquoll. Damit nichts herausfiel, war er mit einem dicken Gummiband gesichert. Geoff schob den Daumen unter das Gummiband und zog es ab, wobei einige Dokumente auf den Fußboden segelten. Beim Durchblättern stieß er auf Protokolle von Gesprächen, voyeuristische Fotos, medizinische Befunde und dergleichen mehr. Offenbar hatte ihn da jemand gründlich durchleuchtet.

Er beugte sich nach unten, um eines der zu Boden gefallenen Papiere aufzuheben. Es handelte sich um eine Bescheinigung, die lautete:

Hiermit wird bescheinigt, dass

GEOFFREY STAMP

die dritte Evaluationsphase durchlaufen hat.
Von nun an ist persönliche Überwachung des Probanden erforderlich.

Wenn er sich nicht täuschte, stammte die Bescheinigung aus der Zeit, als er seinen Job verloren hatte und bei Tim eingezogen war.

Die Unterlagen im hinteren Teil des Ordners schienen jüngeren Datums zu sein, da das Papier nicht ganz so vergilbt war. Hier fanden sich psychologische Fallstudien, die sich mit der Einschätzung seiner Intelligenz befassten und Fragen aufwarfen, über die er selbst noch nicht mal ansatzweise nachgedacht hatte: Neigte er zu Gewalt? Was war seine Lieblingsfarbe? Warum war er unter den Armen nicht kitzlig? Warum mochte er keine Zucchini? So ging es ohne Ende weiter.

Der letzte Teil der Akte war ausschließlich der Möwe gewidmet, die Eric vor ein paar Stunden erwähnt hatte – der Möwe, die nach rechts statt nach links blickte, weil man Geoff zum Zeitreiseführer gemacht hatte. Es gab sogar zwei Fotos des Vogels: auf dem einen blickte er nach rechts, auf dem anderen nach links. Abgesehen davon waren die Fotos identisch. Auf beiden stand die Möwe am Rand eines kleinen Felsvorsprungs. Selbst die Wolken auf den Fotos glichen einander wie ein Ei dem andern. Geoff drehte die Fotos um. Auf der Rückseite des einen stand *Ursprünglicher Zeitverlauf*, auf der des andern *Modifizierter Zeitverlauf*.

Als Geoff weiterblätterte, stellte er amüsiert fest, dass sich unzählige Wissenschaftler für die Möwe interessiert hatten. Manche hatten sogar Abhandlungen darüber geschrieben. Er überflog einige der Darstellungen. Offenbar stimmten alle darin überein, dass es sich bei der Entscheidung der Möwe, in die andere Richtung zu blicken, um eine ebenso unerklärliche wie unbedeutende Abweichung in dem ansonsten unveränderten Zeitverlauf handelte und dass man Geoffrey ungeachtet dieser geringfügigen Änderung im Raum-Zeit-Kontinuum zum Zeitreiseführer machen sollte. Eine der Abhandlungen trug den Titel: *Die Geoffrey-Stamp-Möwe – wen interessiert's?*

Geoff blätterte weiter, um nach ein paar Seiten erneut innezuhalten. Einer der Wissenschaftler schien zu einem anderen Schluss gekommen zu sein, denn der Titel seiner Abhandlung lautete: *Die Geoffrey-Stamp-Möwe – blicken wir* alle *in die falsche Richtung*? Geoff fing an zu lesen.

Seit Monaten wird jetzt unter Wissenschaftlern darüber diskutiert, ob Geofrey Stamp zum Zeitreiseführer ernannt werden soll oder nicht. Normalerweise ist dies nur zulässig, wenn die Geschichte infolge einer solchen Ernennung völlig unverändert bleibt. In Geoffrey Stamps Fall sind wir dabei, diese Regel zu brechen. In hunderttausend Jahren wird eine Möwe nach rechts statt nach links blicken – und wir sind bereit, diese angeblich unbedeutende Veränderung zu ignorieren, um einem Touristikunternehmen entgegenzukommen. Liebe Kollegen, ich glaube, da machen wir einen gravierenden Fehler – einen Fehler, der katastrophale Folgen für das Raum-Zeit-Kontinuum und die Zukunft der Menschheit haben könnte. Diese Abhandlung geht der Frage nach, warum die Möwe in die andere Richtung blickt und warum Geoffrey Stamp unverzüglich von der Shortlist der Zeitreiseführer für das einundzwanzigste Jahrhundert gestrichen werden sollte.

Geoff leckte sich den Finger an und schlug die Seite um. Die nächste Seite war leer. Ebenso die restlichen Seiten der Akte. Entweder jemand hatte die folgenden Seiten entfernt – oder der Verfasser war ein Scherzbold und hatte ein Faible für unsichtbare Tinte.

»Oooh …«

Geoff schaute auf. Wenn sein Gehör ihn nicht getrogen hatte, hatte gerade jemand »Oooh« gesagt. Er klappte den Ordner zu und erhob sich.

Da war es wieder.

»Oooh …«

Der Laut war nur schwach zu hören und schien von hinter den Rechnern zu kommen.

»Hallo?«, sagte Geoff, während er langsam in die Richtung ging, aus der das Stöhnen kam. »Ist da jemand?«

»Geoff?«, flüsterte eine Stimme. »Sind Sie das, Geoff?«

»Wer ist denn da?«, fragte Geoff. Die Stimme war so schwach, dass er sie nicht identifizieren konnte.

Jemand hustete auf eine Weise, die sich nicht sonderlich gesund anhörte.

»Wer ist denn da?«, wiederholte Geoff.

»Ich ... ich bin's, Geoff. Eric ...«

»Eric? Wir haben Sie schon überall gesucht! Wo waren Sie denn?«

»Keine Zeit ...«, erwiderte Eric. »Helfen Sie mir ...«

Geoff trat hinter die Rechner und erstarrte vor Entsetzen. Eric lag in einer großen Blutlache auf dem Fußboden und presste sich die Hände gegen den Bauch.

»O mein Gott!«, rief Geoff und kniete sich neben Eric. »Ich muss sofort Hilfe holen!«

»Nein!«, sagte Eric und packte Geoff beim Arm. »Dafür ist keine Zeit! Sie müssen mir unbedingt zuhören!« Er zog sich an Geoffs Arm hoch und lehnte sich gegen die Rechner. Erneut schüttelte ihn ein Hustenanfall. Aus seinem Mund spritzte Blut.

»Wer hat Ihnen das angetan?«

»Wissen Sie noch, was ich gesagt habe? Dass ein Insider sich an meinem Al... Algo...«

»Algorithmus?«

Eric nickte. »Ich hab es nicht geschafft, ihn zu vollenden. Ich konnte ... die Lücke ... nicht schließen.«

»Eric, bitte ... Wer hat Ihnen das angetan?«

Erics Kopf sank nach vorn. Offenbar bekam er nur noch mit Mühe Luft.

»Wer hat Ihnen das angetan?«, schrie Geoff, während er Eric bei den Revers seines blutbefleckten Smokings packte und ihn schüttelte.

»Die Lücke ...« Erics Kopf hob sich wieder. »... kann geschlossen werden. Sie können ... sie schließen ...«

»Ich?«

»Das ist ... ganz einfach. Ich werde Ihnen ... das Geheimnis ... verraten. Ich werde Ihnen sagen, wie man ... den Computer ... austricksen kann. Kommen Sie her ...«

»Eric, nein! Ich muss Hilfe holen!«

»Nein!«, stieß Eric hervor. Als er Geoff zu sich heranzog, zuckte er vor Schmerz zusammen. Blut sickerte ihm aus dem Mund und lief ihm in den Bart. »Ich werde nicht zulassen, dass die meinen Algorithmus knacken! Ich lasse mein Lebenswerk nicht zerstören! Setzen Sie sich ... und hören Sie zu!«

Im Flüsterton erklärte Eric nun Geoff, wie man den Computer austricksen konnte. Geoff hörte genau zu. Je mehr er erfuhr, desto größer wurden seine Augen. Natürlich! Wenn man es recht bedachte, war es wirklich ganz einfach! Als Eric seine Ausführungen beendet hatte, lächelte er Geoff an und ließ seinen Arm los. Seine Hand sank kraftlos nach unten.

»Haben Sie ... alles verstanden?«, fragte Eric.

Geoff nickte.

»Dann beeilen Sie sich«, sagte Eric und presste abermals die Hände gegen den Bauch. »Diese Leute sind kurz davor ...«

»Kurz wovor?«, hakte Geoff nach.

Doch bevor Eric seinen Satz beenden konnte, hustete er einen Schwall Blut aus und sank tot in sich zusammen.

»Eric?«, rief Geoff. »Eric!!!«

Das nützte jedoch nichts. Eric war immer noch tot.

Geoff starrte in Erics blicklose Augen und spielte ernsthaft mit dem Gedanken, in Hysterie auszubrechen – in die Art von Hysterie, bei der man sich die Haare ausrauft, sich die Kleidung zerreißt und wie ein Mädchen kreischt. Doch nein! Er musste sich zusammennehmen und unverzüglich mit Mr. Knight sprechen, denn er war jetzt der Einzige, der wusste, wie man den Supercomputer austricksen und die Lücke schließen konnte. Dann drehte er sich um … und erstarrte vor Schreck.

In der Tür stand eine Gestalt, deren Kopf von einer Kapuze verhüllt war. Sie hielt Erics Krückstock gepackt, von dessen Spitze Blut auf den Fußboden tropfte. Geoffs volldetektivische Fähigkeiten brachten ihn zu dem Schluss, dass dies wahrscheinlich die Person war, die Eric angegriffen hatte, möglicherweise sogar die Person, die ihn während des großen Brands von London beobachtet hatte.

»Ich kenne Sie«, sagte Geoff und rieb sich nervös die Hände. Er trat einen Schritt zurück. »Wir sind uns heute schon mal begegnet …«

Der Kapuzenmann schwieg und kam auf ihn zu.

»Außerdem hab ich Sie im Traum gesehen«, fuhr Geoff fort und wich noch weiter zurück. »Sie sind derjenige, den ich an der Angel aus dem See gezogen habe …«

Die Gestalt blieb nach wie vor stumm und machte einen weiteren Schritt auf ihn zu.

»Sie wollen mir mit dem Krückstock eins überziehen, stimmt's?«

Die Gestalt nickte und trat noch näher an ihn heran, was Geoff auszugleichen versuchte, indem er ein Stück zurückwich. Nur hatte leider irgendein Idiot beschlossen, genau an dieser Stelle eine Wand zu errichten. Er saß in der Klemme. Die Gestalt hob den Krückstock und ließ ihn auf Geoffs Kopf niedersausen.

Was für schlechte Manieren, dachte Geoff, als er zu Boden sackte.

11

Geoff lag mit dem Gesicht nach unten am schlammigen Ufer seines Traumsees. Die Glieder taten ihm so weh, als hätte er gerade eine komplizierte Yogaübung hinter sich gebracht. Außerdem hatte er rasende Kopfschmerzen. Er rappelte sich auf, spuckte einen Klumpen Schlamm aus und ließ sich rücklings in den Schlamm sinken. Während er zum Himmel hochblickte, versuchte er, die heftigen Schmerzen zu ignorieren, die er am ganzen Körper verspürte. Die Schmerzen hatten da jedoch andere Vorstellungen und gaben Geoff deutlich zu verstehen, dass sie ihm treu bleiben würden.

In seiner Traumwelt war es gerade Nacht, der wolkenlose Himmel stand voller Sterne. Was zum Teufel lief hier ab? Wer hatte ihn niedergeschlagen? Was ging in der realen Welt vor sich? Lag er vielleicht im Koma? Oder war er gar tot?

Plötzlich bemerkte er etwas am Himmel – etwas Weißes, das durch die Luft glitt. Er stemmte sich auf die Ellbogen hoch, wobei ihm seine kraftlosen Arme nur zitternd gehorchten, und bemühte sich, das weiße Etwas genauer in den Blick zu bekommen.

Es war eine Möwe. Eine große weiße Möwe, die mit ausgebreiteten Flügeln anmutig über dem See kreiste. Geoff beobachtete, wie sie langsam tiefer ging – wenn er sich nicht täuschte, flog sie direkt auf ihn zu. Kurz darauf schwebte sie wenige Meter über ihm, setzte zur Landung an und ließ sich, die Flügel einziehend, auf seiner Brust nieder.

Da Geoffs Arme das Gewicht seines Oberkörpers nicht mehr zu tragen vermochten, ließ er sich seufzend in den Schlamm zurücksinken. Die Möwe trippelte näher an sein Gesicht heran und betrachtete ihn. Sie trug etwas im Schnabel, das wie ein Stück Papier und ein Kugelschreiber aussah. Großartig. Der Tag war ja keinesfalls bizarr genug gewesen. Jetzt musste er auch noch von einer verdammten Möwe träumen, die ihm was zu schreiben brachte. Vermutlich war das die Möwe, die nach links statt nach rechts oder nach oben statt nach unten oder so blickte.

»Verschwinde«, murmelte Geoff.

Die Möwe zwinkerte ihm zu.

»Hau ab!«, sagte er und versuchte mit letzter Kraft, den Vogel fortzuscheuchen.

Die Möwe öffnete den Schnabel und ließ die Schreibutensilien auf Geoffs Brust fallen.

»Hör auf damit!«, sagte sie und zog den Kopf ein, um Geoffs Hand auszuweichen. »Wir haben nicht viel Zeit!«

Geoff hob den Kopf und starrte die Möwe an. Sprach da in der realen Welt jemand mit ihm? Gab sich in seinem Traum eine Stimme als die Stimme einer Möwe aus – wie heute Morgen, als Tim versucht hatte, ihn zu wecken? Doch seine Schmerzen waren viel zu groß, als dass er über diese Wendung ins Zoomorphe hätte nachdenken können. Deshalb beschloss er, die sprechende Möwe einfach hinzunehmen und das Gespräch fortzusetzen.

»Was soll das heißen?«, fragte er.

»Wirf mal einen Blick zum See«, erwiderte die Möwe und nickte in Richtung Wasser. »Man ist schon auf dem Weg zu dir.«

Geoff gehorchte. Und in der Tat tauchte der Kapuzenmann gerade aus dem Wasser auf und strebte auf das Ufer zu.

»Wer ist das?«, fragte Geoff.

»Die Person, die dich niedergeschlagen hat«, erklärte die Möwe.

Geoff versuchte aufzustehen, jedoch ohne Erfolg. Er hatte überhaupt kein Gefühl in den Beinen.

»Was soll ich denn bloß machen?«, sagte Geoff, während er beobachtete, wie der Kapuzenmann immer näher kam. »Ich kann mich nicht bewegen!«

»Überrascht mich nicht«, entgegnete die Möwe. »In der realen Welt bist du nämlich in ziemlich schlechter Verfassung. Du hast eine klaffende Wunde am Kopf und blutest stark.«

Geoff betastete seinen Kopf. Der fühlte sich zwar feucht an, aber er war sicher, dass das nur Schlamm war.

»Stimmt ja gar nicht«, sagte Geoff. »Das ist Schlamm. Sieh mal.« Er streckte der Möwe seine Hand entgegen, die in der Tat mit braunem Schlamm beschmiert war.

»Das kommt daher, dass du deine Verletzung in deinem Traum in etwas anderes verwandelt hast«, erklärte die Möwe. »Schlamm ist Blut. Blut ist Schlamm. Kapiert?«

»Also jetzt steig ich da nicht mehr ganz durch«, erwiderte Geoff und spuckte einen weiteren Schlammklumpen aus. »Schlamm ist Blut?«

»Für so was haben wir jetzt keine Zeit«, sagte die Möwe, die ungeduldig auf Geoffs Oberkörper hin und her hopste. »Schnapp dir Papier und Kugelschreiber und schreib alles auf, was Eric dir mitgeteilt hat.«

»Warum?«

»Weil du jetzt, da Eric tot ist, der Einzige bist, der weiß, wie man den Computer wieder in Ordnung bringen kann«, antwortete die Möwe, »und weil die Person, die da gerade aus dem See kommt, versuchen wird, dafür zu sorgen, dass du vergisst, was du weißt.«

»Wie soll das denn vor sich gehen?«

»Das spielt keine Rolle. Schreib einfach schnell alles auf! Du bist der Einzige, der sie aufhalten kann!«

Geoff hatte zu große Schmerzen, um schreiben zu können. Er legte den Kopf in den Schlamm und schloss die Augen.

»Beeil dich!«, forderte die Möwe und hackte mit dem Schnabel auf Geoffs Brust ein. »Er ist gleich da! Du musst alles aufschreiben, was du weißt! Wenn du es aufschreibst, ist es egal, ob du es vergisst, weil deine Erinnerung dann auf dem Papier erhalten bleibt.«

Irgendwie ergab das keinen Sinn. Wenn dies ein Traum war, schrieb er doch nicht wirklich etwas auf, weil das Papier nur in seiner Einbildung existierte. Inzwischen hatte der Kapuzenmann jedoch das Ufer erreicht. Mit letzter Kraft setzte sich Geoff auf, nahm den Kugelschreiber und kritzelte, so schnell er konnte, aufs Papier, was Eric ihm über die Lücke im Algorithmus erzählt hatte.

»So«, sagte er dann und ließ sich erleichtert in den Schlamm zurücksinken. »Das ist alles.«

»Na Gott sei Dank«, meinte die Möwe und sprang von Geoffs Brust herunter. »Das bewahre ich auf, bis deine Erinnerung zurückkehrt.« Sie nahm das Blatt Papier mit dem Fuß auf und flog los. Der Kapuzenmann, der jetzt direkt vor Geoff stand, versuchte sie zu packen, doch es gelang ihr gerade noch zu entkommen.

»Verdammt«, sagte der Kapuzenmann und blickte dem Vogel hinterher, der am nächtlichen Himmel verschwand. »Fast hätte ich sie erwischt.« Obwohl Geoff die Stimme nicht einordnen konnte, kam sie ihm bekannt vor.

»Hallo, Geoffrey«, sagte die Gestalt und hockte sich neben Geoff. »Wie geht es Ihnen?«

»Äh ... nicht besonders, ehrlich gesagt«, erwiderte Geoff, der Angst hatte und es vermied, den Kapuzenmann direkt anzusehen. »Ich hab große Schmerzen.«

»Ich weiß. Und ich muss Ihnen noch ein bisschen mehr Schmerz zufügen.«

»Ah ja?«, sagte Geoff, dessen Herzschlag sich beschleunigte.

»Ja«, bestätigte die Gestalt und holte ein Messer heraus. »Halten Sie die Hand still.«

Unglücklicherweise war es kein großes Problem, die Hand oder sonst was still zu halten, denn im Moment hatte Geoff kaum genug Kraft, um mit den Augen zu blinzeln.

»Was haben Sie vor?«

Der Kapuzenmann hüllte sich in Schweigen.

»Hat das was mit dem Messer zu tun, das Sie da in der Hand halten?«

Der heftige Schmerz, den er gleich darauf in seiner rechten Hand spürte, beantwortete seine Frage. Als er nach unten blickte, sah er, dass der Kapuzenmann das Messer tief in seine rechte Handfläche gestoßen hatte. Geoff schrie auf. Ein einfaches »Ja« hätte ihm als Antwort durchaus gereicht.

»So«, sagte der Kapuzenmann und erhob sich. »Gleich

werden Sie aufwachen. Jetzt müssen Sie nur noch alles, was hier geschehen ist, vergessen. Vergessen Sie, was Dr. Skivinski Ihnen über die Lücke in seinem Algorithmus erzählt hat. Und vergessen Sie alles, was mit dieser Möwe zusammenhängt.«

»Warum sollte ich?«, entgegnete Geoff, während er versuchte, seine Hand zu bewegen. »Warum sollte ich alles vergessen?«

»Weil Sie Schmerzen haben, unerträgliche Schmerzen, und der Grund dafür sind die Erinnerungen, die Sie an den heutigen Abend haben. Jede einzelne Erinnerung fährt Ihnen wie ein glühendes Messer durch den Kopf. Wenn Sie alles vergessen, hört der Schmerz auf.«

Geoffs Kopf tat wirklich höllisch weh. Er blickte zu den Sternen hoch und versuchte, sich zu entspannen, während er dem beruhigenden Zirpen der Grillen lauschte. Nach und nach gelang es ihm, sich von allem, was ihn beunruhigt hatte – Kapuzenmänner, Algorithmen, Lücken, Möwen –, zu befreien, und je mehr seine Erinnerungen dahinschwanden, desto besser fühlte er sich.

»So ist's richtig«, sagte der Kapuzenmann. »Spüren Sie es schon? Spüren Sie, wie die Schmerzen zurückgehen?«

»Ja«, antwortete Geoff und holte tief Luft, während eine wohltuende Welle der Amnesie über ihm zusammenschlug. »Jetzt fühle ich mich viel besser ...«

»Gut«, sagte die Gestalt. »Sehr gut. Bevor ich gehe, möchte ich Ihnen noch etwas mitteilen, das Sie *nicht* vergessen dürfen. Etwas sehr Wichtiges. Hören Sie gut zu!«

Geoff nickte ergeben.

»Bald wird sich der Himmel rot färben. Wenn das geschieht, müssen Sie niederknien, die Hände auf die Erde legen und warten. Nach einiger Zeit wird einer meiner Brüder erscheinen. Dann müssen Sie folgende Worte sagen: *Ich habe eine Botschaft von Tringrall. Im Jahr Dranculees müsst ihr alles zurückverwandeln.* Haben Sie verstanden?«

»Wie?«, gab Geoff zurück.

»Sie haben doch gehört, was ich gesagt habe! Wollen Sie, dass die Schmerzen zurückkommen?«

»Nein! Bitte nicht!«

»Dann sprechen Sie mir nach: Ich habe eine Botschaft von Tringrall. Im Jahr Dranculees müsst ihr alles zurückverwandeln.«

»Ich ... ich habe eine Botschaft von Tringrall. Im Jahr Dranculees müsst ihr alles zurückverwandeln.«

»Gut«, sagte der Kapuzenmann.

Geoff fiel wieder ein, was Eric über die Varsarianer gesagt hatte – dass bestimmte Wörter und Ausdrücke von großer Bedeutung für sie waren. War diese Person etwa ... ein Außerirdischer?

»Wer ist Tringrall?«, fragte Geoff.

»Das spielt keine Rolle.«

»Nein?«

»Nein. Meine Brüder werden verstehen, was gemeint ist. Also prägen Sie sich ein: Wenn sich der Himmel rot färbt, müssen Sie niederknien, die Hände auf die Erde legen und warten. Meine Brüder werden die Stellung, die Sie eingenommen haben, wiedererkennen und zu Ihnen kommen.«

»Verstehe«, erwiderte Geoff, der nicht das Geringste verstand. »Kann ich sonst noch was für Sie tun? Soll ich vielleicht einen Breakdance aufführen, wenn sich der Himmel wieder blau färbt?«

»Der Himmel wird sich jahrtausendelang nicht mehr

blau färben«, erklärte der Kapuzenmann. »Erst wieder im Jahr Dranculees.«

»Aha«, meinte Geoff.

»Also sprechen Sie mir noch mal nach: Ich habe eine Botschaft von Tringrall. Im Jahr Dranculees müsst ihr alles zurückverwandeln.«

»Ich habe eine Botschaft von Tringrall. Im Jahr Dranculees müsst ihr alles zurückverwandeln«, wiederholte Geoff. Er wusste zwar, dass das alles ganz schön unheimlich war, kam sich aber trotzdem irgendwie blöd vor.

»Gut. Noch etwas. Sobald Sie sich diese Worte sagen hören, werden Sie sich an alles erinnern, was hier passiert ist. Sie werden sich an das erinnern, was Eric Ihnen gesagt hat, auch an die Möwe werden Sie sich erinnern, und Sie werden erkennen, wie Ihre erbärmliche Rasse übertölpelt und in den Untergang getrieben wurde. Aber da wird es bereits zu spät sein, dann werden Sie nichts mehr dagegen unternehmen können. Bis zu dem Zeitpunkt wird Ihnen nichts von diesem Gespräch in Erinnerung sein.«

»Von welchem Gespräch?«, erwiderte Geoff.

Erhielt jedoch keine Antwort. Geoff reckte den Hals und blickte sich um. Niemand war zu sehen. Hatte er eben mit jemand geredet? Warum hatte er denn gerade »Von welchem Gespräch?« gesagt? Verwirrt ließ Geoff den Kopf wieder nach hinten sinken und starrte zu den Sternen hoch. Weit über ihm flog eine Möwe gemächlich wie ein Komet durch den nächtlichen Himmel. Entspannt schloss er die Augen, um wieder dem Zirpen der Grillen zu lauschen.

Oder war das eher ein Piepen?

12

»So«, sagte eine Stimme, die sich anhörte wie die von Tim, »ich habe ihn an ein Beatmungsgerät angeschlossen, um seine Herzfrequenz zu überwachen. Jetzt müsste er eigentlich wieder okay sein.«

»Könntest du dieses Piepen mal abstellen?«, fragte eine andere Stimme. War das Mr. Knight? »Das macht mich ganz verrückt.«

»Klar«, erwiderte Tim. Das Piepen hörte auf.

»Wie lange ist er denn operiert worden?«, erkundigte sich eine weitere Stimme. Die einer Frau. Ruth?

»Sehr lange«, antwortete Tim. »Sein Kopf hat einen ganz schönen Schlag abbekommen, und seine Hand ist schlimm zugerichtet. Die wird er monatelang nicht benutzen können.«

»Warum ausgerechnet seine Hand?«

»Keine Ahnung. Das ergibt absolut keinen Sinn. Entweder der Angreifer wollte Geoff daran hindern, weiterhin Computerspiele zu machen, oder er wollte ihn davon abhalten, irgendetwas anderes mit seinen Händen zu tun.«

»Aber was denn?«

»Genau das müssen wir herausfinden«, sagte Mr. Knight, der ein wenig gestresst klang. »Der Verteidigungsminister wird gleich hier sein. Was soll ich ihm sagen?«

»Wie wär's mit der Wahrheit?«, schlug Ruth vor.

»Aber dann wird er unsern Laden mit Sicherheit dichtmachen!«, entgegnete Mr. Knight.

»Ich glaube nicht, dass uns eine andere Wahl bleibt«, sagte Ruth. »Ein Zeitreiseführer ist angegriffen worden, Eric ist tot, und die Lücke in seinem Algorithmus wird nie geschlossen werden. Wir sind am Ende.«

»Es gäbe aber eine Alternative«, meinte Tim. »Wir könnten versuchen, denjenigen, der für all das verantwortlich ist, ausfindig zu machen.«

»Eben!«, sagte Mr. Knight. »Siehst du, Ruth? Warum bist du nicht etwas optimistischer? Vielleicht weiß Geoffrey ja etwas. Er war schließlich bei Eric, kurz bevor dieser starb. Könntest du ihn jetzt aufwecken?«

»Er sollte sich wirklich noch ein bisschen ausruhen«, sagte Ruth. »Wenn wir ihn jetzt aufwecken, könnte sein Organismus einen Schock bekommen.«

»Aufwachen ist immer ein Schock für seinen Organismus«, stellte Tim fest. »Aber du hast recht. Er hat einen ziemlich heftigen Schlag auf den Kopf bekommen. Seine Synapsen brauchen Zeit, um richtig zu verheilen. Wenn wir ihn jetzt aufwecken, könnte das sein Gehirn überfordern. Und wenn wir ihm dann Fragen stellen, gibt er möglicherweise nur Blödsinn von sich.«

»Das ist mir egal«, sagte Mr. Knight. »Weck ihn auf. Wir müssen herausfinden, was gestern Abend passiert ist. Das ist unsere einzige Chance, die Schließung abzuwenden.«

»Ich bin schon wach«, verkündete Geoff und öffnete die Augen. Er schien in einer Art Krankenhausbett zu liegen. Das Bettzeug fühlte sich wie Plastik an, es roch nach Desinfektionsmitteln, und sein Kopfkissen war dünner als ein Cracker. Neben dem Bett standen Ruth, Tim und Mr. Knight und sahen ihn an.

»Wo bin ich?«, fragte Geoff und setzte sich hoch, um seine Umgebung in Augenschein zu nehmen. »Was ist passiert?«

Er schien sich auf der Station eines Krankenhauses zu befinden. Der Raum war sehr lang, sehr beige und sehr sauber, mit einer großen zweiflügligen Tür am einen und zwei Fenstern am anderen Ende. Die Vorhänge hatten derart knallige Farben, dass man aus ihnen eine Leuchtweste hätte schneidern können. Längs der Wand standen ein paar Gummibäume, die vermutlich als Dekoration dienen sollten. Das restliche Mobiliar bestand aus einer Reihe weiterer Betten, die jedoch alle nicht belegt waren.

»Du bist im Krankenhaus«, erklärte Tim, während er nach einem Krankenblatt griff, das sich am Fußende des Bettes befand, und etwas darauf notierte.

Geoff hatte nichts für Krankenhäuser übrig und fand sie einfach grässlich. Er hatte schon lange den Verdacht, dass die Leute, die für die Innenausstattung von Krankenhäusern verantwortlich waren, heimliche Sadisten waren. Warum ging es in den Zeitschriften, die in den Wartezimmern zu finden waren, immer um gottverdammtes Golf? Warum war das Spielzeug in den Wartezimmern nur für Kinder gedacht? Und warum hingen überall Poster, die einen darüber informierten, was für gruselige Krankheiten man bekommen konnte? Es war fast so, als wollte man die Leute auf diese Weise ermutigen, sich eine Sammlung zuzulegen. Als Geoff einmal wegen eines nach innen gewachsenen Fußnagels ein Krankenhaus hatte aufsuchen müssen, hatte er, als er es fünf Stunden später wieder verließ, an nichts anderes mehr denken können als an Krebs, Alzheimer, Keuchhusten und Warzen im Genitalbereich. Und damals war er erst sechs Jahre alt gewesen!

»Kannst du dich an irgendetwas erinnern, das gestern Abend passiert ist?«, fragte Tim, während er vom Krankenblatt aufblickte und sich die Brille in die Stirn schob.

»Gestern Abend?«, wiederholte Geoff, während er erneut im Zimmer umherblickte. Erst jetzt fiel ihm auf, dass mehrere Securityleute mit gezogenen Waffen an der Tür standen. »Bin ich irgendwie in Schwierigkeiten?«, fragte er.

»Nein, nein, Geoff«, sagte Tim. »Die sind nur zu deinem Schutz hier. Und jetzt verrat mir mal, ob du dich an irgendetwas erinnern kannst, das gestern Abend passiert ist.«

»Natürlich«, erwiderte Geoff. Erst jetzt bemerkte er, dass ihm zwei kleine Plastikschläuche in der Nase steckten, was ihn ziemlich irritierte. Die Schläuche führten zu einem großen grauen Apparat, der mit blinkenden Lämpchen und allerlei Knöpfen versehen war. »Es hat eine Party gegeben. Im römischen Stil. Alle von uns waren da.«

Überrascht zog Tim die Augenbrauen hoch. »Das ist ja recht vielversprechend«, sagte er zu den anderen. »Ich hätte zumindest mit einigen Symptomen gerechnet, die auf ein Trauma hinweisen, aber er scheint ...«

»Ich esse gern Käse«, sagte Geoff.

»Wie?«, fragte Tim.

»Käse«, wiederholte Geoff. »Ich esse gern Käse.«

»Ich nehme alles zurück«, sagte Tim, schob sich seine Brille wieder auf die Nase und trug etwas auf dem Krankenblatt ein. »Zweifellos braucht er noch Ruhe. Ich hole etwas, damit er wieder einschläft.«

»Zum Beispiel Parmesan«, fuhr Geoff fort. »Den streu ich mir gern auf Spaghetti.«

»Moment mal!«, sagte Mr. Knight und hob die Hand. »Zumindest *einige* der Dinge, die er sagt, scheinen einen Sinn zu ergeben. Könnten wir ihm nicht einfach ein paar Fragen stellen und dann erst versuchen, die Spreu vom Weizen zu trennen?«

»Also ich glaube nicht ...«, setzte Ruth an.

»Geoffrey?«, sagte Mr. Knight. »Sehen Sie mich an, Geoffrey. Woran erinnern Sie sich als Letztes?«

»Ich erinnere mich ... dass ich mit Ruth über Zeitreiseführer gesprochen habe«, antwortete Geoff, dem es Mühe bereitete, die Worte richtig herauszubekommen. Irgendwie fühlte er sich benommen. Hatte man ihn unter Drogen gesetzt?

Ruth nickte. »Stimmt«, sagte sie. »Darüber haben wir uns kurz unterhalten.«

»Sonst noch was?«, wollte Mr. Knight wissen.

»Ich erinnere mich ... dass ich in Erics Labor runtergegangen bin ...«

»Gut ...«

»... und dass ich in einem Heißluftballon aufgestiegen bin.«

»In einem Heißluftballon?«

»Ja.«

»Und davor? Vor dem Heißluftballon«, sagte Mr. Knight. »Können Sie sich erinnern, was in Erics Labor geschehen ist?«

»Da summte es überall.«

»Es summte?«

»Wahrscheinlich meint er die Rechner«, warf Tim ein.

»Was noch, Geoffrey?«, fragte Mr. Knight und beugte sich über ihn. »Woran können Sie sich sonst noch erinnern?«

»Ich erinnere mich ... o mein Gott! Jetzt fällt mir wieder ein, was mit Eric passiert ist! Er war überfallen worden!«

»Richtig«, bestätigte Mr. Knight. »War er noch am Leben, als Sie ihn fanden?«

»Das weiß ich nicht mehr. Ich glaube, er war gerade damit beschäftigt, Baseball zu spielen. Wie steht's eigentlich so mit Ihrem Swing?«

»Denken Sie nach, Geoffrey«, sagte Mr. Knight, während er Tim einen besorgten Blick zuwarf. »War Eric noch am Leben, als Sie ihn fanden?«

»Glaub schon«, antwortete Geoff, indem er sein Gedächtnis anstrengte. »Mir ist so, als hätte er mir was erzählt.«

»Und was?«, hakte Mr. Knight nach. »Was hat er Ihnen erzählt?«

»Er hat mir das Rezept für eine gute Kartoffelsuppe gegeben.«

Mr. Knight schloss die Augen und atmete tief durch. »Bitte versuchen Sie sich zu erinnern«, sagte er. »Was hat Eric Ihnen mitgeteilt?«

»Daran ... daran kann ich mich nicht mehr erinnern«, sagte Geoff. »Ich hab vergessen, ob man die Sahne vor oder nach dem Koriander zufügen soll.«

»Das ist hoffnungslos«, stellte Mr. Knight fest, holte ein Glasfläschchen aus der Jacketttasche, entnahm ihm eine Pille und warf sie sich in den Mund.

»Darf ich was fragen?«, wandte sich Ruth an Mr. Knight.

»Selbstverständlich«, erwiderte dieser. »Was immer du möchtest.«

»Haben Sie gesehen, wer Sie angegriffen hat?«, fragte sie.

»Ich bin angegriffen worden?«

»Ja«, bestätigte Tim. »Deshalb bist du ja hier im Krankenhaus. Du hast einen Schlag auf den Kopf und einen Stich in die Hand bekommen.«

»Na toll«, sagte Geoff und hob die Hand, die dick bandagiert war. »Wie soll ich denn da morgen den Wettkampf im Armdrücken gewinnen?«

»Beantworten Sie bitte Ruths Frage«, schaltete sich Mr. Knight ein. »Haben Sie gesehen, wer Sie angegriffen hat?«

»Ich kann mich nicht erinnern«, sagte Geoff. »Ich kann mich an überhaupt nichts mehr erinnern.«

Plötzlich war hinter der Stationstür Lärm zu hören. Einer der Securityleute kam zu ihnen gerannt.

»Der Verteidigungsminister ist da«, erklärte er, während er sich einen Finger ins Ohr steckte. Geoff nahm an, dass er irgendeine Art von Ohrhörer zurechtschob und nicht die bizarre Angewohnheit hatte, mit dem Finger im Ohr zu sprechen.

»Danke«, sagte Mr. Knight mit bedrückter Miene.

»Aus dem Weg! Aus dem Weg!«, dröhnte eine Stimme von draußen. »Wo sind die? Ernest! Wo sind Sie?«

»Es geht los«, murmelte Mr. Knight und zupfte sich die Krawatte zurecht. »Hier drin sind wir, David«, rief er. »Zusammen mit Geoffrey Stamp.«

Zwei Securityleute rissen mit unnötigem Schwung die Tür auf, und der Verteidigungsminister kam hereinmarschiert. Heute sah er nicht ganz so würdevoll aus wie am vorigen Abend. Er war unrasiert, sein Haar zerzaust, die Augen blutunterlaufen. Entweder er war in aller Eile aufgebrochen, oder er hatte eine Vorliebe dafür, in einer Krisensituation derangiert zu wirken.

»Informieren Sie mich über alles, was gestern Abend

passiert ist«, stieß er atemlos hervor, während er sich am Fußende von Geoffs Bett aufbaute.

»Darf ich zunächst einmal sagen ...«, setzte Mr. Knight an.

»Ernest! Dafür hab ich jetzt keine Zeit! Erzählen Sie mir, was passiert ist!«

Mr. Knight spielte nervös an einem seiner Manschettenknöpfe herum. Geoff bemerkte, dass auf den Manschettenknöpfen kleine Uhren angebracht waren. Goldig.

»Gestern Abend wurde Dr. Skivinski von einer unbekannten Person in seinem Labor überfallen. Wir haben Grund zu der Annahme, dass er gerade dabei war, seinen Algorithmus zu Ende zu schreiben. Kurz nach dem Überfall hat Geoffrey hier ihn entdeckt und wurde ebenfalls angegriffen. Vermutlich vom selben Täter.«

»Und wie geht es Dr. Skivinski?«

»Er ist tot.«

»Tot?«

»Ja«, sagte Tim. »Seine Rippen waren mehrfach gebrochen, ein Lungenflügel perforiert. Er ist praktisch in seinem eigenen Blut ertrunken.«

Der Minister schluckte schwer. »Haben Sie eine Ahnung, wer das getan haben könnte?«, fragte er und verschränkte die Arme schützend vor der Brust.

»Es muss jemand gewesen sein, der auf der Party war«, sagte Tim. »Von draußen hätte niemand Zugang zu Erics Labor gehabt.«

»Und wer war alles auf der Party?«

»Dreihundert Zeittouristen, neunzig Journalisten, achtundsechzig Politiker, fünfzig Zeitreiseführer, zweiunddreißig Physiker, zwanzig Caterer. Und wir.«

»Dann könnte es also jeder von denen gewesen sein.«

»So ist es.«

»Haben die Fahrstühle irgendetwas Verdächtiges gehört?«

»Souterrain!«, sagte Geoff.

»Souterrain?«

»Achten Sie nicht auf ihn«, sagte Mr. Knight. »Wir haben die Logs überprüft. Nichts.«

»Was ist mit der Mordwaffe?«

»Sein Krückstock«, erklärte Tim. »Wir haben ihn am Tatort gefunden. Da er mit Erics und mit Geoffs Blut beschmiert war, müssen beide damit attackiert worden sein.«

»Hat Mr. Stamp Dr. Skivinski gefunden, bevor er starb?«

»Ja«, erwiderte Tim. »Aber darüber hinaus kann er sich an nichts mehr erinnern. Wir haben versucht, etwas aus ihm herauszubekommen, aber wie Sie eben selbst gehört haben, ist er im Moment ein wenig ... verwirrt.«

»Lassen Sie mich's mal versuchen«, sagte der Minister zu Tim und trat neben Geoffs Bett.

»Davon würde ich Ihnen abraten.«

»Geoffrey?«, sagte der Minister, ohne auf Tims Worte zu achten. »Können Sie mich hören?«

»Ja«, erwiderte Geoff.

»Gut. Sie müssen mir jetzt erzählen, was geschehen ist, als Sie Dr. Skivinski – Eric – gefunden haben. Haben Sie mit ihm gesprochen?«

Geoff rülpste. »Wann gehen wir denn in den Zirkus?«, fragte er.

»Sehen Sie?«, sagte Mr. Knight. »Im Moment ist nichts mit ihm anzufangen. Er braucht Zeit, um sich zu erholen.«

»Wir *haben* aber keine Zeit«, entgegnete der Verteidigungsminister. »Nach dem Tod Ihres Chefphysikers ist die Zeittourismuseinrichtung anfällig für Angriffe aller Art. Unter der Bedingung, dass der Algorithmus in Ordnung gebracht wird, war ich bereit, nichts zu unternehmen, aber unter den gegebenen Umständen bleibt mir leider nichts anderes übrig, als Ihren Laden bis auf Weiteres dichtzumachen.«

»Moment mal, David«, sagte Mr. Knight, der Ruth einen besorgten Blick zuwarf. »Wir wollen doch nichts überstürzen. Wenn wir die Sicherheitsvorkehrungen ausbauen, könnten wir doch sicher in begrenztem Maße weitermachen ...«

»Tut mir leid, Ernest«, erwiderte der Minister, während er eine Krawatte aus der Tasche zog. »In zwanzig Minuten findet zu diesem Vorfall eine Pressekonferenz statt, und dieses Risiko kann ich einfach nicht eingehen. Ich möchte, dass sofort alle Touristen aus dem Urlaub zurückgeholt, alle anstehenden Reisen gecancelt und alle Zeitreiseführer in ihre eigene Epoche zurückgeschickt werden.«

»Und was ist mit Geoff?«, erkundigte sich Tim. »Seine Verfassung lässt gar nicht zu, dass er zurückreist. Er kann ja kaum laufen.«

»Seine Beine sind völlig in Ordnung«, erwiderte der Minister, während er sich hastig seine Krawatte umband. »Und ich weiß doch, was man heutzutage alles mit Medikamenten erreichen kann. Bis Sie ihn in die Abreisekammer verfrachten, dürfte er wieder fit sein. Jedenfalls will ich, dass Sie ihn von hier fortbringen und nach Hause schicken. Sonst noch irgendwelche Fragen?«

»Ich hätte eine Frage«, sagte Geoff und hob die Hand.

»Sie waren damit nicht gemeint«, erwiderte der Minister, während er den Knoten seiner Krawatte festzog.

Geoff beobachtete, wie sein fetter Hals über den Kragen quoll. »Hier ist von *ernsthaften* Fragen die Rede.«

»Aber ich *habe* eine ernsthafte Frage«, gab Geoff in gekränktem Ton zurück.

»Na gut. Worum geht's?«

»Hätten Sie vielleicht ein Stückchen Käse?«

13

Es war schon immer ein Problem gewesen, Geoff aus dem Bett zu bekommen, doch jetzt, da er auch noch durch seine Verletzungen gehandicapt war, erwies es sich als nahezu unmöglich. Tim schaffte es weder mit Süßigkeiten noch mit guten Worten, ihn zum Aufstehen zu bewegen, und musste schließlich darauf zurückgreifen, ihm ein Medikament zu verabreichen, das praktisch jeden Schmerz vertrieb – ausgenommen natürlich die Schmerzen, die man sich zuzog, wenn man sich an Papier schnitt oder sich irgendwo die Zehen stieß; in dieser Hinsicht versagte sogar die Medizin der Zukunft.

»Wie fühlst du dich?«, fragte Tim, als er Geoff in die Abreisehalle führte.

»Großartig«, erwiderte Geoff, der sich alle Mühe gab, sarkastisch zu klingen. Das Problem war nur, dass er sich tatsächlich großartig fühlte. Das Mittel, das Tim ihm gegeben hatte, musste ein echter Hammer sein.

Unterwegs hatten sie zwei andere Zeitreiseführer aufgesammelt, die auf Befehl des Verteidigungsministers ebenfalls in ihre eigene Epoche zurückkehren sollten. Der eine war ein Butler aus der viktorianischen Zeit, der auf den Namen Winterbottom hörte, der andere ein unbekannter griechischer Philosoph namens Nestor, der jedoch als Philosoph offensichtlich nicht viel taugte. Als sie vor ein paar Stunden mit den anderen beiden Zeitreiseführern zusammengetroffen waren, hatte Nestor ihre Situation mit der eines blindes Pferdes verglichen, das von einer Klippe stürzt, was Geoff für ein bisschen weit hergeholt hielt.

In der Abreisehalle herrschte das reinste Chaos. Überall hatten sich Leute versammelt, die sich mit Beamten herumstritten, während andere wutentbrannt in Richtung Ausgang stürmten. Viele standen einfach nur da und starrten ungläubig zu den Anzeigetafeln hoch, deren Lieblingswort der Ausdruck *gecancelt* zu sein schien.

»LADYS UND GENTLEMEN«, dröhnte eine Stimme aus dem Lautsprecher, »WIR BEDAUERN, IHNEN MITTEILEN ZU MÜSSEN, DASS AUFGRUND UNVORHERGESEHENER UMSTÄNDE ALLE URLAUBSREISEN IN ANDERE EPOCHEN BIS AUF WEITERES GECANCELT SIND. BITTE VERLASSEN SIE DIE ABREISEHALLE UND BEGEBEN SIE SICH ZU DEN ZUBRINGERBUSSEN. DANKE FÜR IHR VERSTÄNDNIS.«

»Unvorhergesehene Umstände!«, rief jemand. Geoff blickte nach rechts, wo eine Frau in einer Art Jeanne-d'Arc-Kostüm gerade aufgebracht auf einen Beamten einredete. »Sie haben den leistungsstärksten Computer im ganzen Universum, der alles, aber auch alles vorhersagen kann, und da wollen Sie mir erzählen, dass mein Urlaub aufgrund *unvorhergesehener Umstände* gecancelt ist?«

»Tut mir leid, Miss«, erwiderte der Beamte. »Ich weiß auch nicht viel mehr als Sie. Ich kann Ihnen nur sagen, dass bis auf Weiteres niemand mehr abreisen darf.«

»Hätte ich bloß eine Reise zum Mars gebucht!«, sagte die Frau, riss sich die Perücke vom Kopf und schleuderte sie zu Boden.

Geoff und die anderen beiden Zeitreiseführer blieben dicht bei Tim, als sie sich durch die Menge drängten. Offenbar waren sie auf dem Weg zu einer der entlegeneren Quarantänekammern.

»Das ist alles Ihre Schuld«, zischte Winterbottom Geoff ins Ohr. »Wenn Sie nicht überfallen worden wären, wäre das alles nicht passiert.«

»Was reden Sie denn da?«, zischte Geoff zurück. »Als ob ich was dafür könnte, dass ich in die Enge getrieben und mit einem Krückstock niedergeschlagen wurde!«

»Tja, aber hätten Sie sich denn nicht verteidigen können? Hätten Sie den Angreifer nicht abwehren und vielleicht sogar dingfest machen können? Wenn Sie nicht ein solcher Waschlappen wären, wären wir jetzt nicht in dieser Situation!«

»Würden Sie bitte aufhören, sich zu streiten?«, sagte Nestor. »Wir sind doch alle Freunde, und ein Streit zwischen Freunden ist so, als ob Schafe auf der falschen Weide grasten«.

»Wie?«, entgegnete Geoff. »Was hat denn Streiten mit Schafen zu tun?«

»Sie haben gut lachen«, fuhr Winterbottom fort, während er sich an einer Familie vorbeischob, die als Piraten verkleidet waren. »Sie brauchen ja nicht in meine Zeit zurückzukehren, wo nichts als Arbeit auf mich wartet. Jeden Tag muss ich um vier Uhr morgens aufstehen, um das Frühstück meines Dienstherrn zuzubereiten, die Pferde zu füttern und das Silber zu putzen. Dabei haben wir noch nicht mal Elektrizität, Herrgott noch mal! Wie soll ich es nur verkraften, all die Freuden eines Daseins als Zeitreiseführer hinter mir zu lassen und wieder zum Butler zu werden? Das bringt mich um den Verstand!«

Winterbottom tat Geoff leid. Offenbar hatte dieser

Mann einen wunderbaren neuen Lebensstil entdeckt, als er Zeitreiseführer geworden war, genau wie Geoff damals einen wunderbaren neuen Lebensstil entdeckt hatte, als er im Netz auf die Serie *The Angry Video Game Nerd* gestoßen war. Die Rückkehr würde niemandem leichtfallen.

Vor ihnen wurden gerade unzählige verwirrte Touristen aus den Quarantänekammern getrieben – von Securityleuten, die es offenbar genossen, ihre Schlagstöcke einsetzen und laut Befehle brüllen zu können. Wahrscheinlich verbrachten sie normalerweise ihre Zeit damit, Teenager zurechtzuweisen, weil sie ihren Kaugummi irgendwo hingeklebt hatten. Oder sie hielten die Leute davon ab, in die falsche Richtung zu latschen. Heute war eindeutig der Tag, auf den sie alle gewartet hatten – der Tag, an dem sie den Leuten ungestraft eins auf den Kopf geben und sich wichtig machen konnten.

»Weitergehen!«, schnauzte einer der Securityleute einen Mann an, der unbeholfen versuchte, seine Habseligkeiten zusammenzuraffen. Links bemühte sich eine weinende Mutter, ihre zwei Kinder nicht im Gedränge zu verlieren. Unerbittlich trieben die Securityleute die Touristen weiter, stur darauf bedacht, sie zum nächsten Ausgang zu bugsieren.

»Bitte gehen Sie zur Seite!«, rief Tim, während er sein Möglichstes tat, die drei Zeitreiseführer durch die Menge zu lotsen, die ihnen entgegenkam.

Einer der Securityleute vertrat ihnen den Weg und musterte sie mit derart hochgezogenen Augenbrauen, dass sich sein Gesicht nach hinten zu verschieben drohte.

»Wo wollen *Sie* denn hin?«, fragte er und stieß Tim mit seinem Schlagstock unsanft gegen die Schulter. »Der Zutritt zu den Quarantänekammern ist verboten!«

»Nun ja«, sagte Winterbottom und machte kehrt. »Wenn das so ist, kommen wir eben ein andermal wieder.«

Tim zog einen Ausweis aus der Tasche und hielt ihn dem Mann vor die Nase. »Sie sollten uns lieber aus dem Weg gehen«, sagte er und stieß den Schlagstock weg, »es sei denn, Sie möchten dem Verteidigungsminister erklären, warum drei unserer Zeitreiseführer noch nicht in ihre eigene Epoche zurückgeschickt worden sind.«

Nervös ließ der Mann den Blick zwischen Tims Ausweis und Tim selbst hin und her wandern, und sein Stirnrunzeln wich einem ausgesprochen betretenen Gesichtsausdruck.

»Tut mir leid, Sir«, sagte der Mann und trat zur Seite. »Bitte gehen Sie durch.«

»Kommen Sie«, forderte Tim Winterbottom auf, legte ihm die Hand auf die Schulter und drehte ihn in die richtige Richtung zurück. »*So* leicht können Sie sich nicht aus der Affäre ziehen.«

Die drei Zeitreiseführer setzten sich auf die Milchglasbank, um sich durchchecken zu lassen. In der Quarantänekammer herrschte eine geradezu unheimliche Stille – die Art von Stille, wie sie gewöhnlich eintritt, wenn gerade jemand einen Fauxpas begangen hat. Und damit sind nicht etwa Fauxpas von der Kategorie gemeint, dass jemand in einer Versammlung einen Furz lässt, der gerade laut genug ist, um von jedem gehört zu werden. Nein, die Stille in der Quarantänekammer war so, als hätte jemand vor einer Schulklasse einen Witz über Pädophilie erzählt und sich dann die Hosen runtergelassen, um einen Haufen zu machen.

»Wie ich Mr. Knight kenne«, brach Tim das Schweigen, »ist er bereits dabei, nach einem Ausweg zu suchen. Wahrscheinlich hat er schon irgendeinen Plan, der es uns erlaubt, bald weiterzumachen.«

Geoff, Nestor und Winterbottom starrten Tim an. Offenbar vermochte keiner von ihnen Tims Optimismus zu teilen.

»Glaubt ihr mir etwa nicht?«, fragte Tim. »In maximal zwei Wochen können wir den Betrieb wiederaufnehmen, da bin ich mir ganz sicher.«

Die Quarantänekammer leuchtete grün auf, das Zeichen dafür, dass sie reisen durften. Tim erhob sich und hielt den anderen die Tür auf.

Winterbottom stand zögernd auf und ging voran. »Ich frage mich, welche Arbeit mich wohl zuerst erwartet, wenn ich zurückkehre«, sagte er, während er so langsam wie möglich den Korridor entlangging. »Vielleicht muss ich meinem Dienstherrn die Fußnägel schneiden. Oder die Latrine reinigen.«

»Meine Güte«, stöhnte Tim. »Hören Sie doch endlich auf rumzujammern! Sie tun ja gerade so, als müssten Sie ins finsterste Mittelalter zurückkehren!«

»Verglichen mit dem Leben hier ist das auch der Fall«, erwiderte Winterbottom. »Heute Abend kann ich mir noch nicht mal die Talkshow im Fernsehen angucken!«

»Na, so schlimm ist die Situation nun auch wieder nicht«, sagte Tim, als sie den Detektor am Zoll erreicht hatten. »Ich hab Ihnen doch gesagt, dass Mr. Knight die Sache unter Kontrolle hat.«

»Aber was ist, wenn ...«

»Nehmen Sie sich ein Beispiel an Nestor«, fiel Tim ihm ins Wort. »Er wird viel weiter in der Zeit zurückgeschickt als Sie. Trotzdem bleibt er völlig gelassen!«

Sie drehten sich um, um Nestor anzusehen, der zur

Decke hochstarrte und mit seinen Gedanken ganz woanders zu sein schien.

»Ja, aber Nestor ist schließlich ein Volltrottel, nicht wahr?«, entgegnete Winterbottom. »Wahrscheinlich hat er sich für die ganze Misere schon einen seiner dämlichen philosophischen Sprüche zurechtgebastelt ...«

»Nun beruhigen Sie sich doch«, sagte Tim, stellte sich neben den Detektor und winkte die Zeitreiseführer durch. »Lassen Sie uns lieber weitermachen.«

Geoff ging als Erster durch den Detektor, den er misstrauisch beäugte. Er wusste zwar, dass er nichts Verbotenes dabeihatte, blieb aber trotzdem misstrauisch – alles, was Geräusche machen konnte, neigte nämlich dazu, Laut zu geben, wenn er in der Nähe war – zum Beispiel Alarmanlagen in Autos, Hunde und Teenager. Doch wider Erwarten kam er unbehelligt durch den Detektor.

Als Nächster war Nestor dran, der wie ein Pudel auf einer Hundeausstellung durch den Detektor schwänzelte. Auch diesmal schwieg das Gerät.

Winterbottom tigerte nervös auf und ab und konnte sich nicht entschließen, durch den Detektor zu gehen. Ein ähnliches Verhalten legte Geoff immer an den Tag, ehe er sich dazu durchrang, eine Dusche zu nehmen.

»Na, was ist?«, sagte Tim. »Nun machen Sie schon!«

»Hetzen Sie mich nicht«, erwiderte Winterbottom und baute sich vor dem Detektor auf, als müsste er sich erst einmal innerlich sammeln. Dann holte er tief Luft und ging forschen Schrittes durch den Detektor. Der sofort losschrillte.

»Rücken Sie's raus«, sagte Tim, nachdem er auf einen Knopf gedrückt hatte, um den Alarm abzustellen.

»Was denn?«, fragte Winterbottom.

»Was immer Sie dabeihaben. Rücken Sie's raus.«

»Ich ... ich weiß gar nicht, wovon Sie reden«, stammelte der Butler.

Eine peinliche Situation. Jeder merkte, dass Winterbottom log. Sein Versuch, unschuldig und verwirrt dreinzublicken, war ungefähr so überzeugend, wie es damals Geoffs Versuch gewesen war, sich nonchalant zu geben, als ihn ein Stromausfall fünf Stunden lang daran gehindert hatte, *Final Fantasy VII* weiterzuspielen. Leider war seine Nonchalance dadurch ein wenig unglaubwürdig geworden, dass er laut »SCHEISSE!« geschrien und das Joypad aus dem Fenster geschmissen hatte.

»Ich bitte Sie«, sagte Tim. »Ganz offensichtlich haben Sie etwas in Ihrer Kleidung versteckt.«

»W... wie kommen Sie denn darauf?«, erwiderte Winterbottom.

»W... wie ich darauf komme?«, ahmte Tim ihn nach, während er sich das Lachen verbeißen musste. »Sie sollten sich mal hören! Sie können ja nur noch rumstottern! Und wie Sie durch den Detektor gegangen sind – einfach erbärmlich ...«

Winterbottom sah zu Geoff und Nestor hinüber, die zustimmend nickten.

»War ziemlich daneben«, bestätigte Geoff.

»Na schön!«, fauchte Winterbottom und griff in seine Tasche. »Es ist doch nur ein gottverdammtes Stereogerät für den persönlichen Gebrauch!« Er klatschte Tim den Apparat in die Hand und stürmte in Richtung Scanning-Anlage davon.

Geoff hatte schon wieder vergessen, was für eine brütende Hitze in der Scanning-Anlage herrschte. Wahrscheinlich hätte man auf dem Fußboden Schinken braten können. Er schwitzte so stark, dass es überhaupt nichts mehr nützte, sich die Stirn abzuwischen; das war ungefähr so, als würde man die Scheibenwischer anstellen, nachdem man mit seinem Auto in einem Swimmingpool gelandet war. Tim hatte in weiser Voraussicht eine große Flasche Wasser mitgenommen.

»Okay«, sagte Tim, während er vor den drei Zeitreiseführern auf und ab marschierte wie ein Sergeant vor Rekruten, »wir wissen ja alle, wie das hier abläuft. Nachdem Sie in den Lichtstrahl getreten sind, müssen Sie warten, bis er sich grün färbt. Danach dürfen Sie zur Abreisekammer gehen. Eine ganz einfache Prozedur.«

»Moment mal«, warf Winterbottom ein. »Was passiert denn, nachdem wir zurückgekehrt sind? Werden wir je wieder etwas von Ihnen hören?«

»Selbstverständlich«, sagte Tim und trank einen großen Schluck Wasser. »Wir werden unablässig daran arbeiten, alles wieder in Ordnung zu bringen. Darauf können Sie sich verlassen. Wer möchte als Erster aufs Podest?«

»Ich«, meldete sich Winterbottom, sehr zu Geoffs Überraschung. »Damit ich's hinter mir habe.« Er trat in den Strahl, der sich kurz darauf grün färbte.

»1889 – ich komme«, sagte er und klang ungefähr so begeistert wie ein Kind, das als einziges Weihnachtsgeschenk eine Erdnuss erhalten hat. Nachdem er wieder vom Podest heruntergeklettert war, begab er sich zur Abreisekammer.

»Jetzt Sie, Nestor«, forderte Tim den griechischen Philosophen auf.

»Ich?«, erwiderte Nestor und trat einen Schritt zurück. »Ich hatte gehofft, als Letzter dranzukommen. Denn wer zuletzt kommt ...«

»Ich möchte aber, dass Geoff der Letzte ist«, fiel Tim

Nestor ins Wort und hinderte ihn daran, seinen Satz zu beenden, der es zweifellos verdiente, unbeendet zu bleiben.

Widerwillig schlurfte Nestor zum Podest und trat in das Licht, das innerhalb weniger Sekunden grün wurde. Offenbar hatte der Computer genau wie alle anderen das Bedürfnis, ihn möglichst schnell loszuwerden.

»So«, sagte Tim, während er Nestor hinterherblickte. »Jetzt bist nur noch du übrig, Geoff.«

»Scheint so«, antwortete Geoff und trat in den Lichtstrahl, der wie beim ersten Mal wunderbar kühl war.

»Und wie fandest du deinen ersten Tag?«, fragte Tim, während er auf seine Armbanduhr blickte. Das Scanning schien länger als gewöhnlich zu dauern.

»Also, er war auf jeden Fall anders, als ich erwartet hatte«, meinte Geoff. »Als ich morgens aufgewacht bin, dachte ich noch, das einzige Ungewöhnliche, was ich machen würde, wäre, Wäsche zu waschen.«

Plötzlich wurde Geoff wieder sehr warm.

Das Licht hatte sich grün gefärbt.

Es war Zeit, nach Hause zurückzukehren.

14

Schon wenige Minuten nach seiner Rückkehr wurde Geoff bewusst, wie sehr ihm all die kleinen Eigenheiten seines Zuhauses gefehlt hatten, all die kleinen Annehmlichkeiten, die er bisher für selbstverständlich gehalten hatte. Beim Öffnen der Haustür schlug ihm der typische Geruch des Hauses entgegen, der zwar leicht ekelhaft war, irgendwie aber auch etwas Beruhigendes hatte, und als er die zwei alten Socken erblickte, die aus unerfindlichen Gründen über dem Treppengeländer hingen, lächelte er still in sich hinein. Selbst das vertraute Geräusch der Toilettenspülung weckte nostalgische Gefühle in ihm. Die Zukunft mochte jubelnde Menschenmengen, eine phantastische Technologie und eine erhöhte Lebensqualität zu bieten haben, aber wusste er in der Zukunft denn, welche Dielen knarrten und welche nicht? Nein. Konnte er in der Zukunft den ganzen Tag im Bademantel rumlaufen? Nein. Wenn die Zukunft ihn für sich gewinnen wollte, musste sie sich schon was Besseres einfallen lassen.

Geoff setzte sich aufs Sofa, zog die Schuhe aus und starrte eine Zeitlang mit leerem Blick zur Decke. Es war zweifellos ein irrer Tag gewesen: Er hatte die Vernichtung der Dinosaurier miterlebt, war in die Zukunft gereist, wie eine Berühmtheit behandelt worden, hatte sich mit Leuten aus der Antike unterhalten, war brutal überfallen worden und hatte sogar noch sein Gedächtnis verloren. Am allerungewöhnlichsten aber war, dass man ihm einen Job angeboten hatte.

Nach einem anstrengenden Tag belohnte sich Geoff gern damit, dass er etwas Konstruktives machte, etwas, das sein Gehirn in Schwung brachte – beispielsweise indem er zehn Stunden hintereinander *Space Commando* spielte. Unglücklicherweise hatte seine rechte Hand einiges gegen diese Idee einzuwenden – hauptsächlich deswegen, weil sie kurz zuvor von einem großen Messer durchbohrt worden war – und konnte ein Joypad ebenso wenig halten wie lange Reden. Eins war jedenfalls sicher: Heute würde er nicht in der Lage sein, weiter mit dem *Todesbringer* zu üben.

Das brachte Geoff in eine missliche Lage. Was sollte er denn tun, wenn er keine Computerspiele machen konnte? Er starrte abermals zur Decke hoch, als könnte ihm die nackte Glühbirne dabei behilflich sein, eine neue Quelle der Unterhaltung zu entdecken. Doch die Glühbirne zeigte sich wenig kooperativ. Geoff griff nach einer Zeitschrift und blätterte sie durch. Dabei stieß er auf einen Artikel über die zehn beliebtesten Nahrungsmittel, ein Interview mit jemandem, von dem er noch nie gehört hatte, und eine Sonderbeilage über Woofer. Geoff warf die Zeitschrift zu Boden und dachte zehn Minuten lang über die lautmalerische Qualität des Wortes *Woofer* nach, wobei er sich fragte, ob es vielleicht eine angemessenere Bezeichnung für einen Tieftonlautsprecher gab.

Binnen Kurzem fiel ihm vor lauter Langeweile die Decke auf den Kopf. Er versuchte sich die Zeit zu vertreiben, indem er sich einen Tee machte, ein bisschen fernsah und sogar ein wenig aufräumte. Doch das half alles nichts. Nach den Ereignissen der letzten vierundzwanzig Stunden war es irgendwie nicht der Bringer, seine Socken zu sortieren und sich *Deal or No Deal* anzusehen. Außerdem gewann der Kandidat nur zehn Pfund.

Allmählich dämmerte es Geoff, dass er vielleicht nie wieder jemanden aus der Zukunft zu Gesicht bekommen würde, obwohl Tim ja das Gegenteil behauptet hatte. Was, wenn es ihnen nicht gelang, den Supercomputer wieder in Ordnung zu bringen? Was, wenn Mr. Knight es nicht schaffte, die Politiker dazu zu überreden, dass sie die Erlaubnis zur Wiederaufnahme des Betriebs erteilten? Ihm fiel wieder ein, was Ruth gesagt hatte – wie sein Leben verlaufen wäre, wenn sie nicht eingegriffen hätten: Er hätte vor dem Computer gesessen und versucht, selbst ein Spiel zu programmieren, um das Ganze schließlich aufzugeben und für den Rest seines Lebens zwischen banalen Kurzzeitjobs hin und her zu pendeln. Bei diesem Gedanken beschlich Geoff ein mulmiges Gefühl. War er wirklich dazu verurteilt, auf diese Art Leben zurückgestuft zu werden, nachdem er kurz erlebt hatte, wie es war, Zeitreiseführer zu sein? Würde er gezwungen sein, wieder in die Rolle des alten Geoffrey Stamp zu schlüpfen? Des *bedeutungslosen Niemand*. Eines Mannes, der für die Welt unwichtiger war als bestimmte Pilzarten. Und welche Pilze waren eigentlich wichtiger als er? Wahrscheinlich diese verdammten Shitake-Dinger, von denen heutzutage alle Welt faselte. Falls er Tim je wiedersah, musste er ihn dazu befragen.

Das war doch lächerlich. Nicht nur dass Geoffs Überlegungen immer depressiver wurden – jetzt trat er auch noch in Konkurrenz mit Shitakepilzen. Wenn das Schicksal es gut mit ihm meinte, müsste es ihm jetzt unbedingt etwas spendieren, das ihn von alldem ablenkte.

Zum Beispiel einen Anruf. Oder eine Gasexplosion. Oder einen Meteoriten, der durch die Zimmerdecke krachte. Doch leider hatte das Schicksal offenbar gerade Urlaub, denn es schickte ihm noch nicht einmal eine Fliege, die ihn mit ihrem Gesumm ablenkte.

Was Geoff am meisten frustrierte, war, dass er, während er sich im einundzwanzigsten Jahrhundert befand und vor dem Fernseher hockte, keine Möglichkeit hatte, in Erfahrung zu bringen, was in der Zukunft vor sich ging. Und selbst wenn er es wüsste, wären ihm die Hände gebunden. Er stellte sich vor, wie Tim und Ruth just in diesem Moment hektisch umherrannten und verzweifelt herauszufinden versuchten, was gestern Abend auf der Party geschehen war. Mr. Knight war vermutlich ebenfalls schwer aktiv, hielt Kontakt zu den Medien, sprach mit führenden Politikern und handelte Bedingungen für eine Wiederaufnahme des Betriebs aus. Während das einzige Problem, mit dem sich Geoff befassen musste, darin bestand, dass ihm allmählich die Teebeutel ausgingen. Falls der Gang zum Laden nicht in eine spektakuläre Autoverfolgungsjagd mündete, konnte man mit ziemlicher Sicherheit davon ausgehen, dass sich dieses Problem auf höchst unspannende Weise klären ließe.

Vielleicht sollte er Zoë anrufen. Er war sich ziemlich sicher, dass ihr Vorschlag, sich bald einmal zu treffen, ernst gemeint gewesen war. Und er wollte unbedingt ein vertrautes Gesicht sehen. Vielleicht konnten sie wieder zum See wandern, wie sie es früher immer gemacht hatten. Allerdings hatte die Sache einen kleinen Haken: Wenn sie ihn sah, fragte sie ihn jedes Mal, ob er schon einen Job gefunden habe. Was sollte er darauf antworten? Lügen wollte er nicht, also konnte er auch nicht *nein* sagen, wie er es immer tat. Außerdem ging ihm nicht aus dem Kopf, was Darren Bell zu ihm gesagt hatte. Würde Zoë sich überhaupt für ihn interessieren, wenn sie ihn für einen *arbeitslosen Gammler* hielt? Wahrscheinlich nicht. Andererseits konnte er auch nicht sagen, dass er einen Job *hatte*, weil er ihr dann würde erklären müssen, dass er ihr nichts über seinen Job verraten durfte. Außerdem würde er hinzufügen müssen, dass er ihn vielleicht gar nicht mehr hatte, weil er von Leuten überfallen worden war, die versuchten, den Lauf der Geschichte zu ändern. Nein, das würde sich vermutlich in den Ohren der meisten Menschen ein kleines bisschen verrückt anhören. Und obwohl Geoff nicht gerade das war, was man als Frauenkenner bezeichnen konnte, war er sich ziemlich sicher, dass es nicht die beste Methode war, beim schönen Geschlecht zu landen, wenn man wie ein Irrer daherredete.

Er nahm das Telefon in die Hand und starrte es eine Zeit lang an, bis es schließlich anfing, ein ungehaltenes Piepen von sich zu geben. Gerade als er all seinen Mut zusammengenommen hatte und Zoës Nummer wählen wollte, klopfte es laut an der Haustür. Geoff schrak zusammen, legte wieder auf und ging nachsehen, wer geklopft hatte. Er erwartete eigentlich niemand.

Er öffnete die Tür. Es war Tim.

»Oh«, sagte Geoff leicht überrascht.

»Oh?«, wiederholte Tim. »Was soll das heißen?«

»Ich habe nicht damit gerechnet ... Ich meine, ich ...«

»Du hast mich zwei Wochen lang nicht gesehen, und das Einzige, was dir einfällt, ist *oh*?«

»Zwei Wochen lang?«, erwiderte Geoff und trat zur Seite, um Tim einzulassen. »Wovon redest du denn da?«

»Entschuldige«, sagte Tim und zog seine Jacke aus.

»Das vergesse ich dauernd. Für dich sind es ja nicht zwei Wochen gewesen, oder? Vermutlich bist du gerade erst nach Hause gekommen.«

»Stimmt«, sagte Geoff und schloss die Haustür. »Vor ein paar Stunden.«

»Verstehe«, erwiderte Tim und ging in die Küche. »Nun, seit *ich* dich das letzte Mal gesehen habe, sind zwei Wochen vergangen. Zwei sehr anstrengende Wochen.« Er füllte den Kessel mit Wasser und stellte ihn an.

»Dann konntet ihr also alles klären, ja?«, fragte Geoff. »Ihr habt den Täter erwischt, den Algorithmus in Ordnung gebracht und all das?«

Tim sah Geoff eine Weile schweigend an.

»Nicht ganz«, sagte er schließlich.

»Wie bitte?« Geoff riss die Augen übertrieben weit auf.

»Nicht ganz«, wiederholte Tim.

Geoff setzte sich an den Küchentisch und spielte ernsthaft mit dem Gedanken, den Kopf gegen die Tischplatte zu rammen.

Er nahm sich jedoch zusammen. »Mit *nicht ganz*«, sagte er, »meinst du da *nein*?«

»Wir haben zwar ein paar Anhaltspunkte, aber wir wissen immer noch nicht mit Sicherheit, wer dich überfallen hat«, erwiderte Tim, während er die Milch aus dem Kühlschrank nahm. »Und was den Supercomputer angeht, den konnten wir noch nicht in Ordnung bringen. Eric hat aus Sicherheitsgründen keine Aufzeichnungen über seine Arbeit hinterlassen, denn die hätten in die falschen Hände fallen können, und soweit uns bekannt ist, hat er es vor seinem Tod nicht mehr geschafft, irgendjemand mitzuteilen, was es mit der Lücke im Algorithmus auf sich hat.«

»Was zum Teufel machst du dann hier?«, fragte Geoff. »Ist das nicht gefährlich?«

»Ja und nein«, antwortete Tim, während er darauf wartete, dass das Wasser im Kessel kochte. »Wir haben nämlich einen Plan.«

Geoff zog erneut in Betracht, den Kopf gegen die Tischplatte zu rammen. Er hasste Pläne. Nach seiner Erfahrung war ein Plan etwas, das sich ohnehin nie realisieren ließ. Mit dreizehn Jahren hatte er den Plan gehabt, Rockstar zu werden. Als Zeitungsausträger hatte er den Plan gehabt, Zoë um ein Date zu bitten. Er hatte jedoch schnell herausgefunden, dass Pläne immer an bestimmten Hindernissen, die man nicht einkalkuliert hatte, scheiterten. Im Fall des Rockstar-Plans hatte er die Tatsache unberücksichtigt gelassen, dass er völlig unfähig war, einem Musikinstrument etwas anderes als Misstöne zu entlocken, und im Fall von Zoë hatte er nicht bedacht, was für ein Feigling er war. Nein, so perfekt ein Plan auch immer sein mochte – Geoff konnte einfach nicht glauben, dass die Dinge genau wie erwartet verlaufen würden. Selbst dem Plan eines ihrer Nachbarn, einen Wintergarten anzulegen, stand er skeptisch gegenüber.

»Das gefällt mir nicht«, sagte Geoff. »Du weißt, was ich von Plänen halte ...«

»Das kommt daher, dass *deine* Pläne immer schwachsinnig sind«, erwiderte Tim, während er die letzten zwei Teebeutel in die Tassen gab und Milch hinzugoss. »Ich erinnere dich nur daran, wie du Komparse bei *Star Wars* werden wolltest und George Lucas ein Foto von dir geschickt hast, auf dem du dir die Haare wie einen Supersternzerstörer frisiert hattest. *Unser* Plan ist von vorn bis hinten *durchdacht*.«

»Mir ist immer noch schleierhaft, warum das damals nicht geklappt hat«, sagte Geoff. »Dabei hatte ich sogar die Schildgeneratoren gut hinbekommen ...«

Ohne ein Wort zu sagen, goss Tim das kochende Wasser in die Tassen. Geoff hatte den Eindruck, dass Tim eher über dringendere Angelegenheiten reden wollte.

»Wie sieht denn nun euer brillanter Plan aus?«, erkundigte sich Geoff. »Und ist er irgendwie gefährlich für mich?«

»Ein bisschen«, erklärte Tim. Nachdem er die Teebeutel herausgefischt hatte, reichte er Geoff eine der Tassen.

»Wie?«, hakte Geoff nach. »Hast du eben gesagt *ein bisschen*?«

»Der Plan besteht darin, dass wir dich als Köder einsetzen wollen. Um den Täter aus der Reserve zu locken.«

»Köder?«, wiederholte Geoff. Er bedauerte, dass er nicht gerade von seinem Tee trank, weil ihn das um die Möglichkeit brachte, schön melodramatisch zu reagieren, indem er den Tee in hohem Bogen ausspuckte, um zu zeigen, wie schockiert er von dem war, was Tim gesagt hatte.

»Nach unserer Auffassung hat das Vorhaben dieser Leute, die Geschichte zu verändern, etwas mit dir zu tun.«

»Mit mir?«

»Wir wissen zwar nicht, warum, aber wir wissen immerhin, dass es da eine Verbindung gibt. Der Kapuzenmann, der dich beim großen Brand von London beobachtet hat, der Mann, der dich in Erics Labor überfallen hat – aus irgendeinem Grund scheint sich alles um dich zu drehen.«

»Das verstehe ich nicht«, erwiderte Geoff. »Was soll denn ...«

»Und noch etwas«, fiel Tim ihm ins Wort. »Hältst du es nicht auch für beunruhigend, dass du nicht tot bist?«

»Nein«, antwortete Geoff. »Eigentlich bin ich damit ganz zufrieden. Ich finde es großartig, nicht tot zu sein.«

»So hab ich das nicht gemeint. Aber denk doch mal nach. Dein Angreifer konnte doch nicht ausschließen, dass Eric dir vor seinem Tod noch verraten hat, wie man den Algorithmus in Ordnung bringt. Warum ist er dann das Risiko eingegangen, dich am Leben zu lassen? Und warum hat er dich in die Hand gestochen?«

»Keine Ahnung.« Geoff zuckte die Achseln und nahm einen Schluck Tee für den Fall, dass der nächste Teil des Plans darin bestand, dass er irgendwo an einem Seil baumeln sollte oder so.

»Also, wir haben eine Theorie«, verkündete Tim, sich die Brille zurechtrückend. »Wir glauben, dass du als eine Art trojanisches Pferd hierher zurückgeschickt werden solltest.«

»Trojanisches Pferd?«

Tim nickte. »Nur das würde erklären, warum man dich nicht umgebracht hat, als du Eric gefunden hat. Wir glauben, der Täter wollte, dass du am Leben bleibst. Diese Leute wollten, dass du ins einundzwanzigste Jahrhundert zurückkehrst, damit du etwas für sie ändern kannst.«

»Etwas ändern?«

»Genau. Und zwar ohne dass du es selbst merkst.«

»Aber das ergibt doch überhaupt keinen Sinn«, meinte Geoff. »Wenn ich etwas ändern soll, hätte euer Supercomputer das doch feststellen müssen. Das Licht hat sich aber grün gefärbt, falls du das vergessen haben solltest.«

»Eben«, sagte Tim. »Deswegen bin ich ja hier. Da sich die Geschichte nicht verändert hat, müssen diese

Leute – wer immer sie sein mögen – noch etwas mit dir vorhaben. Davon konnte Mr. Knight den Verteidigungsminister inzwischen überzeugen. Deshalb nehmen wir den Betrieb wieder auf – in der Hoffnung, deinen Angreifer dazu zu bringen, dass er zu dir ins einundzwanzigste Jahrhundert kommt. Wenn er das tut, werden wir ihn erwarten, um dieses Fiasko ein für alle Mal zu beenden.«

»Ein hervorragender Plan«, sagte Geoff. »Wirklich ganz hervorragend. Aber *der* Teil des Plans, dass ihr mich als Köder einsetzen wollt, schmeckt mir nicht besonders.«

»Das ist kein *Teil* des Plans«, erklärte Tim. »Das ist der *ganze* Plan!«

»Okay. Dann schmeckt mir der ganze Plan nicht.«

»Warum?«

»Na, meinst du nicht auch, dass das ziemlich gefährlich ist? Du redest davon, dass ich darauf warten soll, bis mir irgendein Irrer auch noch in die andere Hand sticht oder mir die Beine bricht oder mir sonst was antut!«

»Nun beruhige dich doch«, sagte Tim. »Das wird alles bestens klappen.«

»Ich soll mich beruhigen? Wie denn?«

»Wenn du Glück hast, scheitern sie schon an der Scanning-Anlage. Und falls nicht, werde ich rund um die Uhr auf dich aufpassen. Du wirst also einigermaßen sicher sein.«

Geoff trank einen weiteren Schluck Tee. Das Wörtchen *einigermaßen* gefiel ihm ebenso wenig, wie ihm das Wörtchen *Schwefelsäure* gefallen hätte, wenn er gefragt worden wäre: *Wie wär's mit einem schönen Tässchen Schwefelsäure?*

»Ich kann mir einfach nicht vorstellen, dass der Verteidigungsminister das alles abgesegnet hat«, sagte Geoff. »Was meint er denn dazu, dass ihr mich als Köder einsetzen wollt?«

»Oh, der ist voll mit an Bord«, erwiderte Tim.

»An Bord der Titanic oder was?«, gab Geoff zurück.

»Jetzt reiß dich mal zusammen«, fuhr Tim ihn an. »Das ist unsere einzige Chance herauszufinden, wer hinter alldem steckt. Also hör auf, dir Sorgen zu machen, trink deinen Tee aus und hol deine Jacke. In ungefähr einer Stunde erwartet uns am Trafalgar Square die erste Touristengruppe, und unter denen könnte auch dein Angreifer sein. Da musst du auf Zack sein.«

Hastig trank Geoff seinen Tee aus und wischte sich den Mund ab. Er konnte sich nicht erinnern, wann er das letzte Mal auf Zack gewesen war.

Geoff war nicht gerade ein Fan von Touristen. Sie neigten dazu, anderen im Weg zu stehen, indem sie sich am Fuß einer Rolltreppe aufbauten und eifrig einen Stadtplan studierten, und belästigten arglose Passanten, wenn sie sie nach Orten und Straßen fragten, die es gar nicht gab. Und jetzt, da er davon ausgehen musste, dass einer von ihnen möglicherweise die Absicht hatte, ihn zu verletzen, zu verstümmeln oder sogar zu töten, versetzte ihn die Aussicht, den Tag mit einer ganzen Gruppe von ihnen zu verbringen, noch weniger in Begeisterung.

Die Gruppe, die Tim und ihn erwartete, bestand aus Männern, Frauen und Kindern, die alle aussahen wie ... nun ja, wie Touristen. Alle waren mit Reiseführer, Kamera, Sonnenbrille und Rucksack ausgestattet und hatten sich am Fuße der Nelsonsäule versammelt, die sich in der Mitte des Trafalgar Square erhob – ein beliebtes Ziel für jeden, der London besuchte, ob er nun aus der Zukunft kam oder nicht. Einige der Touristen zeigten immer wieder auf die roten Doppeldeckerbusse und die schwarzen Taxis, als hätten sie gerade in einem Safaripark eine gefährdete Tierart entdeckt. Andere betrachteten die Passanten und flüsterten sich aufgeregt etwas zu. Die Kinder schienen sich damit zu vergnügen, den Tauben nachzujagen, die sich in der Hoffnung auf Futter um sie geschart hatten. Geoff zählte sie kurz durch und kam zu dem Schluss, dass es nicht mehr als dreißig waren. Das heißt, die Touristen, nicht die Tauben.

Es war ein wunderschöner Tag. All die Wolken, die man im November normalerweise über London erwartete, waren offenbar anderweitig beschäftigt – vielleicht lief ja etwas Gutes im Fernsehen. Das gab der Sonne die Möglichkeit, mit einer derartigen Helligkeit vom blauen Himmel zu strahlen, dass sie Geoff sogar dann blendete, wenn er in die andere Richtung blickte.

Die Touristen schienen ihn sofort wiederzuerkennen. Als sie ihn auf sich zukommen sahen, stellten sie alle anderen Tätigkeiten ein und rückten eng zusammen.

»Überlass das Reden fürs Erste mal mir«, flüsterte Tim und ging allein ein Stück voraus. »Hallo allerseits!«, begrüßte er die Gruppe mit einem Lächeln.

»Hallo!«, echote die Gruppe.

»Willkommen im einundzwanzigsten Jahrhundert. Für diejenigen von Ihnen, die mich noch nicht kennen: Mein Name ist Timothy Burnell, und ich werbe für die ZeitReisen GmbH Zeitreiseführer an. Zunächst einmal möchte ich Ihnen dazu gratulieren, dass Sie alle den Scanning-Test bestanden haben und die erste Gruppe sind, die dieser Epoche einen Besuch abstattet. Gut gemacht!«

Geoff ließ den Blick über die Gruppe schweifen und

dachte darüber nach, wer von ihnen wohl besonders beglückwünscht werden musste, weil es ihm gelungen war, seine finsteren Absichten vor dem Supercomputer zu verbergen. Vielleicht war es der alte Typ da hinten, der ganz schwarz gekleidet war, oder die junge Dame in der vordersten Reihe, die ihn so merkwürdig ansah. Und das Aussehen des großen Mannes mit Sonnenhut rechts von ihm gefiel ihm auch nicht sonderlich. Nicht dass der Sonnenhut irgendwie verdächtig gewirkt hätte, aber sein Angreifer würde ja wohl nicht so blöd sein, zum Beispiel einen Sonnenhut zu tragen, aus dem Messer oder so ragten. Im Grunde genommen würde es ihn gar nicht überraschen, wenn sich herausstellte, dass der Täter die am unschuldigsten aussehende Person der Gruppe war.

»Wie Sie sicher alle wissen«, fuhr Tim fort und riss Geoff damit aus seinen Gedanken, »handelt es sich bei dem Gentleman, der hier hinter mir steht, um Geoffrey Stamp – den Mann, den wir gerade als Zeitreiseführer für das einundzwanzigste Jahrhundert angeworben haben.«

Alle starrten Geoff an, was diesem überhaupt nicht behagte. Wenn er es recht bedachte, sahen sie auf ihre Art *alle* ein bisschen verdächtig aus. Er versuchte, wie Clint Eastwood in *Dirty Harry* mit zusammengekniffenen Augen zurückzustarren, schaffte es aber nur, so auszusehen, als wäre ihm was ins Auge geflogen.

»Zweifellos ist Ihnen allen bekannt, welche Aufgaben ein Zeitreiseführer hat«, sagte Tim, »gestatten Sie mir aber trotzdem einige kurze Erläuterungen. Geoffrey wird während Ihres Aufenthalts hier Ihr Reiseführer sein. Er wird Ihnen die Sehenswürdigkeiten zeigen, Ihnen interessante Dinge über die Kultur dieser Epoche erzählen und natürlich alle Fragen beantworten, die Ihnen möglicherweise einfallen. Ich könnte mir vorstellen, dass sich einige von Ihnen nicht so recht trauen, ihn anzusprechen, nachdem Sie aus den Medien so viel über ihn und besonders über den Überfall auf ihn erfahren haben, aber bitte zögern Sie nicht, sich mit Fragen an ihn zu wenden. Er freut sich schon jetzt darauf, Ihnen behilflich sein zu können.«

Den letzten Satz fand Geoff dann doch etwas übertrieben. Verkrampft lächelte er die Touristen an. Plötzlich riss sich eines der Kinder, ein kleines Mädchen, von der Hand seiner Mutter los und kam zu ihm gerannt.

»Mr. Stamp?«, sagte sie und zupfte ihn am T-Shirt.

»Aaaah!«, schrie Geoff und stieß ihre Hand weg.

Die Kleine sah ihn bestürzt an.

»Hab ich was falsch gemacht?«

»Entschuldigung«, stammelte Geoff. »Ich ... ich dachte, du wolltest mich schlagen.«

»Nein«, antwortete das Mädchen und spielte verlegen an ihrem Haar herum. »Ich wollte nur fragen, ob wir später in den Zoo gehen können. Ich möchte Pinguine sehen. Die gibt es in unserer Zeit nicht mehr.«

»Oh«, sagte Geoff, während er die anderen Touristen betreten anblickte. Es war ihm ziemlich peinlich, dass er eben so schreckhaft reagiert hatte. »Ich ... äh ... das weiß ich nicht. Ich werde Tim fragen, ob das okay ist.«

»Vielen Dank!«, erwiderte sie und rannte zu ihren Eltern zurück.

»Würden Sie mich bitte einen Moment entschuldigen?«, sagte Tim zu der Gruppe und zog Geoff ein Stück zur Seite.

»Was zum Teufel ist mit dir los?«, flüsterte Tim.

»Tut mir leid«, antwortete Geoff. »Ich dachte, sie ist vielleicht diejenige, die mich überfallen hat.«

»Sie ist doch erst acht! Wie soll sie dich da denn überfallen haben?«

»Keine Ahnung«, sagte Geoff. »Immerhin bin ich schon mal von einer Achtjährigen attackiert worden.«

»Verstehe«, meinte Tim. »Und wie alt warst *du* da, wenn ich fragen darf?«

»Acht«, gab Geoff zu.

Je weiter der Tag fortschritt, desto mehr legte sich das Misstrauen, das Geoff gegenüber der Touristengruppe empfand. Er ging mit den Leuten in den Londoner Zoo, zeigte ihnen den Buckingham Palace, machte mit ihnen einen Rundgang über den Piccadilly Circus, spendierte ihnen eine Fahrt mit dem London Eye und schickte sie sogar zu einem Pseudo-Einkaufsbummel in die Oxford Street. Damit sich nichts am Raum-Zeit-Kontinuum änderte, durften die Touristen natürlich nichts kaufen. Sie gingen nur zum Herumstöbern in ein paar Läden, sahen sich dieses und jenes an und verließen das Geschäft mit leeren Händen wieder. In all der Zeit unternahm keiner von ihnen den Versuch, Geoff anzugreifen, obwohl jeder von ihnen reichlich Gelegenheit dazu gehabt hätte. Nur einmal geriet Geoff kurz in Panik, und zwar als ihn im Apple Store ein Mann versehentlich auf den Fuß trat. Doch davon abgesehen verlief der Tag relativ schmerzfrei. Ja, Geoff war regelrecht entspannt, als die Sonne langsam unterging und er beschloss, den Tag mit einer Besichtigung von Big Ben ausklingen zu lassen.

»Na, so schlimm war das ja gar nicht«, sagte er zu Tim, als sie die Gruppe am Nordufer der Themse entlang in Richtung Westminster führten.

»Es ist aber noch nicht vorbei«, erwiderte Tim. »Vergiss nicht, dass du diese Leute eine Woche lang betreuen musst. Einer von ihnen könnte versuchen, deine Wachsamkeit einzulullen, um dann zuzuschlagen, wenn du es am wenigsten erwartest.«

»Moment mal«, sagte Geoff, dessen Herzschlag sich beschleunigte. »Heißt das, dass mir jederzeit etwas zustoßen könnte?«

»Das weiß ich nicht, Geoff«, entgegnete Tim, während er auf den Fluss blickte. »Ich will damit nur sagen, du musst auf der Hut sein.«

»Aber ich dachte, *du* sollst auf mich aufpassen«, sagte Geoff, der merkte, dass er allmählich Kopfschmerzen bekam. »Ich meine, du kennst mich doch! Ich bin keine Kämpfernatur! Meine Güte, ich hab ja schon Angst vor Motten!«

»Mr. Stamp?«, rief hinter ihm eine Stimme, die zu einem der Mädchen an der Spitze der Gruppe gehörte. »Darf ich Sie was fragen?«

»Äh ... ja, klar«, sagte Geoff und drehte sich um, nachdem er Tim einen besorgten Blick zugeworfen hatte. »Worum geht's?«

»Ich würde gern wissen, wie es so ist, im einundzwanzigsten Jahrhundert zu leben«, sagte sie. »Was machen die Leute in ihrer Freizeit? Wie entspannen sie sich? Wonach streben sie?«

»Das ist einfach zu beantworten«, gab Geoff zurück. »In ihrer Freizeit sehen sie fern. Wenn sie sich entspannen wollen, sehen sie fern. Und sie streben danach, im Fernsehen aufzutreten.«

»Heißt das, die Leute sind vom Fernsehen besessen?«

Geoff öffnete den Mund, doch bevor er etwas sagen konnte, setzte über ihm plötzlich ein gewaltiges Getöse ein, ein ohrenbetäubender Lärm, der sich anhörte, als flögen tausend Jets über den Himmel. Alle Leute auf der

Straße blieben stehen und sahen nach oben. Da Geoff gern wissen wollte, woher der Krach kam, folgte er ihrem Beispiel.

Wie sich herausstelle, schien der Lärm von einer großen Anzahl fliegender Untertassen zu kommen, die auf die Stadt zuflogen. Es mussten weit über hundert sein. Geoff beobachtete, wie sich eine von ihnen wie ein schlecht geworfenes Frisbee auf die Seite legte und mit unglaublicher Geschwindigkeit über die Themse sauste; der Energieausstoß der Triebwerke war so stark, dass er den Fluss in zwei Hälften teilte. Geoff verschlug es die Sprache. Diese Raumschiffe waren enorm groß und bestanden aus einem Metall von perfekter Glätte. Nervös rieb er sich die Hände. Da er Hunderte von Science-Fiction-Filmen gesehen hatte, wusste er, dass bedrohlich große fliegende Untertassen am Himmel selten etwas Gutes zu bedeuten hatten. Gewöhnlich war es nicht so, dass sie sich bloß im Weltraum verirrt hatten oder einen Blumenstrauß überreichen wollten; gewöhnlich kamen sie mit aggressiven Absichten.

Geoff hatte Angst.

Ein Gefühl, das sich als völlig gerechtfertigt erwies, als eines der Raumschiffe über dem Parlamentsgebäude kreiste und einen orangefarbenen Laserstrahl darauf abfeuerte, der durch die Mauern hindurchging, als wären sie aus Pappmaschee. Die Erbauer des Parlamentsgebäudes hatten offenbar vergessen, die Möglichkeit in Betracht zu ziehen, dass das Bauwerk eines Tages vom Laserstrahl eines Raumschiffs getroffen werden und sich als nicht widerstandsfähig genug erweisen könnte. Jedenfalls explodierte das Gebäude unverzüglich, nur ein paar Mauern blieben stehen, die aber schon im nächsten Moment einfielen und eine gewaltige Staubwolke aufwirbelten. Bloß Big Ben blieb unversehrt. Je mehr Raumschiffe sich der Stadt näherten, desto stärker wurde der Wind, der schließlich zum Orkan anwuchs. Hinter Geoff versuchte ein Zeitungsverkäufer verzweifelt, seine Zeitungen am Wegfliegen zu hindern, obwohl die ja nun ein wenig veraltet waren. Geoff war zwar kein Journalist, doch angesichts der gegenwärtigen Ereignisse vermutete er stark, dass *The London Evening Standard* auf der Titelseite seiner Spätausgabe über diese Invasion berichten würde, natürlich nur, wenn sich die Beckhams in der Zwischenzeit nicht doch getrennt hatten.

»Wow!«, schrie einer der Touristen Geoff ins Ohr. »Sie hatten uns gar nicht gesagt, dass so was zum Programm gehören würde!« Es war der Mann mit dem Sonnenhut, der Geoff so verdächtig vorgekommen war und den ihm der Wind mittlerweile vom Kopf gerissen hatte. Der Mann zückte seine Kamera und nahm auf, wie eine fliegende Untertasse Big Ben beschoss. Der Turm fiel krachend um, die großen Uhren zerschellten auf der Straße wie Teller, die jemand in einem russischen Restaurant gegen die Wand geworfen hatte. Geoff erkannte den Blickwinkel, aus dem er all das beobachtete, wieder. Wenn er sich nicht täuschte, würde das Foto, das der Mann gerade gemacht hatte, genauso aussehen wie das auf dem Plakat, das er neulich gesehen hatte. Natürlich nur unter der Voraussetzung, dass sie das Ganze überlebten und das Foto entwickelt werden konnte.

»O mein Gott!«, schrie Tim. »Das sind die Varsarianer! Diese beschissenen Varsarianer! Und sie sind zweihundert Jahre zu früh dran! Weißt du, was das heißt?«

»Dass wir sterben werden, oder?«, erwiderte Geoff, während er entsetzt zusah, wie eines der Raumschiffe eine Rolle machte und mitten durch die Westminster

Bridge fegte, auf der sich wie gewöhnlich der Verkehr staute. Die Autos purzelten in den Fluss. Das war jetzt das zweite Mal, dass er miterlebte, wie London niederbrannte, doch diesmal würde höchstwahrscheinlich kein Lord Mayor aufkreuzen und erklären, dass eine Frau das Feuer »auspissen« könne.

»Die Varsarianer müssen diejenigen sein, die den Algorithmus geknackt haben!«, rief Tim, packte Geoff beim Arm und rannte los, um in Deckung zu gehen. »Du musst doch etwas verändert haben, ohne es zu merken! Wir sind verloren! Scheiße noch mal, wir sind verloren!«

Dem konnte Geoff nur zustimmen.

Wieder rieb er sich die Hände.

»Denk nach!«, forderte Tim ihn auf, während er verzweifelt nach einem Ort suchte, an dem sie sich verstecken konnten. »Das Ganze muss etwas mit deiner Hand zu tun haben! Was könnte sich denn geändert haben?«

Abgesehen davon, dass er sich nicht mehr so häufig in der Nase bohrte, fiel Geoff nichts ein, was sich an seinem Verhalten geändert hatte.

»Du giltst als einer der unbedeutendsten Menschen, die je gelebt haben! Welchen Einfluss könntest du denn auf das Timing der varsarianischen Invasion gehabt haben? Und warum hat dieser beknackte Computer es nicht bemerkt?«

Das war eine ziemlich diffizile Frage, der sich Geoff nicht so recht zu widmen vermochte, zumal er im Moment eher damit beschäftigt war, dem Tod zu entgehen.

Plötzlich donnerte eines der varsarianischen Raumschiffe direkt über ihnen am Himmel entlang. Der mörderische Ausstoß der Triebwerke schleuderte Autos und Busse in die Luft.

»Pass auf!«, sagte Tim und stieß Geoff beiseite, da ein Ford Fiesta auf sie zugetrudelt kam.

Geoff taumelte zur Seite. Das Fahrzeug verfehlte ihn ganz knapp und krachte hinter ihm auf den Bürgersteig. Als er sich umblickte, stellte er fest, dass Tim von dem Auto zerquetscht worden war. Sein lebloser Körper lag unter der verbeulten Karosserie und war nur noch zum Teil zu sehen.

An diesem Punkt wurde den meisten Touristen klar, dass die Invasion, die sie gerade miterlebten, wohl doch nicht zum Programm gehörte und dass möglicherweise etwas schiefgelaufen war. Alle rannten schreiend umher und versuchten verzweifelt zu entkommen. Wer Pech hatte, wurde von den Laserstrahlen der Raumschiffe vaporisiert. Geoff blickte erneut zum Himmel. Überall waren Raumschiffe, die auf alles, was sich bewegte, schossen. Die Air Force schien ein Geschwader Düsenjäger losgeschickt zu haben, um die Stadt zu verteidigen. Doch die Raketen und Geschosse, die sie abfeuerten, hatten keinerlei Wirkung und verpufften, sobald sie den Rumpf eines Raumschiffs trafen. Binnen kurzer Zeit wurden die Düsenjäger alle abgeschossen, trudelten brennend nach unten und ließen weitere Gebäude in Flammen aufgehen.

Urplötzlich stellten die Raumschiffe das Feuer ein und drosselten ihr Tempo. Das Dröhnen der Triebwerke sank zu einem leisen Brummen herab. Die überlebenden Menschen unten hörten auf umherzurennen und starrten verwirrt zum Himmel hoch. Auch Geoff wollte feststellen, was dort oben geschah. Was er sah, war unglaublich: Die Schiffe formierten sich langsam zu einem gigantischen Kreis, der im Uhrzeigersinn am Himmel rotierte. Schiff für Schiff reihte sich in den Kreis ein, und jedes leuchtete hellrot, als bereiteten sie sich darauf vor, gemeinsam irgendeine Superwaffe abzufeuern. Als das letzte Schiff den Kreis schloss, färbte sich der Himmel rot. Geoff verspürte den Drang, sich auf die Knie niederzulassen und die Hände auf die Erde zu legen.

»Find ich ein bisschen spät, jetzt noch zu beten«, sagte ein Mann in seiner Nähe. »Haben Sie denn noch nicht gehört, dass überall auf der Welt gerade das gleiche Szenario abläuft? Da glauben Sie doch wohl nicht, Gott könne uns jetzt retten, was?«

»Weiß ... weiß auch nicht, warum ich das mache«, sagte Geoff.

Unmittelbar darauf richtete eines der Schiffe einen Scheinwerfer auf Geoff, löste sich aus der Formation und kam mit unglaublicher Geschwindigkeit auf ihn zu, um nur wenige Meter schräg über ihm haltzumachen. Die Ausstoßdüsen der Triebwerke richteten sich nach unten. Als es langsam herabsank, wurde einem erst so richtig klar, wie riesig diese Schiffe waren. Der Rumpf reichte nicht nur über die ganze Straße, sondern auch über die Häuserruinen rechts von Geoff und den Fluss links von ihm. Der nach unten gerichtete Energieausstoß der Triebwerke sorgte für eine sanfte Landung und brachte gleichzeitig den Asphalt auf der Straße zum Schmelzen, während ein Teil des Flusses verdampfte.

Die Triebwerke des Raumschiffs wurden gedrosselt, im unteren Teil des Rumpfs öffnete sich eine kleine Tür. Alle Umstehenden verstummten und starrten gebannt auf die Tür. Die Optimisten unter ihnen hofften vermutlich, dass irgendein Witzbold, der im Fernsehen eine der typischen, das Publikum für dumm verkaufenden Shows moderierte, herausspringen und »Reingefallen!« rufen würde, doch irgendwie war das ziemlich unwahrscheinlich.

Geoff wartete. Er verstand einfach nicht, warum er sich hingekniet hatte und den Drang verspürte, ausgerechnet hier darauf zu warten, dass etwas passierte. Unter normalen Umständen hätte er eher den Drang verspürt, davonzurennen und sich irgendwo zu verstecken. Fast war es so, als hätte man ihn hypnotisiert.

Kurz darauf erschien ein seltsam aussehendes Wesen in der Tür und kauerte sich nieder, um Geoff zu betrachten, der seinen Blick ebenfalls auf das Wesen richtete. Es war ungefähr einen Meter achtzig groß, hatte zwei Arme und zwei Beine und ähnelte vom Körperbau einem Menschen. Alles andere erinnerte jedoch eher an ein Tier. Seine Haut war grün und ledrig wie die eines Krokodils, und in der Mitte der kleinen schwarzen Augen befand sich eine leuchtend rote Pupille. Dies war also ein Varsarianer. Jetzt öffnete das Wesen den Mund, um etwas zu sagen.

»Wir erkennen die altehrwürdige Stellung, die du eingenommen hast, wieder«, zischte es. »Hast du uns etwas mitzuteilen?«

Geoff glaubte eigentlich nicht, dass er etwas mitzuteilen hatte. Trotzdem sagte er, ohne auch nur einen Moment nachzudenken: »Ich habe eine Nachricht von Tringrall. Im Jahr Dranculees müsst ihr alles zurückverwandeln.«

Nachdem er diese Worte von sich gegeben hatte, runzelte Geoff selbstkritisch die Stirn, so als hätte er gerade laut gerülpst.

Der Außerirdische nickte.

»Danke, Mensch«, sagte er und erhob sich. »Wir werden uns daran erinnern.« Die Tür schloss sich wieder, während Geoff sich verblüfft fragte, wie es kam, dass der Außerirdische in der Lage war, ihn zu verstehen und in seiner Sprache zu antworten. Ob die vielleicht auf dem Weg zur Erde an einer Tankstelle haltgemacht und sich einen Sprachführer gekauft hatten?

Als die Triebwerke des Raumschiffs aufheulten, hallten die letzten Worte des Außerirdischen in Geoffs Kopf wider. *Wir werden uns daran erinnern.* Aber es war *Geoff*, der sich jetzt allmählich an etwas erinnerte, etwas Wichtiges, etwas, das den Algorithmus betraf ... Genau! Das war's! Er *hatte* mit Eric vor dessen Tod gesprochen! Er *hatte* erfahren, wie man die Lücke schließen konnte! Unglücklicherweise richtete sich der Energieausstoß des Raumschiffs genau in dem Moment, als ihm alles wieder einfiel, auf Geoff und verbrannte seinen Körper, bis er völlig verkohlt war. Dann schloss sich das Raumschiff wieder den anderen fliegenden Untertassen am blutroten Himmel an.

Geoff war also tot. Und er hatte es immer noch nicht geschafft, Tim zu fragen, welche Pilzart wichtiger war als er. Vielleicht hatte der Computer ja jene *Atom*pilze gemeint, die gerade über jeder Stadt auf dem Planeten aufstiegen.

15

Es war in keiner Weise erfreulich, mit anzusehen, wie die gesamte menschliche Zivilisation ausgelöscht wurde – auch wenn es sich nur um eine Videosimulation handelte. Tim war von dem, was ihnen der Supercomputer eben gezeigt hatte, so geschockt, dass er sich erst einmal hinsetzen musste.

»Mannomann, Geoff!«, sagte er mit zittriger Stimme. »Hast du das gesehen? Bloß gut, dass wir noch mal überprüft haben, was nach deiner Rückkehr passiert wäre, *bevor* wir dich ins einundzwanzigste Jahrhundert zurückgeschickt haben! Wenn du wirklich zurückgekehrt wärst, hätte die Invasion der Varsarianer zweihundert Jahre früher als erwartet stattgefunden! Wir wären alle getötet worden!«

Geoff sagte nichts.

»Ich muss nachdenken«, verkündete Tim und erhob sich, um auf und ab zu gehen. »Das ergibt überhaupt keinen Sinn. Warum hat sich das Licht grün gefärbt? Warum hat dir der Computer die Reiseerlaubnis erteilt? Ist doch ziemlich happig, wenn ihm so was wie eine Invasion Außerirdischer entgeht, findest du nicht?«

Geoff sagte nach wie vor nichts.

»Geoff?«

Tim blieb stehen und blickte sich um. Geoff lag bewusstlos auf dem Boden der Scanning-Anlage.

Typisch, dachte Tim.

Ob das an etwas lag, das er gesagt hatte?

16

Dass Geoff in Ohnmacht gefallen war, lag indes daran, dass er sich in der Videosimulation etwas hatte sagen hören: »Ich habe eine Nachricht von Tringrall. Im Jahr Dranculees müsst ihr alles zurückverwandeln.« Diese Worte hatten in seinem Hirn offenbar einen starken Impuls ausgelöst, weil er sich unmittelbar darauf in einem ramponierten alten Ruderboot wiederfand, das friedlich über seinen Traumsee trieb. Allmählich wurde das Ganze einigermaßen lachhaft; in den letzten Tagen war er so oft hierher zurückgekehrt, dass es ihn überraschte, warum seine Phantasie keine Gebühr dafür verlangte.

Diesmal war jedoch irgendetwas anders, eine Kleinigkeit, auf die Geoff aber trotzdem nicht den Finger zu legen vermochte. Oberflächlich betrachtet sah alles genauso aus wie immer – seine Bank stand am gewohnten Ort, die Luft war vom selben Geruch geschwängert, die Bäume zeigten in die richtige Richtung. Dennoch hatte Geoff das Gefühl, dass sich irgendetwas verändert hatte, etwas, das er nicht benennen konnte. Es war ein bisschen so, als träfe man einen alten Freund wieder, der so aussah, als wäre er beim Frisur gewesen, traute sich aber nicht, etwas dazu zu sagen, weil man sich nicht ganz sicher war.

Geoff setzte sich auf und streckte die Beine aus. In seiner Phantasiewelt fing offenbar gerade ein neuer Tag an, denn in der Ferne lugte bereits die Sonne mit einem Auge über die Berge. Wobei hier anzumerken ist, dass es sich nicht um einen konventionellen Sonnenaufgang handelte, wie er einem manchmal im Frühstücksfernsehen präsentiert wird, sondern um etwas rundum Prachtvolles, denn die orangefarbenen Strahlen der Sonne zauberten eine regelrechte Patchworkdecke in Pink und Blau an den bewölkten Himmel. In der Tat wirkte das Ganze irgendwie romantisch – Geoff konnte sich ohne Weiteres vorstellen, wie junge Liebespaare, die keine Probleme mit Kitsch hatten, am Ufer des Sees saßen und verzückt in den Sonnenaufgang starrten, bis sie dann merkten, wie säuisch kalt es um sechs Uhr dreißig morgens war.

Der einzige Schönheitsfehler, den dieser prächtige Anblick hatte, war ein kleiner weißer Punkt, der über den Himmel glitt. Geoff sah genauer hin. Anscheinend war es eine Möwe, die hoch über dem See kreiste.

»Mensch, das ging aber schnell!«, rief eine Stimme. »Du bist schon wieder da?«

Geoff blickte sich um. Von wo war denn diese Stimme gekommen? Außer ihm saß niemand im Boot, und soweit er feststellen konnte, stand auch niemand am Ufer des Sees.

»Hier oben!«, meldete sich die Stimme wieder.

Geoff schaute hoch. Die Möwe schien immer tiefer zu gehen.

»Genau!«, rief sie. »Ich bin's!«

Na großartig. Erst ein sprechender Fisch, jetzt eine sprechende Möwe. All diese sprechenden Tiere, die seine Phantasie bevölkerten, gingen Geoff so langsam auf den

Geist. Er musste wirklich aufhören, so viele Zeichentrickfilme zu sehen.

Die Möwe fegte über Geoffs Kopf hinweg, setzte zur Landung an und ließ sich auf dem Rand des Bootes nieder. Mit dem linken Fuß schien sie ein Stück Papier festzuhalten.

»Erinnerst du dich noch an mich?«, fragte die Möwe, während sie die Flügel anlegte.

»Äh ... nein«, erwiderte Geoff. »Tut mir leid.«

»Macht nichts. Hab ich auch nicht erwartet. Diese Dreckskerle haben dafür gesorgt, dass du alles vergisst, nicht wahr?«

»Hä?«

»Der Varsarianer, der dich überfallen hat – der hat dafür gesorgt, dass du alles vergisst. Erics Ermordung, und dann, dass er dir erzählt hat, wie man den Algorithmus in Ordnung bringen kann, einfach alles ...«

»Eric hat mir erzählt, wie man den Algorithmus in Ordnung bringen kann?«

»Ja.«

»Und dieser ... Varsarianer hat dafür gesorgt, dass ich es vergesse?«

»So ist es.«

»Aber ... wie denn?«

»Mit Sicherheit weiß ich das auch nicht. Nach dem Überfall musst du dich in einem halb wachen Zustand befunden haben, sodass alles, was du hier erlebt hast, eine Mischung aus Realem und Imaginärem war. Das würde auch erklären, warum sie in der Lage waren, im Traum mit dir zu sprechen, dich zu hypnotisieren, damit du alles vergisst, und warum die Verletzung an deiner Hand sowohl real als auch imaginär war.«

Geoff fand, dass er ein ausgesprochener Glückspilz

war. Wahrscheinlich gab es nicht viele Möwen auf der Welt, die die Fähigkeit hatten, alles, was ihm widerfahren war, so eloquent zu analysieren. Nach seiner Erfahrung hatten die meisten Möwen lediglich die Fähigkeit, kleine Fische zu verschlingen, auf Autos zu kacken und – wenn sie sich was ganz Besonderes gönnen wollten – auf einem Bein zu stehen.

»Wer *bist* du?«, fragte Geoff. »Bist du real?«

»Ob ich real bin?«

»Ja. Bist du jemand, der in der realen Welt mit mir spricht?«

»Was? Wie?«, entgegnete die Möwe. »So was Absurdes hab ich ja noch nie gehört!«

»Wer bist du denn dann?«

»Ich bin eine Möwe.«

»Aber du kannst sprechen!«

»Ja, ich bin eine sprechende Möwe. Fein observiert.«

»Du bist also eine sprechende Möwe«, gab Geoff zurück, den das immer mehr verwirrte. »Ist das nicht noch absurder, als wenn du jemand wärst, der in der realen Welt mit mir spricht?«

»Hey! Ich bin doch keine gewöhnliche Möwe! Ich bin eine Silbermöwe! Wir Silbermöwen sind ziemlich schlau, das kannst du mir glauben!«

Daran zweifelte Geoff keine Sekunde. Wahrscheinlich war diese sprechende Silbermöwe derart schlau, dass sie ihn mit verbundenen Augen beim Schach schlagen konnte.

»Das Drollige daran ist«, fuhr die Möwe fort, »dass ich in Wirklichkeit ein Teil deines Unterbewusstseins bin. Ich bin du.«

»Was soll das denn heißen? Du bist ich? Du bist eine Möwe!«

»Ich möchte dich mal was fragen«, sagte die Möwe, während sie über den Rand des Boots auf Geoff zukam. »Wie hast du dich gefühlt, als dir diese Leute aus der Zukunft mitgeteilt haben, dass du völlig unbedeutend bist?«

Geoff lehnte sich gegen die Wand des Boots und holte tief Luft.

»Nicht sonderlich gut«, gab er zu, während er zum Himmel hochblickte. »Sogar ziemlich beschissen, ehrlich gesagt.«

»Nicht sonderlich gut?«, wiederholte die Möwe. »Du warst stinkwütend. In deinem tiefsten Innern warst du absolut sauer, weil man dich jahrelang konditioniert hatte, ein Leben im Verborgenen zu führen; weil man verhindert hatte, dass dein Leben seinen natürlichen Verlauf nimmt. Diese Leute haben dich davon abgehalten, deine Lage zu verbessern. Sie haben dafür gesorgt, dass du ständig zu Hause hockst und Computerspiele machst, und sie haben sogar deinen Kontakt mit anderen Menschen eingeschränkt. Sie haben dich in eine sorgfältig überwachte, künstliche Umgebung versetzt, um dich in die Person zu verwandeln, die sie brauchten – in jemanden, den die Gesellschaft für nutzlos hält, in einen *unbedeutenden Niemand*. Aber du bist viel mehr als das.«

»Wirklich?«

»O ja«, sagte die Möwe. »Glaub mir, Geoff – du bist zu großen Dingen imstande.«

»Also, ich weiß nicht«, erwiderte Geoff und schüttelte den Kopf. »Solange ich zurückdenken kann, habe ich mich immer gefragt, wonach ich im Leben wirklich suche – was ich der Welt geben könnte. Aber mir ist nie was eingefallen. Tatsache ist, dass ich keine besonderen Fähigkeiten habe. Das Einzige, worin ich gut bin, sind nun mal Computerspiele, und das ist nicht gerade eine nützliche Beschäftigung, oder?«

»Da spricht wieder die Konditionierung aus dir, Geoff«, stellte die Möwe fest. »Begreifst du denn nicht? Diese Leute haben deinen Verstand so lange unterdrückt, bis du nur noch an dir selbst zweifelst. Aber stell dir doch mal die Frage, *warum* du bei Computerspielen so gut bist.«

»Keine Ahnung«, antwortete Geoff. »Vermutlich weil ich ziemlich reaktionsschnell bin ...«

»Weiter ...«

»Und weil es mir gelingt, die Schwachstelle des Gegners zu entdecken. Wenn er angreift, Verhaltensmuster zu erkennen. Vorauszusehen, worin sein nächster Schritt besteht.«

»Genau!« Die Möwe hopste aufgeregt auf und ab. »Und was noch? Denk nach!«

»Tja«, fuhr Geoff fort und setzte sich aufrecht hin, »wenn ich mit anderen online spiele, bin ich normalerweise derjenige, dem die anderen die Führung überlassen – weil ich es gut draufhabe, Strategien zu entwickeln, Probleme zu lösen und jedem eine Aufgabe zuzuweisen ... Solche Sachen halt ...«

»Na bitte!«

»Aber ... das sind doch bloß Spiele«, meinte Geoff, während er sich wieder zurücksinken ließ, »bei denen man nur so tut, als ob.«

»Stimmt schon«, erwiderte die Möwe. »Aber gibt es irgendeinen Grund, warum diese Fähigkeiten nicht im realen Leben Anwendung finden könnten?«

»Vermutlich nicht«, gab Geoff zu und ließ den Arm über den Rand des Bootes hängen, um die Hand ins Wasser zu tauchen. »Aber im realen Leben gerate ich nie in

Situationen, in denen diese Art von strategischem Denken gefragt ist ...«

»Und wessen Schuld ist das?«, hakte die Möwe nach.

Geoff sah die Möwe eine Weile schweigend an, während das kalte Wasser seine Finger umspülte.

»Ich glaube, ich habe einfach nie die Chance bekommen zu zeigen, was ich wirklich kann«, sagte er schließlich.

»Stimmt. Und was noch schlimmer ist: Dass dieser Supercomputer behauptet hat, du seist völlig unbedeutend, war fast so was wie eine Prophezeiung, die sich selbst erfüllt. Verrat mir doch mal, was du empfunden hast, nachdem du herausgefunden hattest, dass der Supercomputer vielleicht gar nicht so super ist. Dass ihm bei seinen Berechnungen ein Fehler unterlaufen sein könnte.«

»Na ja«, erwiderte Geoff. »Kann sein, dass ich erleichtert war.«

»Nein, nein, nein. Es war mehr als das. Sobald du erfahren hast, dass der Algorithmus einen Defekt hat, ist etwas in dir erwacht, etwas, das lange geschlafen hatte.«

»Du hast recht«, sagte Geoff. »Jetzt, wo du es erwähnst, fällt mir ein, dass sich in der Tat etwas in mir gerührt hat. Aber ich dachte, dass sei die Lasagne, die Tim am Tag vorher gemacht hatte. Er tut nämlich immer diese verdammten Zucchini rein.«

»Das war nicht Tims Lasagne«, erklärte die Möwe. »Weißt du noch, warum Mr. Knight dich als Zeitreiseführer eingestellt hat? Weil du keinerlei Ehrgeiz hast. Weil dir nichts daran liegt, deine Lage zu verbessern. Aber all das änderte sich, nachdem du entdeckt hattest, dass du vielleicht doch nicht so wertlos bist. Da hast du den Entschluss gefasst zu beweisen, dass du nicht bloß ein unbedeutender Niemand bist.«

»Ach ja?«

»Ja. Auch wenn es dir selbst vielleicht nicht klar geworden ist. Und an der Stelle komme ich ins Spiel.«

»Du?«

Die Möwe nickte. Zumindest hielt Geoff es für ein Nicken. Da er nicht sehr versiert darin war, mit Möwen zu sprechen, wusste er nämlich nicht so recht, ob er die Bewegung richtig gedeutet hatte.

»Ich bin das Symbol, das dein Unterbewusstsein geschaffen hat, um all das Selbstvertrauen zu verkörpern, das diese Leute dir genommen haben, all deinen Widerstand gegen die Vorstellung, ein *unbedeutender Niemand* zu sein, all deine Bestrebungen, ihnen zu zeigen, wozu du in der Lage bist.«

»Eine Möwe?«, entgegnete Geoff. »Wäre es nicht besser gewesen, ich hätte mir als Symbol einen Roboter ausgesucht, der aus den Augen Raketen abschießen kann? Oder einen großen Panzer mit Unmengen von Kanonen? Du weißt schon, irgendwas Fieses und Knallhartes.«

Die Möwe stieß einen leisen Seufzer aus. »Kann ja sein, dass Roboter und Panzer ziemlich cool sind, aber sie bedeuten dir überhaupt nichts, Geoff«, sagte sie. »Während eine Möwe von großer Symbolkraft ist. In den Augen der meisten Leute mag sie zwar nur ein dummer Vogel sein, der nach rechts statt nach links blickt, aber für dich stellt sie wesentlich mehr dar. Sie ist der Beweis dafür, dass du durchaus eine Rolle spielst; dass du dich von allen anderen Zeitreiseführern unterscheidest; dass du nicht bloß ein Rübenbauer oder ein gescheiterter Philosoph bist. Und darüber hinaus glaubst du, dass sie eines Tages enthüllen wird, welchen Einfluss du tatsächlich auf den Verlauf der Geschichte hast, dass sie dir die Chance geben wird, diesen Leuten zu zeigen, wozu du fähig bist.«

»Das hört sich ja ziemlich beeindruckend an«, meinte Geoff.

»Oh, glaub mir, in diesem Vogel steckt mehr, als es den Anschein hat, Geoff«, sagte die Möwe und sprang vom Rand des Boots auf die Ruderbank vor ihm. »Wesentlich mehr. Finde heraus, warum sie nach rechts statt nach links blickt, und du wirst feststellen, welche Bedeutung du für die Welt hast – eine Bedeutung, die geradezu unvorstellbar groß ist.«

»Und wie soll ich das anstellen?«, fragte Geoff. »Ich hab doch schon genug Schwierigkeiten herauszufinden, wie viele Punkte ich bei *Haze* gemacht habe.«

»Hiermit.« Die Möwe ließ das Blatt Papier los, das sie mit dem Fuß festhielt, und schob es zu Geoff hin. »Da steht alles drauf, was Eric dir vor seinem Tod über die Lücke in seinem Algorithmus erzählt hat – und wie man sie schließen kann. Das hast du aufgeschrieben, kurz bevor dein Angreifer dich hypnotisiert hat.«

»Ich hab das aufgeschrieben?«, sagte Geoff und nahm das zusammengefaltete Stück Papier in die Hand.

»Na ja, nicht im wörtlichen Sinne. Du hast dir *eingebildet*, dass du es aufschreibst, damit die Information nicht verloren geht.«

»Verstehe«, erwiderte Geoff. »Du meinst also, sobald ich das lese, weiß ich, wie man diesen blöden Computer austricksen kann?«

»Richtig. Und wenn du das weißt, wirst du auch in der Lage sein herauszufinden, warum diese Möwe in die andere Richtung blickt.«

Geoff konnte sich kaum einen besseren Anreiz vorstellen, das Papier zu entfalten – was er dann auch unverzüglich tat. Nachdem er alles gelesen hatte, lehnte er sich gegen die Wand des Bootes, sah zum Himmel hoch und lachte laut – außer Erics Erklärungen hatte er sich nämlich auch noch einen Witz notiert, den er neulich gehört hatte und den er ebenfalls nicht vergessen wollte.

17

»Geoff?«

»Hihihi ...«

»Geoff!«

»Hihi ... wa...«

»Geoff, wach auf!«

»Hä?«

»Hör auf rumzumurmeln und wach auf!«

Geoff öffnete die Augen – und wurde mit einem großen Standfoto seines Todes konfrontiert, nicht gerade ein erbaulicher Anblick, nachdem man sanft geschlummert hat. Und wenn er es recht bedachte, neigte Tim immer mehr dazu, ihn auf unangenehme Weise zu wecken: indem er die Vorhänge aufriss und ihn dem grellen Sonnenlicht aussetzte; indem er ihn auf einem Tisch festschnallte; indem er ihm Schläuche in die Nase steckte; und jetzt, indem er ihn mit einer Aufnahme quälte, die zeigte, wie er von dem Energieausstoß eines Raumschiffs getoastet wurde. Eines Tages würde er sich für all das rächen – vielleicht dadurch, dass er Tims Fuß an einem vorbeifahrenden Lastwagen festband, während er schlief.

»Aaaah!«, schrie Geoff und bedeckte die Augen mit der Hand. »Stell sofort das Ding ab!«

»Entschuldigung«, sagte Tim. »Ich hab mir das Ganze

noch mal angesehen, während du bewusstlos warst. Computer, bitte den Bildschirm abschalten.«

Der Bildschirm löste sich mit einem leisen »Puff« in nichts auf, was ein wenig daran erinnerte, wie Geoff in der Simulation von dem Raumschiff verbrutzelt worden war.

»Das Bild ist weg«, sagte Tim und half Geoff hoch. »Du kannst die Hand von den Augen nehmen.«

Geoff gehorchte und setzte sich auf das Podest in der Mitte des Raums. Er schwitzte stark.

»Bist du okay?«, fragte Tim.

»Oh, mir geht's klasse«, antwortete Geoff. »Man hat mir in die Hand gestochen, ich habe miterlebt, wie London bei einer Invasion von Außerirdischen zerstört wurde, und ich habe gesehen, wie mein Tod live und in Farbe auf einem Bildschirm simuliert wurde. Die Dinge könnten gar nicht besser stehen. Kann mir nicht auch noch jemand in die Eier treten? Nur um den Tag abzurunden, meine ich.«

Tim seufzte.

»Tja, es sieht wirklich so aus, als hätten wir ein kleines Problem«, sagte er und setzte sich neben Geoff. »Vielleicht hatten die Zeitungen doch recht ... mit dem, was sie über dich geschrieben haben.«

»Wie?«

»Die Zeitungen. Weißt du noch, was dieser Journalist vor der Party zu dir gesagt hat?«

»Welcher Journalist?«

»Der, der gesagt hat, dass man dich in puncto deiner Bedeutungslosigkeit angelogen hat. Vielleicht hatte er ja recht.«

»Meinst du?«, erwiderte Geoff und warf Tim einen spöttischen Blick zu.

»Die Frage ist nur: Wie zum Teufel konnte uns das entgehen?«

»Das kann ich dir verraten.«

»Wie bitte???«

»Ich kann dir verraten, warum es euch entgangen ist.«

Tim nahm seine Brille ab und rieb sich die Augen.

»Ah ja?«

Geoff nickte. »Vor seinem Tod hat Eric mir gesagt, wie man den Computer austricksen kann.«

»Was?« Tim sprang auf. »Ich dachte, du kannst dich an nichts mehr erinnern!«

»Konnte ich bisher auch nicht. Aber jetzt schon«, sagte Geoff. »Hör zu. Du wirst es vielleicht nicht glauben, aber die Person, die mich überfallen hat, hat mich auch noch hypnotisiert, damit ich den Außerirdischen diese Sache mit Tringrall und dem Jahr Dranculees mitteile. Und damit ich vergesse, was Eric mir vor seinem Tod erzählt hat. Aber jetzt ist mir wieder alles eingefallen. *Er* hat mir das mit der Lücke im Algorithmus erklärt.«

»Und wie kommt es, dass es dir wieder eingefallen ist?«

»Weil ich mich diesen ganzen Mist mit Tringrall und Dranculees habe sagen hören«, erklärte Geoff. »Das war der Auslöser. Sie haben mich so programmiert, dass dadurch meine Erinnerung zurückkehrt.«

»Was? Aber warum wollten sie denn, dass du dich überhaupt an etwas erinnerst?«

»Aus purer Gemeinheit, nehme ich an. Wer immer hinter alldem steckt, muss gewusst haben, dass ich unmittelbar nach diesen Worten sterben würde. Sie wollten, dass mir wieder einfällt, wie sie die Geschichte verändert haben; wie sie es geschafft haben, die gesamte

Menschheit endlich auszurotten – aber erst dann, wenn es zu spät ist, wenn man sie nicht mehr aufhalten kann. Sie wollten, dass ich kurz vor meinem Tod noch einmal richtig leide.«

»Aber sie sind nicht darauf gekommen, dass wir den Befund der Scanning-Anlage noch einmal überprüfen würden, bevor wir dich zurückschicken«, sagte Tim grinsend. »Sie haben nicht damit gerechnet, dass du diese Worte in einer Simulation hören würdest.«

»Nein. Trotzdem ist der vorgesehene Effekt eingetreten«, erwiderte Geoff und stand auf. »Die Bedingung, mein Gedächtnis zurückzuerlangen, war die, dass ich mich die Worte sagen höre: *Ich habe eine Nachricht von Tringrall. Im Jahr Dranculees müsst ihr alles zurückverwandeln.* Es war keine Rede davon, dass ich diese Worte in einer *Simulation* höre.«

»Und was haben diese Worte zu bedeuten?«, fragte Tim. »Was meinst du?«

»Tja, Tringrall muss derjenige sein, der Eric getötet und mich niedergeschlagen hat, denn von ihm habe ich auch die Nachricht erhalten. Was den Rest angeht – keine Ahnung.«

»Aber das hieße ja, dass *Tringrall* der Insider ist, der den Algorithmus geknackt hat!«, sagte Tim. »Willst du etwa behaupten, dass der Maulwurf in der Firma ein beschissener Varsarianer ist?«

»Wovon redest du denn da?«

»Tringrall versucht doch, den Lauf der Geschichte zu ändern, damit die Invasion der Außerirdischen gelingt, oder?«

»Richtig ...«

»Verstehst du denn nicht? Tringrall muss ein Nachfahre der varsarianischen Crew sein, die vor langer Zeit mit ihrem Raumschiff abgestürzt und auf der Erde gelandet ist – der Crew, die sich mit Hilfe des molekularen Umstrukturierungsstrahls in Menschen verwandelt hat! Erinnerst du dich? Das heißt, jemand in der Führungsriege unserer Firma ist ein verdammter Außerirdischer!«

»Ach du meine Güte«, sagte Geoff.

»Hast du erkannt, wer es war?«

»Nein. Er hatte ja eine Kapuze auf dem Kopf. Ich glaube aber, es war der Typ, den wir schon während des großen Brands von London verfolgt haben.«

»Was ist mit der Stimme? Du sagst, er hätte dich hypnotisiert. Hast du die Stimme gehört? Hat sie irgendwie vertraut geklungen?«

»Ja, das hat sie, jetzt, wo du es erwähnst«, sagte Geoff. »Aber genau kann ich mich nicht daran erinnern.«

»War es eine Männer- oder eine Frauenstimme?«, fragte Tim.

»Keine Ahnung«, erwiderte Geoff. »Wer könnte es denn sein? Was meinst du?«

»Wer weiß!«, entgegnete Tim. »Ruth. Oder Mr. Knight ... Selbst ich könnte es sein ...«

»Das bezweifle ich«, sagte Geoff. »Außerdem warst du derjenige, der 1666 Jagd auf Tringrall gemacht hat, falls du das vergessen haben solltest.«

»Ich weiß. Aber das Zeitreisen erlaubt es einem, an zwei Orten zugleich zu sein.«

»Nein, du kannst es trotzdem nicht sein«, überlegte Geoff. »Es sei denn, es macht dir Spaß, deine eigenen Pläne zu hintertreiben.«

»Da hast du vermutlich nicht ganz unrecht.«

»Wie steht's mit dem Verteidigungsminister? Könnte der es sein?«

»Keine Ahnung.«

»Vielleicht ist es ja dieser fette Typ, der hier in der Scanning-Anlage alles gemanagt hat«, mutmaßte Geoff. »Du weißt schon – der, der so geschwitzt hat.«

»Könntest du mal aufhören, dauernd auf diesem fetten Typen rumzureiten?«, erwiderte Tim. »Der *ist* es nicht!«

»Sollte ja nur ein Scherz sein.« Geoff grinste.

»Solche Spekulationen sind reine Zeitverschwendung«, sagte Tim und tigerte wieder auf und ab. »Erzählst du mir nun endlich, wie dieser Dreckskerl von Varsarianer den Algorithmus ausgetrickst hat? Oder möchtest du einfach hier rumstehen und selbstzufrieden dreinblicken?«

»Wenn es dir nichts ausmacht, würde ich gern noch ein bisschen rumstehen und selbstzufrieden dreinblicken«, erklärte Geoff. »Dazu hab ich nämlich nicht oft Gelegenheit.«

»Mir wär's aber lieber, du würdest es lassen«, sagte Tim. »Meinst du nicht auch, dass das Ganze ziemlich dringend ist?«

»Vermutlich«, gab Geoff zu. »Okay. Ruf mal die letzte Nanosekunde der Simulation auf, die in hunderttausend Jahren vergeht. Dann werde ich dir zeigen, wie sie es gemacht haben.«

»Versteh ich nicht«, sagte Tim und rieb sich den Nacken. »Sieht doch alles bestens aus.«

Es sah in der Tat alles bestens aus. Der Planet war genauso, wie er sein sollte: friedlich, grün, mit blauem Himmel. Anders ausgedrückt: zu seinem natürlichen Zustand zurückgekehrt. Die einzige Abweichung war die Möwe in Brighton, die nach wie vor darauf bestand, nach rechts statt nach links zu blicken.

»Das ist die letzte Nanosekunde im Zeitverlauf, die der Computer vorhersagen kann«, erklärte Geoff, während er die Simulation betrachtete. »Weißt du noch, was Eric gesagt hat, als wir das letzte Mal hier waren? Wenn dieser Moment im Zeitverlauf eine Veränderung aufweist, und sei es auch nur die geringfügigste, stellt der Computer fest, dass sich am Raum-Zeit-Kontinuum etwas geändert hat und verweigert die Reiseerlaubnis.«

»Ich begreif's trotzdem immer noch nicht«, sagte Tim und starrte auf den Bildschirm, um festzustellen, ob er irgendetwas übersehen hatte. »Wenn es den Varsarianern im einundzwanzigsten Jahrhundert gelungen ist, die Erde zu überfallen und die Menschheit auszulöschen, wie kann am Schluss dann alles gleich sein?«

»Lass mich dir mal eine Frage stellen«, sagte Geoff. »Was, wenn man den Lauf der Geschichte ändern könnte, aber so, dass sie nur einen kleinen *Schlenker* macht?«

»Wie meinst du das?«

»Ich meine, was, wenn man die Geschichte so verändern könnte, dass an einem bestimmten Punkt wieder alles ganz normal wird?«

Tim lachte.

»Das ist unmöglich«, sagte er.

»Da war Eric anderer Ansicht. Genau darum geht es nämlich bei der Lücke in seinem Algorithmus. Wenn die letzte Nanosekunde in der neuen Simulation genauso ist wie die ursprüngliche, das heißt, die, die der Computer in seiner Datenbank gespeichert hat, dann nimmt der Computer an, dass sich nichts am Lauf der Geschichte geändert hat. Nur wenn es einen *Unterschied* zwischen beiden Versionen gibt, geht er seine Berechnungen noch mal durch und schlägt Alarm. Aber wenn nun jemand herausgefunden hat, wie es sich erreichen lässt, dass die

Geschichte nur einen *Schlenker* macht, statt sich grundlegend zu ändern, würde der Computer dieser Person ohne Weiteres die Reiseerlaubnis erteilen. Denn aus der Sicht des Computers ist seine Arbeit damit getan. Wenn die letzte Nanosekunde gleich aussieht, kann er früher als sonst Feierabend machen und sich noch die letzten zehn Minuten von *Dallas* ansehen.«

»Aber *niemand* könnte herausfinden, wie sich das machen lässt«, entgegnete Tim. »Dafür müsste man ein mathematisches Supergenie sein.«

»Da hast du absolut recht. So schlau ist niemand.«

»Na also.«

»Um solche Berechnungen anzustellen, müsste man Zugang zu einem Supercomputer haben, der so leistungsstark ist, dass er für die nächsten hunderttausend Jahre die Vibrationen jedes Moleküls auf diesem Planeten vorhersagen kann, wie Eric es formuliert hat. Mit anderen Worten: zu einem Computer wie dem, in dem wir uns gerade befinden.«

»Du meinst ... jemand könnte den Supercomputer so manipulieren, dass er seinen eigenen Algorithmus bescheißt?«

Geoff nickte.

»Aber nur jemand, der Zugang zu ihm hat«, sagte er. »Deshalb ist Eric darauf gekommen, dass es ein Insider gewesen sein muss. Erinnerst du dich noch, wie wir zu dieser Party gefahren sind? Da hat uns Eric doch erklärt, dass sich die Vorhersagekraft des Computers gegen ihn selbst anwenden lässt – dass ein Hacker in den Computer eingedrungen sei und ein Szenario entworfen habe, mit dem der Computer ausgetrickst werden könne. Und das hat ihm große Sorgen bereitet – dass jemand die Vorhersagekraft des Computers dazu benutzt haben könnte herauszufinden, wie man die Geschichte so ändern kann, dass in der letzten Nanosekunde wieder alles normal aussehen würde. Sobald der Betreffende herausgefunden hatte, wie sich das machen lässt, wusste er, dass er in der Lage sein würde, den Scanning-Test unbehelligt zu bestehen.«

»Oder jemand anderen vorzuschicken«, sagte Tim.

»Genau. Und dieser andere bin ich.«

»Das ist einfach unglaublich«, meinte Tim. »Dieser Außerirdische – Tringrall oder wie er heißt – hat den Computer benutzt, um herauszufinden, wie man den Lauf der Geschichte ändern und dann wieder in den Normalzustand zurückversetzen kann?«

»Also ich kann nur wiedergeben, was Eric mir erzählt hat«, sagte Geoff. »Um festzustellen, ob er recht hatte, sollten wir den Ablauf am besten von der letzten Nanosekunde an zurückverfolgen.«

Tim und Geoff brauchten nicht weit zurückzugehen, um zu eruieren, was geschehen war. Genau genommen brauchten sie nur eine einzige Stunde zurückzuspulen, bis sie feststellten, wie der Computer dazu gebracht worden war, Geoff die Reiseerlaubnis zu erteilen, damit dieser den Lauf der Geschichte ändern konnte.

Man hatte sich die Lücke im Algorithmus genauso zunutze gemacht, wie Eric es vorhergesagt hatte. Man hatte den Computer gewissermaßen angeschmiert, und zwar nach allen Regeln der Kunst.

Tim und Geoff verfolgten das Geschehen auf dem Bildschirm. Eine riesige varsarianische Raumschiffflotte fegte über den Planeten und feuerte irgendeine Art von Partikelstrahlen auf die Erde ab. Sobald die Strahlen auftrafen, wurde die Landschaft unverzüglich transformiert:

Wo eben noch gigantische Städte aus Metall gestanden hatten, die von Jahrtausenden außerirdischer Okkupation Zeugnis ablegten, waren auf einmal nur noch grüne Wiesen, dichte Wälder und herrliche Bergketten zu sehen. Selbst der Himmel verlor seine blutrote Farbe und wurde wieder hellblau, als die Schiffe ihn durchquerten und alle Hinweise darauf, dass Außerirdische den Planeten übernommen hatten, beseitigten.

»Das ist vermutlich das Jahr Dranculees«, überlegte Geoff.

»Und das muss die Rückverwandlung sein«, fügte Tim hinzu und zeigte auf eines der Schiffe, das gerade dabei war, eine Stadt zu einem Wald umzuformen. »Sie müssen wissen, wie der Planet ausgesehen hätte, wenn ihre Invasion nicht stattgefunden hätte! Jetzt setzen sie ihre Umstrukturierungsstrahlen ein, um alles so zu gestalten, wie es eigentlich sein sollte!«

»Das ist doch verrückt!«, sagte Geoff. »Wie können sie denn einen ganzen Planeten transformieren?«

»Wenn wir es geschafft haben, mit Hilfe dieser Technologie London originalgetreu nachzubilden«, erwiderte Tim, »gibt es keinen Grund, warum sie so etwas nicht in wesentlich größerem Maßstab machen sollten. Deshalb wirkte die letzte Nanosekunde so perfekt, bis hin zum kleinsten Molekül.«

Geoff hatte den Eindruck, als sähe er die gruslige Version einer jener Schöner-Wohnen-Shows im Fernsehen, wobei diese Sendungen an sich schon gruslig genug waren – aber immerhin drangen die Außerirdischen nicht in das Wohnzimmer anderer Leute ein, um die Scheuerleisten grün zu streichen. Letzten Endes konnte er aber nicht entscheiden, was schlimmer war.

Innerhalb weniger Minuten wurde der gesamte Planet in seinen Normalzustand zurückversetzt. Hier und da gaben die Schiffe mit ihren Umstrukturierungsstrahlen dem Ganzen noch den letzten Schliff. Einige bildeten mit großer Sorgfalt die Regenwälder nach; andere brachten jedes einzelne Sandkorn an den Küsten der Welt in seine ursprüngliche Position. Über Brighton hatte ein Schiff die undankbare Aufgabe, alle Möwen nachzubilden und sich zu vergewissern, dass sie sich genau da befanden, wo sie sein sollten. Als es sich um die letzte Möwe, die auf einem kleinen Felsvorsprung stand, gekümmert hatte, fuhr das Raumschiff seine Triebwerke hoch und stieg, den Umstrukturierungsstrahl wie einen Schweif hinter sich herziehend, gen Himmel auf. Als es donnernd die Erdatmosphäre durchstieß, drehte die Möwe auf dem Felsvorsprung den Kopf, während der molekulare Umstrukturierungsstrahl im Weltraum verschwand, nachdem er schnell noch allen Wolken ihre ursprüngliche Größe, Form und Farbe wiedergegeben hatte.

»Na, das erklärt eine Menge«, wandte sich Tim an Geoff, als die Simulation zu Ende war.

»Es erklärt auf jeden Fall, warum diese verdammte Möwe in die andere Richtung blickt«, sagte Geoff, »und warum alles andere genau gleich aussieht.«

»Okay«, sagte Tim und stand auf. »Tringrall muss herausgefunden haben, dass die einzige Möglichkeit, dich durch die Scanning-Anlage zu bekommen und die Geschichte zu verändern, darin besteht, dich zu veranlassen, den Außerirdischen mitzuteilen, dass sie in hunderttausend Jahren alles wiederherstellen müssen. *Im Jahr Dranculees müsst ihr alles zurückverwandeln.* Hätte Tringrall das nicht getan, hätte dich der Computer auch nicht ins einundzwanzigste Jahrhundert zurückgelassen, um zu verändern, was auch immer du verändert hast, damit die Invasion der Varsarianer überhaupt erst möglich werden konnte.«

»Ich verstehe immer noch nicht, was das alles mit mir zu tun hat«, sagte Geoff. »Wie kann meine Hand dafür verantwortlich sein, dass sich der Zeitpunkt einer außerirdischen Invasion ändert?«

»Keine Ahnung«, erwiderte Tim und kratzte sich den Kopf. »Das lässt sich nur feststellen, wenn wir herausfinden, wer dieser Tringrall eigentlich ist. Er muss den Computer benutzt haben, um zu eruieren, was er zu tun hat, und irgendwie ging es dabei um deine rechte Hand. Wir *müssen* einfach aufdecken, wer er ist, aber das wird nicht leicht sein – dieser Tringrall hat es schließlich jahrelang geschafft, seine wahre Identität zu verbergen.«

Geoff saß einen Moment schweigend da.

»Ich glaube, mir ist gerade eine brillante Idee gekommen«, verkündete er.

Tim sah ihn skeptisch an. Geoffs letzte *brillante Idee* waren Lutscher aus Tee gewesen.

»Könnten wir nicht den Computer dazu bringen, die Party von gestern Abend zu simulieren?«, schlug Geoff vor. »Wenn das geht, erleben wir vielleicht Erics Ermordung mit und können feststellen, wer der Mörder war ...«

»Das ist in der Tat eine ziemlich gute Idee«, gab Tim überrascht zurück und programmierte schnell etwas am Computer. »Ich werde ihm einfach mitteilen, dass du nicht mehr in der Zeit zurückreist – weil wir andernfalls nur eine entsetzliche, von Außerirdischen überrannte Version der Erde zu sehen bekommen ...«

Der Bildschirm erschien wieder, zeigte aber statt einer Party eine entsetzliche, von Außerirdischen überrannte Version der Erde. Die gesamte Welt war mit bizarren außerirdischen Bauwerken überzogen, zwischen denen Horden lederhäutiger Varsarianer unter einem blutroten Himmel umherwuselten. Wenn *das* eine Party sein sollte, dann konnte es sich nur um eine Kostümparty handeln, auf der sich jeder als Varsarianer verkleidet hatte. Oder aber der Computer zeigte ihnen immer noch eine Version des Raum-Zeit-Kontinuums, in der die Außerirdischen ihre Invasion erfolgreich abgeschlossen und die Menschheit vernichtet hatten.

»Das verstehe ich nicht«, sagte Geoff. »Sollte uns der Computer nicht die Party von gestern zeigen? Ich dachte, du hättest ihm mitgeteilt, dass ich nicht mehr in der Zeit zurückreise.«

»Hab ich auch«, erwiderte Tim, überprüfte eine Schalttafel an der Wand und blickte wieder zum Bildschirm hoch.

»Tatsächlich?«

»Ja.«

Geoff sah Tim eine Weile schweigend an.

»Ehrlich?«

»Ehrlich? Was soll das denn heißen? Meinst du, mir stünde ausgerechnet jetzt der Sinn nach irgendwelchen Jokes?«

»Und warum sind dann überall noch Außerirdische?«, fragte Geoff.

»Dafür gibt's nur eine Erklärung«, sagte Tim und setzte sich auf den Fußboden, um den Kopf zwischen die Knie zu stecken. »Unabhängig davon, ob wir dich zurückschicken oder nicht, muss sich die Geschichte verändert haben.«

»Soll was heißen?«, entgegnete Geoff und zog die Augenbrauen hoch. »Meinst du damit, dass dies alles doch nichts mit mir zu tun hat?«

»Das weiß ich nicht, Geoff!« Tim seufzte und verschränkte die Hände im Nacken. »Ich muss nachdenken!«

»Okay, okay. Bloß ... wenn sich die Geschichte verändert hat, warum sind wir dann noch hier?«

»Wie?«

»Ich meine, müssten wir dann nicht tot sein? Werden wir uns gleich auflösen?« Er hob die Hand, um nachzusehen, ob sie vielleicht immer durchsichtiger wurde.

»So funktioniert das nicht«, sagte Tim. »Der Computer zeigt uns, was geschehen *wird*, wenn die Geschichte ihren gegenwärtigen Verlauf fortsetzt. Aber es ist durchaus möglich, dass zwei Zeitabläufe nebeneinander existieren, solange es die Möglichkeit gibt, alles zurückzuverwandeln.«

»Und was sollen wir jetzt tun?«

»Ich habe eine Idee«, sagte Tim und stand auf. »Aber zuerst müssen wir mit dem Verteidigungsminister sprechen.«

»Mit dem Verteidigungsminister?«, wiederholte Geoff. »Aber ich dachte ... Was, wenn er in Wirklichkeit ein Varsarianer in Menschengestalt ist? Was, wenn er *Tringrall* ist?«

»Ich glaube, dieses Risiko müssen wir eingehen. Es sei denn, du kennst jemand anders mit Verbindungen zum Militär.«

Geoff hatte mal einen Typen bei der Polizei gekannt, war sich aber nicht sicher, wie wirksam Pfefferspray bei der Zerstörung einer außerirdischen Raumschiffflotte sein würde.

»Gut. Dann lass uns gehen«, sagte Tim und schaltete den Bildschirm ab.

»Wohin denn?«, erkundigte sich Geoff.

»Wo sind Minister der Regierung wohl normalerweise zu finden?«, erwiderte Tim.

»Keine Ahnung«, sagte Geoff. »In bestimmten Etablissements, wo einem gegen Bezahlung sexuelle Gefälligkeiten erwiesen werden?«

»Mag sein«, antwortete Tim, »aber ich dachte eher an das Parlamentsgebäude. Wir sollten Ruth und Mr. Knight Bescheid sagen und uns dort mit ihnen treffen.«

»Gute Idee.«

»Ich muss schon sagen, Geoff – da hast du wirklich ausgezeichnete Arbeit geleistet. Du hast dich verändert. Selbst Eric konnte dieser Verschwörung nicht ganz auf den Grund kommen, und du hast das Problem innerhalb weniger Minuten geknackt. Ich wusste gar nicht, dass du das Zeug dazu hast.«

»Danke«, sagte Geoff, »obwohl es immer noch eine Sache gibt, die ich nicht verstehe.«

»Und die wäre?«

»Als wir mit dem Auto zur Party gefahren sind, hat Eric gesagt, er kenne das Szenario, das wir gerade gesehen haben – allerdings hat er uns nichts darüber verraten. Und ich frage mich, warum er nichts gesagt hat, wenn er bereits wusste, was die Außerirdischen vorhaben. Warum hat er keinerlei Versuch unternommen, das Ganze zu verhindern?«

Tim blieb stehen und dachte nach.

»Ich habe absolut keine Ahnung«, gestand er.

18

Das Parlamentsgebäude war ein höchst imposanter Bau – wenn er nicht gerade von einem varsarianischen Raumschiff in die Luft gesprengt wurde. Sobald die Dämmerung herabsank, wurde die gotische Fassade von Flutlicht angestrahlt und spiegelte sich auf eindrucksvolle Weise in der Themse. Und obwohl Geoff wusste, dass es sich nur um eine Rekonstruktion handelte, verblüffte es ihn, wie sehr es dem Parlamentsgebäude des einundzwanzigsten Jahrhunderts ähnelte. Jedes Details stimmte – vom honigfarbenen Mauerwerk bis hin zu der Tatsache, dass Big Ben immer noch zwei Minuten nachging. Der einzige Unterschied, den er auszumachen vermochte, war ein schimmernder Lichtkegel über dem Gebäude, der anscheinend als Schutzschild gegen Laserstrahlen, gehijackte Raumschiffe voller Sprengstoff und außerdem gegen Vogelkot diente. Ansonsten war alles genauso, wie er es in Erinnerung hatte.

Nach mehreren Sicherheitskontrollen – und nachdem sie erklärt hatten, warum sie gekommen waren –, wurden Geoff und Tim durch eine große zweiflügelige Tür in das Büro des Verteidigungsministers geführt, wo sie Platz nehmen und warten durften. Sie hätten auch stehen und warten können. Warten mussten sie aber auf jeden Fall.

»Er ist gerade in einer Budgetsitzung«, teilte ihnen der picklige Bürogehilfe mit, der sie begleitet hatte. Der Mann hatte fettige Haare, trug einen Anzug, der zwei Nummern zu groß für ihn war, und roch leicht nach Mayonnaise. »Dürfte aber nicht mehr lange dauern.«

»Sagen Sie ihm, es sei dringend«, erwiderte Tim. »Wir müssen sofort mit ihm sprechen.«

Der Bürogehilfe nickte, verließ den Raum und schloss die Tür hinter sich.

Das Büro des Verteidigungsministers war von einer altmodischen Protzigkeit, die alles übertraf, was Geoff in dieser Hinsicht bisher gesehen hatte. Weder ein riesiger Schreibtisch aus Eiche noch ein dicker roter Teppich fehlten, und der Raum war so hoch, dass man eigentlich erwartete, Wolken an der Decke zu sehen. Die Bogenfenster gewährten einen phantastischen Blick auf die Themse, und an der linken Wand stand eine Reihe wuchtiger Bücherschränke, die mit tadellos erhaltenen, in Leder gebundenen Büchern gefüllt waren. Keines davon sah so aus, als wäre es jemals gelesen worden. Geoff nahm eines aus dem Regal und blätterte es durch, um sich zu vergewissern, dass es wirklich ein Buch *war* und nicht bloß eine dieser blöden DVD-Hüllen, die die Leute kaufen, um sich einen gebildeten Anstrich zu geben. Nachdem Geoff sich davon überzeugt hatte, dass das Buch tatsächlich echt war und nicht als Tarnung von *Police Academy 3* diente, stellte er es ins Regal zurück und schlenderte mit erhobenem Kopf und hinter dem Rücken verschränkten Händen zu einem der hohen Fenster, ein Verhalten, das sehr an das von Besuchern moderner Kunstgalerien erinnerte, die sich betont lässig geben, um sich nicht anmerken zu lassen, dass sie nicht so recht wissen, was ihnen Blumen sagen sollen, die aus einem weiblichen Keramikhintern sprießen.

Tim setzte sich in einen knarrenden Ledersessel mit hoher Lehne und betrachtete ein überdimensionales Porträt des Verteidigungsministers, das über dem großen offenen Kamin hing. Es zeigte den Minister in vollem Ornat, mit Amtsstab und allem Drum und Dran, im Sitzungssaal des Unterhauses. Die Detailgenauigkeit des Bildes war beeindruckend – man konnte jedes einzelne Haar auf seinem Kopf erkennen, jede einzelne Falte seiner Kleidung, und selbst die Textur seiner Haut kam gut rüber. In der Ecke rechts unten stand: *Adobe Photoshop Version 145.7 b.* Geoffs Blick wanderte von dem Bild nach unten zum Kamin. Wenn er sich nicht täuschte, hatte dort jemand vor Kurzem Papiere verbrannt. Die verkohlten Überreste irgendwelcher Dokumente lagen schwelend auf den glühenden Holzscheiten.

Bevor Geoff Gelegenheit hatte, sich die Papiere näher anzusehen, öffnete sich die Tür des Büros, und Mr. Knight kam herein, gefolgt von Ruth. Sie waren beide lässiger gekleidet, als Geoff es von ihnen gewohnt war. Ruth trug Jeans mit einem grauen Pullover, Mr. Knight eine braune Cordhose und ein Hemd.

»Wir sind so schnell wie möglich hergekommen«, keuchte Mr. Knight, zog seine Jacke aus und warf sie über die Armlehne eines Sessels. »Was ist los?«

»Wir sollten lieber auf den Verteidigungsminister warten«, erwiderte Tim und spielte nervös an der Ledernaht seines Sessels herum. »Dann brauche ich nicht alles zweimal zu erzählen.«

Wie aufs Stichwort stürmte in diesem Moment der Verteidigungsminister ins Zimmer, mit einem großen Aktenordner unterm Arm.

»Also, worum geht's?«, sagte er, nachdem er hinter seinem Schreibtisch Platz genommen hatte. »In einer halben Stunde soll ich ein Holovisionsinterview zu diesem verdammten Zeitreiseführerfiasko geben, und der Premierminister hat mir gerade mein Budget für das nächste Jahr zerpflückt. Ich hoffe also, es geht um was Wichtiges.«

»Um etwas *ausgesprochen* Wichtiges«, versicherte Tim und stand auf.

»Was zum Teufel macht *der* denn hier?«, fragte der Minister, als er Geoff bemerkte. »Ich dachte, ich hätte Sie angewiesen, alle Zeitreiseführer in ihre eigene Epoche zurückzuschicken.«

»Geoff ist der Grund, warum wir hier sind«, erklärte Tim mit ruhiger Stimme und trat zum Schreibtisch. »Hören Sie, Herr Minister. Ich glaube, wir haben ein kleines Problem.«

»Ein Problem?«, entgegnete der Minister. »Was denn für ein Problem?«

»Tja, ich sage das zwar nicht gern«, erwiderte Tim, »aber wir glauben, es ist jemandem gelungen, Erics Algorithmus auszutricksen.«

»Was?«

»Wir glauben, jemand hat das Raum-Zeit-Kontinuum verändert.«

»Aber ... aber ...«, stammelte der Minister und sah Mr. Knight an, »aber Sie haben doch gesagt, es sei unmöglich diesen Computer zu überlisten! Sie haben gesagt, das Risiko sei verschwindend gering!«

»David, ich ...«

Der Verteidigungsminister hob die Hand, um Mr. Knight Schweigen zu gebieten.

»Wie schlimm ist das Ganze?«

»Wie schlimm?«

»Ja. Sehr schlimm? Relativ schlimm?«

»Ich würde sagen, katastrophal schlimm«, antwortete Tim. »So schlimm, dass wir alle jede Minute aufhören könnten zu existieren.«

»In dem Fall haben Sie sicher nichts dagegen, dass ich mir erst mal einen Drink einschenke«, bemerkte der Minister und holte eine Flasche Brandy aus der untersten Schublade seines Schreibtischs. »Fangen Sie ganz von vorne an!«

Geoff seufzte. Ganz von vorne? Das würde ja ewig dauern ...

Der Minister schraubte die Flasche auf und schenkte sich ein großes Glas Brandy ein. Selbst von da, wo er stand, konnte Geoff den Alkoholgeruch wahrnehmen – der so stark war, dass es ihn überraschte, dass die Farbe, mit der das Fensterbrett gestrichen war, nicht sofort anfing abzublättern.

»Berichten Sie, was geschehen ist«, verlangte der Minister.

Tim brauchte eine ganze Weile, um alles zu erklären: wie man sich die Lücke im Algorithmus zunutze gemacht hatte, wie Geoff unwillentlich bewirkt hatte, dass die Invasion zweihundert Jahre früher stattfand, und dass möglicherweise ein Varsarianer namens Tringrall, der die Gestalt eines Menschen angenommen hatte, hinter alldem steckte.

»Also eins verstehe ich immer noch nicht«, meinte der Minister und trank einen Schluck Brandy. »Sie sagen, wenn wir Geoff mit einer gebrochenen Hand in der Zeit zurückschicken, greifen die Varsarianer zweihundert Jahre früher an?«

»So ist es«, seufzte Tim.

»Und wenn wir ihn *nicht* zurückschicken, greifen sie dann trotzdem zweihundert Jahre früher an?«

»Das ... behauptet jedenfalls der Computer.«

»Aber wie ist das möglich?«, warf Mr. Knight ein. »Wenn Geoff irgendwie dafür verantwortlich ist, dass der Zeitpunkt der Invasion vorgezogen wird, warum greifen sie die Erde dann selbst in dem Fall an, dass wir ihn *nicht* zurückschicken? Dann ist er doch gar nicht da, um etwas zu verändern! In dem Fall müsste doch wieder alles normal sein!«

»Ich glaube, das kann ich erklären«, sagte Ruth und schloss die Augen, um sich zu konzentrieren. Alle im Raum sahen sie gespannt an.

»Na, dann lass hören«, sagte Mr. Knight in ungeduldigem Ton.

Ruth öffnete die Augen wieder.

»Es ist ganz einfach«, sagte sie. »Es muss so sein, dass wir diese Sache aus dem falschen Blickwinkel betrachten.«

»Aus dem falschen Blickwinkel?«

»Denkt doch mal nach! Bisher sind wir alle davon ausgegangen, dass Geoff etwas verändern soll, um den Zeitpunkt der Invasion *vorzuziehen*. Stimmt's, Geoff?«

»Stimmt«, sagte Geoff.

»Aber was, wenn es andersrum wäre?«, fuhr Ruth fort. »Was, wenn die Varsarianer immer vorhatten, die Erde im einundzwanzigsten Jahrhundert zu überfallen, und Geoff ursprünglich dafür verantwortlich war, sie irgendwie *aufzuhalten*?«

»Aber wie denn das?«, fragte Mr. Knight und verzog das Gesicht, als hätte er gerade eine Fliege verschluckt. Diese Theorie schien ihm nicht zu schmecken.

»Das müsstest du Tringrall fragen«, erwiderte Ruth, »aber ich vermute, er hat herausgefunden, dass es irgendetwas mit Geoffs rechter Hand zu tun hat.«

Geoff betrachtete seine verletzte Hand in der Hoffnung, dass irgendetwas in ihm »klick« machte. Er fragte sich, wie dieser simple Körperteil dafür verantwortlich sein sollte, dass eine ganze außerirdische Rasse ihre Invasionspläne verschob. Wie um alles in der Welt konnte seine Hand etwas damit zu tun gehabt haben, den Lauf der Geschichte zu ändern? Wo es ihm doch schon Schwierigkeiten bereitete, mit ebendieser Hand seinen Kopfkissenbezug zu wechseln!

»Also wenn ich Sie richtig verstanden habe«, sagte der Minister, trank seinen Brandy aus und stellte das Glas auf den Schreibtisch, »behaupten Sie, dieser Tringrall habe entdeckt, dass Geoff für eine *Verschiebung* der varsarianischen Invasion verantwortlich sei, die ursprünglich für das einundzwanzigste Jahrhundert geplant war, ja?«

»Genau«, antwortete Ruth. »Und was besonders wichtig ist: Er muss entdeckt haben, dass es etwas mit Geoffs Hand zu tun hat. Deshalb hat er Geoff in die Hand gestochen, als er bewusstlos war – er wollte, dass wir ihn in einem Zustand ins einundzwanzigste Jahrhundert zurückschicken, der ihn daran hindert, das zu tun, was er ursprünglich getan und was sie aufgehalten hat.«

»Eine gute Theorie«, räumte Mr. Knight ein, »die uns aber nicht wirklich weiterhilft. Ich meine, woher sollen wir wissen, wie wir alles umändern können, ohne Details zu kennen?«

»Trotzdem hat diese Theorie viel für sich«, sagte Tim. »Wenn das, was Ruth sagt, zutrifft, würde es erklären, warum der Computer eine Invasion vorhersagt, selbst wenn wir Geoff *nicht* zurückschicken. Wenn Geoff der einzige Grund war, warum die Außerirdischen ihre Invasion um zweihundert Jahre verschoben haben, wäre es schließlich genauso schlimm, ihn nicht zurückzuschicken, wie ihn mit einer verletzten Hand zurückzuschicken – im einen Fall wird er nicht in der Lage sein, sie aufzuhalten, im andern wird er gar nicht *da* sein, um sie aufzuhalten.«

»Okay«, sagte Mr. Knight. »Dann erklär mir mal, warum dieser Tringrall Geoff nicht einfach getötet hat.« Für Geoffs Geschmack sprach Mr. Knight das Wort »getötet« ein wenig zu beiläufig aus. »Wäre das nicht viel einfacher gewesen?«

»Überhaupt nicht«, entgegnete Tim. »Er durfte Geoff auf gar keinen Fall töten.«

»Und warum nicht?«

»Weil der wesentliche Punkt dieser ganzen Verschwörung darin besteht zu verhindern, dass der Supercomputer alle Veränderungen registriert, und zwar von dem Moment an, als wir Geoff vor sieben Jahren als Zeitreiseführer in Betracht gezogen haben, bis hin zu dem Moment, als wir ihn ins einundzwanzigste Jahrhundert zurückschicken wollten. Tringrall musste sicherstellen, dass uns der Computer nicht auf Geoffs wahre Bedeutung hinweisen würde, und deshalb musste er sich die Lücke in Erics Algorithmus zunutze machen und dafür sorgen, dass die letzte Nanosekunde genau gleich aussieht. Aus diesem Grund konnte er Geoff nicht töten – sein ganzer Plan hing davon ab, dass Geoff die Nachricht über die *Rückverwandlung* der Erde überbringt. Hätte diese Nachricht die Außerirdischen nicht erreicht, wäre die Verschwörung in dem Moment aufgeflogen, als der Computer berechnete, welche Folgen es haben würde, Geoff zum Zeitreiseführer zu machen.«

Alle sahen Geoff erwartungsvoll an.

»Hab euch doch gesagt, dass ich nicht unbedeutend bin«, stellte er grinsend fest.

»Tringrall muss schon vor langer Zeit herausgefunden haben, wie man den Computer überlisten kann«, ergriff Ruth wieder das Wort, »und falls das so ist, müssen wir die Möglichkeit in Betracht ziehen, dass er zur Führungsriege unserer Firma gehört. Es muss jemand sein, der Zugang zu dem Supercomputer hat und dem es jahrelang gelungen ist, seine wahre Identität zu verbergen. Und so ungern ich es auch sage: Es könnte sogar jemand hier im Zimmer sein.«

Alle verstummten und sahen sich betreten an.

Tim sah Ruth an.

Ruth sah Mr. Knight an.

Mr. Knight sah den Verteidigungsminister an.

Der Verteidigungsminister sah Ruth an.

Geoff spürte, wie die Luft vor Spannung förmlich knisterte. Die Spannung war sogar noch größer als damals, als er an einer Brettspielcon teilgenommen und jemand gesagt hatte, er halte *Die Siedler von Catan* für Mist. Geoff beschloss einzugreifen. Vielleicht konnte er die Situation ja entschärfen.

»Hey, Leute«, rief er, »lasst uns doch keine voreiligen Schlüsse ziehen! Vorläufig müssen wir alle zusammenarbeiten und dürfen uns nicht gegenseitig verdächtigen! Schließlich könnte dieser Tringrall auch jemand ganz anders sein, nicht wahr?«

Mr. Knight zog die Augenbrauen hoch.

»Hat man Ihnen ein neues Gehirn verpasst?«, fragte er.

»Nein«, erwiderte Geoff. »Ich bin einfach nur ... aufgewacht.«

»Geoff hat recht«, schaltete sich Tim ein. »Wir müssen einander vertrauen, aber wir müssen auch sehr vorsichtig sein. Tringrall ist offenbar enorm gefährlich und ganz besonders gerissen. Soweit es den Computer angeht, ist es ihm bereits gelungen, den Lauf der Geschichte zu ändern. Ob sich Tringrall nun hier im Raum befindet oder nicht – unsere Lage ist so oder so *äußerst* prekär.«

»Warum sind wir dann noch hier?«, fragte der Minister und blickte sich um, als erwartete er, alles werde sich in nichts auflösen. »Müssten wir nicht längst tot sein, wenn sich die Geschichte verändert hat?«

»Das hab ich ihn auch schon gefragt!«, sagte Geoff mit selbstzufriedener Miene, bevor ihm dann aufging, dass er sich eigentlich nichts darauf einzubilden brauchte, wenn ein anderer das Ganze ebenso wenig verstand wie er.

»Der Grund, warum wir alle noch hier sind, ist der, dass es nach wie vor die Chance gibt, alles rückgängig zu machen«, erklärte Tim. »Solange es eine Möglichkeit zur Korrektur gibt, können nämlich zwei Zeitverläufe nebeneinander existieren. Aber wenn wir die Gelegenheit verpassen, den Schaden, den Tringrall angerichtet hat, zu beheben, werden die zwei Zeitverläufe unverzüglich miteinander verschmelzen. Dann werden wir aufhören zu existieren, und die Varsarianer haben gewonnen.«

»Und was sollen wir jetzt machen? Was schlagen Sie vor?«, fragte der Minister und lehnte sich in seinem Sessel zurück.

»Ich hatte gehofft, dass könnten Sie mir verraten.«

»Ich?«

»Sie sind doch der Verteidigungsminister«, sagte Tim.

»Da es jetzt unvermeidlich ist, dass die Außerirdischen die Erde im einundzwanzigsten Jahrhundert überfallen, müssen wir, glaube ich, eine militärische Lösung finden.«

»Eine ... militärische Lösung?«

»Denken Sie doch mal nach. Unsere einzige Hoffnung besteht darin, dass Sie die Kampfschiffe der Erde in der Zeit zurückschicken, um sich der varsarianischen Flotte entgegenzustellen, bevor diese angreift. Wir müssen ins einundzwanzigste Jahrhundert zurück und die Varsarianer vernichten, bevor die Invasion beginnt.«

»Sind Sie verrückt?«, entgegnete der Minister und stand auf. »Ich kann doch nicht einfach die Kampfflotte mobilisieren, indem ich mit den Fingern schnippe! Zuerst einmal muss ich mit dem Premierminister sprechen und das Parlament einschalten, das dann darüber abstimmt ...«

»Für eine Scheißabstimmung ist keine Zeit mehr!«, schrie Tim. »Haben Sie denn für Situationen wie diese keine Sondervollmachten?«

Der Verteidigungsminister ließ sich auf seinen Sessel zurückfallen und stützte den Kopf in die Hände.

»Was Sie da verlangen, ist sehr schwierig«, sagte er.

Tim schwieg. Vermutlich hielt er es für das Beste, dem Minister Zeit zum Nachdenken zu lassen.

»Ist ja vielleicht ein blöder Vorschlag«, meldete sich Geoff zu Wort, »aber könnten wir nicht einfach warten, bis meine Hand verheilt ist, und mich dann zurückschicken?«

Der Minister blickte auf.

»Das ist eigentlich eine ziemlich gute Idee«, meinte er.

»Ja, aber es ist trotzdem ein Risiko«, sagte Tim. »Selbst wenn wir Geoff zurückschicken, sobald seine Hand verheilt ist, haben wir keine Garantie, dass sein Verhalten das gleiche bleibt. Wir wissen ja immer noch nicht, was er getan hat, um die Invasion zu verzögern, und es ist nicht auszuschließen, dass er sich diesmal anders verhält. Außerdem ist das für uns *die* Chance, die Außerirdischen ein für alle Mal zu vernichten. Und selbst wenn es Geoff gelänge, die Invasion erneut zu verschieben, wären wir damit nur wieder am Ausgangspunkt angelangt. Tringrall würde irgendwann anders versuchen, den Lauf der Geschichte zu ändern, und wir würden vielleicht niemals herausfinden, wer hinter alldem steckt. Nein, wir müssen zurück und sie vernichten.«

»Sie haben recht«, seufzte der Minister. Dann stand er auf und ging zur Tür. »Das ist unsere Chance, all das zu beenden, nicht wahr?«

»Ich freue mich, dass Sie das auch so sehen«, sagte Tim.

»Und es trägt auf jeden Fall dazu bei, dem Premierminister gegenüber mein Budget zu rechtfertigen«, fügte der Minister hinzu. »Wenn ich sage, ich brauche das Geld, um die Vernichtung der Menschheit zu verhindern, wird er wohl kaum fragen, wie viel das kostet.«

»Das hängt davon ab, ob Sie ihn davon überzeugen können, dass sich die Invasion nicht kostengünstiger verhindern lässt. Zum Beispiel indem man eine offensive Flugblattkampagne startet«, hielt Geoff dagegen. »Politiker lieben Flugblattkampagnen ...«

»Eine Invasion von Außerirdischen lässt sich nicht mit einer Flugblattkampagne abwenden«, stellte Tim fest.

»Weiß ich«, erwiderte Geoff. »Wollte ja nur ein bisschen die Stimmung auflockern.«

»Gut. Dann kommen Sie«, sagte der Minister und

führte die anderen aus dem Zimmer. »Wir fliegen mit der Weltraumfähre des Ministeriums in den Orbit – zu einem Rendezvous mit der Flotte.«

Geoff sah Tim beunruhigt an.

»Hat er eben *Weltraumfähre* gesagt?«

19

Sehr zu Geoffs Erstaunen war die Raumfähre des Ministeriums im Innern von Big Ben stationiert, das offenbar zu einer Art Abschussrampe umgebaut worden war. Von außen unterschied sich der Uhrenturm in nichts von dem des einundzwanzigsten Jahrhunderts. Von der Abschussrampe nahm Geoff jedoch an, dass es sich um eine Neuerung handelte, es sei denn, die Regierung im einundzwanzigsten Jahrhundert hatte der Öffentlichkeit etwas verheimlicht, was ja eigentlich unvorstellbar war.

Die senkrecht stehende Raumfähre stellte eine recht beachtliche Konstruktion dar. Der schnittige Metallrumpf hatte ungefähr die Breite von zwei Doppeldeckerbussen. Am unteren Teil waren Triebwerke angebracht, an den Seiten zogen sich bis zu dem runden Cockpit Fenster entlang. Die Schwanzflossen waren mit zusätzlichen Triebwerken ausgerüstet, aus denen Dampfwolken quollen.

Zögernd trat Geoff zu den anderen auf die Aufzugsplattform und klammerte sich so fest wie möglich an das Geländer, während sie der Einstiegsluke im Rumpf der Raumfähre entgegenschwebten. Er hasste große Höhen. Unter ihnen eilten zahlreiche Leute in knallfarbigen Overalls hin und her, um alles für den Start vorzubereiten. Einige Ingenieure regulierten etwas an den Triebwerken, andere saßen vor einer langen Reihe von Monitoren, um noch einmal alle Daten zu überprüfen, während eine weitere Gruppe von Leuten einen langen Schlauch durch den Raum zog, um Treibstoff nachzufüllen. In gewisser Weise kam es Geoff so vor, als sähe er den Aktivitäten einer Boxencrew beim Autorennen zu, bloß dass er sich das hier nicht gemütlich vom Wohnzimmersofa aus anschauen konnte. Und selbst wenn er es sich vom Wohnzimmersofa aus angesehen hätte, hätte ihn die Tatsache, dass er zehn Meter über dem Boden schwebte, doch ein wenig beunruhigt, und womöglich hätte er sich gefragt, was um alles in der Welt ein Möbelstück aus seinem Zimmer hier zu suchen hatte.

An der Einstiegsluke wurden sie von der Pilotin der Raumfähre in Empfang genommen, einer Frau mittleren Alters mit kurzem blondem Haar, schmalen Lippen und kühl nüchternem Blick. Sie war über einen Meter achtzig groß und trug kein Make-up. Ihre weiße Uniform sah so makellos aus, als würde sie alle sechs Stunden gereinigt – während sie selbst noch drinsteckte.

»Willkommen an Bord, Sir«, begrüßte sie den Verteidigungsminister, als er in die Raumfähre trat. »Ich muss sagen, ich bin überrascht. Ich dachte, für heute seien gar keine Flüge geplant ...«

»Waren sie auch nicht«, antwortete der Minister, während er zu seinem Sitz kletterte. »Aber ein Notfall ist eingetreten. Ich muss Sie bitten, uns unverzüglich in den Orbit zur Kampfflotte zu bringen.«

»Zu Befehl, Sir«, erwiderte die Pilotin und half den anderen beim Einsteigen. »Wir dürften in wenigen Minuten startbereit sein.«

Da die Raumfähre senkrecht stand, bereitete es jedem einige Schwierigkeiten, zu seinem Sitz zu gelangen. Als Geoff es endlich geschafft hatte, mit den Beinen in der Luft Platz zu nehmen, kam er sich wie jemand vor, der nach einer durchzechten Nacht gerade die Treppe heruntergefallen ist.

Die Pilotin schloss die Einstiegsluke und begab sich ins Cockpit.

»Alles im grünen Bereich?«, fragte sie die Gruppe, nachdem sie auf ein paar Knöpfe gedrückt hatte.

Tim, Ruth, Mr. Knight und der Verteidigungsminister nickten.

Geoff hob die Hand.

»Was ist?«, fragte sie.

»Fliegen wir jetzt wirklich ins All?«, erkundigte er sich.

»Achten Sie nicht auf ihn«, sagte Tim und zog Geoffs Arm runter. »Für ihn ist das alles neu.«

Ruth setzte sich neben Geoff und sah ihn an.

»Ist Ihnen bange?«, flüsterte sie.

»Weiß nicht so recht«, erwiderte Geoff. »Es ist nur so ... ich war noch nie im All. Irgendwie macht mich das ein bisschen nervös.«

»Dazu besteht kein Anlass«, sagte sie und schnallte ihren Sicherheitsgurt fest. »Eine Reise ins All ist heutzutage so unproblematisch, wie mit der U-Bahn zu fahren.«

Als »unproblematisch« hätte Geoff eine Fahrt mit der U-Bahn, die jedes Mal zu spät kam und ständig überfüllt war, nicht unbedingt bezeichnet. Er legte sich auf seinem Sitz zurück, atmete tief durch und versuchte sich zu entspannen. Unglücklicherweise konnte er von seinem Platz aus direkt durch das Cockpitfenster auf die über ihm aufragende Abschussrampe blicken, was nicht gerade dazu beitrug, ihn von seiner Nervosität abzulenken. Und obwohl es so aussah, als wäre der Uhrenturm entkernt worden, damit die Raumfähre freie Bahn hatte, schien ihnen das Dach des Turms den Weg zu versperren, was gelinde gesagt etwas besorgniserregend war. Das gefiel ihm überhaupt nicht. Eine üble Situation, die nur noch dadurch zu toppen gewesen wäre, dass die Bordverpflegung aus Zucchini bestand.

Geoff grub die Fingernägel in die Armlehnen.

»Ähm ... was ist eigentlich mit dem Dach da oben?«, fragte er.

»Oh, darüber brauchen Sie sich keine Gedanken zu machen«, sagte der Verteidigungsminister.

»Ah ja? Und warum nicht?«, erwiderte Geoff. »Besteht es vielleicht aus Seidenpapier?«

»Nein, nein«, entgegnete der Minister. »Bleiben Sie ganz ruhig. Das hat alles seine Richtigkeit.«

»Würde sich bitte jeder von Ihnen mal kurz dieses Sicherheitsvideo ansehen?«, sagte die Pilotin in diesem Augenblick und drückte auf eine Taste.

Geoff beobachtete, wie ein waffeldünner Bildschirm aus der Decke ausgefahren wurde und zum Leben erwachte. Auf dem Schirm erschien ein gut gekleideter Gentleman, der neben einem computergenerierten Bild der Raumfähre stand. Aus dem Off ertönte leise schnulzige Musik.

»Hallo und willkommen an Bord unserer Transportfähre *Boeing 74447*«, sagte der Mann und zeigte auf das Bild neben sich, damit der Zuschauer auch ja mitbekam, von welcher Raumfähre er sprach. »Bitte passen Sie jetzt gut auf und prägen Sie sich genau ein, was wir Ihnen demonstrieren. All dies dient ausschließlich Ihrer Sicherheit und Ihrem Wohlbefinden.«

Normalerweise ignorierte Geoff solche Videos, wenn

er in einem Flugzeug saß, aber diesem hier schenkte er seine volle Aufmerksamkeit.

»Da wir gleich starten werden«, fuhr der Mann fort, »vergewissern Sie sich bitte, ob Ihr Sicherheitsgurt festgeschnallt ist. Um den Sicherheitsgurt festzuschnallen, müssen Sie die beiden Metallenden zusammenschieben, bis es *klick* macht, und den Gurt dann um Ihre Hüfte festziehen. Um sich loszuschnallen, brauchen Sie bloß auf den Knopf zu drücken und die Enden auseinanderzuziehen.«

»Ich finde, die Erläuterungen zu den Sicherheitsgurten könnten noch etwas ausführlicher sein«, stellte Geoff in ironischem Ton fest, um seine Nervosität zu überspielen. »Könnten wir das noch mal sehen, damit ich es auch verstehe?«

Alle ignorierten ihn.

»Sollte zusätzlicher Sauerstoff erforderlich sein, wird eine Sauerstoffmaske vor Ihnen herabgelassen. Sobald Sie die Maske angelegt haben, wird die Sauerstoffzufuhr aktiviert.«

Auf dem Bildschirm demonstrierte eine Frau, wie man sich die Maske aufsetzen musste. Für jemanden, der angeblich in einer Kabine mit Unterdruck nach Atem rang, wirkte sie bemerkenswert gelassen.

»Im Fall einer Notlandung müssen Sie, um Verletzungen zu vermeiden, folgende Stellung einnehmen: Setzen Sie beide Füße auf den Boden und verschränken Sie die Hände am Hinterkopf. Beugen Sie sich vor und pressen Sie die Ellbogen außen gegen die Knie. Wenn möglich, legen Sie den Kopf auf den Sitz vor Ihnen.«

Die Frau auf dem Bildschirm zeigte, wie das auszusehen hatte, auch diesmal mit ruhigem, ausdruckslosem Gesicht. Man hatte nicht unbedingt den Eindruck, sie befände sich in einer lebensgefährlichen Situation. Das Ganze wirkte eher wie eine Yogaübung. Vermutlich waren gute Schauspieler nicht daran interessiert, in einem billig produzierten Sicherheitsvideo aufzutreten.

»Sollten im All die Triebwerke der Fähre versagen, dann legen Sie bitte die Raumanzüge an, die Sie unter Ihrem Sitz finden. Damit das schnell geschieht, schlüpfen Sie bitte zuerst in die Beine und ziehen den Raumanzug bis zur Hüfte hoch. Danach stecken Sie bitte Ihre Arme in die Ärmel und schließen den luftdichten Reißverschluss. Wenn alle Passagiere bereit sind, von Bord zu gehen, wird der Pilot oder die Pilotin Helme und Sauerstoffbehälter an Sie aushändigen.«

Geoff griff unter seinen Sitz. Dort war tatsächlich ein Raumanzug verstaut. Er wusste nicht so recht, ob ihn das beruhigte oder eher beunruhigte.

»Anschließend möchte ich Sie noch darauf hinweisen, dass Ihre Sicherheit oberste Priorität für uns hat. Falls Sie etwas nicht verstanden haben sollten, wenden Sie sich bitte an Ihren Piloten oder Ihre Pilotin. Danke für Ihre Aufmerksamkeit.«

Der Bildschirm wurde dunkel und verschwand wieder in der Decke.

»Also jetzt bin ich wirklich beruhigt«, sagte Geoff. »Ich hatte ja keine Ahnung, dass so viele Dinge schiefgehen können, aber jetzt weiß ich lückenlos über Triebwerkversagen, Notlandungen und Sauerstoffmangel Bescheid. Vielen herzlichen Dank.«

»Ich denke, wir sind jetzt so weit«, verkündete die Pilotin und zog ein kleines Funkgerät aus dem Armaturenbrett. »Ich brauche nur noch die Starterlaubnis von der Weltraumverkehrsüberwachung, dann können wir uns auf den Weg machen.«

»Beeilen Sie sich«, sagte der Minister. »Wir haben keine Zeit zu verlieren.«

Die Pilotin nickte.

»Weltraumverkehrsüberwachung, Weltraumverkehrsüberwachung! Hier Black Rod 1«, sagte sie in das Funkgerät. »Wir sind so weit und bitten um Starterlaubnis. Haben Sie verstanden?«

»Black Rod 1, hier Weltraumverkehrsüberwachung«, kam eine Stimme aus dem Lautsprecher. »Wir haben verstanden. Sie dürfen starten. Ich wiederhole: Sie dürfen starten.«

»Roger«, erwiderte die Pilotin. »Bitte öffnen Sie das Startgate. Ich wiederhole: Bitte öffnen Sie das Startgate.«

Diese Eigenheit beim Funkverkehr hatte Geoff immer irritiert. Warum sagten die Leute alles zweimal? Man ging ja auch nicht in einen Laden und sagte: Ich hätte gern ein Päckchen Salz und eine Tüte Essigchips. Ich wiederhole: Ich hätte gern ein Päckchen Salz und eine Tüte Essigchips.« Warum also war das beim Funkverkehr nötig?

Schon im nächsten Moment wich seine Irritation einem Gefühl der Erleichterung, denn er bemerkte, wie sich das Dach des Turms in der Mitte teilte und wie das Maul eines riesigen mechanischen Krokodils aufging, bis schließlich der klare, mit Sternen übersäte Himmel zu sehen war. Bedauerlicherweise wurde dieses Gefühl der Erleichterung sofort von Panik verdrängt, da ihm bewusst wurde, dass sie wahrscheinlich gleich starten würden.

»Alles klar«, sagte die Pilotin. Nachdem sie das Funkgerät in das Armaturenbrett zurückgesteckt hatte, ergriff sie mit beiden Händen den Steuerknüppel. »Es kann losgehen.«

»Wunderbar«, erwiderte der Minister und legte der Pilotin die Hand auf die Schulter. »Wollen wir dann den Countdown einleiten?«

»Gute Idee«, meinte Geoff, der seine Fingernägel noch tiefer in die Armlehnen grub. »Wie wär's, wenn wir bei einer Million anfangen zu zählen?«

»Fünf«, sagte die Pilotin und überprüfte etwas auf dem Armaturenbrett.

»Fünf?«, wiederholte Geoff. »Das ist eine viel zu kleine Zahl! Können wir nicht mit einer größeren anfangen?«

»Vier.«

»Vier? Wo kommt die denn jetzt her? Eben haben Sie doch noch *fünf* gesagt! Können wir nicht bei fünf bleiben?«

»Drei.«

»Moment mal. Ist das jetzt schon der Countdown?«

»Zündung einschalten.«

»Zündung einschalten!?«, schrie Geoff, dessen Stimme jedoch vom Aufheulen der Triebwerke übertönt wurde. Die Raumfähre begann heftig zu vibrieren. »Das ist Beschiss! Sie haben *zwei* übersprungen!«

»Eins!«

»Eine Sekunde noch!«, rief Geoff und suchte verzweifelt nach einem Vorwand, um den Start zu verzögern. »Ich glaube, ich habe meine Brieftasche vergessen!«

»Wir haben schon abgehoben!«, rief die Pilotin.

Das Vibrieren der Raumfähre nahm zu, das Dröhnen der Triebwerke wurde so laut, als hörte man sich durch ein Stethoskop ein Rockkonzert an. Am liebsten hätte Geoff die Augen geschlossen, als die Fähre die Startrampe hinter sich ließ und in den nächtlichen Himmel aufstieg, doch infolge der starken Fliehkraft beim Start wurden seine Augenlider weit auseinandergedrückt. Resigniert drehte Geoff den Kopf nach links, damit ihm wenigstens der furchterregende Anblick des unendlichen Weltalls erspart blieb. Unglücklicherweise fiel sein Blick dabei durch das Fenster, und er sah, wie sie in immer schwindelerregendere Höhen aufstiegen und London weiter und weiter unter sich zurückließen.

Doch je höher die Fähre stieg, desto besser fühlte er sich. Die Lichter und Gebäude der Stadt schmolzen immer mehr zu undeutlichen gelben und orangefarbenen Flecken zusammen. Nach einer Weile wurde der Anblick regelrecht imposant – aus dieser Höhe konnte er bereits die gesamten britischen Inseln überblicken, die in der Dunkelheit wunderschön aussahen, so als wäre das Land mit einem glitzernden, schimmernden Spinnennetz überzogen. Die Fähre flog höher und höher, und bald konnte er ganz Europa sehen, über dem gerade die Sonne aufging.

»Hätte vielleicht jemand ein Bonbon?«, fragte Geoff, als die Fähre die Erdatmosphäre verließ. »Ich hab so ein Knacken in den Ohren.«

20

Vom All aus ließ sich der Anblick der Erde mit nichts vergleichen, das Geoff je gesehen hatte – höchstens mit all den Fotos von dem Planeten, die er betrachtet, mit all den Dokumentarfilmen, die er im Fernsehen verfolgt, und mit all den Computerspielen, bei denen er im Erdorbit Raumschiffschlachten gelenkt hatte. Genau genommen hätte man sagen können, der Anblick der Erde vom All aus hätte ihm nicht ganz unvertraut sein müssen.

Dennoch war es etwas anderes, das Ganze in natura zu erleben. Inzwischen war das Dröhnen der Triebwerke zu einem leisen Summen geworden, und von oben wirkte alles erstaunlich friedlich. Manche Kontinente sahen aus, als bestünden sie aus weichem braunem Tuch. Bergketten hoben sich reliefartig von der Erde ab, gewaltige Wolkenformationen quollen über den Ländern auf, als hätte jemand mit einem Löffel darin herumgerührt, und die Ozeane, die den Planeten wie eine dicke blaue Decke umhüllten, sahen aus wie Sirup. Es war ein Anblick, den man normalerweise als »atemberaubend« bezeichnen würde, doch da das in Geoffs Fall bedeutet hätte, dass in der Kabine Unterdruck herrschte, war das Adjektiv hier nicht ganz angebracht.

»Wenn du willst, kannst du dich losschnallen, Geoff«,

sagte Tim. »Die Fähre hat jetzt eine horizontale Flugbahn.«

»Bist du sicher?«, erwiderte Geoff, der sich immer noch an den Armlehnen festklammerte. »Werde ich auch nicht durch die Kabine schweben?«

»Nein, wirst du nicht.«

»Ich brauche also keine Magnetstiefel?«

»So was gibt es gar nicht.«

»Tatsächlich?«

»Tatsächlich. Das hast du dir bloß ausgedacht. Die Fähre hat ihr eigenes Gravitationsfeld. Du brauchst dir keine Sorgen zu machen.«

Zögernd schnallte sich Geoff los, blieb aber sitzen. Er hütete sich immer davor, allzu schnell aufzustehen – vor allem wenn er in der Nacht schlecht geschlafen hatte. Tat er es trotzdem, endete es gewöhnlich in einer Katastrophe.

Der Verteidigungsminister ging ins Cockpit und setzte sich neben die Pilotin.

»Wie lange dauert es noch, bis wir die Flotte erreichen?«, fragte er.

»Nicht mehr lange«, antwortete die Pilotin, nachdem sie einen Blick auf das Armaturenbrett geworfen hatte. »Die Flotte befindet sich gegenwärtig auf der anderen Seite der Erde, in einer geosynchronen Umlaufbahn. Dürfte nicht mehr länger als eine halbe Stunde dauern.«

Geoff stand auf. Ihm war ein wenig weich in den Knien, seine Hände zitterten, und in seinen Ohren knackte es ab und zu immer noch. Ansonsten war er aber okay. Er ging zur anderen Seite der Fähre hinüber, um aus einem der Fenster zu blicken, und schnappte vor Überraschung nach Luft. Über die pechschwarze Finsternis des Weltraums waren unzählige Sterne verteilt, deren Licht einen funkelnden, glitzernden Flickenteppich bildete. Er hatte natürlich schon öfter zum nächtlichen Himmel hochgeblickt, infolge der verschmutzten Londoner Luft aber immer nur eine Handvoll Sterne ausmachen können, als hätte Gott Probleme mit dem Bezahlen der Stromrechnung und schaltete dauernd den einen oder anderen Stern ab, um Geld zu sparen. Von hier aus bot das Weltall jedoch einen überwältigend schönen Anblick.

Geoff trat an ein anderes Fenster. Ganz wie er erwartet hatte – noch mehr Sterne. Millionen und Abermillionen. Plötzlich nahm er aus den Augenwinkeln heraus ein Aufblitzen wahr. Als er genauer hinsah, konnte er in der Ferne mehrere Raumschiffe erkennen, die sich mit Laserstrahlen beschossen.

»Seht doch mal!«, sagte Geoff, als eines der Schiffe explodierte. »Da findet gerade eine Schlacht statt!«

»Das ist keine echte Schlacht«, erklärte Ruth, die zu Geoff ans Fenster getreten war. »Da wird bloß ein Film gedreht.«

»Ein Film?«

»Wenn Sie genau hinsehen, können Sie das Kameraschiff erkennen«, sagte sie und zeigte auf ein Raumschiff, das sich im Gegensatz zu den anderen nicht bewegte. »Das ist nicht weiter aufregend.«

»Dann wird heutzutage also richtig im Weltraum gedreht?«, fragte Geoff. »Das Ganze ist nicht computergeneriert oder so?«

»Natürlich nicht«, erwiderte Ruth, die das Interesse an dem Thema verloren hatte und zu ihrem Sitz zurückkehrte. »Warum sollte man auf den Computer zurückgreifen, wenn man es in echt machen kann?«

»Weiß nicht. Kommt mir nur sehr aufwendig vor.«

»Heutzutage nicht. Im All zu drehen ist genauso einfach, wie eine Autoverfolgungsjagd auf der Erde zu filmen. Außerdem merkt das Publikum den Unterschied. Vergleichen Sie mal *Star Trek 2* mit *Star Trek 200*, dann verstehen Sie, was ich meine.«

Obwohl die Reise noch eine halbe Stunde dauern sollte, konnten sie in der Ferne schon bald die Raumschiffflotte ausmachen. Normalerweise hätte Geoff am Ende einer Flugreise in seinen Taschen nach Kleingeld gesucht, um festzustellen, ob er schnell eine Partie *Vier gewinnt* spielen konnte, doch der Anblick, der sich ihm jetzt bot, war so spektakulär, dass er sich nicht zu rühren vermochte und wie gebannt auf die Flotte starrte, die aus Hunderten – wenn nicht Tausenden – von Schiffen bestehen musste, Schiffen von unterschiedlichster Form und Größe, die in geordneter Formation die Erde umkreisten. Die großen Schiffe waren wahrhaft gewaltig, möglicherweise noch größer als einige der Megastädte auf der Erde, und selbst die kleineren Schiffe waren mehr als beeindruckend und mindestens so lang, wie die höchsten Wolkenkratzer der Welt hoch waren. Jedes Schiff war wunderbar ergonomisch konstruiert und bestand aus einem schnittigen Metallrumpf, der an der bauchigen Unterseite schwarz war. Wenn das die Flotte war, die der Verteidigungsminister in der Zeit zurückschicken wollte, um die Erde zu schützen, würden die Varsarianer ernsthafte Schwierigkeiten bekommen.

»Willkommen bei der Flotte«, sagte der Minister, während er beobachtete, wie die Pilotin die Fähre an einem mittelgroßen Kreuzer vorbeimanövrierte. »Na, was sagen Sie nun, Geoff?«

»Mir fehlen die Worte«, gestand dieser. Durch das Cockpitfenster sah er, wie sich ein Geschwader von

Spacefightern näherte, um die Fähre zu eskortieren. »So etwas hätte ich nie erwartet!«

Die Pilotin steuerte die Fähre auf ein großes Schiff an der Spitze der Flotte zu und holte erneut ihr Funkgerät aus dem Armaturenbrett.

»Concordia, hier Black Rod 1«, sagte sie. »Wir sind im Anflug und bitten um Andockerlaubnis. Haben Sie verstanden?«

»Concordia?«, wiederholte Geoff und zog eine Augenbraue hoch.

»Das heißt *mit Herz*«, erklärte Tim, während er durch das Cockpitfenster spähte. »Oder so ähnlich.«

»Black Rod 1, hier Concordia«, antwortete eine Stimme aus dem Lautsprecher. »Ihre Ankunft ist heute nicht vorgesehen. Ich wiederhole: Ihre Ankunft ist heute nicht vorgesehen. Andockerlaubnis kann nicht erteilt werden. Ich wiederhole ...«

»Geben Sie das Ding mal her«, verlangte der Minister und schnappte sich das Funkgerät.

»Concordia, hier spricht der Verteidigungsminister«, sagte er. »Dies ist ein Notfall. Bitte führen Sie Sonderbestimmung vier – sieben – neun – bravo aus. Haben Sie verstanden? Bitte führen Sie Sonderbestimmung vier – sieben – neun – bravo aus.«

Das Funkgerät verstummte für ein paar Sekunden.

»Black Rod 1, wir haben verstanden. Sonderbestimmung vier – sieben – neun – bravo wurde ausgeführt. Wir haben Ihren Anflugvektor erfasst. Setzen Traktorstrahl ein, um Sie reinzuholen. Halten Sie sich fest.«

»Gibt's ja nicht!«, meinte Geoff. »Sie haben Traktorstrahlen?«

»Danke, Concordia«, sagte der Minister.

Ein blassrotes Licht hüllte die Fähre ein, die kurz ins

Vibrieren geriet. Die Spacefighter-Eskorte entfernte sich, um sich anderen Aufgaben zuzuwenden.

»Tja, dann bleibt für mich ja wohl nichts mehr zu tun«, sagte die Pilotin und ließ den Steuerknüppel los.

»Sonderbestimmung vier – sieben – neun – bravo?«, fragte Tim.

»Das ist ein militärischer Code, den nur hochrangige Offiziere kennen«, erklärte der Minister und gab der Pilotin das Funkgerät zurück. »Im Wesentlichen bedeutet es: *Tun Sie, was ich sage.*«

»Könnte man den auch anderweitig einsetzen?«, erkundigte sich Geoff.

»Anderweitig?«, erwiderte der Minister. »Wie meinen Sie das?«

»Na, nehmen wir mal an, man möchte ins Kino, wird aber nicht reingelassen, weil es schon voll ist ...«

»Ich glaube, ich weiß, worauf Sie hinauswollen, und die Antwort lautet nein. Das funktioniert nur bei militärischen Angelegenheiten.«

»Und wenn es ein Militärkino wäre?«

Der Traktorstrahl zog die Fähre auf die Concordia zu, doch das Raumschiff war so riesig, dass sie ihm überhaupt nicht näher zu kommen schienen.

»Aus wie vielen Schiffen besteht die Flotte eigentlich?«, fragte Geoff, während er einen bewundernden Blick auf einen Kreuzer warf, an dem sie gerade vorbeikamen. Wenn man ihn mit zusammengekniffenen Augen betrachtete, hatte er eine gewisse Ähnlichkeit mit einem großen Gürteltier aus Metall.

»Lassen Sie mich mal überlegen«, sagte der Minister und blickte nach oben, als stünde die Antwort an der Decke. »Bei der letzten Zählung hatten wir, glaube ich, 258 Sanitätsfregatten, 584 Sturmkreuzer, 817 Schiffe mit schwerer Artillerie, 900 Großschiffe und 2590 Hilfsfighter. Und natürlich die Concordia – den Stolz der Flotte.«

»Frag ihn jetzt bloß nicht, wie viel es gekostet hat, die zu bauen«, bat Tim.

»Warum nicht?«, gab Geoff zurück und beugte sich vor, um das Flaggschiff besser in den Blick zu bekommen. Es war so groß, dass es immer noch nicht näher gekommen zu sein schien, obwohl der Traktorstrahl die Fähre mit ziemlich hoher Geschwindigkeit zog. »War es denn teuer?«

»Das kann man wohl sagen«, erwiderte Tim. »Im Vergleich zu den Baukosten der Concordia ist diese *seltene* Version von *Keio Flying Squadron*, die du bei eBay gekauft hast, das reinste Schnäppchen gewesen.«

21

Unter normalen Umständen hätte Geoff sofort seine Entscheidung gerechtfertigt, *Keio Flying Squadron* zu kaufen – eigentlich zu einem Spottpreis. Er hätte auf die Seltenheit dieser Version hingewiesen, obwohl er im tiefsten Innern wusste, dass sie *so* selten nun auch wieder nicht war und ihn der skrupellose Verkäufer übers Ohr gehauen hatte.

Doch Geoff sagte kein einziges Wort. Reagierte überhaupt nicht auf Tims sarkastische Bemerkung. Denn Geoff hatte andere Dinge im Kopf und starrte wie gebannt auf die Concordia, das Mutterschiff der irdischen Kampfflotte.

Das Erste, was den meisten Leuten auffiel, wenn sie die Concordia sahen, war, wie verdammt groß sie war. Und damit ist nicht etwa »groß« im herkömmlichen Sinne des Wortes gemeint, zum Beispiel wenn man sagt »Diese Hose ist ein bisschen zu groß für dich« oder »Meine Portion war so groß, dass ich sie nicht aufessen konnte«. Hier ging es um eine andere Kategorie von »groß«. Dieses Schiff war so gewaltig, dass es die Sonne verdunkelte, wenn es die Erde umkreiste. Um das Ganze in die richtige Perspektive zu rücken: Die Flasche Champagner, mit der man es beim Stapellauf getauft hatte, hatte die Größe des Eiffelturms gehabt.

Das Zweite, was den meisten Leuten bei der Concordia ins Auge sprang, war das elegante Design. Ihre Form ähnelte – wie die der meisten andern Schiffe der Flotte – einem Schildkrötenpanzer. Sah man genauer hin, erkannte man, dass der Panzer von zahlreichen Rillen und Furchen durchzogen war, als könnte man wie bei einem Kabrio das Dach zurückklappen, wenn schönes Wetter war. In Wirklichkeit funktionierte das natürlich nicht: Die Rillen und Furchen rührten daher, dass man beim Bau auf diese Weise ein paar Millionen Tonnen Titan gespart hatte – was nun mal ein ziemlich kostspieliges Metall war.

Natürlich brauchte ein Schiff von der Größe der Concordia eine beträchtliche Pferdestärke, um sich überhaupt fortzubewegen – vorzugsweise in Form eines Triebwerks, da der Einsatz von richtigen Pferden im Weltraum aus naheliegenden Gründen gewisse logistische Probleme mit sich gebracht hätte. Glücklicherweise war die Concordia in dieser Hinsicht gut ausgestattet, denn sie hatte nicht nur ein Triebwerk, sondern deren zwanzig aufzuweisen. Die Triebwerke ragten wie knollige Auswüchse aus dem hinteren Teil des Vehikels und stießen eine geradezu unglaubliche Hitze aus. Wenn die Concordia mit voller Kraft lief, konnte sie auf dreitausend Kilometer Entfernung ein Marshmallow toasten, auch wenn sich dabei natürlich die Frage stellt, was ein Marshmallow im Weltraum zu suchen hat.

Ruhig glitt die Fähre in den riesigen Hangar der Concordia und setzte sanft auf einer der Landeplattformen auf.

Die Pilotin schnallte sich los und stand auf.

»Wir sind da«, sagte sie für den Fall, dass es noch niemand bemerkt hatte.

Als Geoff aus dem Cockpitfenster spähte, sah er, wie der rote Traktorstrahl verblasste und sich in nichts auflöste.

»Bitte achten Sie darauf, all ihre persönlichen Habseligkeiten mitzunehmen«, hielt die Pilotin sie an, während sie ein paar Schalter umlegte. »Ich hoffe, Sie hatten einen angenehmen Flug.«

Alle erhoben sich und versammelten sich an der Einstiegsluke.

»Und was passiert jetzt?«, fragte Geoff.

»Jetzt warten wir«, erwiderte der Verteidigungsminister.

»Worauf?«

»Auf den Parkservice.«

»Hier gibt's einen Parkservice?«, fragte Geoff. »In einem Raumschiff?«

»Warum denn nicht?«, gab der Minister zurück.

»Weiß nicht«, meinte Geoff. »Ich dachte, so was gäbe es nur in Hotels und Restaurants.«

Die Pilotin machte sich daran, alle Sitze wieder in eine aufrechte Position zu bringen.

»Auf der Concordia zu parken ist ein echter Albtraum – besonders abends«, erklärte sie. »Ohne den Parkservice wäre es völlig unmöglich, einen Parkplatz zu ergattern.«

Bald wurde die Einstiegsluke von außen geöffnet, und ein großer, gut gekleideter Angestellter nahm sie in Empfang und war ihnen beim Aussteigen behilflich. Geoff traute seinen Augen nicht – der Typ trug doch tatsächlich einen Frack mit Weste und dazu einen Zylinder.

»Willkommen auf der Concordia«, sagte er und reichte der Pilotin einen Parkschein. »Haben Sie Gepäck dabei?«

»Nur im übertragenen Sinne des Wortes«, antwortete der Minister.

»In dem Fall«, sagte der Angestellte und hievte sich in die Fähre, »begeben Sie sich bitte zum Empfang am anderen Ende des Hangars. Die Rezeptionistin wird gleich für Sie da sein.«

»Eine Rezeptionistin gibt es auch?«, fragte Geoff.

»Danke«, sagte der Minister, griff in die Tasche und reichte dem Mann ein kleines Trinkgeld.

Der Angestellte kauerte sich in der Einstiegsluke nieder, um das Trinkgeld an sich zu nehmen, und lüftete zum Dank kurz seinen Zylinder.

»Wollen wir dann?«, sagte der Minister und führte die Gruppe zum Empfang am Ende des Hangars.

»BLACK ROD EINS WIRD JETZT ZU PARKDECK SIEBEN GEBRACHT«, verkündete eine Stimme über Lautsprecher. »BITTE TRETEN SIE VON LANDEPLATTFORM FÜNF ZURÜCK.«

Geoff beobachtete, wie der Angestellte die Hilfstriebwerke der Fähre in Gang setzte und das Vehikel rasch in einen der zahlreichen Gänge steuerte, die in das Innere der Concordia führten.

»IKARUS ZWÖLF IM ANFLUG«, meldete sich die Stimme wieder zu Wort. »KÖNNTE SICH BITTE JEMAND VOM PARKSERVICE ZU LANDEPLATTFORM FÜNF BEGEBEN.«

Kurz darauf glitt eine andere Raumfähre in den Hangar und landete dort, wo eben noch ihre Fähre gestanden hatte. Als sich der Traktorstrahl in Luft aufgelöst hatte, eilte ein Angestellter herbei, um die Fähre in Empfang zu nehmen.

Und apropos Luft: Trotz des Umstands, dass der Eingang des Hangars dem kalten, luftleeren Raum ausgesetzt war, war die Luft hier drinnen genauso sauber und ausreichend vorhanden wie bei Geoff zu Hause, sah man einmal von den Tagen ab, an denen sich in Geoffs Zimmer die Schmutzwäsche stapelte. Vermutlich gab es hier eine Art unsichtbares Kraftfeld, das verhinderte, dass die Luft in den Weltraum entwich, was recht praktisch war, da man sonst möglicherweise ziemlich in die Bredouille geraten wäre, wenn man nicht gerade am Fußboden festgebunden war.

Die Tatsache, dass man hier umhergehen konnte, ohne zu ersticken, war nicht das einzige Gute am Hangar. Er war auch warm und hell erleuchtet und dabei so geräumig, dass er mehrere Raumfähren auf einmal aufnehmen konnte. Während die Gruppe dem Minister folgte, um sich zum Empfang zu begeben, kamen mindestens zwanzig oder dreißig Fähren an oder flogen ab. Es war, als sähe man bei einer gut choreografierten Tanzdarbietung zu, die den zusätzlichen Vorteil hatte, dass man gar nicht erst in Versuchung geriet, sie zu Hause nachzumachen, und einem dergestalt peinliche Verrenkungen erspart blieben.

Als der Minister den Empfang erreicht hatte, drückte er auf eine Klingel. Aus der Tür hinter dem Tresen kam eine junge Frau, die eine ähnliche Uniform wie der Mann vom Parkservice trug, bestehend aus einem knielangen Hemd, einem grauen Jackett und einem kleinen Hut.

»Guten Abend, Herr Minister«, sagte sie in leicht überraschtem Ton. »Ist alles in Ordnung? Wir haben nicht damit gerechnet …«

»Ich muss dringend mit Captain Holland sprechen«, fiel ihr der Minister ins Wort.

»Mit dem Captain?«, erwiderte die junge Frau. »Sie … Sie wollen mit dem Captain sprechen?«

»Ja, mit dem Captain«, wiederholte der Minister.

»Jetzt?«

»Ja, jetzt!«, sagte der Minister ungehalten. »Sagen Sie ihm, er soll so schnell wie möglich zu mir kommen.«

»Na... natürlich«, stammelte die junge Frau, schlug ein großes Buch auf, das auf dem Tresen lag, und gab dem Minister einen Kugelschreiber. »Wenn Sie sich dann bitte eintragen würden. Ich werde mich sofort mit der Kommandobrücke in Verbindung setzen.«

Captain Holland schien nicht sonderlich erbaut davon zu sein, dass man ihn so mir nichts, dir nichts in den Hangar beordert hatte. Mit finsterer Miene trat er aus dem Fahrstuhl und stapfte auf den Minister zu. Obwohl er Ende fünfzig, Anfang sechzig war, strafte seine Körpersprache sein Alter Lügen – sein Gang glich eher dem eines mürrischen Teenagers, den man in die Küche gerufen hatte, damit er beim Abwasch half. Für einen Mann seines Alters schien er gut in Form zu sein, hatte breite Schultern und einen muskulösen Hals. Seine Haut war braun gebrannt, und der Ausdruck seiner Augen ließ darauf schließen, dass er ständig wachsam und auf der Hut war.

»Was hat das alles zu bedeuten, David?«, fragte er, während er sich mit den Fingern durch das distinguierte graue Haar fuhr. »Wie ich gehört habe, haben Sie Sonderbestimmung vier – sieben – neun – bravo ausführen lassen.«

»So ist es«, bestätigte der Minister.

»Darf ich fragen, warum?«

»Ich muss Sie bitten, die Flotte zu mobilisieren.«

Der Captain lachte.

»Soll das ein Witz sein?«

»Ich wünschte, es wäre so.«

Captain Holland sah den Minister eine Weile schweigend an, ohne dass das Lächeln aus seinem Gesicht wich.

»Das ist eine Übung, stimmt's?«, fragte er, während er den Rest der Gruppe musterte. »Sie sind hier, um uns zu testen, oder?«

»Das ist kein Test«, antwortete der Minister. »Das ist ein Ernstfall. Ich muss Sie bitten, die Flotte unverzüglich zu mobilisieren.«

»David, Sie kennen doch die Vorschriften«, sagte der Captain und schloss die Augen. »In Artikel sieben, Paragraf B steht, dass das Militär bei solchen Dingen mindestens zwei Wochen vorher in Kenntnis gesetzt werden muss, es sei denn, der Planet ist in unmittelbarer Gefahr.«

»Ich kenne die Vorschriften«, stellte der Minister fest.

Der Captain runzelte die Stirn.

»Sie meinen ... der Planet *ist* in unmittelbarer Gefahr?«

»Leider. Hören Sie, ich habe jetzt keine Zeit für lange Erklärungen«, sagte der Minister, »aber wir haben Grund zu der Annahme, dass die Geschichte verändert worden ist.«

»Verändert? In welcher Weise?«

Der Minister holte tief Luft.

»Erinnern Sie sich noch an die varsarianische Invasion von 2181?«

»Selbstverständlich«, erwiderte der Captain. »Das war eine der ersten Sachen, mit der ich mich auf der Militärakademie beschäftigt habe. Die Flotte wurde durch einen Zeitwirbel geschickt und sechshundert Jahre später vernichtet.«

»Das ist nicht mehr der Fall«, erklärte der Minister. »Wie es jetzt den Anschein hat, werden die Außerirdischen die Erde im einundzwanzigsten Jahrhundert überfallen, zweihundert Jahre bevor die Menschheit technologisch so weit fortgeschritten ist, dass sie Zeitwirbel erzeugen kann. Wenn unsere Berechnungen korrekt sind, steht in der Vergangenheit, genauer gesagt: vor tausendundfünfzig Jahren, die Vernichtung der Menschheit bevor.«

Der Captain riss die Augen auf.

»Aber ... wie ist das denn möglich?«, fragte er.

»Jemand hat herausgefunden, wie man den Supercomputer überlisten kann«, mischte sich Mr. Knight ein.

Captain Holland zog den Minister ein Stück zur Seite.

»Wer sind diese Leute?«, flüsterte er.

»Sie arbeiten für die ZeitReisen GmbH«, erklärte der Minister.

»Die ZeitReisen GmbH?«, erwiderte der Captain. »Sie meinen ... das Reiseunternehmen?«

»Genau. Das sind die Leute, die die ganze Verschwörung aufgedeckt und mich darüber in Kenntnis gesetzt haben.«

»Verstehe«, sagte der Captain und nickte den anderen kurz zu, wie man es zu tun pflegt, wenn man zu faul ist, »hallo« zu sagen. Die anderen nickten zurück.

»Und was wollen Sie dann von mir?«, erkundigte sich der Captain, während er die Gruppe zum Fahrstuhl führte und auf einen kleinen Knopf in der Wand drückte.

»Das sagte ich bereits«, antwortete der Minister und trat zur Seite, als die Fahrstuhltür aufging. »Sie müssen die Flotte mobilisieren. Wir müssen ins einundzwanzigste Jahrhundert zurück und die varsarianische Flotte vernichten, bevor sie die Erde angreift.«

Der Captain seufzte.

»Was Sie da verlangen, ist nicht einfach«, sagte er und winkte die anderen in den Fahrstuhl. »Unglücklicherweise haben die Mannschaften der Schiffe nämlich gerade Landurlaub. Die meisten Schiffe sind leer oder verfügen nur über eine Minimalbesatzung. Wir sind gar nicht in der Lage, in der Zeit zurückzureisen und eine Invasion von Außerirdischen abzuschmettern.«

»Können Sie die Besatzungen nicht zurückrufen?«, fragte der Minister. »Das ist schließlich ein Notfall!«

»Das würde Tage dauern«, erwiderte der Captain. »Und wenn das, was Sie sagen, stimmt, müssten wir sofort aufbrechen.«

»Was sollen wir also tun?«

»Da gibt es nur eine Möglichkeit.«

»Und welche?«

»Bitte nennen Sie Ihr Ziel«, sagte der Fahrstuhl. Geoff erkannte die synthetische Frauenstimme wieder. Gab es in der Zukunft denn keine männlichen Fahrstühle? Wie sollten da neue kleine Fahrstühle entstehen?

»Fernsteuerungszentrale«, wies der Captain den Fahrstuhl an.

22

»Das ist doch Wahnsinn«, sagte der Verteidigungsminister, der unruhig auf und ab lief, während der Fahrstuhl sie durch das Raumschiff transportierte. »Schlagen Sie allen Ernstes vor, dass der Computer der Concordia die Kontrolle über die gesamte Flotte übernehmen soll?«

Captain Holland hielt sich an der Wand fest, da der Fahrstuhl gerade abrupt seine Richtung wechselte. Zu Geoffs Erstaunen bewegte sich dieser Fahrstuhl nicht nur nach oben oder nach unten, sondern auch vorwärts und rückwärts. Und wenn er richtig angeben wollte, schlug er eine diagonale Richtung ein. Außerdem legte er dabei ein solch rasantes Tempo vor, dass die Passagiere jedes Mal, wenn er seinen Kurs änderte, gehörig durcheinandergerüttelt wurden. Dieses ständige Hin und Her erinnerte Geoff an die Fahrstunden, die er mal genommen hatte.

»Eine andere Möglichkeit sehe ich nicht«, erklärte Captain Holland, der ins Taumeln geriet, als der Fahrstuhl wieder einmal jäh einen Richtungswechsel vornahm. »Wie ich schon sagte, zurzeit haben Hunderttausende von Besatzungsmitgliedern Landurlaub. Wenn Sie den Varsarianern mit der ganzen Flotte entgegentreten wollen – und wenn das sofort geschehen soll –, müssen wir die Kontrolle der Schiffe dem Computer überlassen.«

Der Minister seufzte.

»Ich weiß nicht recht«, sagte er. »*Ein* Computer hat uns heute schon im Stich gelassen. Die Aussicht, dass das noch einmal passieren könnte, macht mich ein bisschen nervös.«

»Sie brauchen sich wirklich nicht zu sorgen«, sagte der Captain. »Mai ist durchaus in der Lage, die Flotte bei einem Kampfeinsatz zu koordinieren.«

»Mai?«, hakte Geoff nach.

»Das bedeutet Militärische Artifizielle Intelligenz«, flüsterte Tim Geoff ins Ohr. »Sie ist der Bordcomputer.«

»Sie?«, fragte Geoff. »Soll das heißen, dass ihr Computer auch geschlechtlich spezifiziert? Und warum sind die alle weiblich?«

»Mai ist so programmiert, dass sie sich auf jedes Angriffsszenario einstellen kann«, fuhr der Captain fort. »Und sie hat uns noch nie im Stich gelassen. Wenn Sie mich fragen, sind wir fast besser dran, wenn sie alles übernimmt.«

»Und wie soll das dann gehen?«, erkundigte sich Mr. Knight. »Wollen Sie damit etwa sagen, dass der Computer dadurch die volle Kontrolle über jedes Schiff der Flotte hat?«

»Über jedes *leere* Schiff«, stellte der Captain richtig. »Sie wird sich um den Antrieb kümmern, um die Waffensysteme, um die Schildgeneratoren, einfach um alles. Wenn Mai den Befehl hat, braucht ein Schiff keine Besatzung.«

»Von wie vielen Schiffen reden wir hier eigentlich?«, fragte Ruth.

»Oh, ich würde sagen, von neunzig Prozent der Flotte«,

erwiderte der Captain. »Also ungefähr ein paar Tausend.«

»Interessant«, sagte Ruth.

»Hört sich für mich so an, als würden wir alles auf eine Karte setzen«, meinte der Minister. »Wird dieser Computer auch damit fertig? Was, wenn etwas schiefgeht?«

»Beruhigen Sie sich«, sagte der Captain. »Mai wird uns nicht im Stich lassen. Und ich glaube, Sie vergessen, dass unsere Flotte derjenigen, die die Invasion 2781 abgeschmettert hat, weit überlegen ist. In Anbetracht der technologischen Fortschritte, die wir seitdem gemacht haben, dürfte diese Operation kein allzu großes Problem darstellen.«

»Trotzdem gefällt mir die Sache nicht«, sagte der Minister.

»Ob sie Ihnen gefällt oder nicht, spielt hier keine Rolle«, entgegnete der Captain. »Tatsache ist, dass wir keine andere Wahl haben. Entweder Mai – oder wir müssen vier Tage warten.«

»Dann müssen wir wohl tatsächlich alles dem Computer überlassen«, sagte der Minister zögernd und trommelte nervös mit den Fingern gegen die Wand des Fahrstuhls.

Erneut spürte Geoff, wie die Luft vor Spannung förmlich knisterte, und erneut beschloss er, die Situation zu entschärfen. Schließlich war ihm das schon im Büro des Verteidigungsministers gut gelungen.

»Habt ihr mal darüber nachgedacht«, sagte er, »was das Wort *Thesaurus* zu bedeuten hat?«

Alle starrten ihn verständnislos an.

»Knifflig, nicht?«

»Schön, dass du dich nicht *allzu sehr* geändert hast«, sagte Tim.

»Guten Abend, Captain«, raunte eine schwüle Frauenstimme, als sie alle mit zitternden Knien aus dem Fahrstuhl taumelten.

Geoff blickte umher, um festzustellen, wer da gerade gesprochen hatte. Außer ein paar männlichen Technikern, die an einem Schaltpult saßen, war jedoch niemand zu sehen. Und diese Techniker wirkten nicht gerade so, als imitierten sie Frauenstimmen. Vor ihnen ragte eine Wand aus massiven viereckigen Glassäulen auf, die bis zur Decke reichten und ein blassblaues Licht von sich gaben. Es mussten weit über hundert solcher Säulen sein, die im gleichen Abstand zueinander angeordnet waren und alle gleich aussahen.

»Guten Abend, Mai«, antwortete der Captain. »Wie geht es dir?«

»Ausgezeichnet, Captain«, antwortete der Computer. Bei jeder Silbe leuchtete eine andere Säule auf. »Ich habe gerade berechnet, wie sich bei allen Schiffen die Leistungsfähigkeit der Triebwerke um zwanzig Prozent steigern lässt.«

»Das ist ja wunderbar, Mai«, sagte der Captain.

»Das ist Mai?«, fragte Geoff und trat näher an die Säulen heran. Dann streckte er die Hand aus, um eine der Säulen zu berühren. Sie fühlte sich kühl und glatt an, aber auch leicht feucht, als wäre sie mit irgendeiner durchsichtigen Flüssigkeit überzogen. Geoff zog seine Hand zurück und beschnupperte sie – das roch nach Seife. Vielleicht war es ja irgendein futuristisches Kühlgel, das verhinderte, dass sich der Computer überhitzte, oder irgendeine superleitfähige Flüssigkeit, deren molekulare Struktur Informationen weitergab.

»Könnten Sie das bitte lassen?«, sagte Mai. »Ich bin gerade gesäubert worden.«

»Entschuldigung«, sagte Geoff und wischte sich die Hand an der Hose ab. »Ich wusste nicht, dass Sie etwas dagegen haben, angefasst zu werden.«

»Haben Sie denn nichts dagegen, angefasst zu werden?«

»Kommt ganz drauf an«, erwiderte Geoff. »Hören Sie, tut mir wirklich leid. Ich wusste nicht, dass Sie das spüren.«

»Ich spüre alles auf diesem Schiff«, erklärte Mai. »Ich spüre Ihre Füße auf dem Fußboden, Ihren Atem in der Luft – ich habe sogar dieses Teilchen gespürt, das Sie vorhin gegen die Wand geschnipst haben, als Sie meinten, niemand beobachte Sie.«

»Das haben Sie gespürt?«, fragte Geoff. Mai sprach von einem Fussel, den er an seinem Ärmel entdeckt hatte. Und den er diskret entsorgt zu haben meinte.

Der Computer schwieg.

Captain Holland trat vor.

»Mai, wir brauchen deine Hilfe«, sagte er.

»Ich weiß«, erwiderte Mai. »Ihr wollt, dass ich die Kontrolle über die Flotte übernehme, damit ihr ins einundzwanzigste Jahrhundert zurückreisen und eine außerirdische Invasion verhindern könnt.«

»Wow«, sagte Geoff. »Können Sie Gedanken lesen?«

»Nein«, antwortete Mai. »Aber ich habe Ihr Gespräch verfolgt, seit sich der Captain im Hangar zu Ihnen gestellt hat.«

Der Captain lächelte.

»Kannst du uns helfen?«

»Ich habe bereits begonnen, die nötigen Vorbereitungen zu treffen«, sagte Mai, deren Glassäulen bei jedem Wort aufleuchteten, als wäre sie ganz aufgeregt. »Ich habe mich mit jedem leeren Schiff der Flotte vernetzt und bin gerade dabei, die Kampfbereitschaft zu überprüfen. Alle bemannten Schiffe halten sich bereit und erwarten deine Befehle.«

»Danke, Mai«, sagte der Captain. »Manchmal weiß ich einfach nicht, was ich ohne dich tun würde.«

»Außerdem war ich so frei, die historischen Unterlagen über die ursprüngliche Schlacht von 2781 zu analysieren und eine Angriffsstrategie zu entwickeln«, fuhr Mai fort. »Diesen Aufzeichnungen zufolge bestand die außerirdische Flotte aus tausend Schiffen, die von einer Armada von fünfzig Hauptschiffen begleitet wurden. Wenn wir zuschlagen, sollte das in fünfzig Angriffswellen geschehen, wobei jedes Hauptschiff von zwanzig Spacefightern geschützt werden sollte. Bedienen sich die Außerirdischen ebenfalls dieser Strategie, würde ich vorschlagen, dass wir auf Angriffsstrategie Delta – 341 zurückgreifen. Das würde es uns erlauben, uns die Schwachstellen dieser Schutzformation zunutze zu machen.«

»Hört sich so an, als wüsstest du, was du tust«, stellte der Captain fest. »Haben Sie immer noch Bedenken, alles dem Computer zu überlassen?«, wandte er sich an den Minister.

»Ich bin nach wie vor nicht hundertprozentig überzeugt«, erwiderte der Minister und schüttelte den Kopf. »Wenn Sie mich fragen, hört sich das alles zu schön an, um wahr zu sein.«

»Ich habe, als Sie im Fahrstuhl waren, gehört, welche Vorbehalte Sie mir gegenüber haben«, sagte Mai mit ausdrucksloser Stimme. »Darf ich Ihnen versichern ...«

»Lassen Sie mich raten«, fiel ihr der Minister ins Wort. »Sie wollen mir versichern, dass nichts schiefgehen kann? Dass Sie außerstande sind, Fehler zu machen?«

»Keineswegs«, sagte Mai. »Ich spüre, dass Ihnen genau dies Sorgen bereitet. Sie mögen es nicht, wenn die Dinge zu perfekt sind, und ich wollte Ihnen nur versichern, dass ich wahrscheinlich einige Fehler machen werde.«

»Tatsächlich?«

»Natürlich«, erwiderte Mai. »Während ich durchaus in der Lage bin, die Flotte zu kontrollieren und auf unterschiedliche Kampfbedingungen zu reagieren, werde ich nicht immer die richtige Entscheidung treffen. Manche Dinge werden mich überraschen. Es werden auch Schiffe verloren gehen. Und ich weiß, dass es keine Garantie für unseren Sieg gibt. Ich mag ja einer der leistungsfähigsten Computer der Welt sein, aber ich weiß durchaus, dass ich nicht perfekt bin.«

»Ich mag diesen Computer«, stellte Geoff fest.

»Ich auch«, sagte der Minister und blickte voller Sympathie auf Mais hohe leuchtende Säulen. »Er zeigt wenigstens eine gewisse Bescheidenheit.«

Der Verteidigungsminister wandte sich dem Captain zu und lächelte zum ersten Mal, seit ... nun, genau genommen, seit Geoff ihn kennengelernt hatte.

»Was ist?«, fragte der Captain.

»Weiß auch nicht«, erwiderte der Minister. »Aber aus irgendeinem Grund bin ich jetzt nicht mehr ganz so nervös. Ihr Computer ist menschlicher, als ich gedacht hatte.«

»Na, dann wäre das ja geklärt«, sagte der Captain, ging zum Fahrstuhl hinüber und drückte auf einen Knopf. »Mai?«

»Ja, Captain.«

»Zünde alle Triebwerke und bring die Flotte von der Erde weg. Wenn du uns brauchst – wir sind auf der Kommandobrücke.«

Wie Captain Holland befohlen hatte, setzten sich Tausende von Triebwerken mit lautem Getöse in Gang und machten sich daran, die Flotte aus dem Erdorbit zu schaffen. Innerhalb weniger Minuten hatte jedes Schiff seine höchste Beschleunigung erreicht, wobei es sowohl die Anmut einer Ballerina, die über die Bühne schwebt, als auch die Energie eines über die Savanne donnernden Nashorns an den Tag legte. Das soll jetzt nicht heißen, dass diese Metaphern wirklich zusammenpassen, denn die Vorstellung, dass ein Nashorn beispielsweise eine Pirouette dreht, wäre einfach zu lächerlich.

Die Kommandobrücke der Concordia hatte ungefähr dieselbe Größe wie ein Ballsaal und befand sich direkt an der Spitze des Schiffes. Durch das riesige Panzerglasfenster ganz vorn hatte man einen prachtvollen Ausblick auf den Weltraum. Der Kommandostuhl des Captains war so positioniert, dass er sich nicht dauernd den Hals zu verrenken brauchte, um festzustellen, wo sie sich gerade befanden. Die Wände und der Fußboden der Kommandobrücke waren in schmutzigem Weiß gehalten, also ungefähr in der Farbe, mit der Leute ihre Wände anstreichen, wenn sie ihr Haus verkaufen wollen. Ringsum standen unzählige Schaltpulte mit Monitoren, auf denen ganz und gar unverständliche Zahlenreihen, oszillierende Liniencharts und Querschnittdiagramme des Schiffes zu sehen waren. Im ganzen Raum wimmelte es von Besatzungsmitgliedern. Einige saßen auf ihren Plätzen und konzentrierten sich auf ihre Arbeit, andere liefen zielstrebig zwischen verschiedenen Schaltpulten hin und her und gaben etwas in ihre Tablet-PCs ein. Das alles wirkte absolut aufregend.

Tim, Ruth und Mr. Knight standen im hinteren Teil des Raums, während Geoff auf einem unangenehm hohen Drehstuhl Platz genommen hatte. Er spielte mit dem Gedanken, auf einige der Knöpfe in der Armlehne zu drücken, um vielleicht bequemer sitzen zu können, doch dann fiel ihm ein, dass er schon in seiner eigenen Zeit genügend Probleme mit solchen verstellbaren Stühlen gehabt hatte. Deshalb ließ er lieber die Finger von einem futuristischen Stuhl, der auf der Kommandobrücke eines Raumschiffs stand und mit mehr Knöpfen und Tasten versehen war als jene Toiletten, die es nur in japanischen Hotels gab. Weil es ihm aber peinlich war, gleich wieder vom Stuhl aufzustehen, rückte er sich so zurecht, dass er nicht allzu unbequem saß, und beobachtete, wie Captain Holland und der Verteidigungsminister zum vorderen Teil der Kommandobrücke gingen, um das Wort an die Crew zu richten.

»Alle mal herhören!«, rief der Captain und hob die Hände. »Darf ich um Ihre Aufmerksamkeit bitten?«

Im Raum wurde es ganz still. Alle hielten in ihrer Tätigkeit inne und richteten den Blick auf den Captain.

»Mai«, sagte der Captain, während er zur Decke hochblickte. »Kannst du bitte eine Verbindung zur Flotte herstellen?«

»Verbindung hergestellt«, antwortete Mai.

Der Captain räusperte sich.

»Hallo, Leute, hier spricht Ihr Captain«, sagte er mit fester, befehlsgewohnter Stimme. »Leider muss ich Ihnen heute eine sehr schlechte Nachricht mitteilen. Im einundzwanzigsten Jahrhundert hat sich eine höchst bedrohliche Situation ergeben, die das Überleben der Menschheit gefährden könnte. Um die Lage zu erläutern, hat jetzt der Verteidigungsminister David Cartwright das Wort.«

Einige der jüngeren Crewmitglieder sahen sich erschrocken an. Einer ließ vor Schreck sogar seinen Tablet-PC fallen, hob ihn aber flugs wieder auf und tat so, als wäre nichts passiert, ein Verhalten, das an das einer Katze erinnerte, die versehentlich vom Sofa fällt und dann versucht, das Ganze zu überspielen.

»Guten Abend alle zusammen«, sagte der Minister und sah sich im Raum um, um die Blicke von möglichst vielen Leuten auf sich zu ziehen. »Wir haben nicht viel Zeit, deshalb fasse ich mich kurz. Heute ist es einem Varsarianer in Menschengestalt gelungen, mit Hilfe der Zeittourismuseinrichtungen den Lauf der Geschichte zu ändern.«

Einige der Anwesenden schnappten entgeistert nach Luft, was Geoff durchaus für verständlich hielt – dass ein außerirdischer Agent den Lauf der Geschichte änderte, kam schließlich nicht alle Tage vor. Er selbst hätte wahrscheinlich noch ganz anders reagiert, hätte er die Story nicht schon zwanzigmal gehört. Der Minister wartete, bis wieder Ruhe eingetreten war, um dann fortzufahren:

»Deshalb besteht jetzt die Gefahr, dass die Menschheit Opfer einer hinterhältigen Verschwörung wird – einer Verschwörung, die darauf abzielt, das Resultat der fehlgeschlagenen varsarianischen Invasion im zweiundzwanzigsten Jahrhundert zu ändern. Wenn man zulässt, dass die Geschichte diese neue Bahn einschlägt, wird es diesen Dreckskerlen gelingen, die Menschheit zweihundert Jahre früher zu vernichten, das heißt, bevor wir die Technologie entwickelt hatten, mit der wir die Invasionsflotte durch einen Zeitwirbel abschmettern konnten.«

Offenbar hielt der Minister dies für den rechten Moment, eine dramatische Pause einzulegen, was er dann auch mit der ganzen Professionalität eines erfahrenen

Redners tat. Als Vollblutpolitiker konnte er der Versuchung, sein Publikum auf die Folter zu spannen, einfach nicht widerstehen.

»Aber das werden wir nicht zulassen«, fuhr er mit erhobener Stimme fort. »Wir werden ins einundzwanzigste Jahrhundert zurückreisen und unseren Planeten verteidigen. Wir werden den Varsarianern beweisen, wozu die Menschheit imstande ist und was sie in ihrem Zorn alles vermag. Deshalb glaube ich, dass der heutige Tag in die Geschichte eingehen wird. Nicht als der Tag, an dem wir die Varsarianer endgültig vernichtet haben, und auch nicht als der Tag, an dem wir für die Zukunft der Menschheit gekämpft haben, sondern als der Tag, an dem wir brüderlich zusammengehalten und für die Vergangenheit gekämpft haben!«

»Jawoll!!«, rief die gesamte Crew.

»Seid ihr bereit?!«, schrie der Minister, dessen Stimme sich vor – echter oder gut gespielter – Begeisterung überschlug.

»Jawoll!!!«, rief die Crew von Neuem.

»Dann lasst uns für unsere Vergangenheit kämpfen!«, rief der Minister.

Alle jubelten und ballten drohend die Fäuste, als wollten sie sich um eine Rolle in *Top Gun* bewerben. Selbst diejenigen, die zuvor so gewirkt hatten, als hätten sie sich lieber krank gemeldet, sprangen – von der zündenden Rede des Ministers völlig aus dem Häuschen – von ihren Sitzen auf. Das musste Geoff dem Minister lassen: Der Mann verstand sich offenbar darauf, eine Menschenmenge aufzupeitschen.

»Wie stehen die Dinge, Mai?«, fragte der Captain, nachdem er dem Minister anerkennend auf den Rücken geklopft und auf seinem Stuhl Platz genommen hatte.

»Die Flotte ist einsatzbereit«, verkündete Mai, deren ruhige Frauenstimme ein willkommenes Antidot zu all dem Testosteron darstellte, mit dem die Luft derart geschwängert war, dass Geoff zu ersticken meinte. »Meine Verbindung mit jedem einzelnen leeren Schiff ist stabil, alle Systeme funktionieren einwandfrei.«

»Dann lass es uns hinter uns bringen«, sagte der Captain und beugte sich vor, um durch das Fenster zu spähen. »Erzeug einen Zeitwirbel und projizier uns ins einundzwanzigste Jahrhundert.«

23

Während die Flotte durch den Weltraum schwebte, saß Geoff auf seinem unbequemen Stuhl und wartete darauf, dass etwas geschah.

Doch es geschah nichts.

»Was ist denn jetzt los?«, fragte Geoff. »Findet die Schlacht nun doch nicht statt, oder was?«

»Wie kommst du denn darauf?«, entgegnete Tim.

»Ich dachte, wir reisen ins einundzwanzigste Jahrhundert zurück«, sagte Geoff. »Sollte uns nicht so ein Zeitdingsbums zurückprojizieren?«

»Ein Zeitdingsbums?«

»Na, du weißt schon, eben so ein Zeitdingsbums.«

»Du meinst einen Zeitwirbel?«

»Genau.«

»Das war vor zehn Minuten«, erklärte Tim. »Wir sind bereits im einundzwanzigsten Jahrhundert.«

»Ach so?«

»Merkst du das denn nicht?«

Geoff drehte sich mit seinem Stuhl um und blickte aus dem Fenster. Eigentlich sah draußen alles genauso aus wie vorher, obwohl er einräumte, dass charakteristische Objekte des einundzwanzigsten Jahrhunderts – wie Flachbildschirmfernseher und Smart Phones – wohl nicht unbedingt durch das All driften würden.

»Bist du sicher, dass dies das einundzwanzigste Jahrhundert ist?«, fragte er und warf Tim einen skeptischen Blick zu. »Soviel ich gesehen habe, ist doch gar nichts passiert.«

»Da gibt es auch nichts zu sehen«, erwiderte Tim. »Das Reisen durch einen Zeitwirbel geht blitzschnell. Mit bloßem Auge lässt sich da nichts erkennen. Deshalb hatten die Außerirdischen damals ja auch nicht bemerkt, dass sie aus dem zweiundzwanzigsten Jahrhundert herauskatapultiert worden waren. Und deshalb konnten wir ihnen eine unangenehme Überraschung bereiten, als sie im Jahr 2781 auftauchten.«

Captain Holland stand auf und ging zu einem Offizier hinüber, der an einem Schaltpult saß.

»Drehen Sie das Schiff um hundertachtzig Grad«, sagte er, »damit es sich der Erde frontal gegenüber befindet.«

»Zu Befehl, Sir«, antwortete der Offizier.

»Mai, kannst du das auch bei den anderen Schiffen machen?«

»Ja, Captain«, sagte Mai.

Geoff beobachtete, wie die Sterne vor dem Fenster vorbeizogen, während sich das Schiff um seine eigene Achse drehte. Als die Erde in Sicht kam, nahm er sie genauer in Augenschein – eigentlich sah sie immer noch so aus wie die Erde der Zukunft. Allerdings nahm er auch an, dass sich Planeten im Laufe der Jahre nicht so stark veränderten wie Menschen, zum Beispiel indem sie zunahmen oder sich einen neuen Haarschnitt verpassen ließen.

Der Captain setzte sich wieder und wandte sich an eine Offizierin, die sich über einen Radarschirm beugte.

»Sehen Sie schon was?«, fragte er.

»Nein, noch nicht«, antwortete die Offizierin.

»Lassen Sie den Schirm nicht aus den Augen. Ich möchte ...«

»Moment mal«, unterbrach ihn die Offizierin und zeigte auf einige kleine grüne Punkte, die gerade auf dem Radarschirm erschienen waren. »Ich glaube, da ist etwas ...«

»Und was?«

»Eine Gruppe unidentifizierter Flugobjekte, die direkt auf die Erde zuhält.«

»Wie viele?«, fragte der Captain, während er aufsprang, um zum Radarschirm zu eilen.

»Fünfhundert«, antwortete die Offizierin. »Nein. Moment.« Sie sah genauer hin. »Siebenhundert. Nein – über tausend sind das! Über tausend Schiffe mit direktem Kurs auf die Erde!«

Der Captain lächelte.

»Die werden den Schock ihres Lebens bekommen, wenn sie uns sehen«, sagte er, ohne den Radarschirm aus den Augen zu lassen. »Die rechnen ja damit, dass ihnen nur ein paar Kampfjets mit Nukleargeschossen Widerstand leisten. Alle Mann auf die Plätze! Mai, bring die Flotte nach Angriffsstrategie Delta – 314 auf Abfangkurs.«

»Ja, Captain«, erwiderte Mai.

Geoff wurde auf seinem Stuhl zurückgedrückt, als die Concordia ihr Tempo beschleunigte und auf die Invasionsflotte zuhielt. Durch das Fenster konnte er in der Ferne einen Haufen matt schimmernder grauer Flecken ausmachen, die wie ein wütender Schwarm riesiger Bienen zielstrebig auf die Erde zuflogen.

»Würde vorschlagen, dass wir von jetzt an Funkstille wahren«, sagte Mai. »Den historischen Unterlagen zufolge gewannen die Außerirdischen in der ursprünglichen Schlacht fast die Oberhand, indem sie unsere Funksprüche abfingen. Auf diese Weise konnten sie unseren Angriffen vorübergehend zuvorkommen.«

»Das musst du entscheiden, Mai«, sagte der Captain und kehrte zu seinem Stuhl zurück. »Also dann Funkstille.«

»Sie haben uns bemerkt!«, verkündete die Radaroffizierin und zeigte in Richtung Fenster. Die grauen Flecken schienen immer größer zu werden. Jetzt konnte Geoff erkennen, dass sie wie typische fliegende Untertassen aussahen und alle gleich groß waren, mit Ausnahme einiger Schiffe, die wesentlich klobiger und stabiler konstruiert waren. Plötzlich gaben die Schiffe ihren ursprünglichen Kurs auf und steuerten auf die Concordia zu.

»Sie nähern sich Position 5 – 7 – 1, Höhe 3 – 6 – 4!«

Der Captain kniff die Augen zusammen.

»Ziele anvisieren und Feuer eröffnen«, sagte er mit fester Stimme.

Unter Mais Kommando lösten sich einige Hundert der wendigeren Schiffe aus dem Flottenverband und warfen sich der Vorhut fliegender Untertassen entgegen, die sie mit mehrfarbigen Laserstrahlen und Raketen beschossen. Viele der Geschosse gingen zwar daneben, doch sobald eins traf, explodierte die fliegende Untertasse und verwandelte sich in einen aufstiebenden Sprühregen aus geschmolzenen Metallteilen und gelben Funken. Als die ersten Schiffe zerstört wurden, applaudierte die Crew auf der Brücke, als sähe sie einem Fußballspiel zu.

Wie Mai vorhergesagt hatte, erfolgte die Attacke der fliegenden Untertassen in mehreren Angriffswellen, wobei jeweils zwanzig der feindlichen Schiffe einen Schutzschirm um die großen Hauptschiffe bildeten. Geoff beobachtete, wie Mai die Flotte aufteilte, um den einzelnen Formationen entgegenzutreten. Im Hintergrund drehte sich die Erde ruhig und friedlich um sich selbst, ohne dass ihre Bewohner etwas von der gewaltigen Schlacht merkten, die vor ihrer Haustür tobte.

»Bring uns auf Position 8 – 7 – 4, Höhe 2 – 1 – 5«, befahl der Captain mit lauter Stimme und riss Geoff aus seinen Gedanken. »Wir übernehmen die nächste Angriffswelle!«

Geoff musste sich auf seinem Stuhl festhalten, als die Concordia mit einem Ruck beidrehte, um sich einem Schwarm fliegender Untertassen entgegenzustellen, die es irgendwie schafften, ihre perfekte Formation um das feindliche Hauptschiff beizubehalten, das sich gerade mit unglaublicher Wendigkeit drehte, um die Concordia anzugreifen.

»Feuer!«, sagte der Captain.

Die Brücke geriet ins Vibrieren, als die Concordia ein Sperrfeuer aus Laserstrahlen vom Stapel ließ, die über die Hälfte der fliegenden Untertassen vernichteten, die auf sie zukamen. Rasch formierten sich die übrig gebliebenen Schiffe neu um das Hauptschiff und schossen zurück, um anschließend über die Concordia hinwegzufliegen. Ein paar Laserstrahlen trafen die Spitze der Concordia, doch der Schaden, den sie anrichteten, schien nicht der Rede wert zu sein.

»Sie kommen über Backbord zurück!«, rief der Captain. »Alle Geschütztürme auf ihre Flugbahn ausrichten und meinen Befehl abwarten!«

Gespannt spähte der Captain aus dem Fenster, bis die fliegenden Untertassen wieder in Sicht kamen.

»Jetzt!«, sagte er.

Die Brücke geriet erneut ins Vibrieren, als die Concordia ihre Laserstrahlen zum zweiten Mal abfeuerte. Weitere fünf oder sechs feindliche Schiffe wurden abgeschossen.

Die wenigen übrig gebliebenen varsarianischen Schiffe begannen ihr Hauptschiff zu umkreisen, um einen mobilen Schutzschirm zu bilden.

»Jetzt reicht's mir aber langsam«, sagte der Captain und kniff die Augen zusammen. »Lasst uns mal versuchen, das Hauptschiff zu zerstören. Zielt auf die schwächeren Schiffe außen, damit sie mit dem in der Mitte kollidieren.«

»Das gefällt mir«, flüsterte Geoff Tim zu. »Er sucht nach Schwachstellen ...«

»Schwachstellen?«

»Na, du weißt schon ... wie bei einem Computerspiel ...«

»Transferiert alle Energie aus den hinteren Schildgeneratoren in die Waffensysteme«, befahl der Captain. »Mal sehen, ob wir die restlichen Schiffe mit einem extrastarken Schuss ausschalten können.«

»Brillant!«, rief Geoff. »Er reguliert die Energieverhältnisse, genau wie man es bei *X-Wing* machen muss.«

»Hintere Schildgeneratoren abgeschaltet«, teilte ein Offizier dem Captain mit, während er von seinem Schaltpult aufblickte. »Waffensysteme arbeiten jetzt mit hundertfünfzigprozentiger Stärke.«

»Dann gebt's ihnen«, befahl der Captain.

Die Kommandobrücke erbebte, als die Concordia eine blendend helle Garbe von Laserstrahlen auf die geschwächte feindliche Formation abfeuerte. Die getroffenen Schiffe der Eskorte gerieten außer Kontrolle, krachten in das Hauptschiff und rissen den Rumpf auf. Das Schiff explodierte. Die Druckwelle erschütterte die Kommandobrücke.

»Jawoll!«, schrie der Captain und schüttelte die Faust. »Gut gemacht!«

Staunend beobachtete Geoff durch das Fenster, wie die Schlacht im Weltraum weitertobte. Hauptschiffe kamen in Sicht, die von Spacefightern verfolgt wurden, Laserstrahlen zischten unerbittlich hin und her, ständig erhellten gewaltige Explosionen die Schwärze des Kosmos, brennende Raumschiffteile wurden in alle Richtungen des Alls geschleudert. Es war, als sähe man einem gigantischen Feuerwerk zu, bloß dass niemand mit einem Bauchladen herumlief und diese sündhaft teuren Leuchtstäbe verkaufte, die schon nach zehn Minuten erlöschen.

»Bring mich mal auf den neuesten Stand, Mai«, sagte der Captain, nachdem er sich auf seinen Stuhl gesetzt und sich die Stirn abgewischt hatte. »Wie stehen die Dinge?«

»Bestens, Captain«, erwiderte Mai, deren Stimme nach wie vor ruhig und gelassen klang. »Nach meinen Berechnungen haben wir bereits über ein Viertel der feindlichen Flotte zerstört.«

»Wie sieht's mit unseren Verlusten aus?«

»Die sind minimal«, sagte Mai. »Wir haben lediglich die Intrepid, die Lancer und die Tesla verloren. Alle ... anderen ... Schi... Schiffe ... sind ... voll ... funktions... funktions...«

»Funktionsfähig?«, warf Geoff ungeduldig ein.

»Sei still«, flüsterte Tim.

Das Licht auf der Brücke flackerte kurz.

»Was ist los, Mai?«, fragte der Captain.

»Funktions... funk... funk... funk...«, stammelte Mai, deren Stimme immer langsamer und unnatürlicher wurde.

Dann verstummte sie.

»Mai?!«, schrie der Captain. »Mai, kannst du mich hören? Bitte antworte doch!«

»Sollten wir vielleicht einen Techniker holen?«, schlug Geoff vor.

Bevor Tim etwas erwidern konnte, wurde die Brücke von einer gewaltigen Explosion erschüttert, die direkt von vorn kam und von einem grellen Lichtblitz vor dem Fenster begleitet wurde. Geoff erwartete einen lauten Knall, doch da sie sich im Weltraum befanden, ging das Ganze lautlos vor sich. Als wieder etwas zu erkennen war, sah man die verkohlten Überreste eines Schlachtkreuzers, der ziellos über das Schlachtfeld schlingerte.

»Gehörte das Schiff zu uns?«, erkundigte sich der Captain.

»Ich fürchte, ja«, sagte einer der Offiziere nach einem Blick auf seinen Monitor. »Die Galileo, Sir. Muss abgeschossen worden sein.«

»O nein. Das war eine andere Art von Explosion«, sagte der Captain. »Haben Sie nicht gesehen, dass sie von innen gekommen ist? Dieses Schiff ist nicht abgeschossen worden. Es hat sich selbst zerstört.«

Geoff stand auf und trat ein paar Schritte vor.

»Ähm ... war das so geplant?«, flüsterte er Tim zu.

»Nein, glaube ich nicht«, antwortete dieser.

Plötzlich explodierte ein weiteres Schiff auf die gleiche Weise.

»Das war die Slipstream, Sir«, erklärte der Offizier mit schwacher Stimme. »Offenbar hatten Sie recht. Es waren gar keine feindlichen Schiffe in der Nähe, als sie explodiert ist. Sie muss sich selbst zerstört haben.«

»Was geht denn hier vor sich?«, sagte der Captain, während sich in der Ferne ein weiteres Schiff in die Luft sprengte. »Warum zerstören sich all unsere Schiffe selbst?«

»Sie sprengen sich nicht nur in die Luft, Sir«, sagte die Radaroffizierin und zeigte aus dem Fenster. »Sehen Sie mal dort!«

Voller Entsetzen beobachteten alle, wie zwei Schlachtkreuzer direkt aufeinander zuhielten. Bei der Kollision wurde jedes der beiden Raumschiffe in zwei Hälften gerissen.

»Moment mal«, sagte der Captain und rannte zu einem Offizier hinüber, der am anderen Ende der Brücke saß. »Waren das Schiffe, die Mai kontrolliert?«

»Ja, Sir«, sagte der Offizier, während er hektisch etwas in seinen Computer eingab.

»Und die Galileo und die Slipstream?«

»Die ebenfalls«, antwortete der Offizier. »Sie hat die Kontrolle über neunzig Prozent der Flotte!«

»Scheiße«, sagte der Captain, während er verzweifelt zusah, wie eine Gruppe ihrer Spacefighter das Feuer aufeinander eröffnete. »Scheiße, Scheiße, Scheiße, Scheiße, Scheiße ...«

Unglücklicherweise schienen die Außerirdischen mitzubekommen, dass bei ihren Gegnern etwas nicht ganz stimmte, denn sie beschlossen nun, ihren Angriff auf die angeschlagene Flotte zu forcieren.

»Ich weiß, dass sich das unmöglich anhört, Sir«, sagte der Offizier, der immer noch auf seine Tastatur einhämmerte, »aber könnte es sein, dass Mai eine Funktionsstörung hat?«

»So etwas gibt es bei Mai nicht«, erwiderte der Captain und rannte zu einem anderen Monitor. »So was könnte nur passieren, wenn jemand in die Fernsteuerungszentrale hinunterginge und ...«

Er verstummte.

»Fehlt hier jemand?«, fragte er.

Geoff ließ den Blick umherschweifen.

»Äh ... ich glaube, hier fehlt tatsächlich jemand«, sagte er mit zitternder Stimme.

»Und wer?«, wollte der Captain wissen.

»Tringrall«, antwortete Geoff.

24

»Wie konnte das nur passieren?«, ereiferte sich der Captain, als sie in Begleitung etlicher bewaffneter Securityleute mit dem Fahrstuhl zur Fernsteuerungszentrale fuhren. »Wenn Sie alle gedacht haben, einer von Ihnen sei dieser Tringrall, warum haben Sie dann nichts gesagt? Warum haben Sie sich nicht gegenseitig im Auge behalten, als Sie auf der Brücke waren?«

Geoff zuckte die Achseln. »All diese Explosionen da draußen haben mich abgelenkt.«

»Na, und jetzt gibt es da draußen noch größere Explosionen!«, blaffte der Captain zurück, schnappte sich das Gewehr, das ihm einer der Securityleute mitgebracht hatte, und lud es. »Wenn wir diesen Tringrall nicht aufhalten und den Schaden, den er bei Mai angerichtet hat, nicht beheben, dann ... wird die ganze Flotte vernichtet!«

»Ich muss Ihnen etwas gestehen«, wandte sich Geoff an den Verteidigungsminister. »Ich hatte gedacht, Sie seien es. Ich dachte, Sie seien Tringrall.«

»Ich?«, entgegnete der Minister. »Wieso denn das?«

»War nur so eine Ahnung«, sagte Geoff. »Außerdem waren da diese verdächtigen Papiere in Ihrem Büro.«

»Verdächtige Papiere?«, gab der Minister zurück. »Was denn für verdächtige Papiere?«

»Na, die Papiere, die Sie in Ihrem Kamin verbrannt haben.«

»Das war eine Einkaufsliste!«

»Oh.«

»Sie haben gedacht, ich sei ein Außerirdischer, weil ich eine Einkaufsliste verbrannt habe?«

»Ich wusste doch nicht, dass es eine Einkaufsliste war!«, erwiderte Geoff. »Ich dachte, es wären vielleicht Anweisungen von einem anderen Varsarianer oder so. Wenn es eine Einkaufsliste war, warum haben Sie sie dann nicht einfach zerrissen und in den Papierkorb geworfen, wie es jeder normale Mensch tut?«

»Ich muss auch etwas gestehen«, sagte Tim und sah Ruth betreten an. »Ich dachte, du seist es. Ich dachte, du seist Tringrall.«

»Ich?«, entgegnete Ruth. »Du dachtest, *ich* sei Tringrall?«

Tim nickte.

»Warum? Aus welchem Grund?«

»Denk doch mal nach. *Alles* weist auf dich hin.«

»Tatsächlich?«

»Diese ganze Verschwörung ist von Anfang an geplant gewesen, stimmt's?«, fuhr Tim fort. »Und *du* warst diejenige, die sich diese Zeitreiseführersache überhaupt erst ausgedacht hat, nicht wahr?«

»Na und?«, erwiderte Ruth und hielt sich an der Wand fest, als der Fahrstuhl scharf nach rechts abbog.

»Eine Zeit lang dachte ich«, erklärte Tim, »dass deine Idee, Leute aus unterschiedlichen Epochen anzuwerben, vielleicht überhaupt nichts mit dem Zeittourismus zu tun hat. Ich dachte, das Ganze wäre für dich vielleicht nur Mittel zum Zweck, um an Geoff ranzukommen. Aber da wir jetzt ja wissen, dass Mr. Knight der Schurke ist, hab ich mich wohl getäuscht.«

Ruth sagte nichts, sah aber ein wenig bleich aus.

»Fühlst du dich nicht wohl?«, erkundigte sich Tim.

»Es war gar nicht meine Idee«, gestand Ruth mit leiser Stimme.

»Was?«

»Die Zeitreiseführersache – das war nicht meine Idee«, sagte sie, »sondern ... die von Mr. Knight.«

»Aber ich dachte ...« Tim verstummte. »Bist du denn wegen dieser Angelegenheit nicht in den Vorstand aufgenommen worden?«

»Das schon, aber es war trotzdem Mr. Knights Idee«, erwiderte Ruth und strich sich übers Haar. »Eines Abends, als wir beide noch in der Firma waren, kam er zu mir, um mir den Plan zu unterbreiten. Und er sagte, ich könne die Lorbeeren dafür einheimsen.«

»Moment mal«, warf Geoff ein, dem leicht flau im Magen wurde, als der Fahrstuhl erneut die Richtung wechselte. »Soll das heißen, dass ...?«

»Ja«, sagte Tim. »Das soll heißen, die ganze Zeitreiseführersache ist von Anfang an nichts als ein Betrugsmanöver gewesen. Dahinter hat nie die Absicht gesteckt, die Zeitreisebranche aufzupeppen – Mr. Knight hat sich das Ganze einzig und allein ausgedacht, um an *dich* ranzukommen.«

Geoff wusste nicht so recht, ob er sich geschmeichelt fühlen oder entsetzt sein sollte. Er entschied sich für beides, was ihn leicht verwirrt aussehen ließ.

»Und wenn Ruth die Idee nicht gestohlen hätte«, fügte Tim hinzu, »wären wir vielleicht schon früher darauf gekommen, dass es Mr. Knight ist.«

»Hey! Ich habe die Idee nicht *gestohlen*!«, protestierte Ruth. »Ich habe versucht, ihn dazu zu überreden, dass er die Lorbeeren einheimst. Aber das wollte er nicht! Er sagte, er habe nichts zu gewinnen, während ich eine Belohnung verdient hätte für all die Arbeit, die ich im Laufe der Jahre geleistet habe ...«

»Und das hast du ihm geglaubt?«, fragte Tim.

»Natürlich!«, sagte Ruth. »Wer hätte denn gedacht, dass er ein bekackter Varsarianer ist, Herrgott noch mal!«

»Aber warum hast du nichts gesagt, nachdem Geoff überfallen worden war? Hast du den Zusammenhang denn nicht gesehen? Er hat dich doch bloß vorgeschoben, damit niemand die Zeitreiseführergeschichte mit ihm in Verbindung bringt, sobald er anfängt, sie zu missbrauchen!«

»Ich habe nichts gesagt, weil ... weil ...«

»Weil?«

»Darüber möchte ich nicht sprechen. Aber glaub mir ... ich ... konnte einfach nichts sagen.«

»Hat Mr. Knight ... dir gedroht?«

»Nein, nein ... das nicht. Es war nur so ... Es stand zu viel auf dem Spiel.«

»Meinst du damit deine Karriere? Du hast das geheim gehalten, um deine Karriere nicht zu gefährden?«

Ruth schwieg einen Moment und dachte nach.

»Stimmt«, gab sie schließlich zu. »Es ging um meine Karriere. Ich glaube ... ich habe immer befürchtet, jemand würde herausfinden, dass es nicht meine Idee war. Ich habe einfach zu viel zu verlieren.«

»Und genau so hat Mr. Knight es geplant, da bin ich mir ganz sicher«, sagte Tim. »Er wusste, dass du in Anbetracht all deiner Erfolge den Mund halten würdest.«

»Heißt das eigentlich auch, dass Mr. Knight Eric getötet hat?«, fragte Geoff.

»Anscheinend«, sagte Ruth und blickte zu Boden.

»Wahrscheinlich hat er mich deswegen veranlasst, Eric zu bitten, vor der Party noch ins Labor zu gehen – als wir im Fahrstuhl waren, wissen Sie? Dort muss Mr. Knight auf ihn gewartet haben. Dann hat er Eric getötet und ihn hinter den Computern versteckt, um anschließend schnell nach oben zu rennen und seine Rede zu halten! Kein Wunder, dass er so außer Atem war!«

»Und als er uns später gebeten hat, nach Eric zu suchen, da hat er nur geschauspielert«, stellte Geoff fest. »Denn er wusste ja genau, wo Eric war!«

»Zweifellos«, sagte Tim.

»Und er muss derjenige gewesen sein, den wir während des großen Brands von London verfolgt haben! Und ebenso derjenige, der mich angegriffen hat!«, sagte Geoff. »Er war auch der, der mich hypnotisiert und mir in die Hand gestochen hat!«

»Ja«, bestätigte Ruth. »Das passt zu allem andern. Erinnern Sie sich noch, wie Sie auf der Party nach Tim gesucht haben? Es war Mr. Knight, der Ihnen gesagt hat, Tim sei in Erics Labor gegangen! Deshalb wusste er, wo Sie sein und dass Sie allein sein würden!«

»Mr. Knight hat dir gesagt, ich sei in Erics Labor gegangen?«, fragte Tim erstaunt.

»So ist es«, erwiderte Geoff.

»Dieser verdammte Lügner«, sagte Tim. »Dabei hatte ich ihm gesagt, dass ich bereits im Labor nachgesehen hätte und woanders nach Eric suchen wolle!«

»Du hattest schon im Labor nachgesehen?«, hakte Geoff nach. »Aber warum hast du dann Eric nicht entdeckt?«

»Weil ich es eilig hatte«, erklärte Tim. »Ich hab nur den Kopf zur Tür reingesteckt und seinen Namen gerufen. Als keine Antwort kam, bin ich wieder gegangen.«

Alle taumelten nach links, als der Fahrstuhl wieder einmal eine andere Richtung einschlug. Geoff konnte es einfach nicht fassen – der Weg zur Fernsteuerungszentrale war verwinkelter als Mr. Knights ganzes Komplott.

»Wir sind gleich da«, verkündete der Captain und überprüfte sein Gewehr. »Wenn sich die Tür öffnet, geht in Deckung und passt auf, wo ihr hinschießt, damit Mai nicht zu Schaden kommt. Ich nehme an, der Typ ist bewaffnet und gefährlich. Wenn ihr ein freies Schussfeld habt, dann tötet ihn.«

»Moment mal«, sagte Geoff und legte seine bandagierte Hand auf das Gewehr des Captains, um den Lauf nach unten zu drücken. »Sie sollten ihn lieber nicht töten.«

»Sind Sie verrückt geworden?«, entgegnete der Captain. »Dieser Typ hat bereits die halbe Flotte zerstört! Was sollen wir Ihrer Ansicht nach denn stattdessen machen? Ihm eins auf die Finger geben und ihn ermahnen, es bloß nie wieder zu tun?«

»Ich muss ihm ein paar Fragen stellen.«

»Fragen?!«, wiederholte der Captain. »Das ist sicher nicht die richtige Zeit ...«

»*Wichtige* Fragen«, sagte Geoff und blickte auf seine bandagierte Hand.

»Mir ist völlig schnurz ...«

»Warten Sie«, fiel Tim dem Captain ins Wort. »Geoff hat recht. Lebendig nützt er uns mehr als tot.«

»Darf ich fragen, warum?«

»Weil – ob Sie es nun glauben oder nicht – der Umstand, dass die Invasion der Außerirdischen zweihundert Jahre früher stattfindet, etwas mit Geoffs Hand zu tun haben muss«, erläuterte Tim. »Und Tringrall ist der Einzige, der wissen wird, warum.«

»Was soll das heißen?«

»Das ist ein bisschen kompliziert«, erklärte Tim, »aber in dem Augenblick, als Mr. Knight Geoff in die Hand gestochen hat, hat sich die Geschichte auf eine Weise verändert, die es diesen Außerirdischen erlaubte, die Erde zweihundert Jahre früher als zuvor zu überfallen. Wenn wir Mr. Knight irgendwie dazu bringen könnten, uns zu verraten, was es damit auf sich hat, könnten wir aus dieser Information vielleicht Kapital schlagen.

»Außerdem würde es mich wirklich fuchsen, wenn ich das nicht herausfinde«, fügte Geoff hinzu.

Der Captain dachte einen Moment schweigend nach.

»Gut«, sagte er schließlich und befreite sein Gewehr aus Geoffs Griff. Dann holte er einen Ladestreifen mit anderer Munition aus der Tasche. »Ladet eure Gewehre mit Betäubungspatronen«, befahl er den Leuten von der Security. »Wenn ihr freies Schussfeld habt, zielt auf seine Beine, damit er nicht abhauen kann. Die Jungs hier wollen unserem Freund nämlich noch ein paar Fragen stellen, bevor wir ihn töten.«

»Ähm ... und wie soll man sich verhalten, wenn man keine Waffe hat?«, fragte Geoff, dem plötzlich auffiel, dass außer ihm jeder irgendwie bewaffnet war.

»Wenn Sie keine Waffe haben, dann bleiben Sie einfach dicht hinter mir«, sagte der Captain. »Ich gebe Ihnen Deckung.«

»Gute Idee«, erwiderte Geoff. »Aber ich hätte noch eine bessere: Könnte ich nicht auch eine Waffe bekommen?«

Der Captain sah Geoff an.

»Sind Sie Rechts- oder Linkshänder?«, fragte er.

»Äh ... Rechtshänder.«

»Und Ihre rechte Hand ist verbunden?«

»Linkshänder«, schob Geoff sofort nach. »Ich bin Linkshänder.«

»Und wie hoch ist Ihre Trefferquote mit einem schweren Laser-Sturmgewehr?«

»Meine was?«

»Trefferquote.«

»Ähm ... zwölf?«, riet Geoff.

»Zwölf?«, wiederholte der Captain. »So was wird mit Buchstaben bezeichnet! Haben Sie überhaupt schon mal mit einem Gewehr geschossen?«

»Natürlich!«, antwortete Geoff.

»Tatsächlich?«

Tim sah Geoff mit hochgezogenen Augenbrauen an. »Das war bei Computerspielen. Das zählt nicht«, sagte er.

»Okay. Dann habe ich eben noch nie mit einem Gewehr geschossen«, gab Geoff zu. »Trotzdem finde ich, dass ich eins bekommen sollte.«

»Sorry, aber das ist zu riskant«, meinte der Captain. »Bleiben Sie einfach dicht hinter mir und sehen Sie zu, dass Sie nicht erschossen werden.«

»Danke für den Rat«, sagte Geoff, der bereits dichter bei dem Captain stand, als unter normalen Umständen gesellschaftlich akzeptabel gewesen wäre. »Ich werde mir Mühe geben.«

»Gut. Dann haltet euch alle bereit«, sagte der Captain.

»Fernsteuerungszentrale«, meldete der Fahrstuhl.

25

Das Erste, was Geoff bemerkte, als sich die Fahrstuhltür öffnete, waren zwei Männer, die in einer Blutlache am Boden lagen und sich die Hände gegen den Bauch pressten, ganz wie Eric es am Abend seiner Ermordung auch getan hatte. Beim näheren Hinsehen erkannte er die beiden Techniker wieder, die er zuvor dort gesehen hatte. Das war kein gutes Zeichen – Mr. Knight war offenbar sehr geschickt darin, Menschen umzubringen, indem er ihnen die Rippen brach. Geoff verschränkte die Arme schützend vor der Brust und holte tief Luft.

Captain Holland duckte sich und schlich so leise wie möglich aus dem Fahrstuhl. Die anderen folgten ihm. Ringsum war es unheimlich still – in einem derartigen Ausmaß, dass man eine Stecknadel hätte zu Boden fallen hören können, obwohl alle Beteiligten stillschweigend übereingekommen zu sein schienen, dass hier weder der rechte Ort noch die rechte Zeit war, um Stecknadeln fallen zu lassen, es sei denn, sie hatten vor, Mr. Knight in irgendeiner spaßigen Falle zu fangen, ganz im Stil von *Kevin – Allein zu Haus*.

Rasch ging die Gruppe hinter einem Schaltpult in Deckung und erkundete die Lage. Mais hohe Glassäulen machten einen kalten und leeren Eindruck, das blassblaue Licht hatte eine dunkelgraue Färbung angenommen, die irgendwie leblos wirkte. Auf der linken Seite war eine ganze Reihe von Monitoren in Stücke geschlagen worden, überall auf dem Fußboden lagen Glassplitter, Drähte und Mikrochips herum.

Als der Verteidigungsminister eine Bewegung machte, zerknackte unter seinem Fuß eine Glasscherbe, was ein laut hallendes Geräusch auslöste und die Anwesenheit der Gruppe verriet. Der Minister schloss die Augen und schnitt eine Grimasse.

»Aha!«, rief Mr. Knight, dessen Stimme von irgendwo zwischen Mais Glassäulen kam. »Höre ich da mein Begrüßungskomitee?«

Niemand gab Antwort, möglicherweise in der vergeblichen Hoffnung, Mr. Knight werde annehmen, das Geräusch sei von einer streunenden Katze verursacht worden, die eine Milchflasche umgeworfen hatte oder so.

»Ich weiß, dass Sie da sind!«, rief Mr. Knight. »Es hat keinen Zweck, so zu tun, als wären Sie nicht da!«

Mr. Knights Stimme klang anders als sonst, irgendwie gepresst und zischend. In gewisser Weise hörte er sich wie der Außerirdische an, mit dem Geoff bei der simulierten Invasion Londons gesprochen hatte.

»Ich nehme an, Sie sind gekommen, um diesen blöden Computer zu reparieren«, fuhr Mr. Knight fort. »Sollte das der Fall sein, dann muss ich Ihnen leider eine schlechte Nachricht vermelden – ich habe die beiden Techniker gezwungen, ihn umzuprogrammieren, und danach habe ich alle Programme zur Spracherkennung gelöscht. Wenn also nicht irgendjemand von Ihnen besonders gut darin ist, Puzzles zusammenzusetzen, wird es Ihnen wohl kaum gelingen, den Computer zu reparieren, bevor Ihre ganze Flotte zerstört ist!«

Der Captain machte seinen Leuten ein paar Zeichen

mit der Hand – vermutlich um ihnen Befehle zu erteilen. Einige dieser Handzeichen waren ziemlich leicht zu deuten. Als der Captain erst auf einen der Männer und dann auf die Glassäulen zeigte, hieß das offenbar, dass sich der Mann in diese Richtung begeben sollte. Andere Zeichen waren jedoch ein wenig schwerer zu entschlüsseln, zum Beispiel als der Captain sich gegen seine Nase tippte, die Hände verschränkte und mit dem Zeigefinger Kreise in die Luft malte. Zumindest nahm Geoff an, dass es sich dabei um Befehle handelte. Es hätte ja auch sein können, dass der Captain gerade einen Buchmacher imitierte, der mit seiner Gestik die Gewinnchancen bei einem Pferderennen zum Ausdruck brachte. Aber das hielt Geoff dann doch für unwahrscheinlich.

Glücklicherweise schienen die Leute von der Security die bizarren Bewegungen des Captains zu verstehen und teilten sich in verschiedene Richtungen auf, um nach Mr. Knight zu suchen. Einige drangen vorsichtig, die Gewehre im Anschlag, zwischen die Glassäulen vor, während andere auf Zehenspitzen außen an der Säulenwand entlangschlichen. Geoff und der Rest der Gruppe blieben bei dem Captain, der immer noch hinter dem Schaltpult kauerte und auf die leisen Schritte seiner Männer lauschte.

Plötzlich erschütterte ein leichtes Beben den Raum und brachte die Glassäulen zum Klirren.

»Haben Sie das gespürt?«, schrie Mr. Knight. »Gerade ist noch eins Ihrer Schiffe explodiert! Und? Haben Sie mitgezählt? Fast die Hälfte Ihrer erbärmlichen Flotte ist bereits vernichtet!«

»Jetzt holen wir uns diesen varsarianischen Deckskerl«, sagte der Captain. Für diese Aufforderung gab es offenbar kein besonderes Handzeichen.

Geoff folgte dem Captain, der zur nächsten Säule rannte, sich dagegenpresste und um die Ecke spähte, um zu sehen, ob die Luft rein war. Tim, Ruth und der Minister pirschten in unterschiedliche Richtungen davon.

»Sieht okay aus«, stellte der Captain fest. »Folgen Sie mir.«

Zögernd wagten sie sich in Mais Glaslabyrinth vor, ständig nach rechts und links blickend. Gelegentlich schraken sie zusammen, wenn sie auf jemanden von der Security stießen, der seinerseits überrascht das Gewehr hochriss, um es dann erleichtert wieder zu senken. Es war sehr schwierig, sich im Innern des Glaslabyrinths zu orientieren – die Glassäulen hatten die unangenehme Eigenschaft, trügerische Lichteffekte zu erzeugen und überall Gestalten widerzuspiegeln. Das Ganze kam Geoff in gewisser Hinsicht so vor, als ginge er durch ein Spiegelkabinett auf einem Rummel, inklusive des Gefühls, dass er lieber zu Hause gewesen wäre und Kartoffelchips gegessen hätte.

»Wie ich sehe, haben Sie Geoffrey mitgebracht«, sagte Mr. Knight, dessen Stimme jetzt viel näher klang als zuvor. »Wie hat Ihnen mein kleiner Plan denn gefallen, Geoff? Ziemlich raffiniert, finden Sie nicht?«

Der Captain wirbelte herum. Konnte Mr. Knight sie sehen? Sein Spiegelbild driftete von Säule zu Säule, doch es war schwierig festzustellen, wo er sich befand.

»Ich weiß nicht recht«, sagte Geoff mit erhobener Stimme. Plötzlich kam ihm eine Idee. »So brillant fand ich ihn eigentlich nicht.«

»Was zum Teufel soll denn das?«, flüsterte der Captain. »Halten Sie den Mund!«

»Nein, nein«, erwiderte Geoff. »Vielleicht haben wir gerade eine … Schwachstelle entdeckt.«

»Eine Schwachstelle?«, wiederholte der Captain mit gedämpfter Stimme.

»Sie fanden ihn also nicht so brillant, wie?«, entgegnete Mr. Knight, dessen Stimme jetzt ein wenig gereizt klang. »Das liegt daran, dass Sie nichts davon verstehen. Dass Sie nicht verstehen, welche Rolle Sie bei alldem spielen. *Das* ist nämlich das Clevere daran.«

»Dann verraten Sie's mir doch«, sagte Geoff. »Verraten Sie mir, wie ...«

»Da ist er!«, schrie einer der Securityleute. »Werfen Sie die Waffe weg und ...«

Der Rest des Satzes ging im lauten Knall eines Lasergewehrs unter. Jemand schrie auf. Ein hellroter Laserstrahl spiegelte sich in den Glassäulen wider und tauchte den Raum vorübergehend in grelles Licht.

»Hitchford?«, sagte der Captain und wischte sich den Schweiß von der Stirn. »Haben Sie ihn erwischt?«

Keine Antwort.

»Hitchford, sagen Sie doch was!«

»Hitchford würde gern etwas sagen«, rief Mr. Knight von irgendwo herüber, »aber leider sitzt sein Kopf nicht mehr ganz vollständig auf dem Körper.«

Dann hallte der Raum von durchdringendem, schrillem Gelächter wider.

Der Captain schloss die Augen. »Scheiße«, sagte er.

Die Fernsteuerungszentrale erbebte von Neuem, diesmal stärker als zuvor. Geoff bemerkte, dass sich in einigen der Glassäulen, die diesen Erschütterungen offenbar nicht standhielten, feine Haarrisse bildeten.

»Das war ein großes Schiff, nicht wahr?«, stichelte Mr. Knight. »Muss ziemlich nah gewesen sein! Aber wo waren wir stehen geblieben, Geoffrey? Sie wollten mich doch gerade etwas fragen?«

»Ja«, sagte Geoff, der sich dicht beim Captain hielt, während sie weiter in den Computer vordrangen. »Was hat dies alles mit mir zu tun? Was habe ich getan, um das Datum der Invasion vorzuziehen? Und warum haben Sie mich in die Hand gestochen?«

Mr. Knight lachte von Neuem.

»Eine Menge Fragen«, erwiderte er, »aber da Sie ohnehin bald sterben werden, kann ich ja von Anfang an beginnen.« In seiner Stimme schwang eine fast kindliche Aufregung mit, als wartete er schon seit Jahren darauf, endlich jemandem seine Geschichte erzählen zu können.

»Er hat angebissen«, flüsterte Geoff dem Captain zu. »Wir müssen *sehr* genau auf das achten, was er jetzt sagt.«

Der Captain nickte.

»Wir hatten immer geplant, die Erde im frühen einundzwanzigsten Jahrhundert zu überfallen«, führte Mr. Knight aus, dessen Spiegelbild nach wie vor von Säule zu Säule huschte. »Weil die Menschheit damals so primitiv, so unterentwickelt war. Ihr verdientet es überhaupt nicht, auf diesem Planeten zu leben, dessen natürliche Ressourcen ihr vergeudet habt, um eure Motorfahrzeuge und Mikrowellenherde anzutreiben. Das war ein Verbrechen. Deshalb beschlossen wir, euch die Erde mit Gewalt zu entreißen. Und das hielten wir für ziemlich einfach – unseren Recherchen zufolge war die fortgeschrittenste Waffe, die ihr bis zu diesem Zeitpunkt entwickelt hattet, die Atombombe, gegen die wir uns ehrlich gesagt mit einer simplen Gesichtscreme schützen konnten. Auf dem Papier sah es so aus, als würde die Invasion ein Kinderspiel werden.«

»Und was ist dann passiert?«, fragte Geoff. »Was ist schiefgelaufen?«

»Darauf wollte ich doch gerade zu sprechen kommen«, entgegnete Mr. Knight ungehalten. »Nachdem wir beschlossen hatten, die Invasion durchzuführen, ist unsere Kampfflotte achtundfünfzigtausend Lichtjahre durch die Galaxis gereist, um schließlich pünktlich in eurem Sonnensystem anzukommen. Aus der Nähe sah die Erde genauso harmlos und primitiv aus, wie wir angenommen hatten, und drehte sich ziellos um die Sonne ... wie ein blödes fettes Kind, das auf einem Karussell sitzt. Es war fast zu schön, um wahr zu sein. Deshalb wurden alle Vorbereitungen getroffen. Die gesamte Flotte machte ihre Waffen einsatzbereit, formierte sich zum Angriff und beschleunigte das Tempo, um auf die Erde zuzuhalten. Gleichzeitig wurde der gesamte Funkverkehr der Erde abgehört. Doch kurz bevor wir in die Erdatmosphäre eindrangen, fingen wir eine ganz bestimmte Nachricht auf.«

Mr. Knight verstummte.

»Eine ... Nachricht?«, hakte Geoff nach.

»Sie war nur sehr schwach zu hören«, fuhr Mr. Knight fort, »aber wir konnten folgende Worte ausmachen: *Ich sehe euch, ihr außerirdischen Scheißer, und werde den Todesbringer auf euch abfeuern!* Wie wir später herausfanden, kam diese Nachricht von Ihnen, der Sie gerade eins Ihrer dämlichen Computerspiele machten. Sie sprachen mit einem andern Menschen über das *Internet.*«

»Ich bitte Sie«, sagte Geoff, der sich das Lachen verbeißen musste. »Haben Sie etwa gedacht, ich spreche mit Ihnen?«

»Wir wussten nicht, was wir davon halten sollten«, erwiderte Mr. Knight. »Denn erstens dachten wir, wir seien unentdeckt geblieben, und zweitens hatten wir schon einmal Bekanntschaft mit einem *Todesbringer* geschlossen, und zwar bei dem mehrere Jahrhunderte zurückliegenden Versuch, einen anderen Planeten zu überfallen. Das war eine verheerende Waffe, die es schaffte, alle Schiffe auf einen Schlag zu vernichten, und als wir dieses Wort wieder hörten, kam für kurze Zeit Panik auf. Waren unsere Recherchen vielleicht doch nicht korrekt gewesen? Alles, was wir über die Menschheit zu wissen meinten, ließ darauf schließen, dass ihr uns erst entdecken würdet, wenn es zu spät war. Und dennoch gab es da diese Nachricht. Wenn wir eure technologischen Möglichkeiten, unsere Flotte zu entdecken, irgendwie unterschätzt hatten, hatten wir dann auch euer militärisches Potenzial unterschätzt?«

»Also haben Sie den Angriff abgebrochen?«, fragte Geoff. »Sie haben Ihren Angriff abgebrochen, weil ich ... *Space Commando* gespielt habe?«

»Ja«, sagte Mr. Knight. »Vorsichtshalber. Die Flotte hat sofort kehrtgemacht und sich in die Galaxis zurückgezogen, um die Situation zu analysieren. Das varsarianische Oberkommando war von Ihrer Nachricht äußerst beunruhigt und wollte noch einmal überprüfen, wie verlässlich die Informationen waren.«

»Dann hatte ich also recht!«, rief Ruth von irgendwoher. Offenbar hatte sie das Gespräch verfolgt. »Geoff *war* ursprünglich dafür verantwortlich, dass die ganze Invasion verschoben wurde!«

»Ja, meine Liebe«, bestätigte Mr. Knight. »Schrecklich peinlich, nicht wahr?«

Geoff brach in lautes Gelächter aus.

»Sie sind achtundfünfzigtausend Lichtjahre durch die Galaxis gereist«, sagte er und wischte sich die Lachtränen ab, »und mussten die ganze Strecke wieder zurückreisen, nur weil ich ein Computerspiel gemacht habe? Das ist ja zum Schreien!«

»In der Tat. Sie können sich also vorstellen, wie blöd wir uns vorkamen, als wir zweihundert Jahre später feststellten, dass die Erwähnung des Worts *Todesbringer* nur ein erstaunlicher Zufall war. Dass sie von irgendeinem beschränkten jungen Mann stammte, der im Schlafanzug vor dem Bildschirm saß und von der Invasion nicht das Geringste wusste. Das machte die Varsarianer zum Gespött der gesamten Galaxis.«

»Und als Ihnen Ihr Irrtum klar wurde, sind Sie wieder zurückgekommen, ja?«, erkundigte sich Geoff.

»So ist es. Obwohl ungefähr zweihundert Jahre vergangen waren, war die Erde noch immer eine leichte Beute. Euer Planet war von einigen großen Kriegen verheert worden, und ihr hattet zwar ein paar neue Waffen entwickelt, aber nichts, womit wir nicht fertig geworden wären. Deshalb haben wir beschlossen, zurückzukehren und die Sache zu Ende zu bringen.«

»Das war dann im zweiundzwanzigsten Jahrhundert«, sagte Geoff. »Im Jahr 2181.«

»Richtig«, erwiderte Mr. Knight. »Und unsere Informationen stimmten – euer militärisches Potenzial konnte sich nach wie vor nicht mit dem unseren messen. Deshalb machten wir uns daran, eure Städte vom Weltall aus zu vernichten, eine nach der andern – London, New York, Peking ...«

»Basingstoke«, ergänzte Geoff.

»Ja, auch Basingstoke«, sagte Mr. Knight. »Der Kampf war sogar noch leichter, als wir erwartet hatten. Doch womit wir nicht gerechnet hatten, war, dass eine unbedeutende kleine Universität auf Malta der Menschheit zu Hilfe kam und einen Zeitwirbel auf unsere Flotte abfeuerte. Weil sie diese Technologie geheim gehalten hatten, hatten wir keine Ahnung, dass ihr sie entwickelt hattet. Und obwohl diese Technologie gar nicht zu militärischen Zwecken dienen sollte, war sie letztlich doch dafür verantwortlich, dass wir fast vernichtet wurden.«

»Denn der Zeitwirbel hat Ihre Flotte sechshundert Jahre in die Zukunft katapultiert«, stellte Geoff fest.

»In der Tat«, erwiderte Mr. Knight. »Und da das blitzschnell vor sich ging, merkten wir überhaupt nicht, was geschehen war. Deshalb setzten wir, als wir im Jahr 2781 ankamen, den Angriff fort. Sie können sich unsere Überraschung vorstellen, als plötzlich wie aus dem Nichts eine riesige Kampfflotte auftauchte und das Feuer mit Waffen erwiderte, die all unsere Erwartungen übertrafen – auf einmal waren wir mit einem ernst zu nehmenden Gegner konfrontiert. Den Rest der Geschichte kennen Sie – unsere Flotte wurde nahezu vollständig vernichtet, bis auf dieses eine Schiff, das auf der Erde landete. Es gehörte meinen Vorfahren. Glücklicherweise war es mit einem molekularen Umstrukturierungsstrahl ausgestattet, der es der Besatzung gestattete, sich in Menschen zu verwandeln und sich unauffällig unter die Erdbevölkerung zu mischen. Heutzutage gibt es Hunderte von uns auf Ihrem Planeten, die alle danach streben, eine leitende Position einzunehmen: Politiker, Medienzaren, Talkshowmoderatoren, Wissenschaftler – und mich, den Präsidenten der ZeitReisen GmbH.«

»Talkshowmoderatoren?«, wiederholte Geoff.

Abermals erschütterte ein Beben die Kommandobrücke, diesmal ein besonders heftiges. Offenbar war draußen ein weiteres Schiff explodiert, und zwar eines, das näher an der Concordia gewesen sein musste als alle bisherigen. Das gab einigen von Mais Glassäulen den Rest – sie zersplitterten in unzählige Scherben, die den Fußboden wie eine Schneedecke übersäten. Und als ob das noch nicht gereicht hätte, gaben auch Teile der Decke unter dem Druck nach und stürzten, dicke Staubwolken aufwirbelnd, in den Raum.

»Seit ich diese Firma leite, habe ich darüber nachgedacht, wie ich mir die Zeitreisetechnologie zunutze machen kann, um den Lauf der Geschichte zu ändern«, brüllte Mr. Knight, um das Krachen der zu Boden stürzenden Deckenteile zu übertönen, »darüber, wie ich die Vergangenheit verändern kann, um dafür zu sorgen, dass unsere ursprüngliche Invasion im einundzwanzigsten Jahrhundert erfolgreich verläuft. Mit Hilfe des Supercomputers bin ich dann zu den Ereignissen während der Invasion zurückgegangen, und dabei habe ich festgestellt, dass *Sie* uns diese blödsinnige Nachricht geschickt hatten – dass *Sie* es waren, der uns in die Flucht geschlagen hatte. Deshalb machte ich mir Gedanken darüber, wie ich an Sie herankommen könnte. Zunächst hatte ich vor, einfach zurückzureisen und Sie zu töten, aber da Eric überall diese verfluchten Sicherheitsvorkehrungen eingebaut hatte, wusste ich, dass man mir auf die Schliche kommen würde, und dieses Risiko wollte ich nicht eingehen, nachdem ich schon mal so weit vorangekommen war. Also musste ich raffinierter vorgehen.«

»Und an dieser Stelle kam die Idee mit den Zeitreiseführern ins Spiel«, warf Geoff ein, während er sich ein paar Glassplitter von der Schulter wischte.

»Genau. Je mehr ich über Sie herausgefunden habe, desto mehr erstaunte es mich, wie bedeutungslos Sie waren, sodass ich mir die Frage stellte, ob sich dieser Umstand nicht vorteilhaft nutzen ließe. Meine Güte, Sie waren für die Welt unwichtiger als bestimmte Pilzarten.«

»Welche Pilzarten?«, erkundigte sich Geoff, der trotz

allem, was um ihn herum geschah, darauf brannte, es endlich zu erfahren.

»Hauptsächlich Shitake«, erwiderte Mr. Knight. »Aber nur deswegen, weil 2054 irgendein prominenter Politiker an einem dieser Pilze erstickt ist.«

»Wusste ich's doch«, sagte Geoff. »Diese beschissenen Shitakepilze.«

»Damals also fiel mir die Sache mit den Zeitreiseführern ein, die darin bestand, bedeutungslose Leute aus jeder Epoche als Reiseführer agieren zu lassen. Und diese Idee kam gerade zur rechten Zeit – die Zeittourismusbranche steckte in einer Krise und schrie förmlich nach Innovationen, und während ich nicht an Sie rankommen konnte, würde dieser Plan Sie mir auf einem silbernen Tablett servieren. Alle waren glücklich und zufrieden. Natürlich musste ich meine Spuren verwischen, falls jemand anfangen sollte, Fragen zu stellen. Deshalb habe ich Ruth die Lorbeeren einheimsen lassen und dafür gesorgt, dass sie befördert wird. Angesichts des ganzen Erfolgs, der ihr dadurch zuteilwurde, wusste ich, dass sie sich hüten würde, irgendjemandem zu erzählen, dass die Zeitreiseführeridee eigentlich von mir stammte.«

»Du gemeiner Kerl!«, schrie Ruth. »Du hast mich ausgenutzt!«

»In der nächsten Phase ging es darum herauszufinden«, fuhr Mr. Knight fort, ohne auf Ruth zu achten, »wie man die Geschichte verändern kann, aber so, dass die Scanning-Anlage nichts davon mitbekommt. Zu diesem Zweck bediente ich mich der Hilfe einiger *Freunde* – Außerirdischer, die sich als Wissenschaftler ausgaben. Denen spielte ich den Algorithmus zu, in dem sie binnen Kurzem eine Lücke entdeckten – eine Lücke, die es mir gestatten würde, in das Raum-Zeit-Kontinuum einzugreifen, ohne dass der Computer es registriert. Ich brauchte lediglich dafür zu sorgen, dass sich an der letzten Nanosekunde nichts änderte. Ansonsten konnte ich so viele Veränderungen vornehmen, wie ich wollte!«

»Aber Eric ist Ihnen auf die Schliche gekommen.«

»Eric ist mir zu keinem Zeitpunkt auf die Schliche gekommen«, sagte Mr. Knight. »Er wusste, dass es ein Problem gab, und er wusste, dass ein Insider dafür verantwortlich war, aber er hatte keine Ahnung, dass ich das war. Dennoch stand er kurz davor, die Lücke zu beseitigen, und das konnte ich nicht zulassen. Sein neuer, verbesserter Algorithmus hätte es viel zu schwierig, wenn nicht gar unmöglich gemacht, die Geschichte zu verändern.«

»Deshalb haben Sie ihn getötet.«

»Richtig. Am Abend der Party. Danach war alles ziemlich einfach. Der Supercomputer war sogar sehr hilfreich und hat mir genau gezeigt, wie es sich machen lässt, dass die Zukunft unverändert bleibt, während gleichzeitig die Kernpunkte des Plans realisiert wurden. Zunächst einmal musste ich verhindern, dass Sie am Tag der Invasion dieses blöde Spiel spielen. Schließlich würden Sie dann auch nicht diese Nachricht verschicken können. Deshalb habe ich Sie von dem Moment an, da Sie in der Zukunft ankamen, beobachtet und Ihnen bei der ersten Gelegenheit in die Hand gestochen.«

»Dann waren es also doch Sie, den ich während des großen Brands von London gesehen habe!«, stellte Geoff fest. »Sie waren der Mann mit der Kapuze!«

»Ganz recht, Geoff, ganz recht. Zweitens musste ich sicherstellen, dass ich Sie wieder in die Vergangenheit würde zurückschmuggeln können, ohne dass jemand merkte, was geschehen war. An dieser Stelle kam die Hypnose ins Spiel – wenn Sie meinen varsarianischen Genossen eine Nachricht überbringen und Ihnen mitteilen würden, dass sie zu einem bestimmten Zeitpunkt alles *zurückverwandeln* müssten, würde der Computer – in der fälschlichen Annahme, dass alles unverändert bliebe – Ihnen gestatten, ins einundzwanzigste Jahrhundert zurückzukehren.«

»Aber Sie haben nicht damit gerechnet, dass Tim noch einmal alles überprüfen würde, obwohl mir die Scanning-Anlage die Reiseerlaubnis erteilt hatte«, sagte Geoff.

»Ich wusste durchaus, dass das im Bereich des Möglichen lag«, entgegnete Mr. Knight, »aber meiner Ansicht nach war das eine Situation, in der ich so oder so nur gewinnen konnte. Wenn er nicht alles überprüft und Sie zurückgeschickt hätte, wäre unsere ursprüngliche Invasion erfolgreich abgelaufen. Und wenn er Sie nicht zurückgeschickt hätte, wäre unsere Invasion trotzdem erfolgreich abgelaufen, weil Sie dann ja nicht da gewesen wären, um ihr Spiel zu machen und diese Nachricht zu verschicken. Ich gebe zu, dass ich nicht vorausgesehen habe, dass sich die Geschichte nicht unverzüglich ändern und Sie in der Lage sein würden zurückzureisen, um die Erde zu verteidigen. Aber angesichts der Tatsache, dass Ihre Flotte kurz vor der Vernichtung steht, würde ich doch sagen, dass sich mein Spielchen gelohnt hat, finden Sie nicht?«

»Nicht ganz«, meldete sich der Captain zu Wort. »Wir haben immer noch die Concordia sowie ein paar andere Schiffe, die nicht unter der Kontrolle von Mai standen. Wir sind noch lange nicht geschlagen!«

»Dass ich nicht lache!«, erwiderte Mr. Knight. »Wenn sich all ihre computerkontrollierten Schiffe selbst zerstört haben, werden Ihnen weniger als zweihundert Schiffe zur Verfügung stehen! Finden Sie sich damit ab, dass Sie rettungslos unterlegen sind!«

»Das ist mir egal«, sagte der Captain. »Diese Schiffe sind mit tapferen Leuten bemannt, und falls nötig, werden wir bis zum bitteren Ende kämpfen! Und ... was können Sie denn schon aufweisen? Sie sind doch nichts als eine Horde von Feiglingen, die den Schwanz einklemmen und davonlaufen, wenn sie eine Nachricht hören, die zu einem beknackten Computerspiel gehört!«

»Wir sind keine Feiglinge!«, brüllte Mr. Knight. »Das varsarianische Oberkommando mag zwar entschieden haben, auf diese Nachricht hin zu fliehen, aber damit Sie's nur wissen: Meine Vorfahren waren die Einzigen, denen man befehlen musste, den Angriff abzubrechen! Befehlen! Sie wollten unbedingt weiterkämpfen, obwohl sie dachten, die Menschheit verfüge über einen Todesbringer!«

»O mein Gott!«, flüsterte Geoff dem Captain zu. »Haben Sie das gehört? Wir haben ihn!«

»Wovon reden Sie denn da?«, wollte der Captain wissen.

»Sie müssen mich sofort zur Kommandobrücke zurückbringen«, sagte Geoff.

»Aber was ist mit Mr. Knight?«, fragte der Captain.

»Soll er sich doch in diesem dämlichen Labyrinth vergnügen«, antwortete Geoff. »Wenn das, was er gerade gesagt hat, stimmt, dann können wir diesen Krieg immer noch gewinnen ...«

26

Während der Fahrstuhl zur Kommandobrücke zurückfuhr, tigerte Geoff in der Kabine auf und ab. Man merkte ganz deutlich, dass die Concordia immer gravierendere Schäden davontrug, denn der Lift wackelte und ruckelte in einem fort. Geoff wurde von Captain Holland und fünf bewaffneten Securityleuten begleitet, die der Captain zu ihrem Schutz mitgenommen hatte. Tim, Ruth und der Verteidigungsminister waren zurückgeblieben, um sich mit Mr. Knight zu befassen.

»Dieser Plan, den Sie da haben«, sagte Captain Holland, »der ist zwar verrückt, aber trotzdem ... könnte er funktionieren ...«

»Er muss einfach funktionieren«, erwiderte Geoff, dessen Herzschlag sich beschleunigte, als der Fahrstuhl von einer Richtung in die andere schwenkte. »Das ist unsere einzige Chance.«

»ACHTUNG!«, ertönte eine synthetische Männerstimme. »SCHILDGENERATOREN ARBEITEN NUR NOCH MIT ZEHN PROZENT!«

Erstaunt zog Geoff die Augenbrauen hoch. Ein männlicher Computer!

»Wer ist dieser Mann eigentlich, Captain?«, fragte einer der Securityleute. »Ich hab ihn noch nie an Bord gesehn ...«

»Kommt er vom militärischen Geheimdienst?«, erkundigte sich einer der anderen.

Geoff wollte etwas sagen, doch der Captain kam ihm zuvor.

»Das ist schon in Ordnung«, versicherte er. »Er ist bei dieser Mission einer unserer Hauptstrategen.«

Geoff schwieg und warf dem Captain einen fragenden Blick zu. Er sollte ein Stratege sein?

Der Captain holte tief Luft.

»Ich kann nur hoffen, dass wir rechtzeitig zurückgelangen«, meinte er. »Viel mehr kann das Schiff, glaube ich, nicht aushalten.«

»Wie weit ist es denn noch?«, fragte Geoff.

»Nur noch ein paar Stockwerke. Wir müssten ...«

Doch bevor der Captain seinen Satz beenden konnte, machte der Fahrstuhl so abrupt halt, dass alle wie Dominosteine gegeneinanderprallten. Das Licht flackerte wie wild, die Wände der Kabine verbogen sich, und aus dem Schaltbrett neben der Tür drang Rauch.

»Was ist los?«, stieß Geoff heftig hustend hervor.

»Der Fahrstuhlschacht muss beschädigt sein!«, antwortete der Captain, während er sich den Rauch aus dem Gesicht wedelte. »Wir müssen sofort hier raus!«

Zwei der Securityleute zwängten in aller Eile die Läufe ihrer Gewehre in den Spalt der Fahrstuhltür und stemmten sie so weit wie möglich auf. Glücklicherweise war der Fahrstuhl stehen geblieben, kurz nachdem sie ein Stockwerk erreicht hatten, sodass man, wenn man sich durch die Öffnung gequetscht hatte, auf den Boden springen konnte.

Der Fahrstuhl fing an zu knarren und zu knirschen.

»Los jetzt!«, rief der Captain und schubste Geoff durch die Öffnung.

Dieser kam hart mit den Füßen auf dem Boden auf und stieß einen Schmerzensschrei aus, um anschließend gegen die gegenüberliegende Wand zu torkeln. Er hatte das Gefühl, als hätte er sich einen Muskel verzerrt. Nachdem er sich mühevoll aufgerichtet hatte, blickte er sich um – er befand sich in einem langen Korridor mit einer hohen Decke und Wänden aus Metall. An einer Wand zog sich ein langes silbriges Geländer entlang. Der Korridor war in pulsierendes rotes Licht getaucht.

»ACHTUNG!«, meldete sich die synthetische Männerstimme wieder zu Wort. »SCHILDGENERATOREN IN KRITISCHEM ZUSTAND. DROHENDER RUMPFRISS.«

Geoff sah zu, wie der Captain zu Boden sprang – ein wenig anmutiger, als Geoff es geschafft hatte. Die fünf Securitymänner folgten, wobei jeder zunächst sein Gewehr nach unten warf, um anschließend selbst aus dem Fahrstuhl zu klettern und das Gewehr wieder aufzuheben.

Gerade als der fünfte Mann den Boden erreicht hatte, ächzte der Fahrstuhl ein letztes Mal auf und stürzte in die Tiefen des Schiffs.

»Das war knapp«, sagte der Captain, der sich auf Geoffs Schulter stützte, um wieder zu Atem zu kommen. »Sind Sie okay?«

»Ja, denke schon«, erwiderte Geoff und wischte sich den Schweiß von der Stirn. »Aber wir müssen die Kommandobrücke erreichen! Gibt es noch einen anderen Weg?«

»Wir sind nur drei Stockwerke tiefer«, erklärte der Captain und ließ Geoffs Schulter los. »Folgt mir!«

Doch in diesem Moment erschütterte eine gewaltige Explosion das Schiff und schleuderte die Männer gegen die Wand. Der Korridor – Boden, Decke und Wände –

riss in der Mitte auseinander, und die beiden Hälften drifteten wie die Teile eines sinkenden Schiffes voneinander weg, sodass Geoff und die Securityleute vom Captain getrennt wurden. Trotz der herabfallenden Deckenteile arbeitete sich Geoff bis zum Rand des klaffenden Spalts vor. Er spielte mit dem Gedanken hinüberzuspringen, musste aber feststellen, dass die andere Seite schon viel zu weit entfernt war. Ganz abgesehen davon, dass der Abgrund einfach zu tief klaffte.

Der Captain rappelte sich hoch und blickte zu den anderen hinüber.

»Captain!«, rief einer der Securityleute. »Sind Sie in Ordnung?«

»Ja!«, rief der Captain zurück. »Aber das Schiff fällt auseinander! Wir müssen ...«

Plötzlich erfüllte ein lautes Summen die Luft. Der Captain verstummte und sah sich um. An der hinteren Wand manifestierte sich eine dünne Linie geschmolzenen Metalls, die allmählich die Form eines Kreises annahm – so groß, dass jemand hindurchklettern konnte.

»Mein Gott!«, sagte der Captain und zückte seine Waffe. »Die Varsarianer versuchen, durch ein äußeres Brandschott einzudringen! Sie müssen mit ihren Schiffen längsseits gegangen sein! Wir werden geentert!«

Damit schien der Captain in der Falle zu sitzen – einerseits konnte er nicht über den Spalt springen, weil dieser viel zu breit war, andererseits sah es nicht so aus, als hätte er genug Zeit, um den Varsarianern zu entkommen, bevor sie das Schiff enterten.

»Wie lauten Ihre Befehle, Captain?«, schrie einer der Männer.

Der Captain stand reglos da und starrte auf den Kreis aus geschmolzenem Metall, der sich immer mehr rundete.

»Sir, Ihre Befehle!«

»Schafft diesen Mann auf die Kommandobrücke!«, sagte der Captain und zeigte auf Geoff. »Er ist von jetzt an befehlshabender Offizier! Schützt ihn mit eurem Leben! Mr. Stamp – Sie sind unsere letzte Hoffnung – Sie wissen, was zu tun ist!«

Die Männer von der Security wandten sich Geoff zu und salutierten.

»Hier entlang, Sir!«, rief einer von ihnen und führte Geoff den Korridor hinunter. »Wir nehmen die Personaltreppe!«

Die anderen vier Männer gruppierten sich schützend um Geoff und fielen in Laufschritt, doch schon nach wenigen Metern tauchten vor ihnen zwei Varsarianer in voller Kampfmontur auf. Die Außerirdischen blieben abrupt stehen, zogen ihre Waffen und feuerten mit grellfarbigen Laserstrahlen auf sie.

»Hinlegen!«, sagte einer der Männer und schubste Geoff zu Boden.

Während die Securityleute das Feuer erwiderten, blickte Geoff zum Captain zurück, der die Hände schützend vors Gesicht hielt, als die varsarianischen Laserstrahlen die Wände um ihn herum versengten. Es sah so aus, als spräche der Captain in eine Schalttafel an der Wand neben ihm. Ein Stück hinter ihm fiel die runde Metallscheibe mit einem lauten Knall aus der Wand, und aus dem Loch strömten weitere varsarianische Soldaten.

»Leute, hier spricht der Captain«, verkündete Hollands Stimme über Lautsprecher. »Hiermit übergebe ich den Befehl über dieses Schiff an Geoffrey Stamp. Ich wiederhole: Hiermit übergebe ich den Befehl über dieses Schiff an Geoffrey Stamp.« Der Captain richtete den Blick auf die näher kommende Horde der Varsarianer und nahm eine stramme Haltung an. »Er ist jetzt der Einzige an Bord, der diesen Kampf noch für uns gewinnen kann, und Sie werden alle seine Befehle widerspruchslos befolgen. Hier spricht Captain Holland ... Ende und aus.«

Geoff wollte sich lieber nicht ausmalen, was Tim wohl denken mochte, wenn er diese Ankündigung hörte. Vermutlich etwas in der Art wie »Wir sind verloren«.

Doch zum ersten Mal in seinem Leben wusste Geoff genau, was er zu tun hatte – er besaß nicht nur die nötigen Fähigkeiten, sondern auch die erforderlichen Erfahrungen.

Jetzt musste er nur noch diese Kommandobrücke erreichen ...

27

»Wie stehen die Dinge?«, fragte Geoff, der sich diesen Satz von Captain Holland gemerkt hatte. Er war mit nur drei Männern zur Kommandobrücke gelangt – zwei aus der Gruppe hatten ihr Leben gelassen, um ihn vor den varsarianischen Entertrupps zu schützen.

Dem Zustand der Brücke nach zu urteilen standen die Dinge nicht sonderlich gut. Aus vielen Schaltpulten schlugen Flammen hoch, von der Decke waren Trägerbalken gefallen, die Wände waren mit Brandflecken übersät, und das Fenster wies einen beunruhigend großen Riss auf. Die Concordia hatte offensichtlich einiges abbekommen, während sie nach Mr. Knight gesucht hatten, und infolgedessen schien die Brücke einen großen Teil ihrer Mannschaft verloren zu haben – einige der Offiziere waren über ihre Schaltpulte gesunken, andere lagen tot auf dem Boden, mit unnatürlich verrenkten Gliedmaßen. Genau genommen schien nur noch ein Offizier übrig zu sein. Er saß im Kommandostuhl des Captains und hatte den Kopf in die Hände gestützt.

»Sieht nicht gut aus, Sir«, sagte der Mann, wischte sich einen Rußfleck von der Stirn und überließ Geoff den Stuhl. »Fast die gesamte Flotte ist vernichtet worden.

Die Concordia läuft nur noch mit Hilfstriebwerken, die Waffensysteme funktionieren auch nicht mehr. Die Schiffe, die nicht von Mai kontrolliert wurden, leisten zwar erbitterten Widerstand, sind zahlenmäßig aber weit unterlegen.«

Geoff hinkte zum Stuhl des Captains, nahm Platz und betrachtete den riesigen Bildschirm vor sich. Das Schlachtfeld sah wie ein Friedhof für Raumschiffe aus. Die verkohlten Überreste von unzähligen irdischen Kreuzern drifteten vorbei, versengte Metallteile hingen im luftleeren Raum, und eine unübersehbare Zahl von toten Soldaten und Soldatinnen schwebte durchs All. Geoff zuckte zusammen, als ein weiterer Schlachtkreuzer von innen explodierte. Diese Explosion war so heftig, dass sie auch ein Nachbarschiff erfasste.

Die Varsarianer hingegen schienen sich königlich zu amüsieren und konzentrierten ihr Feuer auf die Schiffe, die sich nicht von selbst zerstörten. In der Ferne wurde ein einzelnes Schiff von über fünfzig fliegenden Untertassen gejagt, die alle gleichzeitig das Feuer eröffneten. Das Schiff versuchte verzweifelt auszuweichen, unterlag aber bald der Wucht des Angriffs und wurde in Stücke geschossen.

»Stellen Sie eine Verbindung mit allen übrig gebliebenen Schiffen her«, befahl Geoff.

»Was?«, sagte der Offizier.

»Stellen Sie eine Verbindung mit allen übrig gebliebenen Schiffen her!«, wiederholte Geoff mit erhobener Stimme.

»Aber Sir, wissen Sie denn nicht mehr, was Mai gesagt hat? Die Außerirdischen hören mit ziemlicher Sicherheit unsere Funksprüche ab! Sie werden alles, was Sie sagen, mitbekommen!«

»Genau darauf hoffe ich«, erwiderte Geoff mit ruhiger Stimme.

Der Offizier sah ihn kurz so an, als wollte er noch etwas sagen, doch dann hinkte er zu dem Funkpult hinüber, das er erst einmal mit dem Ärmel seiner Uniform abwischte.

»Ich hoffe, Sie wissen, was Sie tun«, sagte er, während er auf einen kleinen roten Knopf drückte. »Verbindung hergestellt.«

Geoff räusperte sich.

»Alle Erdschiffe mal herhören! Stellt euch darauf ein, den Todesbringer zu aktivieren!«

Gespannt blickte Geoff auf den Bildschirm. Sein Herz hämmerte so wild, dass er es fast durch die Kleidung spüren konnte.

Die Nachricht hatte eine bemerkenswerte Wirkung auf die varsarianische Flotte – ganz wie er gehofft hatte. Schiffe, die eben noch die letzten übrig gebliebenen Schlachtkreuzer umkreist hatten, schienen den Angriff abzubrechen, und viele der Hauptschiffe drehten bei, als hätte Geoffs Botschaft sie nervös gemacht. Die einzige Ausnahme in dieser allgemeinen Panik stellte eine fliegende Untertasse dar, die immer noch aufs Geratewohl eine havarierte Sanitätsfregatte beschoss.

»Sehen Sie dieses Ding da?«, sagte Geoff und zeigte auf die fliegende Untertasse.

»Ja, Sir«, antwortete der Offizier.

»Visieren Sie es an und eröffnen Sie das Feuer.«

»Was ist ein *Todesbringer*?«, wollte der Offizier wissen.

»Das spielt jetzt keine Rolle!«, schrie Geoff. »Eröffnen Sie endlich das Feuer!«

»Aber, Sir – unsere Waffensysteme funktionieren nicht mehr! Wir haben kaum genug Energie für den Antrieb.«

»In diesem Fall gehen Sie auf Kollisionskurs!«, schnauzte Geoff. »Dann müssen wir sie eben rammen!«

»Sir, ich glaube nicht ...«

»Widersprechen Sie mir nicht! Denen wird sicher bald klar, dass wir gar keinen Todesbringer haben! Das ist ein Befehl nach Sonderbestimmung vier – sieben – neun – bravo! Gehen Sie sofort auf Kollisionskurs!«

Der Offizier nickte und humpelte zum Navigationspult hinüber. Nachdem er die Leiche des Navigationsoffiziers vom Stuhl gestoßen hatte, nahm er Platz und gab in aller Eile ein paar Befehle ein.

»Kursänderung vorgenommen«, sagte er. »Triebwerke werden hochgefahren.«

Als die Concordia ihr Tempo beschleunigte, knirschte und knarrte die ganze Kommandobrücke. Ein weiterer Balken stürzte hinter ihnen zu Boden und machte eine Reihe von Monitoren platt.

Plötzlich bemerkte Geoff auf dem Bildschirm, wie eines der letzten übrig gebliebenen Erdschiffe ihren Weg kreuzte.

»Weg da!«, schrie Geoff. »Wenn ihr im Weg seid, kann ich nicht schießen!«

Das Schiff schien zu reagieren, denn es zündete seine Hilfstriebwerke, um der Concordia auszuweichen.

In dem Moment kam Tim in den Raum, der eine Pistole gegen Mr. Knights Kehle presste. Hinter ihnen marschierten die restlichen Securityleute herein, deren Gewehre alle auf den Kopf des Verräters gerichtet waren.

»Wir haben ihn«, sagte Tim und gab Mr. Knight einen Tritt, sodass er in die Knie ging.

»Wo ist Ruth?«, fragte Geoff, der ihnen entgegeneilte. »Und der Verteidigungsminister?«

»Die sind noch unten und versuchen, den Computer

zu reparieren«, sagte Tim und betastete eine Schnittwunde an der Stirn. »Sieht nicht gut aus.«

Geoff betrachtete den knienden Mr. Knight.

Der seinen Blick erwiderte.

Obwohl er ernsthaft am Bein verletzt war und eine klaffende Wunde im Gesicht hatte, grinste er mit einem triumphierenden Ausdruck in den Augen.

»Ich weiß nicht, was es da zu grinsen gibt«, sagte Geoff, packte Mr. Knight beim Kinn und drehte sein Gesicht in Richtung Fenster. »Sehen Sie dieses Schiff direkt vor uns? Das werden wir gleich rammen!«

Mr. Knight riss sein Kinn von Geoffs Hand los und spuckte einen Mundvoll Blut aus, sagte jedoch nichts.

»Das ist das Schiff mit Ihren Vorfahren«, erklärte Geoff. »Sie hatten recht. Sie waren die Einzigen, die nicht reagiert haben, als ich den Befehl gegeben habe, den Todesbringer zu aktivieren. Sie waren die Einzigen, die den Angriff fortgesetzt haben. Dank Ihrer kleinen Geschichte konnten wir sie leicht identifizieren.«

Mr. Knight riss die Augen auf, ohne dass das Grinsen aus seinem Gesicht verschwand. Möglicherweise war er so erschüttert, dass er vergaß, eine andere Miene aufzusetzen.

»Wenn wir dieses Schiff zerstören – was wird dann Ihrer Meinung nach passieren?«, fragte Geoff.

Doch Mr. Knight blieb nach wie vor stumm.

»Dann will ich Ihnen sagen, was ich glaube. Wenn Ihre Vorfahren in diesem Schiff sind, würde sie zu töten zugleich bedeuten, auch Sie zu töten, stimmt's? Wenn sie sterben, wird es Sie nie gegeben haben. Und wenn es Sie nie gegeben hat, wären Sie auch nicht in der Lage gewesen, Mai zu sabotieren. Und nicht nur das – darüber hinaus wären Sie nie in der Lage gewesen, Ihren ganzen Plan zur Veränderung der Geschichte umzusetzen. Meines Erachtens ist Ihre gesamte Rasse erledigt, wenn wir dieses Schiff vernichten.«

Jetzt sah Mr. Knight nicht mehr ganz so selbstzufrieden aus. Er versuchte aufzustehen, knickte jedoch mit seinem verwundeten Bein weg und stieß einen Schmerzensschrei aus.

»Mach ja keine Fisimatenten«, sagte Tim, indem er Mr. Knight beim Kragen packte und ihm seine Pistole gegen den Hinterkopf presste. »Noch *eine* Bewegung – und ich bring dich auf der Stelle um.«

Das einzige Problem bei Geoffs Plan war, dass die Concordia in ihrem gegenwärtigen Zustand ungefähr so manövrierfähig war wie ein unter Drogen gesetzter Elefant. Deshalb wollte es ihr nicht so recht gelingen, ihr Zielobjekt einzuholen. Es dauerte nicht lange, bis Mr. Knight das mitbekam und nun grinsend verfolgte, wie sich das Schiff seiner Vorfahren immer weiter entfernte.

»Sie entwischen uns!«, schrie Geoff. »Können wir nicht einen Zahn zulegen?«

»Die Triebwerke sind kaum noch funktionsfähig, Sir«, erwiderte der Offizier. »Wenn wir das Tempo beschleunigen, fliegt das Schiff auseinander!«

»Soll es doch!«, schrie Geoff.

Der Offizier nickte und gab weitere Befehle ein.

Die Geschwindigkeit der Concordia nahm jetzt zu, doch wie der Offizier vorausgesagt hatte, begannen um sie herum Schaltpulte zu explodieren. Elektrische Funken regneten auf die Brücke herab. Über ihnen barsten reihenweise Röhren, aus denen dicke Qualmwolken quollen. Geoff wedelte den Rauch weg und humpelte zu seinem Stuhl zurück, fest entschlossen, das Schiff, hinter dem er her war, nicht aus den Augen zu verlieren.

Unglücklicherweise schien die Beschleunigung aber nicht auszureichen – das außerirdische Schiff entfernte sich immer weiter.

Mr. Knight brach in Lachen aus.

»Netter Versuch«, sagte er. »Einen Moment lang war ich tatsächlich beunruhigt.«

Der Offizier ließ sich auf seinem Stuhl zurücksinken und schloss die Augen.

Geoff starrte auf den Bildschirm und dachte nach. Was konnte dieses Schiff sonst noch, das ihnen jetzt helfen würde?

»Ähm ... Sie da!«, sagte Geoff zu dem Offizier, weil er nicht so recht wusste, wie er den Mann anreden sollte.

»Sir?«

»Funktioniert der Traktorstrahl noch?«

Der Offizier öffnete sogleich die Augen, setzte sich wieder gerade hin und drehte sich mit dem Stuhl herum, um hinter sich ein Schaltpult zu überprüfen. Nachdem er mit dem Finger eine Zahlenreihe auf dem Monitor entlanggefahren war, lächelte er.

»Ja, Sir!«, teilte er mit. »Traktorstrahl ist voll funktionsfähig!«

»Dann aktivieren Sie ihn, Herrgott noch mal!«, rief Geoff.

Der Offizier drehte eine kleine Scheibe nach rechts und blickte aus dem Fenster. In der Ferne sah man, wie das fliehende Schiff von einer großen roten Lichtkugel eingeschlossen wurde, die es am Weiterkommen hinderte.

»Haben wir euch erwischt!«, sagte Geoff. Das außerirdische Schiff war im Traktorstrahl so hilflos gefangen wie eine Fliege im Spinnennetz.

»Ich weiß aber nicht, wie lange ich es festhalten

kann!«, erklärte der Offizier. »Alle Systeme der Concordia stehen kurz vor dem Zusammenbruch!«

»Dann transferieren Sie alle Energie in die Triebwerke!«, befahl Geoff. »Wir *müssen* dieses Schiff einfach zerstören!«

»Selbst die Energie, die die Luftzufuhr gewährleistet?«

»Alle Energie!«, schrie Geoff.

Der Offizier drehte sich mit seinem Stuhl zurück und gab neue Befehle ein.

»Los geht's«, sagte er, nachdem er abschließend auf eine Taste gedrückt hatte.

Die Concordia beschleunigte von Neuem ihr Tempo und hielt so schnell, wie es ihr nur möglich war, auf das feindliche Schiff zu. Diese finale Beschleunigung ging auf Kosten von allem anderen – das Licht auf der Brücke erlosch, alle übrigen Systeme waren bereits heruntergefahren. Als einzige Lichtquelle blieb ihnen jetzt das Fenster, das von dem hellroten Traktorstrahl erleuchtet wurde, aus dem sich das außerirdische Schiff vergeblich zu befreien suchte.

Geoff atmete tief durch – die Luft wurde allmählich sehr dünn.

»Wie lange ... dauert es ... bis zum Aufprall?«, keuchte er.

»Dreißig Sekunden.«

»Und wie lange ... bis der Traktorstrahl ... versagt?«

Der Offizier warf einen Blick auf das Schaltpult und schüttelte den Kopf.

»Das wird sehr knapp werden, Sir«, sagte er.

»Nun mach schon ...«, sagte Geoff und stand auf. Seine Silhouette hob sich gegen das Licht vor dem Fenster ab. Sie konnten nur noch wenige Kilometer entfernt sein. »Wir haben's ... fast ... geschafft ...«

Wenn sie den gegenwärtigen Kurs beibehielten, würde das feindliche Schiff direkt mit dem Fenster kollidieren.

»Sir!«, rief der Offizier. »Der Traktorstrahl ... lässt nach!«

Alle hielten den Atem an, als das rote Licht anfing zu flackern. Diese *Atempause* hatte zwei Gründe: Erstens war das eine ziemlich angespannte Situation, und zweitens war nicht mehr viel Luft zum Atmen da.

Dann erlosch der Traktorstrahl. Das feindliche Schiff zündete sofort die Triebwerke und versuchte verzweifelt, der Concordia zu entkommen.

Geoff grinste.

»Zu spät«, sagte er.

Geoff hechtete zu Boden und schirmte das Gesicht mit dem Arm ab, als das außerirdische Schiff durch das Fenster krachte und links und rechts die Wände verbeulte. Die Kollision hatte katastrophale Folgen. Der Offizier wurde sofort getötet, in alle Richtungen flogen Glas- und Metallsplitter. Der Boden unter Geoff barst in zwei Teile, sodass er gegen eine Reihe von demolierten Schaltpulten geschleudert wurde. Trotz des ganzen Chaos um sich herum konnte er aber sehen, wie sich das feindliche Schiff auf die Seite legte und die restlichen Trägerbalken von der Decke fegte. Auf der anderen Seite der Kommandobrücke erblickte er Tim, der gegen die Wand gepresst dastand und Mr. Knight immer noch am Kragen festhielt.

Tim schien Geoff etwas zuzurufen, doch da sie sich mittlerweile im luftleeren Raum befanden, war nichts zu hören. Geoff versuchte, seinem Freund die Worte von den Lippen abzulesen. Möglicherweise sagte er: »Gleich knallt's«, doch Geoff war noch nie gut im Lippenlesen gewesen. Deshalb konnte er nicht ausschließen, dass Tim »gleichfalls« oder »Geizhals« gesagt hatte, obwohl er unter den gegenwärtigen Umständen annahm, dass höchstwahrscheinlich Ersteres zutraf.

Seine Vermutung wurde bald bestätigt, denn das feindliche Schiff wurde durch den Aufprall in den Raum zurückkatapultiert und explodierte. Als die Druckwelle die Brücke erschütterte, stieß Mr. Knight einen lautlosen Schrei aus und löste sich in nichts auf. Geoff versuchte noch einmal sein Glück beim Lippenlesen – und wenn er sich nicht täuschte, hatte Mr. Knight »aaaaahhhh« geschrien.

Die jüngsten Ereignisse bereiteten dem Raum-Zeit-Kontinuum echtes Kopfzerbrechen, und es versuchte fieberhaft herauszufinden, was als Nächstes zu passieren hatte. Genau genommen war das die Frage, die alle auf der Brücke der Concordia bewegte, während sie langsam erstickten und sich in der angenehm warmen, wenn auch leicht radioaktiven Strahlung der Explosion, die sie gerade erlebt hatten, aalten.

28

Glücklicherweise war das Raum-Zeit-Kontinuum an diesem Tag offenbar guter Laune, denn nachdem Mr. Knight verschwunden war, begann es sofort damit, alles, was er angerichtet hatte, rückgängig zu machen. Sobald die Druckwelle nachgelassen hatte, fing die Kommandobrücke an, sich wieder zusammenzusetzen – die herabgestürzten Balken schwebten zur Decke zurück, der Fußboden schloss sich wieder, die Brandflecken verschwanden von den Wänden, ohne die geringste Spur zu hinterlassen. Um Geoff herum erwachte die gesamte Crew zu neuem Leben. Die Körper erhoben sich und schwebten zu ihren Plätzen zurück, während all ihre Wunden blitzschnell verheilten. Und auch die Wunden der Kommandobrücke verheilten – die verbeulten Wände wurden wieder gerade, die Scherben des Fensters glitten durch die Luft und formten sich zu einer soliden Scheibe zurück.

Doch nicht nur die Brücke der Concordia schien davon zu profitieren, dass es Mr. Knight nie gegeben hatte. Durch das Fenster beobachtete Geoff, wie auch all die zerstörten Schiffe wiedererstanden. Die verkohlten Überreste unzähliger Schlachtkreuzer verwandelten sich in ihren ursprünglichen, tadellosen Zustand zurück, die auseinandergerissenen Rümpfe der Schiffe, die miteinander kollidiert waren, fügten sich zusammen.

Geoff stand auf und ging zu Tim hinüber, der keine Waffe mehr in den Hand hielt. Auch Geoffs Bein tat nicht länger weh.

»Ähm ... was ist hier eigentlich los?«, fragte er.

»Keine Ahnung«, erwiderte Tim und strich sich mit dem Finger über die Schnittwunde im Gesicht, die gerade dabei war zu verheilen und zu verschwinden. »Vermutlich hattest du recht, was dieses Schiff anging. Offenbar waren tatsächlich Mr. Knights Vorfahren an Bord. Und wenn es Mr. Knight nie gegeben hat, arbeitet das Raum-Zeit-Kontinuum sicher gerade auf, wie die Ereignisse ohne ihn abzulaufen haben.«

»Warum sind wir dann immer noch im Weltraum?«, erkundigte sich Geoff. »Ich meine, wenn es Mr. Knight nie gegeben hat, dürften wir doch gar nicht hier sein, oder?«

»Ist mir auch ein Rätsel«, erwiderte Tim. »Vielleicht verfolgt das Raum-Zeit-Kontinuum ja eine bestimmte Absicht. Vielleicht möchte es, dass wir den Rest dieser verdammten Außerirdischen vernichten, damit es sich wieder normalisieren kann.«

Für die wiederhergestellte Flotte schien dies indes außer Frage zu stehen, denn durch das Fenster konnten Geoff und Tim verfolgen, wie überall außerirdische Raumschiffe abgeschossen wurden. Unzählige Explosionen erhellten die Schwärze des Raums, und nach jedem grellen Aufblitzen waren nur noch die Überreste einer zerstörten fliegenden Untertasse zu sehen.

Geoff ging zu dem auferstandenen Captain hinüber, der ruhig auf seinem Stuhl saß und die Schlacht verfolgte.

»Gut gemacht!«, sagte er und sprang auf, um Geoff die Hand zu schütteln. »Wirklich sehr gut!«

»Wie läuft's?«, fragte Geoff.

»Wesentlich besser als vor ein paar Minuten«, antwortete der Captain. »Erstens bin ich nicht mehr mit diesen verdammten Varsarianern in einem Korridor eingeschlossen, und jetzt, da Ihr Mr. Knight aus dem Weg ist, hat Mai die Sache auch wieder voll im Griff. Stimmt's, Mai?«

»Stimmt, Captain«, bestätigte Mai, die jetzt nicht mehr stotterte, wie Geoff es jedes Mal tat, wenn er Darren Bell begegnete. »In wenigen Minuten dürfte nur noch ein einziges feindliches Schiff übrig sein.«

»Sag mir Bescheid, wenn es so weit ist«, verlangte der Captain. »Dieses letzte Schiff möchte ich selbst abschießen.«

»Ja, Captain.«

»Tja, sieht so aus, als hätten Sie uns alle gerettet«, sagte der Captain und schüttelte Geoff abermals die Hand. »Gut gemacht.«

Geoff lächelte und ging zu Tim zurück. In diesem Augenblick öffnete sich die Fahrstuhltür, und Ruth und der Verteidigungsminister traten heraus.

»Was zum Teufel ist da gerade passiert?«, fragte Ruth, während sie sich auf der Kommandobrücke umsah. »Eben haben wir noch versucht, den Computer zu reparieren, und dann hat er es von selbst erledigt!«

»Das hätten Sie mal sehen sollen«, fügte der Minister hinzu. »Alle Teile sind einfach durch die Luft geschwebt und haben sich wieder zusammengefügt, als wären sie lebendig! Das ist ... regelrecht unheimlich gewesen.«

»Ihr zwei wisst doch, was dahintersteckt, oder?«, sagte Ruth, die merkte, dass Geoff und Tim nicht allzu überrascht waren.

»Tja, das ist ein bisschen kompliziert«, erwiderte Tim. »Aber wir glauben, dass wir die Geschichte verändert haben.«

»Die Geschichte verändert?«, sagte Ruth. Vor dem Fenster trudelte gerade eine brennende fliegende Untertasse vorbei. »Wie denn das?«

»Indem ich die Mutter aller Schwachstellen entdeckt habe«, erklärte Geoff.

»Wie meinen Sie das?«

»Geoff hat herausgefunden, wie sich das Schiff mit Mr. Knights Vorfahren an Bord identifizieren lässt, und wir haben es zerstört. Soweit es den Lauf der Geschichte betrifft, hat es Mr. Knight nie gegeben.«

»Es hat ihn nie gegeben?«, hakte Ruth nach.

»So ist es.«

»Und wie kommt es dann, dass wir uns an ihn erinnern?«

»Keine Ahnung«, sagte Geoff. »Vielleicht bleibt das eines der großen Rätsel des Universums, ähnlich wie die Frage, warum man eine unbegrenzte Anzahl von Cocktailwürstchen essen kann, ohne je satt zu werden.«

»Das lässt sich ja wohl kaum miteinander vergleichen«, entgegnete Ruth.

»Entschuldigung, Captain«, meldete sich Mai über Lautsprecher zu Wort. »Aber du wolltest doch, dass ich dir Bescheid sage, wenn nur noch ein einziges feindliches Schiff übrig ist.«

»Danke, Mai«, sagte der Captain und wandte sich an den Navigationsoffizier. »Wo ist es?«

»Auf Position 7 – 9 – 5, Höhe 2 – 6 – 6, Captain«, antwortete der Offizier. »Sieht aus, als versuchte es zu fliehen.«

»Dann verfolgen Sie es«, befahl der Captain und stand auf. »Es darf nicht entkommen.«

Der Offizier gab die nötigen Befehle ein, um anschließend die nicht sonderlich überraschenden Worte zu sagen: »Verfolgung aufgenommen.«

Die Concordia drehte nach links ab, um das letzte außerirdische Raumschiff zu stellen, das zu entwischen versuchte und ziellos mal in diese, mal in jene Richtung jagte.

»Haben wir das Ziel schon anvisiert?«, fragte Holland seine Artillerieoffizierin.

»Ja, Captain.«

»Und alle Waffensysteme sind voll funktionsfähig?«

»Alle Waffen sind einsatzbereit.«

»Dann feuern Sie alles, was wir haben, auf dieses Schiff ab«, befahl der Captain.

»Torpedos, Plasmakanonen und Partikelstrahlen sind schussbereit, Captain.«

»Feuer!«, rief der Captain und ballte die Faust.

Die Brücke erbebte, als die Concordia alles, was ihr an fiesen Waffen zur Verfügung stand, abfeuerte. Die Torpedos erreichten als Erste ihr Ziel. Sie fegten durch die Mitte des Schiffes und rissen es wie einen Glückskeks in zwei Hälften, und falls das noch nicht reichen sollte, folgte unmittelbar darauf ein Bündel von Laserstrahlen, die sich durch die zwei Teile des Schiffes fraßen wie glühende Lava durch einen Pappteller. Dem Schiff blieb folglich nichts anderes übrig, als zu explodieren, was es auch auf spektakuläre Weise tat. Die beiden halbrunden Fragmente des Rumpfs krachten gegeneinander und detonierten. Ein blendendes blaues Licht, heller als die Sterne, flammte auf. Das war bei Weitem die gewaltigste Explosion der ganzen Schlacht, und als das Licht dahinschwand, waren nur noch ein paar Splitter heißen Metalls zu sehen, die friedlich durch den

Raum drifteten, um sich zu dem übrigen Schrott zu gesellen, den die Schlacht hinterlassen hatte.

Die Crew der Concordia sprang auf und brach in Jubel aus. Alle umarmten sich begeistert und boxten mit geballter Faust in die Luft.

»Also, das war doch prima, was?«, sagte Geoff und schlug Tim auf den Rücken, während er Ruth angrinste.

»Na ja,«, erwiderte Tim. »Dass wir beinahe umgekommen sind, fand ich nicht so prickelnd, aber abgesehen davon hast du großartige Arbeit geleistet.« Er schüttelte Geoff die Hand. »Das hast du wirklich gut gemacht, Kumpel.«

»Sie waren brillant, Geoff«, sagte Ruth lächelnd. »Wer hätte das gedacht!«

»Und was passiert jetzt?«, erkundigte sich Geoff.

»Weiß ich nicht genau«, antwortete Tim. »Aber ich nehme an, nachdem wir das letzte Schiff zerstört haben, gibt es keinen Grund mehr, hier zu sein.«

»Nein?«

»Überleg doch mal. Wenn die Außerirdischen niemals die Erde überfallen haben, hätten wir auch keinen Grund, in der Zeit zurückzureisen, um unseren Planeten zu verteidigen. Wenn also das Raum-Zeit-Kontinuum alles wieder in die Reihe gebracht hat, müssten wir eigentlich verschwinden, und zwar jeden ...«

29

»... Augenblick.«

Geoff blickte sich um.

»Ist da gerade ... was passiert?«, fragte er.

»Denke schon«, erwiderte Tim. »Ich glaube, wir sind jetzt woanders.«

»Ja, aber wo?«, wollte Ruth wissen. »*Wo* sind wir?«

Eine gute Frage. Sie schienen wieder in dem Raum zu sein, in dem Geoffs Einstellungsgespräch stattgefunden hatte – dem Raum mit Blick auf die Londoner Skyline. Doch irgendetwas hatte sich geändert. Nicht der Raum als solcher. Der sah genauso aus wie am Abend der Party, bloß dass inzwischen eine Putzkolonne die Weingläser und Pappteller weggeräumt hatte und eine Gruppe von Arbeitern gerade dabei war, die pseudorömischen Kulissen abzubauen. Doch der Blick aus dem Fenster war ein völlig anderer. Während vorher das London der Zukunft genauso ausgesehen hatte wie das London der Vergangenheit, blickte man jetzt auf eine neue Stadt, eine Stadt, die sich im Laufe der Zeit so entwickelt hatte und gewachsen war, wie man es von ihr erwarten würde. Alle charakteristischen Wahrzeichen Londons waren noch da: die St. Paul's Cathedral, Big Ben und das London Eye, doch darüber hinaus gab es eine ganze Reihe neuartiger, futuristischer Bauten, wunderschöne Wolkenkratzer aus

Glas, die hoch aufragten und in denen sich der klare blaue Himmel spiegelte.

»Ist das hier der Ort, für den ich ihn halte?«, fragte Geoff.

»Keine Ahnung«, sagte Ruth. »Sieht so aus, als wären wir im Hauptsitz der Firma, aber alles wirkt so ... anders.«

»Na, das muss es doch auch, oder?«, entgegnete Tim. »Wenn die Außerirdischen im einundzwanzigsten Jahrhundert völlig vernichtet wurden, konnte ihre Invasion im zweiundzwanzigsten Jahrhundert nicht stattfinden. Folglich wurde das alte London nicht zerstört. Was ihr hier seht, ist ein anderes London – kein Denkmal mehr, sondern eine Stadt, die sich im Lauf der Jahre ganz normal weiterentwickelt hat.«

»Sieht ziemlich gut aus«, fand Geoff.

»Aber eins verstehe ich immer noch nicht«, wandte sich Tim an Geoff. »Wenn es Mr. Knight nicht mehr gibt – warum bist du dann noch hier?«

»Ich?«

»Na, er war doch derjenige, der sich die Sache mit den Zeitreiseführern ausgedacht hat. Ohne ihn wären wir gar nicht auf den Gedanken gekommen, Leute aus unterschiedlichen Epochen als Reiseführer anzuwerben.«

Geoff nickte. Tim hatte recht. Würde er jetzt gleich verschwinden? Hoffentlich nicht – der heutige Tag war auch so schon verwirrend genug gewesen.

»Was steht ihr denn hier so rum?«, fragte eine Stimme.

Die Gruppe drehte sich um. Erik kam auf sie zu, in der einen Hand eine Disc, in der anderen seinen Krückstock.

»Eric!«, rief Tim. »Du bist am Leben!«

»Selbstverständlich bin ich am Leben!«, erwiderte Eric. »Warum sollte ich das denn nicht sein?«

»Schon gut«, sagte Tim.

»Lasst mich mal was ausprobieren«, flüsterte Ruth den anderen zu. »Eric?«, sagte sie. »Wo ist Mr. Knight?«

»Wer?«

»Mr. Knight. Der Präsident der Firma.«

»Aber ... du bist doch die Präsidentin, oder?«

»Tatsächlich?«

»Na, du bist doch diejenige, die sich die ganze Zeitreiseführersache ausgedacht hat.«

»Ach ja?«, erwiderte Ruth.

»Natürlich! Und deswegen hat der Verteidigungsminister dir den Job gegeben!«

»Der Verteidigungsminister?«, wiederholte Ruth.

»Soll das ein Scherz sein oder was?«, fragte Eric. »Hör mal, für so was hab ich jetzt keine Zeit. Ich muss sofort runter in die Scanning-Anlage.«

Er wandte sich zum Gehen.

»Was willst du denn da?«, fragte Ruth.

»Den neuen Algorithmus eingeben«, erklärte Erik und hielt die Disc hoch. »Davon hab ich dir gestern erzählt, wie du dich erinnern wirst. In dem neuen Algorithmus habe ich eine fundamentale Lücke beseitigt. Sobald er eingegeben ist, wird es unmöglich sein, den Computer auszutricksen.«

»Gut«, sagte Ruth, während sie den anderen einen vielsagenden Blick zuwarf. »Das wollen wir natürlich nicht.«

»Ich weiß nicht, ich weiß nicht«, murmelte Eric vor sich hin, während er auf den Fahrstuhl zuging. »Ständig erzähle ich ihnen von der Arbeit, die ich investiere, um den Algorithmus zu verbessern, und trotzdem hören sie mir nicht zu.«

»Würdet ihr mich einen Moment entschuldigen?«, sagte Ruth. Sie rannte Eric hinterher, umarmte ihn und flüsterte ihm etwas ins Ohr. Eric lächelte, zwinkerte ihr zu und ging weiter.

Tim runzelte die Stirn.

»Was war das denn?«, fragte er, als Ruth wieder zu ihnen gekommen war. »Ich wusste gar nicht, dass ihr zwei euch so nahesteht.«

»Ach, nichts«, erwiderte Ruth und lächelte in sich hinein. »Hab nur was nachgeprüft.«

»Tja, das erklärt vermutlich, warum ich noch hier bin«, sagte Geoff. »Das mit den Zeitreiseführern war *doch* Ruths Idee.«

»Und infolgedessen bist du jetzt Präsidentin der Firma«, sagte Tim. »Gratuliere.«

»Danke«, antwortete Ruth.

Geoff blies die Backen auf und stieß die Luft nach einem Moment wieder aus.

»Äh ... hätte jemand was dagegen, wenn ich jetzt nach Hause gehe?«, fragte er. »Nach all der Aufregung brauch ich, glaube ich, erst mal Urlaub ...«

»Also, wir hätten da eine Menge lohnender Reiseziele im Angebot«, sagte Tim. »Hast du schon mal daran gedacht, London während des großen Brands zu besuchen?«

30

Mit gezücktem Haustürschlüssel ging Geoff durch den Vorgarten auf Woodview Gardens Nr. 23 zu. Er fühlte sich wie gerädert. Es war schon spät – der nächtliche Himmel wirkte bemerkenswert friedlich, wenn man bedachte, dass dort oben vor Kurzem noch eine gewaltige Schlacht getobt hatte. Genau genommen musste es ungefähr um diese Zeit gewesen sein, dass die Varsarianer besiegt worden waren, und als Geoff hochblickte, bemerkte er in weiter Ferne ein Aufblitzen, das von einer Explosion herzurühren schien.

Als er mit seinem Schlüssel am Türschloss herumfummelte, fiel plötzlich grelles Scheinwerferlicht auf die Fassade des Hauses – Nachbar Darren Bell fuhr gerade auf seine Auffahrt.

»'n Abend, Geoff!«, sagte Darren und stieg aus dem Wagen, dessen Tür er erst schloss, nachdem er den Ärmel über die Hand geschoben hatte. »Hab ja noch nie erlebt, dass du zu dieser Zeit unterwegs bist! Hast du Überstunden gemacht?«

»Kann man so sagen«, erwiderte Geoff, der einfach zu müde war, um sich irgendein Märchen einfallen zu lassen. »Ich habe das Aussterben der Dinosaurier miterlebt, bin über tausend Jahre in die Zukunft gereist, habe den großen Brand von London gesehen und ein Komplott aufgedeckt, das den Lauf der Geschichte ändern sollte. Außerdem habe ich unseren Planeten vor einer Invasion Außerirdischer bewahrt.«

Darren klappte der Unterkiefer runter.

»Du und deine dämlichen Computerspiele«, sagte er nach einer Weile. »Wann lernst du endlich, dass solche Dinge nicht real sind?«

»Da hast du ganz recht«, entgegnete Geoff, dem es endlich gelang, den Schlüssel ins Loch zu stecken und die Haustür aufzuschließen. »Vermutlich habe ich tatsächlich ein Problem damit, Reales und Imaginäres auseinanderzuhalten. Gute Nacht.«

Er trat in den Korridor, schlug die Tür hinter sich zu und hängte seine Jacke über das Geländer der Treppe. Sosehr es ihn auch danach verlangte, ins Bett zu gehen und zu schlafen – im Augenblick war das völlig ausgeschlossen, weil es vorausgesetzt hätte, dass er die Treppe hochkletterte. Seine Beine hätten wahrscheinlich schon bei dem bloßen Gedanken einen Anfall bekommen. Deshalb schleppte er sich ins Wohnzimmer und ließ sich aufs Sofa fallen, um sein Gesicht in einem Kissen zu vergraben, das nicht nach Zeitungen roch.

Zweifellos war es ein langer Tag gewesen, und der Umstand, dass er morgen schon recht früh aufstehen musste, machte die Sache auch nicht besser. Er sollte nämlich bereits um neun Uhr vor einer Galerie für moderne Kunst dreiunddreißig Touristen in Empfang nehmen und den Leuten erklären, warum man im einundzwanzigsten Jahrhundert auf eine Leinwand geklebten Müll für ein Kunstwerk hielt. Er wusste eigentlich nicht so recht, was er da sagen sollte – wenn man diesen Maßstab anlegte, hätte jemand, der am Haus vorüberging und ins Zimmer spähte, auf den Gedanken kommen können, nicht in die Höhle eines Tiers zu blicken, sondern in das Atelier eines Konzeptkünstlers.

Trotz aller Anstrengungen, die hinter ihm lagen, fühlte er sich innerlich wie neu und war von Selbstvertrauen erfüllt, kurzum, er kam sich wie ein anderer Mensch vor. Ob das Probleme mit sich brächte? Ob Ruth ihn trotz allem, was heute geschehen war, feuern würde, weil er jetzt wusste, worin seine Lebensaufgabe bestand und welchen Wert er für die Gesellschaft hatte? Er gähnte und schloss die Augen. Wenn er Zoë morgen sah, würde er sie vielleicht fragen, ob sie mit ihm zum See gehen wolle, so wie sie es früher immer gemacht hatten.

31

»Na, wie geht's denn so?«, fragte Zoë, die neben Geoff auf einer Bank am See saß. »Hast du schon einen Job gefunden?«

»Ja, hab ich«, erwiderte Geoff. »Kannst du dich noch erinnern, dass ich mich neulich um diese Stelle beworben habe?«

»Als Reiseführer?«

»Ja. Die hab ich bekommen.«

»Tatsächlich?« Zoë fuhr sich mit den Fingern durch das kurze dunkle Haar. »Das ist ja phantastisch! Gratuliere!«

»Danke«, sagte Geoff.

Zoës Hand erstarrte auf einmal, und sie kniff die Augen zusammen.

»Das ging aber sehr schnell«, stellte sie fest.

»Inwiefern?«

»Na, du hast dich doch erst gestern um die Stelle beworben, oder?«

»Hab ich das?«, entgegnete Geoff. Bei dem ständigen Reisen durch die Zeit hatte er sein Zeitgefühl verloren.

»Na klar.«

»Bist du sicher, dass es nicht letzte Woche war?«

»Nein, es war ganz bestimmt gestern«, sagte Zoë. »Da hab ich dir doch diesen Brief gebracht.«

»Ach ja. Jetzt fällt's mir auch wieder ein.«

»Von wem war der eigentlich?«

»Oh ... von niemand Besonderem«, erwiderte Geoff. »Nur so ein Brief eben.«

»Dann hat wohl gar kein Einstellungsgespräch stattgefunden, was?«

»Doch, doch.«

»Und wann?«

»Gestern.«

»Gestern? Was soll das heißen?«, sagte Zoë. »Du hast dich doch erst gestern um die Stelle beworben! Willst du etwa behaupten, sie hätten dich noch am selben Tag zu einem Einstellungsgespräch bestellt?«

Geoff geriet immer mehr ins Schwitzen.

»So ist es aber«, erwiderte er. »Ich ... äh ... habe meinen Brief persönlich abgegeben. Weil an dem Tag die Bewerbungsfrist ablief. Und da ich nun schon mal da war, haben sie vorgeschlagen, gleich ein Einstellungsgespräch mit mir zu führen.«

»Und dann boten sie dir auf der Stelle den Job an?«

»Genau.«

»Wow«, sagte Zoë. »Ist ja irre. Die musst du aber wirklich beeindruckt haben. Normalerweise werden solche Entscheidungen nicht so schnell getroffen.«

»Ach, weißt du«, entgegnete Geoff. »Ich war einfach ich selbst.«

»Dann ist das Ganze *besonders* irre.«

Geoff lachte.

»Und worin besteht deine Tätigkeit?«, fragte Zoë. »Musst du auch auf Reisen gehen?«

»Hauptsächlich führe ich Touristen durch London«, erklärte Geoff, »aber ab und zu muss ich auch ... woanders hin.«

»Schade, dass du nicht zu exotischen Orten fährst«, meinte Zoë. »Zum Beispiel auf die Malediven.«

»Hm, stimmt schon. Aber irgendwo muss man ja anfangen, nicht?«

»Jedenfalls freu ich mich wirklich für dich«, sagte Zoë und hob einen Stein von der Erde auf, um ihn in den See zu werfen. »Ich wusste immer, dass du es schaffen würdest.«

»Danke«, erwiderte Geoff und rückte ihr ein wenig näher. »Hör mal ... darf ich dich was fragen?«

»Klar. Was denn?«

»Also ...«

»Hey, guck doch mal«, fiel Zoë ihm ins Wort und zeigte zum Himmel. »Möwen sieht man hier eigentlich selten, nicht?«

»Stimmt«, sagte Geoff, während er den über ihnen kreisenden Vogel beobachtete. »Ziemlich ungewöhnlich.«

»Sorry«, meinte Zoë und wandte sich wieder ihm zu. »Was wolltest du mich fragen?«

Epilog

Eric lehnte sich auf seinem Stuhl zurück, während sich der Bildschirm mit einem leisen »Puff« in nichts auflöste. Er warf einen Blick auf die Armbanduhr – wie lange waren sie jetzt eigentlich schon hier in der Scanning-Anlage, die ihnen den Schweiß aus den Poren trieb?

»Nun wissen wir jedenfalls, warum Mr. Knight nicht wollte, dass du seine Kandidaten nochmals überprüfst, bevor du die Briefe verschickst«, sagte er zu Ruth. »Wenn er herausfindet, dass du hier unten warst ...«

»Wird er nicht«, erwiderte Ruth, während sie ein Blatt Papier zusammenfaltete und in einen Umschlag steckte. »Wenn er es nicht herausgefunden hat, während er sich die Simulation angesehen hat, dann wird er es auch im realen Leben nicht herausfinden.«

»Da hast du vermutlich recht«, sagte Eric. »Was hast du denn da in der Hand?«

»Den Brief, den ich Geoff schicken will«, erklärte sie. »Ich habe genau das geschrieben, was er zu Anfang gelesen hat – jetzt darf man keine Änderungen mehr vornehmen. Ich hoffe, er kann meine Handschrift entziffern – ich hatte nämlich keine feste Unterlage.«

»Was ... was soll das heißen?«, stammelte Eric. »Du willst ihn doch nicht etwa wirklich zu einem Einstellungsgespräch einladen?! Wir sollten die Polizei holen!

Mr. Knight muss unbedingt das Handwerk gelegt werden! Du hast doch die Simulation gesehen, die er hier hat ablaufen lassen. Der Mann ist gefährlich!«

»Warum sollten wir ihm denn das Handwerk legen?«, entgegnete Ruth. »Du hast gesehen, was geschehen wird. Wenn wir Geoff bei uns anstellen, wird jeder Außerirdische auf unserem Planeten ausradiert. Wenn wir jetzt gegen Mr. Knight vorgehen, wird es da draußen nach wie vor Hunderte von denen geben. Wir haben gar keine andere Wahl.«

»Aber ... er wird mich töten.«

Ruth legte den Arm um Eric.

»Ich weiß«, sagte sie, »aber zum Schluss kommt doch alles in Ordnung. Wie du eben selbst gesehen hast, wirst du wieder lebendig. Und du hast auch erlebt, wie ich mich gefreut habe, dich zu sehen ...«

»Du willst ja bloß Präsidentin der Firma werden.«

»Darum geht es hier nicht«, erwiderte Ruth, »obwohl ich zugebe, dass das eine nette Dreingabe ist. Eins dürfen wir allerdings nicht außer Acht lassen ...«

»Was denn?«

»Wir müssen uns *genauso* verhalten, wie wir es in dieser Simulation getan haben«, sagte Ruth. »Es gab nämlich ein paar Situationen, da hätten wir beide uns fast verraten. Zum Beispiel hat sicher jeder gesehen, dass du mir zum Schluss zugezwinkert hast. Wenn wir uns irgendetwas anmerken lassen oder uns irgendwie abweichend verhalten, könnte es passieren, dass die Dinge aus dem Ruder laufen.«

Eric seufzte.

»Ich gebe es zwar nur ungern zu«, sagte er, »aber du hast völlig recht. Das ist die einzige Möglichkeit, die Varsarianer aufzuhalten.«

»Aber eins verstehe ich nicht«, sagte Ruth.

»Und das wäre?«

»Nun ja, da wir wissen, dass Mr. Knight sich diese Simulation ebenfalls angesehen haben muss, warum will er dann trotzdem mit allem weitermachen? Ich meine, wenn Geoff dafür verantwortlich ist, dass Mr. Knights Plan fehlschlägt und die gesamte außerirdische Rasse vernichtet wird, warum will er dann trotzdem ein Einstellungsgespräch mit ihm führen?«

»Keine Ahnung«, erwiderte Eric. »Vielleicht hatte er ja keine Zeit, sich die Simulation bis zum Schluss anzusehen, und ist davon ausgegangen, der Rest würde schon okay sein.«

»Das ist doch lächerlich«, entgegnete Ruth. »Willst du allen Ernstes behaupten, er hätte sich nach all den Vorbereitungen nicht die Zeit genommen, sich das Ganze anzusehen, und zwar bis zum ...«

Danksagungen

Ich danke:

- Lucy Brown, Cammil Taank und Adam Malinowski
- Olivia Morris und Diane Banks
- Mark Selby und Shangeetha Jeyamanohar für redaktionelle Ratschläge.

Besonders danke ich Erik Brown.